荒木 浩 Araki Hiroshi

# かくして『源氏物語』が誕生する

† 物語が流動する現場にどう立ち会うか

笠間書院

# かくして『源氏物語』が誕生する

## ――物語が流動する現場にどう立ち会うか

# もくじ

## 第五章

## 胡旋舞《こせんぶ》の表象――光源氏と清盛と 220



# II

## 第六章

## 〈非在〉する仏伝――光源氏物語の構造 252

# III

# はじめに

## 源氏物語論へのいざない

†はじめに

# 源氏物語論へのいざない

あの時出会っていなければ、きっといつまでも通読さえかなわなかっただろう。そんなふうに思う古典がいくつかある。たとえば、大学二年の時、語学の授業で選択した『ハムレット』や、四年生の夏にふと読み始めた『源氏物語』など、すぐさま念頭に浮かぶ作品である。

市河三喜・嶺卓二注釈の『HAMLET』(研究社)が教科書だった。シェークスピアの演劇は、とても台詞回しが早い。こんなスピードですよと、時折、オールドヴィクシアターの録音を聴かせてもらった。およそ一年間、なんとか脱落せずに、最後までたどりついてはみたものの、ぱらぱらとめくっても、読めないところばかりである。学年末試験の前日は、暗澹たる気分でおさらいを始め、徹夜となって朝を迎えた。書き込みで汚れた深緑色のその本は、今でも大事に手許にある。

ところが、つい最近まで『ハムレット』のことなどすっかり忘れていた。二〇一二年八月に、せっかくデンマークを訪れながら、クロンボー城にも行かなかったくらいだから。あらためて、自分の無知とうかつさを、心の底から悔やんでいる。

『源氏物語』通読の思い出は、すでに書いたこともある。本書の分析対象でもあることだし、くどくなるからここでは割愛しよう。

†

それにしても、この二つの古典劇《ドラマ》は、根幹のところでなんとよく似ていることだろう。王と妃、そして王子をめぐる王権と死と。そこに渦巻く欲望や、愛憎と猜疑《さいぎ》の物語に、王子の貴種《きしゅ》流離《りゅうり》と生還譚《たん》も付属する。こんな具合に要約すると、『ハムレット』はいつしか『源氏物語』に紛れてしまう。王子の亡父は、ともに繰り返し幻影として現れて、物語の深層と相結《あい》ぶ。このことは、時空を遠く隔てて、全く別個に生まれた二つのテクスチュアを、しっかりと本質的に繋《つな》ぎ止めている。

ハムレットの父は、この世に亡霊（ghost）として登場し、葬られた秘密を息子に告げる。やはりそうだったのか。微《かす》かに残る疑念を晴らすべく、ハムレットは、演劇に託し、叔父に真相をつきつけて、ついに核心を掴み取る。母妃は、叔父と密通《みっつう》していた。邪魔者となった父は、それ故に殺されて、叔父は、妻と王位を同時に我が物とする。恨みを残した先王は、すべてを知る亡霊となって、息子の王子に逢いに来たのだ。

『源氏物語』はどうだったか。ある意味で合致し、時には正反対である。王と王妃と王子をめぐり、光源氏の父・桐壺《きりつぼ》帝は、情愛と善意に満ちた無知の存在として描かれる。ハムレットの父も、在世中は、そうだったのだろうか。ただし桐壺帝の造形には、大唐《だいとう》の玄宗《げんそう》皇帝という、範例=准拠がある。玄宗は、安禄山《あんろくざん》と楊貴妃《ようきひ》との間にうごめく妖《あや》しい疑惑を意に介せず、むしろ二人の馴《な》れ合いを、自らの寵愛《ちょうあい》の深さの証しだと捉えていた。その構造をそっくりなぞり、桐壺帝は、藤壺《ふじつぼ》と光源氏に通い合う幼いほのかな恋情《れんじょう》を、ともに我が「限りなき御思《おほんおも》ひどち」、仲良くあれかしとほほえましく見つめるばかりだ。光源氏は、いつしか父の緩さが招いた状況に甘え、取り返しのつかない大人の愛憎へと足を踏み出していくのである。（桐壺巻・本書第一章参照）

紅葉賀《もみじのが》でもそうだった。若紫の巻で、光源氏の子供を宿した藤壺は、もしこの罪が発覚したらと、ひそかな戦慄が止まらない。ところが源氏は、帝の側にいる彼女に向かって、この上なく華麗な舞を舞って袖《そで》を振り、図々しくも、二人にだけ分かる秘密の恋を誇示しようとする。そんな源氏の「おほけなき心」にいっそう困惑する藤壺だが、帝《みかど》だけは平気である。彼はあくまで父であり、妃《きさき》としての藤壺に、無二の気持ちを疑わない。我が子の青海波《せいがいは》演舞が、いかに優れた出来だったか。帝はひたすら無邪気な様子で、嬉しげに藤壺に語りかける。（本書第四章参照）

美しい皇子《おうじ》が誕生する。事態はもはや、光源氏と藤壺だけの秘め事ではなくなった。彼らの心のうちさえも、読者にはすっかり開示されて隠しようがない。ところが、目を覆いたくなるような、自明に近いそのことが、歯がゆいほどに、帝にだけは通じない。

四月に内裏《うち》へ参りたまふ。ほどよりは大きにおよすけたまひて、やうやう起きかへりなどしたまふ。あさましきまで、まぎれどころなき御顔つきを、おぼし寄らぬことにしあれば、またならびなきどちは、げにかよひたまへるにこそはと思ほしけり。いみじう思ほしかしづくこと限りなし。（帝は）源氏の君を限りなきものにおぼしめしながら、世の人のゆるしきこゆまじかりしによりて、坊《ばう》にもえ据《す》えたてまつらずなりにしを、飽かずくちをしう、ただ人にてかぎりなき御ありさまを容貌《かたち》にねびもておはするを御覧ずるままに、心苦しくおぼしめすを、かうやむごとなき御腹に、同じ光にてさし出でたまへれば、疵《きず》なき玉と思ほしかしづくに、宮はいかなるにつけても、胸のひまなく、やすからずものを思ほす。（紅葉賀）

日数にましてすくすくと育ったその子は、驚くほど光源氏に似ていた。相似性の着想と関係性への説明は、『源氏物語』の勘所《つぼ》である。紅葉賀巻の最後も、二人の一致を取り上げて、「月日の光の空に通ひたるやうにぞ世人《よひと》も思へる」と閉じられている。噂に上って「世人も思へる」ほどだ。さすがにそろそろ限界だろう。ところが帝は泰然《たいぜん》と、すぐれたもの同士というのは、なるほど相通じるものなのかと、ひとり微笑むばかりなのだ。

右の一節は、「…思ほしけり」以下、帝の心内が書いてある。それが末尾で暗転して、藤壺の不安と共鳴する。書かれたものがすべてであり、統括する作者の技術のうちに、秘匿《ひとく》の営為を疑わない。そうした暗黙の前提に立つならば、光源氏を思う帝の愛情に、嘘偽りの入る余地はない。
桐壺帝の光源氏への無限の愛は、そっくりそのまま、いずれ春宮となる冷泉へと注がれる。しかもそれは、この世でもっとも彼が愛する、藤壺から産まれ出でた実存だ。なのに帝の無垢な愛情は、それが強ければ強いほど空回りをして、罪意識を抱えた藤壺の心を重たく苦しめる。折しも、光源氏が内裏にいた。音楽が契機である。帝は相変わらず悦びに溢れ、子を抱き上げて〈実父〉の光源氏に見せる。そして、おまえによく似ているだろうと自慢を続けるのである。

例の、中将の君、こなたにて御遊びなどしたまふに、抱《いだ》き出でたてまつらせたまひて、「御子《みこ》たちあまたあれど、そこをのみなむ、かかるほどより明け暮れ見し。されば思ひわたさるるにやあらむ、いとよくこそおぼえたれ。いとちひさきほどは、皆かくのみあるわざにやあらむ」とて、いみじくうつくしと思ひきこえさせたまへり。中将の君、面《おもて》の色かはるここちして、恐ろしうも、かたじけなくも、うれしくも、あはれにも、かたがたうつろふここちして、涙おちぬべし。物語などして、うち笑《ゑ》みたまへるが、いとゆゆしううつくしきに、わが身ながら、これに似たらむはいみじういたはしうおぼえたまふぞ、あながちなるや。宮は、わりなくかたはらいたきに、汗も流れてぞおはしける。中将は、なかなかなるここちの、かき乱るやうなれば、まかでたまひぬ。（紅葉賀）

「いとよくこそおぼえたれ」。帝はまるで当てこすりのように、真理をかすめたきわどい言葉を畳みかける。直前には、慈愛ある帝の胸底《きょうてい》が示されていた。だから読者は、本文の約束に従って、帝の言動を皮肉だと読むのを封じられている。光源氏と藤壺がおののく懼《おそ》れと冷や汗を、せめて共有するばかりである。だが光源氏はといえば、顔色を変え、肝を冷やしながらも、この子と自分がそっくりで、しかも高い称賛を浴びていることを、ひそかに喜ばずにはいられない。したたかに矛盾する心の移ろいまで、物語は描き切る。『源氏物語』らしい、秀逸な場面である。

†

それにしても、帝は、本当に何も知らないのだろうか。だとしたら、本性、鈍根《どんこん》なのではないか。いや、そんなはずはない。彼は賢帝《けんてい》であった。「御位を去らせたまふといふばかりにこそあれ、世のまつりごとをしづめさせたまへることも、わが御世の同じことにておはしまいつる」（賢木）。院になっても、在位中と同じように毅然とした治政を行っている。

それならば、嫉妬など思いもつかない聖人なのか。そうでもない。彼は心なき人ではなく、相応に色を好む帝王ぶりを身につけていた。

…帝の御年ねびさせたまひぬれど、かうやうのかた、え過ぐさせたまはず、采女《うねべ》、女蔵人《にょくろうど》などをも、容貌《かたち》、心あるをば、ことにもてはやしおぼしめしたれば、よしある宮仕へ人多かるころなり。（紅葉賀）

しかも桐壺帝は、息子の女性関係のルーズさにうるさい人だった。紅葉賀の巻は、その好色とともに、葵の上と結婚している光源氏が、若紫を養育して執着する様子を聞きとがめ、諄々《じゅんじゅん》と理《ことわり》を説いて教え諭《さと》す帝の姿も描いている。

かうやうに、とどめられたまふをりなども多かるを、おのづから漏《も》り聞く人、大殿《おほいとの》に聞こえければ、「誰ならむ。いとめざましきことにもあるかな。今までその人とも聞こえず、さやうにまつはしたはぶれなどすらむは、あてやかに心にくき人にはあらじ。内裏《うち》わたりなどにて、はかなく見たまひけむ人を、ものめかしたまひて、人やとがめむと隠したまふなり。心なげにいはけて聞こゆるは」など、さぶらふ人々も聞こえあへり。内裏《うち》にも、かかる人ありときこしめして、「いとほしく大臣《おとど》の思ひ嘆かるなることも、げに、ものげなかりしほどを、おほなおほなかくものしたる心を、さばかりのことたどらぬほどにはあらじを、などか情《なさけ》なくはもてなすなる」などのたまはすれど、かしこまりたるさまにて、御いらへも聞こえたまはねば、心ゆかぬなめりといとほしくおぼしめす。「さるは、すきずきしううち乱れて、この見ゆる女房にまれ、またこなたかなたの人々など、なべてならずなども見え聞こえざめるを、いかなるもののくまに隠れありきて、かく人にも怨みらるらむ」とのたまはす。（紅葉賀）

好色の裡面《りめん》に、多く必然する嫉妬の怨みも、『源氏物語』の重要なテーマである。朧月夜と光源氏の関係に、揺れる思いを表白する朱雀院や、匂宮と薫のさやあてなど、例はいくらでも挙げられる。葵巻で、退位して少し自由になった桐壺院は、六条御息所をめぐる源氏の処遇の冷たさを指弾《しだん》する。東宮妃だった彼女は、兄の前坊が歿した後、帝自身が気にかけて、内裏住みを勧めたこともある女性であった。内包する感情は複雑だ。押さえた怒りをのぞかせつつ、厳父は息子をきつく叱責する。

院にも、かかることなむときこしめして、「故宮《こみや》のいとやむごとなくおぼし時めかしたまひしものを、軽々しうおしなべたるさまにもてなすなるが、いとほしきこと。斎宮をも、この御子《みこ》たちの列《つら》になむ思へば、いづかたにつけても、おろかならざらむこそよからめ。心のすさびにまかせて、かくすきわざするは、いと世のもどき負ひぬべきことなり」など、御けしきあしければ、わが御ここちにも、げにと思ひ知らるれば、かしこまりてさぶらひたまふ。「人のため、はぢがましきことなく、いづれをもなだらかにもてなして、女の怨みな負ひそ」とのたまはするにも、けしからぬ心のおほけなさをきこしめしつけたらむ時と、恐ろしければ、かしこまりてまかでたまひぬ。（葵）

光源氏は、父の鋭さと厳しさを、身にしみて十分に理解していた。もし父が、自分と藤壺との密通を知ったとしたら…。彼はいい知れぬ懼れを増幅させる。だが父が崩ずるその日まで、ことばやそぶりから、彼らの罪へのほのめかしさえ、ついにうかがうことはできなかった。院はひたすら春宮（冷泉）と光源氏のことを思い、後顧の憂いなきようと、誠心誠意の遺言を伝えようとする。

院の御なやみ、神無月《かむなづき》になりては、いと重くおはします。世の中に惜しみきこえぬ人なし。内裏《うち》にもおぼし嘆きて行幸《ぎやうこう》あり。弱き御ここちにも、春宮のことをかへすがへす聞こえさせたまひて、次には大将の御こと、「はべりつる世に変らず、大小のことを隔てず、何ごとも御後見《うしろみ》とおぼせ。齢《よはひ》のほどよりは、世をまつりごたむにも、をさをさ憚《はばか》りあるまじうなむ見たまふる。かならず世の中たもつべき相《さう》あるひとなり。さるによりて、わづらはしさに、親王《みこ》にもなさず、ただ人にて、おほやけの御後見をせさせむと思ひたまへしなり。その心違《たが》へさせたまふな」と、あはれなる御遺言《ゆいごん》ども多かりけれど、女のまねぶべきことにしあらねば、この片端《かたはし》だにかたはらいたし。帝も、いと悲しとおぼして、さらに違へきこえさすまじきよしを、かへすがへす聞こえさせたまふ。……おどろおどろしきさまにもおはしまさで、かくれさせたまひぬ。（賢木）

だが忘れてはいけない。ここにも「女のまねぶべきことにしあらねば…」と書いてある。物語には、視野を限定し、バイアスをかけ、時に詐術を秘めた語り手が介在する。桐壺院の本当の秘密は、語りの彼方に隠れてはいなかったか。読者は、物語本文の紙背《しはい》に徹し、いくどもそのことを問いかけて、遡及的《そきゆうてき》に懐疑を深めていく。

†

幽明境《ゆうめいさかい》を異《こと》にして、桐壺院にどんな変化がもたらされるのだろう。准拠の一人、聖帝《せいてい》・醍醐《だいご》天皇には、古くから堕獄《だごく》説がある。ハムレットの父王のように、全知する亡霊と化すのだろうか。かたずをのんで見守る読者の前で、物語は大きく動き出す。「世の中いとわづらはしく、はしたなきことのみまされば、知らず顔にあり経ても、これよりまさることもやとおぼしなりぬ」。須磨巻の冒頭である。自らの不行跡《ふぎょうせき》を政争に絡め取られて行き詰まり、光源氏が須磨に退去することになった。そして明石の巻へと続く中で、亡き父帝がいくどか登場するのである。

須磨出立《しゅったつ》前日の暮れ方に、光源氏は桐壺院の墓参のため、北山に詣でている。自らの「罪」を振り返り、「空も恐ろし」と独り言《ご》つ彼は、捨て身の覚悟で、藤壺宮とその子を守ろうと決意する。桐壺院とは、不義をはさんで奇妙な三角形を重ね合わせる彼らだ。真摯《しんし》に祈れば祈るほど、そこにはあやにくな論理矛盾が内向する。それでも父は、光源氏が北山に参ると、待っていたといわんばかりに、即時に存在感を提示した。院は、在りし姿のそのままに、光源氏の脳裏に彷彿《ほうふつ》と想起《そうき》されてよみがえる。

明日《あす》とての暮には、院の御墓拝《をが》みたてまつりたまふとて、北山へまうでたまふ。（中略）「かく思ひかけぬ罪にあたりはべるも、思うたまへあはすることの一節《ひとふし》になむ、空も恐ろしうはべる。惜しげなき身はなきになしても、宮の御世だに、ことなくおはしまさば」とのみ聞こえたまふぞことわりなるや。（中略）御山にまうでたまひて、おはしまし御ありさま、ただ目の前のやうにおぼし出でらる。限りなきにても、世に亡くなりぬる人ぞ、言はむかたなくくちをしきわざなりける。よろづのことを泣く泣く申したまひても、そのことわり

をあらはにえうけたまはりたまはねば、さばかりおぼしのたまはせしさまざまの御遺言は、
何方《いづち》か消え失せにけむと、いふかひなし。（須磨）

そして源氏が墓を拝むと、今度はその視覚の中に、父の在りし面影《おもかげ》が、くっきりと浮かび上がったという。想念から幻視《げんし》へ。光源氏の思いが招く帝の幻影の推移を描いて、物語はことさらに類似表現を連ねる。

御墓は、道の草茂くなりて、分け入りたまふほど、いとど露けきに、月も雲隠れて、森の木立《こだち》、木深《こぶか》く心すごし。帰り出でむかたもなきここちして、拝《をが》みたまふに、ありし御面影さやかに見えたまへる、そぞろ寒きほどなり。（須磨）

月日は巡り、光源氏は須磨の地で、寂しく都をしのび、不如意《ふにょい》に堪《た》えながら暮らしている。それでも、さまことなる風情を味わい、稀なる来訪者に慰められたりして過ごしているうちに、およそ一年が経った。三月一日にめぐってきた上巳《じょうし》の日、光源氏は御祓《みそぎ》を行う。凪《な》いだうららかな海をながめていると、「行方もしらぬに、来し方行く末おぼし続けられて」、源氏は「八百よろづ神もあはれと思ふらむ犯せる罪のそれとなければ」という和歌を詠む。すると突然、「にはかに風吹き出でて、空もかきくれ」、雷鳴り響く大時化《おおしけ》へと激変した。暁《あかつき》がたには、「そのさまとも見える人来て、「など、宮より召しあるには参りたまはぬ」とて」夢告《むこく》をしたり、さまざまな異変が続く。明石の巻へと移っても、「なほ雨風やまず、雷《かみ》鳴りしづまらで日ごろにな

りぬ」。夢のさとしも相続《あいつづ》く。「京にも、この雨風、いとあやしきもののさとしなりとて」、次第に不順が拡がっていく。住吉明神に祈念して、「海の中の龍王、よろづの神たちに願を立てさせたまふに」、雷《いかづち》はとどまることなく、ついに光源氏の居宅の「廊《らう》に」落雷した。

大騒動の中、日も暮れて、ようよう風が収まりゆく。源氏は、すっかりくたびれ果て、ふと微睡《まどろ》むと、夢うつつの中に、桐壺院が姿を現す。院は、山陵以来の光源氏の念《おも》いを受けとめ、「おはしまししさまながら立ちたまひて」、光源氏に対峙《たいじ》して言葉を発する。父は息子の手を取って、昔のように懇切な教訓の口ぶりである。

> 終日《ひねもす》にいりもみつる雷の騒ぎに、さこそいへ、いたう極《ごう》じたまひにければ、心にもあらずうちまどろみたまふ。かたじけなき御座所《おましどころ》なれば、ただ寄りゐたまへるに、故院《こゐん》、ただおはしまししさまながら立ちたまひて、「など、かくあやしき所にはものするぞ」とて、御手を取りて引き立てたまふ。「住吉の神の導きたまふままに、はや舟出《ふなで》して、この浦を去りね」とのたまはす。いとうれしくて、「かしこき御影に別れたてまつりにしこなた、さまざま悲しきことのみ多くはべれば、今は渚《なぎさ》に身をや捨てはべりなまし」と聞こえたまへば、「いとあるまじきこと。これは、ただいささかなるものの報《むく》いなり。われは、位にありし時、あやまつことなかりしかど、おのづから犯《をか》しありければ、その罪を終《を》ふるほど暇《いとま》なくて、この世をかへりみざりつれど、いみじき愁《うれ》へに沈むを見るに、堪《た》へがたく、海に入り、渚にのぼり、いたく極じにたれど、かかるついでに内裏《だいり》に奏すべきことあるによりなむ、急ぎのぼりぬる」とて、立ち去りたまひぬ。

その言葉は謎めいて、わずかの時間で取り残された光源氏の思いは、尽きせず連綿《れんめん》する。だが、この地で父に逢えた喜びは、それよりはるかに勝っていた。源氏はその余韻にひたり、無上の歓喜を抱こうとする。

飽かず悲しくて、「御供に参りなむ」と泣き入りたまひて、見上げたまへれば、人もなく、月の顔のみきらきらとして、夢のここちもせず、御けはひとまれるここちして、空の雲あはれにたなびけり。年ごろ夢のうちにも見たてまつらで恋しうおぼつかなき御さまを、ほのかなれど、さだかに見たてまつりつるのみ、おもかげにおぼえたまひて、わがかく悲しびを極《きは》め、命尽きなむとしつるを、助けに翔《かけ》りたまへると、あはれにおぼすに、よくぞかかる騒ぎもありけると、名残たのもしう、うれしうおぼえたまふこと限りなし。（明石）

桐壺院は、兄朱雀帝の夢にも現れた。しかし全く対照的だ。院は憤怒《ふんぬ》の様相で、朱雀を睨み付ける。遺言を果たさず、光源氏を窮地に陥れたと、多くの誡めを告げて、朱雀を恐懼《きょうく》させた。ぼんやりした夢ではない。睨まれて目を合わせた朱雀は、その眼を患《わずら》って苦しむことになるである。

その年、朝廷《おほやけ》に、もののさとししきりて、もの騒がしきこと多かり。三月十三日、雷鳴《かみ》りひらめき、雨風騒がしき夜《よ》、帝《みかど》の御夢に、院の帝、御前の御階《みはし》のもとに立たせたまひて、御けしきいとあしうて、にらみきこえさせたまふも、かしこまりておはします。聞こえさせたまふことども多かり。源氏の御ことなりけむかし。いと恐ろしう、いとほしとおぼして、后《きさき》に聞こえさせたまひければ、「雨など降り、空乱れたる夜《よ》は、思ひなしなることはさぞはべる。軽々《かろがろ》しきやうに、おぼしおどろくまじきこと」と聞こえたまふ。にらみたまひしに見合はせたまふと見しけにや、御目にわづらひたまひて、堪へがたうなやみたまふ。（明石）

『源氏物語』という作品が、亡霊の出現という荒唐無稽《こうとうむけい》に陥りがちなプロットを、どれほど丁寧に描きこんで現実性を付与するか。如上《じょじょう》の一連は、その方法を知る意味でも、興味を引かれる叙述である。核心にはいっさい触れないものの、やはり桐壺院は、すでにすべてをお見通しだ…。読者の疑いは、次第に確信へと変わっていく。いくつか傍証《ぼうしょう》もある。北山に参拝の折、光源氏は「空も恐ろし」と思ったが、後に藤壺が亡くなって、夜居《よい》の僧が冷泉帝に秘密を打ち明ける時、僧もまた「天の眼」が恐ろしかったと、冷泉に告げている。

いと奏しがたく、かへりては罪にもやまかりあたらむと思ひたまへ憚《はばか》ること多かれど、しろしめさぬに、罪重くて、天の眼《てんまなこ》恐ろしく思ひたまへらるることを、心にむせびはべりつつ命終りはべりなば、何の益《やく》かはべらむ。仏も心ぎたなしとやおぼしめさむ。（薄雲）

生前は寡黙だった藤壺も、没後には夢枕《ゆめまくら》に恐ろしげな姿で現れた。紫の上に二人の関係を匂わせる光源氏を、怨《うら》んでなじる場面である。

入りたまひても、宮の御ことを思ひつつ大殿籠れるに、夢ともなくほのかに見たてまつるを、いみじく恨みたまへる御けしきにて、「漏らさじとのたまひしかど、憂き名の隠れなかりければ、はづかしう、苦しき目を見るにつけても、つらくなむ」とのたまふ。御いらへ聞こゆとおぼすに、おそはるるここちして、女君（＝紫の上）の「こは、などかくは」とのたまふに、おどろきて、いみじくくちをしく、胸のおきどころなく騒げば、おさへて、涙も流れ出でにけり。（朝顔巻・本書第二章参照）

故人となった桐壺院が、何も知らないわけはない。読者は、光源氏を追い越して、今度は彼を見下し始める。光源氏もやがて気付くだろう。因果応報、あなたもいつか、同じ目に遭うはずだ…。

『源氏物語』は、同じ様なモチーフを反復する癖がある。義母への我が子の恋と密通の恐れは、長子の夕霧が体現する。紫の上を垣間見《かいまみ》で見初《みそ》めて憧れた夕霧は、「ありつる御面影の忘られぬを、こはいかにおぼゆる心ぞと」苦しみ（野分）、「おほけなき心はなかりしかど」、その死に際して、そっと死に顔を眺めている（御法）。そしてついに因果はめぐり、正妻女三の宮と柏木が密通して、薫を身ごもってしまう。柏木は、夕霧とは逆に、自らの思いを「昔よりおほけなき心のはべりしを」（若菜下）と語っていた。あまつさえ罪を犯した柏木は、光源氏のことを、「帝の御妻をも取りあやまちて、ことの聞こえあらむに、かばかりおぼえむことゆゑは、身のいたづらにならむ、苦しくおぼゆまじ。しかいちじるき罪にはあたらずとも、この院に目をそばめられたてまつらむことは、いと恐ろしくはづかしくおぼゆ」（若菜下）とも怯え、「空に目つきたるやうにおぼえしを」と畏《おそ》れている。屈折を織り込みながら、光源氏は、いつしか自分も父と同じ立場になり、そうしてようやく想到《そうとう》する。父はあのころ、すべてを悟って「つれなしづくり」、知らぬ顔をしていただけなのではなかったかと。

故院の上も、かく御心にはしろしめしてや、知らず顔をつくらせたまひけむ、思へば、その世のことこそは、いとおそろしくあるまじきあやまちなりけれ、と近き例《ためし》をおぼすにぞ、恋の山路《やまぢ》は、えもどくまじき御心まじりける。つれなしづくりたまへど、ものおぼし乱るさまのしるければ…（若菜下）

「知らず顔」は、光源氏形容の常套句《じょうとうく》でもある。だが今の自分は、桐壺院のようには振る舞えない。「ものおぼし乱るさまのしるければ」、みじめな姿をさらした光源氏は、朱雀院を睨み圧した院の亡霊さながらに、「果てには睨《にら》み殺し給へるほど」（『無名草子』）、嫉妬に燃えて柏木を見やり、揶揄《やゆ》していたぶったあげくに、自責の念を募らせる彼を死に追い込むのである。

世界は完全に逆転した。かつて無知な桐壺院を嗤《わら》っていたひとも、光源氏物語の反転を経験して驚愕する。読者はふたたび問うだろう。院は、いつからすべてを知っていたのだろうか。だが物語本文は、最後まで何も語らない。

テクストに翻弄された中世以前の読者は、本文とのインタラクティブを、すべて作者の手の中に帰着して、解消する。伝承に依拠して出発し、匿名の語り手を装う物語において、本質的な意味で、ここにはじめて〈作者〉が誕生する。読者もまた、生まれ変わらずにはいられない。まるで経典に対するように、本文に注釈を施したり、作者は何が言いたいのかと、問いかけたりするのである。挙げ句の果てに、ストーリーテラーの罪を背負って苦しみ、源氏供養《げんじくよう》を求める亡者「紫式部」までも仮構する…。作者、語り手、読者。今日ではあたりまえの構造認定が、こうして自然に達成される。それは、日本の文学が遭遇した、画期的かつ最大級の文学史上の一コマであった。

†

かくして『源氏物語』が誕生する。その流動する現場に、今日の視点から、私なりのやり方でただ真摯に立ち会うこと。譬喩《ひゆ》的な物言いになるが、本書のささやかな試みは、畢竟《ひっきょう》、そういうことである。

具体的には、寓意《ぐうい》や准拠《じゅんきょ》といった観点を軸に、史書、説話、漢詩文、仏典など、様々な外部テクストを本文と対比して、作品世界に分け入ろうとする。アプローチの方法は章ごとで異なっているが、中世的視界からの照射を、一つ特徴的な基調とする。

全八篇からなる各章は、三部に分けて並べている。Ⅰ・Ⅱ・Ⅲそれぞれのまとまりで、ゆるやかに内実を共有しつつ、中心的に論じた『源氏物語』の巻序にそって配置している。

以下、章ごとの内容をごく簡単に概観して、本書へのみちびきとしたい。

†

## Ⅰ

第一章「玄宗《げんそう》・楊貴妃《ようきひ》・安禄山《あんろくざん》と桐壺帝・藤壺・光源氏の寓意」と第二章「武恵妃《ぶけいひ》と桐壺更衣、楊貴妃と藤壺―桐壺巻の准拠と構想」とは、藤壺を楊貴妃に比定する論理において、モチーフと資料に密接な連関を有する。第一章では、『長恨歌《ちょうごんか》』世界の拡がりと、相剋《そうこく》しつつ展開する「新楽府《しんがふ》」などの楊貴妃像を追い、第二章では、『長恨歌』が投影する李夫人と、楊貴妃より前に玄宗の心を占めた武恵妃にも着目して、それぞれ『源氏物語』における寓意を考察する。分析は、院政期の享受資料の読解から始まり、『源氏物語』桐壺巻に始発する物語の構想を、新しい視点で論じている。関連のテーマは、第四章、第五章にも引き継がれる。

第三章「〈北山のなにがし寺〉再読―若紫巻をめぐって」では、光源氏と若紫とが出会う重要な場である「北山」の「なにがし寺」について、研究史の再構築を行う。かつて主流であった鞍馬寺説は、角田文衛《つのだぶんえい》の大雲寺説により、批判的な評価が大勢となった。だが無動寺蔵本『鞍馬縁起』などを用いて、平安期における鞍馬寺の実態とイメージを検証すると、様相は一変する。そこで、あらためて鞍馬寺説の意義を問い、当該の『源氏物語』本文と対比することで、その方法を論じたものである。
第四章「胡旋女《こせんじょ》の寓意―紅葉賀の青海波《せいがいは》」は、第一章や第二章で関説した人物関係を前提に、考察が進められる。白居易「新楽府」中の一篇『胡旋女』と『源氏物語』の関係を中心的課題として、紅葉賀巻の青海波の場面に展開する、物語の寓意を読み解く。第五章「胡旋舞《こせんぶ》の寓意と表象―光源氏と清盛と」はその関連論文である。『胡旋女』の受容資料の分析から、「袖振る」イメージと表現世界の拡がりを読み取り、『源氏物語』と織りなす表象の、中世的残照までを追う。

Ⅱ

第六章「〈非在〉する仏伝―光源氏物語の構造」は、桐壺巻の予言が内在する、奇妙なダブルバインドの仕組みに着目する。その意味するところを追跡して、光源氏物語に〈非在〉する釈尊伝の構造を剔抉《てっけつ》し、光源氏の「非出家」と六条院の四季の形象――春・秋・冬・夏という不思議な循環――をめぐって、『源氏物語』の主題に迫ろうとする。光源氏の生涯に相当する物語世界の意味を論じている。

Ⅲ

第七章「宇治八の宮再読―敦実《あつみ》親王准拠説とその意義」は、宇治十帖の冒頭、橋姫巻で、女主人公たちの父として描かれた、宇治八の宮の形象を取り上げる。『源氏物語』諸本の本文を閲するに、現在の通行本文とは異なった場所に、「八の宮」という呼称が出現する。この叙述を分析すれば、宇治八の宮の造形には、宇多帝八の宮の敦実親王との類似があらわに見出される。本章では、関連する資料を検証して、その准拠の意義を考察する。

第八章「源信《げんしん》の母、姉、妹―〈横川のなにがし僧都〉をめぐって」では、『源氏物語』の終焉である手習・夢浮橋両巻に登場し、重要な役割を果たす横川のなにがし僧都について、再解釈を行う。准拠とされる恵心僧都《えしんそうず》源信《げんしん》をめぐって、伝記史料に関する近年の研究を踏まえつつ、『源氏物語』の叙述をたどる。その過程で、源信伝の内外で展開する、彼の母と姉と妹の形象と、それぞれの伝承的混交を見出す。そして、『源氏物語』に描かれた僧都とその母、そして妹の造形と、作品成立のありようを推測しようとするものである。

†

本書の最後には、あとがきを付し、この本が成立した背景や由来などについて誌した。末尾には、もとになった論文の初出一覧と、引用本文などに関する、叙述上の簡単な凡例を載せている。

# I

ところで『長恨歌』の主題については、今一つ考えるべきことがある。それは白楽天が、玄宗と楊貴妃の関係について、当時周知の二つの事実を取り上げていないことである。一つは、楊貴妃が実は玄宗の子、寿王の妃であった事実、皇帝が息子の嫁を横取りしたというようなことは書けるものではないし、第一それでは『長恨歌』のロマンスは台無しである。もう一つは、異民族の将軍、安禄山と楊貴妃がただならぬ関係であったという噂、こちらは宮中の秘事であるから、もとより真相は不明だが、当時の書物には、安禄山が反乱を起こしたのは楊貴妃への恋情のためであるというようなゴシップが書かれている。多くの異民族を抱え、国際文化の花を咲かせた唐代の人々は、皇帝と異民族の首長との美女をめぐる三角関係が好みであったらしい。

（金文京「東アジアの『西廂記』」『図書』二〇一三年四月号）、本書第一章注（36）より。

†第一章

# 玄宗《げんそう》・楊貴妃・安禄山《あんろくざん》と桐壺帝・藤壺・光源氏の寓意

## はじめに

玄宗《げんそう》皇帝は、唐の繁栄を築く開元《かいげん》の治《ち》を行い、賢主の誉れが高かった。だがその一方で、相次いで愛妃を失う。その形代《かたしろ》を索《もと》めて、息子の寿王《じゅおう》から楊貴妃を奪いとって掌中のものとすると、比類なき寵愛を注いだ。六十前後の帝王と二十代の還俗尼《げんぞくに》との、少しいびつな愛情であった。同時に帝は、後には逆臣へと転ずる安禄山《あんろくざん》を、寵臣として重用して、皇太子以下、心ある人々を鬱屈させる。

よく知られた史実である。しかし、日本文学研究にとってより重要なのはここからだ。玄宗は、安禄山と楊貴妃と、二人に対する自分の情愛が、いずれもかけがえのないものであることを示すのに、安禄山を楊貴妃の養子にする、という奇策を弄したのである。そして二人は、義理の親子という建前に甘え、しばしば居室をともにして、嬌声をあげたりする。人々は当然のごとく、その密通を噂し始める。だが玄宗だけは違っていた。それこそ、二人の親子関係が良好な証しと喜んで、自らの愛情の成就を誇って屈託がない。

　どこまでが本当のことだったのだろう。まったくもって不可思議な三角関係だ。その後、安禄山が乱を起こし、帝は都を追われてしまう。逃避行の中、馬嵬《ばかい》の地で楊貴妃は死を賜り、安《あん》史《し》の乱の終結とともに、不自然な三人の関係は、すべて破綻してしまった。

　日本で盛んに愛好された白居易《はくきょい》の『長恨歌《ちょうごんか》』は、こうした史実と人間関係をもとに作られている。

> 長恨歌絵・長恨歌説話の大流行を、いま仮りに時代の長恨歌体験と呼んでおこう。長恨歌と、それの由来する楊貴妃の説話は、きわもの的に、あまりにもあまねく世人の共通の記憶に知られていた。（藤井貞和《さだかず》「光源氏物語の端緒の成立」▼注(1)）

　だが「共通の記憶」の趣は、史実とはずいぶん印象が違う。新間一美によれば、それは、陳《ちん》鴻《こう》の『長恨歌伝』や『長恨歌序』▼注(2)の叙述などを併せて「長恨歌の物語」を「再構築」して、たとえば次のような枠組みの中で享受された。

（1）藤井貞和「光源氏物語の端緒の成立」『源氏物語の始源と現在―定本』冬樹社、一九八〇年。なお新間一美「わが国における「長恨歌」の受容について」（『白居易研究年報』第十一号、勉誠出版、二〇一一年一月）、上野英二「平安朝の物語―長恨歌から源氏物語へ」（『源氏物語序説』一九九五年、初出は一九八二年）など参照。近年の研究動向については胡潔「「長恨歌」と「桐壺」巻」（伊井春樹編『海外における源氏物語の世界―翻訳と研究―』風間書房、二〇〇四年）などにまとめられる。

（2）『長恨歌序』の成立については議論があるが、新間一美は「中国で作られたか、中国で作られたものに平安中期頃までに手を加えて作られたか」と見る（「白居易の長恨歌―日本における受容に関連して―」『白居易研究講座』第二巻、勉誠社、一九九三年七月）。もっとも、太田次男他（上記新間論文参照）が説くように邦人作であっても、ここで問題とする享受の様相としては大差ない。

玄宗と楊貴妃はもと上界の仙人仙女であった。しかし上界での二人の「恩愛」の罪により、下界に流され、夫婦になった。馬嵬《ばかい》で楊貴妃が死んだ後、一旦「恩愛」は絶えたが、方士《ほうし》が蓬莱《ほうらい》を訪れたことにより、仙女楊貴妃に再び「恩愛」が生じた。かねてからの比翼連理《ひよくれんり》の誓いのように、再び生まれかわって夫婦となるであろう。それを「恨み」とする。▼注(3)

おしなべて夫婦は二世の契り。これはさらに三世まで、幽明境《ゆうめいさかい》を異《こと》にした、玄宗と楊貴妃の永遠のロマンスを謳《うた》う。▼注(4) 王と妃と、二人だけの純愛物語の構造の強調である。こうした嗜好の人々にとっては、安禄山をめぐる醜聞など、けがらわしい無用のノイズに他ならない。いっそのこと、その猥雑をすっぽりと脱落して、忘れ去ってしまったほうが楽しい。『長恨歌』中心主義の逸楽は、「きわもの的に」、時代を席巻していたのである。

『源氏物語』は、この「長恨歌体験」を浴びるように甘受する読者に向けて、独自の作品世界を提示する。冒頭の桐壺巻には、『長恨歌』が繰り返し引用され、玄宗と楊貴妃の純愛は、桐壺帝と更衣の直接的な先蹤《せんしょう》だと、語り手はしきりに伝えてくる。ところがそこには、興味深い欠落があった。惜しまれて更衣が亡くなり、よく似た形代として藤壺が登場して以降、光源氏の成長と藤壺への高まる思慕など、肝心の主人公たちを語る部分には『長恨歌』の影響が及ばない、というのである。

その途絶の裏側で、安禄山を交えた奇妙な三角関係とよく似た話が、物語内で展開しつつあった。桐壺帝は、藤壺への愛情を確信すると、更衣の遺児光源氏の後見を彼女に頼み、御簾《みす》の内

(3) 新間一美「桐と長恨歌と桐壺巻―漢文学より見た源氏物語の誕生―」(『源氏物語と白居易の文学』和泉書院、二〇〇三年、初出一九八三年)。なお本書第二章第六節参照。

(4) 麻原美子は「長恨歌絵」の制作をめぐって、「玄宗貴妃が問題になるのは、馬嵬陂以後幽明に隔てられた両者に焦点が置かれるであろうことは容易に察せられる。すなわち長恨歌絵は屏風絵という画材の限定を受けて、「長恨歌」全詩句が絵画化されることなく後半が重要視されたのである」と述べている(「我が国の「長恨歌」享受―「長恨歌」絵と「長恨歌」物語(説話)をめぐって―」川口久雄編『古典の変容と新生』明治書院、一九八四年)。

に入れる。爾来芽生えた光源氏の恋心は、知らぬ間に取り返しが付かない所まで膨らんで、いずれ二人の密通と、秘すべき実子、冷泉帝の誕生へと繋がっていく。ところが、二人を引き合わせた当の帝は、何も知らずに、成さぬ子をいつくしげに抱きながら、光源氏によく似ていると、嬉しそうに二人に語りかける。寵愛の妃と、私物《わたくしもの》に思って育んできた愛子光源氏と、それぞれへの等価の愛情の具現として、疑いのかけらもなく、心から満足げなのだ。

執拗なほどに前奏される『長恨歌』の文言が、静かにフェイドアウトして、藤壺の物語が語り始められる。一連には、いくつかの複雑な伏線が錯綜して、読者を待ち構えているらしい。白居易《はくきょい》の「新楽府《しんがふ》」と『旧唐書《くとうじょ》』などの史書や伝奇小説に描かれた楊貴妃伝承の位置付け次第で、物語の意味するところは大きく変わってくるのではないか。本章と次章では、そのことを、資料に即して再考し、『源氏物語』の構想を問い返してみたいと思う。

端緒として本章では、信西《しんぜい》の「長恨歌絵」の寓意《ぐうい》するところを問い、鎌倉時代の説話集『続《ぞく》古事談《こじだん》』に載る一連の玄宗・楊貴妃・安禄山に関する説話からその出典の世界を伺って、中世の文献に就いてあらたな視界を開く。その上で、これまでとは異なった角度から、『源氏物語』論へと分析を進めていきたい。

## 1　信西「長恨歌絵」の寓意

『平治物語《へいじ》』によれば、後白河院の重臣であった藤原信頼《のぶより》と藤原通憲《みちのり》（信西）は、そりがあわず、仲が悪かった。信頼は、後白河の「寵愛」深い「当時無双の寵臣」である。かたや後白河院の乳母紀二位《きのにい》藤原朝子の夫であった信西も、「当世無双、宏才博覧《くはうさいはくらん》」で、「とぶ鳥もおち、草木もなびく」「権勢」を誇っている。そのころ信頼は、「家にたえてひさしき大臣の大将にのぞみをかけ」ていた。後白河は、仕方ない、認めてやれよと、許諾の意を含みつつ信西に諮る。彼は当然反対である。「信頼などが大将にな」るならば、「この世は損じぬる」と嘆く信西は、多くの先例を引きつつ理を説いて、「信頼などが身をもつて大将をけがさば、いよ〳〵おごりをきはめて、謀逆《ぼうぎゃく》の臣となり、天のために滅ぼされ候はんこと」と院を諫めた。しかし後白河は、「げにとも思召《おぼしめし》たる御気色もな」く、聞き入れる様子が無い。そこで信西は、中国の先例を絵画にして示せば、院もお気づきになるだろうか、と考える。しかし所詮、無益であった。「信西、せめてのことに、大唐、安禄山がおごれるむかしを絵にかきて、院へまいらせたりけれども、げに思《おぼ》しめしたる御こともなかりけり」。平治の乱の根源を象徴的に示す、『平治物語』冒頭のエピソードである（「信頼・信西不快の事」）。

　この〈安禄山絵〉は、実在したらしい。九条兼実《くじょうかねざね》の『玉葉《ぎょくよう》』建久二年（一一九一）十一月五日条に「長恨歌絵」として言及がある。その絵には、信西自らの手になる自筆の反古が付属していた。兼実は、その文章のすばらしさに感嘆して写し留めた、という。

　抑《そもそ》も、長恨歌の絵（「長恨歌絵」）に相具《あひぐ》して、一紙の反古《ほぐ》有り。披見の処、通憲法師の自筆也。文章褒《ほ》むべし。義理悉《ことごと》く顕《あら》はる。感歎の余り、之《これ》を写し留む。其の状に云はく、

　　唐の玄宗皇帝は、近世の賢主也。然れども、其の始めを慎みて其の終りを棄て、泰岳の封禅《ほうぜん》有りと雖《いえど》も、蜀都の蒙塵《もうぢん》を免れず。今数家の唐書及び唐暦、唐紀、楊妃内伝を引き

（5）よく引かれる箇所でもあり、ここの引用は国書刊行会本をもとに、『訓読玉葉』（高科書店）などを参照して、私に訓読して示した。カッコ内は参考のために付した原文。

（6）池田利夫は「通憲が長恨歌絵を作るのに拠った「唐書及唐暦、唐紀、楊妃内伝」とある唐紀は、旧唐書本紀を指すのであろうか。唐暦は亡佚して今に伝わらないが、唐紀が唐書本紀でなく、漢紀のように、漢書本紀とは異なる性質の本を指すのであれば、それも今に伝わらない。そうすると楊妃内伝という書物もないことになってしまう。ここを「唐書及び唐暦、そして唐書の中では唐紀と楊妃内伝」と読みうるかどうか甚だ疑わしいが、楊妃内伝が、唐書列伝の后妃、玄宗楊貴妃の条を指すなら、新旧唐書とも列伝第一に収められている。いずれにせよ、唐の楽史の作る楊太真外伝は、楊妃内伝という呼び名に対称的である」と推定する（池田利夫『日中比較文学の基礎研究　翻訳説話と

て（「今引二数家之唐書及唐暦、唐紀、楊妃内伝一」）、其の行事を勘へ、画図に彰《あら》はす。伏して望むらくは、後代の聖帝明王、此の図を披《ひら》きて、政教の得失を慎まんことを。又厭離穢土の志有らば、必ず此《こ》の絵を見て、富貴常ならず、栄楽夢の如しと、之を以て知るべき歟。此の図を以て、永く宝蓮華院に施入し了んぬ。時に平治元年十一月十五日、弥陀利生の日也。沙弥（在判）。

此の図、君心を悟らしめんが為、予め信頼の乱を察し、画に彰はす所也。当時の規模、後代の美談たる者也。末代の才士、誰か信西に比せん哉。褒むべく感ずべき而已《のみ》。▼注(5)

信西自筆の記録には、平治元年（一一五九）十一月十五日の日付があった。平治の乱の勃発は十二月九日であるから、兼実が、「予め信頼の乱を察して」絵画化を成し遂げた信西の才気を賞賛するのも当然である。「近世の賢主」だった唐の玄宗皇帝は、始まりは開元の治と呼ばれる善政を施しながら、統治の後半に失政し、都を追われる羽目に陥った。「数家の唐書及び唐暦、唐紀、楊妃内伝」▼注(6)などを参看《さんかん》して、玄宗の事績を校勘《こうかん》し、その教訓的な生涯を絵画化して、「後代の聖帝明王」の政教の鏡としたい、と信西は述べている。▼注(7)

この逸話を、一条兼良『花鳥余情』は、『源氏物語』桐壺巻の「長恨歌の御ゑ亭子院のかゝせ給ひて…」とある部分についての注説に引く。「旧記」が『玉葉』に相当する。

…長恨歌の絵は、亭子院の御時かゝせ給へるよし、みえ侍れど、その絵とて、するの代につたはりたる事も侍らず。

その典拠 補訂版』第一章、笠間書院、一九八八年）。信救の『新楽府略意』の『新豊折臂翁』の注には、「案二唐暦一」として、天宝十二年以降の楊国忠と安禄山の野心と対抗心などを摘記する。後述する『胡旋女』の次歌をめぐる注であり、重要な事項として後考を俟ちたい。なお前置される「数家の」がどこまでかかるのか。「数」という文字（山口明穂「「数」の字考」『中世国語における文語の研究』明治書院、一九七六年参照）が、二つの新旧『唐書』のみを指すとは考えにくく、『玉葉』の区切りについても未解決の部分を有す。

(7)〈安禄山絵〉は、金刀比羅本の『平治』では「大なる三巻の書」（旧日本古典文学大系）とその規模も描かれるが、『玉葉』には治承三（一一七九）年九月四日条に「自レ内賜二預玄宗皇帝絵六巻一、為レ令二一見一也」と「六巻」とあって相違もある。同六日条には「今旦返二上玄宗皇帝絵一」と返却が記される。遠藤實夫『長恨歌研究』（建設社、一九三四年）及び同書が言及する『考古画譜』参照。なお『玉葉』の当該部について、「この「抑」で始まる文は、当日前段しかるを、通憲法師〈法名信西〉、唐書・唐暦・楊妃外伝などいふ書をかむがへてあたらしく絵に書しをぞ、いまの代に長恨歌の絵とは申し侍る。これは、平治の乱のあるべき事をかゞみて、後白河院に御心をつけ申さむ為に、思ひくはだて侍るぞ。あのごとく、安禄山がやうなる信頼がふるまひ、ためしすくなかりける事也。その絵は、平治元年十一月十五日に宝蓮華院に施入し侍とて、信西一紙をかきそへてをきたるよし、旧記にのせ侍る也。▼注(8)

池田利夫は、信西がこの〈絵〉に託した寓意の測定に重要な推論を次のように記している。

天皇がまつり事を怠り、天下を紊《みだ》すかと惧《おそ》れる時、平安人士が直ぐ長恨歌を想起したらしいことは、…「楊貴妃のためしもひきいでつべうなりゆく」とある源氏物語の描写に依っても知られるところである。信西の目から見れば、長恨歌は、玄宗が楊貴妃の色香に溺れたという玄宗の人間的な面よりも、その結果として、楊国忠や安禄山などの妄官を重んじ、内乱を惹起《じゃっき》した帝王としての玄宗の器宇《きう》を問う物語として映ったであろう。従って、兼実の見たのは「長恨歌絵」であるけれども、そこに述べられているのは、叙情ではあるまい。「文章」は、白居易の長恨歌よりも、陳鴻の長恨歌伝により傾き、更に、この絵の「状」に見えるように、唐書、唐暦、唐紀、楊妃内伝を引用した玄宗一代記、安禄山の乱始末記という性格が強かったであろう。▼注(9)

の除目の記事と切り離された形で書かれており、前後の脈絡を示す言葉は何一つ見ることはできない」（池田利夫前掲論文）と指摘していることにも注意が必要である。またこれより先の叙述で、『平治物語』自体が「おほけなき振舞」の信頼を「弥子瑕にもすぎ、安禄山にもこえたり」と、信頼を安禄山に譬えている。

（8）『花鳥余情』一。引用に際し、句読点と濁点を付した。

（9）池田利夫前掲『日中比較文学の基礎研究　翻訳説話とその典拠　補訂版』第一章。麻原美子は、信西が再現した「玄宗一代記、安禄山の乱始末記という性格」の「長恨歌絵」には、具体的にどのような伝承が含まれて、いかなる物語を形成していたのだろうか。今日ではわからないことばかりである。しかし少なくとも、信西の諌言《かんげん》の寓意をより深く測定するためには、後白河院を玄宗帝になぞらえ、信頼を安禄山にたとえる、というような、形式的な理解だけでは不十分であることが、池田の議論からよくわかる。

『平治物語』では、信西からすれば許しがたい、後白河院の信頼重用と寵愛への反撥と、彼なりの衷心《ちゅうしん》からの諌言として、「安禄山絵」が執筆されたと語っていた。そこには、玄宗皇帝と安禄山、後白河院と信頼という対比的な君臣間の関係性が、奇妙に相似していることの含意がおそらくは含まれている。そのことまでを念頭に置いて、信西の作意を問わなければならないだろう。

## 2　帝王の寵愛――安禄山と信頼と

逸《いっ》すべからざる要素は、後白河と信頼との「男色《だんしょく》」である。▼注(10)「アサマシキ程ニ御寵アリ」(『愚管抄』五)と評される、後白河の信頼への「寵愛」には、男色の意味合いが色濃い。そのことをはっきりと語る早い資料が、建保七年(一二一九)の跋文《ばつぶん》をもつ『続古事談』である。

鳥羽院、宇治に御幸ありて、経蔵ひらきて御覧じけるに、此《この》経蔵は、よのつねの人いる事なきに、富家《ふけ》殿御前に候給て、播磨守家成時の花にてありければ、御気色にかなはんとや

『今昔物語集』十―七「唐玄宗后楊貴妃依皇寵被殺語」を分析して、「玄宗が貴妃に迷って国政が乱れ、反乱が生じたのも当然であれば、元凶の貴妃が殺されるのも政治道徳の上からはやむを得ないのだとする見方」が示され、『旧唐書』九本紀などとの「間接的な何らかの関係が認められるのである」と述べ、『今昔』の説話からうかがえることは、平安末期になって「長恨歌」物語(説話)の上に「長恨歌」「長恨歌伝」以外の中国史書によって歴史的事実を新しく付加していこうという傾向が認められるということであり、信西の試みはこうした時代趨勢の上に立脚していたものといえるのである」という(麻原美子「我が国の「長恨歌」享受」川口久雄編『古典の変容と新生』明治書院、一九八四年)。

(10)『塩尻』巻二十。岩田準一『本朝男色考』第三章、原書房、二〇〇二年参照。

おぼしけん、召入《めしいれ》られけり。後白河院御幸有《あり》ける時、このことをやきゝをよべりけん。右衛門督信頼、めしあらんずらんとおもひけるに、法性寺殿、いとさやうの気おはせで、召《めす》事《こと》なくてやみにければ、人しれずむつけばらだちけるなごりにや、範家の三位といひける人を軽慢して、にやくり三位、き三位、散三位、よく三位、むことり三位などはやしたりけるとぞ、世の人いひわらひし。まことにや。（一―二三）[注11]

　平等院の一切経蔵《いっさいきょうぞう》は、藤原北家の氏長者が宇治入りをして宝物の検知を行うほかは、本来、「よのつねの人いる事なき」大蔵経の秘庫である。毎年三月三日に行われる一切経会に経蔵を開けるが、それ以外の臨時の開扉に蔵への立ち入りを許されるのは、天皇、上皇、摂関家関係の公卿、平等院長吏《ちょうり》、また縁故の僧などに限られる。本話では、その故実を前提に、前半では、鳥羽院の「時の花」と形容される藤原家成《いえなり》が、その寵愛故に、富家殿《ふけどの》藤原忠実《ただざね》の配慮を得て、格別の恩恵にあずかったという逸話が語られる。後半は、同じような関係にあった後白河と藤原信頼を素材とする。当てにしていた信頼だが、前例の氏長者忠実息男の法性寺殿忠通《ただみち》には、その期待が通じずに、お召しが無いまま終わってしまった。悔しまぎれに、同類の藤原家《いえ》範《のり》（忠通の寵愛人）を「にやくり三位」[注12]と罵倒した、自縄自縛の信頼を、世の人が嗤《わら》う。

　説話の本質は、それぞれの「男色関係」の暴露と対比のおかしみだけにあるのではない。舞台は、藤原氏の長者が管理する宇治平等院の経蔵であり、摂関と、院政期の治天《ちてん》の君《きみ》をめぐる権力構造が、この説話の中核に潜在する。[注13]五味文彦は、「平治の乱において」、「後白河院と藤原信頼との男色の関係を軸に戦乱がおこされている」と指摘して、この説話への注意を喚起す

（11）『続古事談』の本文とその理解は、川端善明・荒木浩校注『新日本古典文学大系41　古事談　続古事談』に立脚する。

（12）若気（にやけ）を踏まえるという。

（13）この説話と宇治の宝蔵の意味については、拙稿「知識集積の場―中世への表徴として」（『岩波講座　日本の思想』第二巻、二〇一三年五月所収）に関説した。

る。▼注(14)二人の「男色」は、寵愛の感情に留まらずに政治の根幹を貫き、平治の乱という国家叛逆へとつながった、という理解である。▼注(15)

では、譬《たと》えられた側の、安禄山と玄宗はどうだろうか。『花鳥余情』が「安禄山がやうなる信頼がふるまひためし」と述べるように、安禄山は、信頼に倍《ばい》する叛乱を起こした。問題は、そこに、信頼と類同する「寵愛」を読みとれるかどうかだ。『続古事談』は、次のように、連続して「長恨歌絵」に関連する人物の関連話を配置しており、この問題についても、重要な視点を提供する。

唐の玄宗皇帝は、近世の明王也。（以下姚崇、宋璟との逸話、中略）かくのごとく賢王にておはしけるが、楊貴妃と云ものいできて後、あさまつりごともせず、天下のことをすて給にけるなり…（六―二（1））

されば大国のならひは、いかなる苦もあれ、臣の諫をきゝいれてもちゐる心あるを、国王の器量とはするなり。（以下三皇五帝から、漢高祖に言及、「世の末の王のありさまをあらはしけるなり」として、楚の項羽を対比的に批判する）（六―二（2））

楊貴妃は、尸解仙《しかいせん》といふものにてありけるなり。仙女の化して人となれりけるなり。尸解仙といふは、いけるほどは人にもかはらずして、死後にかばねをとゞめざるなり。或唐書の中に、貴妃を改葬したる事をいふに、「肥膚已壊、香嚢猶在」といへり。このゐむ（＝韻、おもむき）にあへり。はだへ・すがたなどはなくて、香嚢《かうなう》ばかりありけり。貴妃はもと親王の妻也。それを玄宗めしたるなり。長恨歌伝に「寿邸にえたり」とあるは、彼王の居所

(14)五味文彦「院政期政治史断章」（同著『院政期社会の研究』山川出版社、一九八四年）。

(15) 五味の如上の発言は、石井進氏の見解を踏まえてのもの（同論文注参照）。また岩田準一前掲書参照。なお「むことり三位」とは、範家が通憲五男脩範を娘婿としたことの揶揄（神戸説話研究会『続古事談注解』和泉書院、一九九四年）。

をいへるなり。安禄山は、又その外の密夫也。禄山はゆゝしき玄宗の寵臣也。（六―三）▼注(16)

或人に問《とひ》ていはく、「漢家に男色の事ありや。中にも、国王のこの事をし給へる事やみえたる」。其《その》人答ていはく、「故入道〈長方《ながかた》卿〉しめされしは、漢成帝といふみかどの御時、董賢《とうけん》といふものさやらん、とみえたり。書にいはく、「与レ帝臥起《みかどとふしおく》」と云々。のちには余に寵して、位をゆづらんとするに及ぶと見えたり」。（六―四）

張喩といふもの有けり。（以下は、張喩が、死後玉妃となった楊貴妃に会う逸話、下略）（六―五）

玄宗の御子粛宗《しゆくそう》は、みづから威をほどこして、禄山をたいらげて、其後、霊武郡にいたりて、位につきたまへるなり。凡《およそ》漢家のならひは、かたきとなりてくらゐをうばふといへども、かならず其ゆづりを得て位にはつく事也。状にはかならず、「尭の舜にゆづりしがごとし」とかくことなり。粛宗皇帝は、世のみだれをなをして、玄宗みやこへむかへかへしたてまつりたまひけるまでは、いみじかりけれども、そのゝちはすこし不孝におはしけるとぞ。（六―六）

この配列と説話内容から読みとるべきことは多い▼注(17)が、ここでは関係する事象のみを述べよう。まず『続古事談』六―二（1）に見える「唐の玄宗皇帝は、近世の明王也」という叙述が、『玉葉』が引く信西の書状の「唐玄宗皇帝者、近世之賢主也」という表現と通用することに注目される。『続古事談』作者は、『玉葉』読者であったと思われる▼注(18)からである。『玉葉』には、その後の玄宗が凋落《ちょうらく》することを示す文章があった。『続古事談』が同様な説話配列をとることも、意義ある類似である。

(16) 六―三の「或唐書」は『旧唐書』に相当する。引用本文「肥膚」は、「肌膚」とありたい所だが、『長恨歌』の「凝脂」に通じることも注意される。『唐書』の一文は、楊貴妃が尸解仙であるという伝承の趣旨に合っている、の意である。『続古事談』は、皮膚・姿が消えて、香袋ばかりが残っている、と『旧唐書』の文を解釈している。誤読であろうが、この解釈が楊貴妃尸解仙説を支えている。増田欣次掲論文参照。

(17) 簡便には、新日本古典文学大系の脚注に記した。優れた先駆的研究に増田欣『中世文藝比較文学論考』第三章「説話文学における中国文学的要素」第一節「続古事談における中国文学的要素」1「漢朝篇に見える楊貴妃説話」汲古書院、二〇〇〇年、初出一九八八年）があり、本章も多くを負う。

(18) 一―一五、一―三六など、『玉葉』関係話が収録される。

しかしより重要なのは、『続古事談』が、六―四で楊貴妃説話を語った末尾に、「禄山はゆゝしき玄宗の寵臣也」と語っていることである。そこには帝の寵愛を示すのに、「ゆゆしき」という形容詞が付されており、『愚管抄』《ぐかんしょう》の「アサマシキ程ニ御寵アリ」という信頼の評語によく似ている。しかもそう語った直後に、『続古事談』は、問答の形式をとる逸話を連続させて、中国の男色の有無に関する言説を続けていた。『続古事談』諸本の原文は、通常、改行のみで次話に続ける形式をとる。だから形態上、六―三と四とは、改行を施しただけの一連の文章である。後者は前者の評語である、とも読める形態と文脈なのである。ちょうどそれは、六―二（1）を承けて「されば大国のならひは…」と展開する六―二（2）の関係と、同一の構造となっている。▼注(19)

六―四の説話では、中国の帝の男色と政治の関係について、「或人」との問答が示される。その人は、『続古事談』の中で、いくどか重要な役割を果たす藤原長方の言葉を引証して議論を進める。中国における君臣間の男色の存在を「書」を提示して証明し、そうした男色は、帝の位をもあやうくする悪例である、と論じようとする。そしてこの問答が、注釈的言辞として、玄宗と安禄山の逸話を側面から説明する仕組みとなっているのである。

すなわち『続古事談』は、玄宗が安禄山を過剰に寵愛した、という逸話に触れつつ、その深すぎる恩寵の秘密の根幹に、玄宗の安禄山に対する、男色の実在を窺《うかが》おうとしていた。『続古事談』作者は、信頼と後白河、安禄山と玄宗とが、それぞれ男色に立脚してその関係性を築いている、ということをよく知っており、そうしたゆがんだ寵愛が、それぞれの傾国《けいこく》という、乱世の起因であったと、類比的に気づいていたのである。『続古事談』巻六・漢朝部には、本朝

（19）宮内庁書陵部蔵の勧修寺本は説話の区切りごとに一行をあける（もしくは改丁する）原則だが、六―二（1）と六―二（2）とは改行のみで区切られ、空白を設けない。ただし、ここではそうした形態の問題を論じようというのではない。

説話との比較や寓意的性格がある、といわれる。[注(20)] 上記の理解に参考となるべき傍証である。

後掲するが、中国の資料では、玄宗の安禄山に対する処遇を形容する「寵」という語は、ほとんど常套句であった。ただしそこには、玄宗と安禄山との男色関係を窺わせるような、明確な徴証があるわけではない。にもかかわらず、『続古事談』作者には、そうした関係性が自明のように見えたのは何故か。

その根拠、もしくは示唆的文献の一つに、信西の「長恨歌絵」の描写があったのではないだろうか。「既に失われた信西の作品を、余りにとかく推定しても始まらないかも知れない。しかし」、[注(21)]『続古事談』作者は、『玉葉』読者であるばかりではなく、記主兼実への近侍《きんじ》を想定すべき人物である。[注(22)]『続古事談』作者が、兼実の見た信西の「長恨歌絵」を実見したか、あるいはその内容についてしかるべき理解を持っていたと考えることにも、充分な蓋然性がある。

信西の「長恨歌の絵」は、数多くの中国の書物を集成・抜粋して作成したという。それが、平安時代以来の通俗的な「長恨歌体験」を超える内容を持っているのは当然である。『続古事談』を読み解くことで、その一端が資料的に予想されるとしたら、それは「長恨歌絵」の展開と享受の歴史を解明するために、とても貴重な情報であろう。

## 3 安禄山・楊貴妃密通説の発生と白居易『胡旋女』

もう一つ『続古事談』六―三の末尾に、「安禄山は又その外の密夫なり。禄山はゆゝしき玄宗の寵臣也」と語られていたことに着目したい。安禄山が楊貴妃の密通の相手であることを明

(20) 増田欣前掲書同章同節2「漢朝篇に見える漢文帝の倹徳説話」(初出一九八八年)、また、木下資一「『続古事談』と承久の変前夜」(『国語と国文学』一九八八年五月号)参照。

(21) 池田利夫前掲論文。

(22) 木下資一前掲論文、同『続古事談注解』解説、同「『続古事談』長兼編者説再論―任子説話の位置のことなど―」(池上洵一編『論集説話と説話集』和泉書院、二〇〇一年)など参照。『続古事談』作者説については、拙稿「『続古事談』作者論の視界―勧修寺流藤原定経とその周辺―」(伊井春樹先生御退官記念論集刊行会『日本古典文学史の課題と方法―漢詩和歌 物語から説話 唱導へ―』和泉書院、二〇〇四年)に新説を提示し、『新日本古典文学大系41 古事談 続古事談』の『続古事談』解説に補充と整理を施して再説した。

記する言説である。ただし、「そういう捉え方が何に由来するのか、大いに検討を要する」。というのは、「楊貴妃と安禄山の間にそういう関係があったとする記事は、新旧両『唐書』の中にも見えないし、わが国で平安朝の初めから愛読された「長恨歌」や「長恨歌伝」にも記されていないからである」[注(23)]。

前節で考察した、玄宗・安禄山の男色説には『続古事談』を遡る古い明証を見出せないが、楊貴妃・安禄山密通説には書証がある。これが明確に記され、後代の定説となっていくのは、北宋の元豊七年（一〇八四）に成立した『資治通鑑《しじつがん》』の影響が大きい。

甲辰、禄山生日。上及貴妃賜㆓衣服宝器酒饌㆒甚厚。後三日、召㆓禄山㆒入㆓禁中㆒。貴妃以㆓錦繍㆒為㆓大襁褓㆒裹㆓禄山㆒、使㆘宮人以㆓綵輿㆒舁㆖㆑之。上聞㆓後宮歓笑㆒、問㆓其故㆒、左右以貴妃三日洗㆓禄児㆒対。上自往観㆑之、喜賜㆓貴妃洗児金銀銭㆒、復厚賜㆓禄山㆒、尽㆑歓而罷。自㆑是禄山出㆓入宮掖㆒不㆑禁。或与㆓貴妃㆒対食、或通宵不㆑出。頗有㆓醜声㆒聞㆓於外㆒。上亦不㆑疑也。（天宝十載正月）[注(24)]

安禄山の誕生日に、帝と楊貴妃は盛大な褒美を用意して賜り、三日後に、宮中に招く。すると安禄山は、「錦の産衣にくるまれて、色どり美しい輿《こし》に乗せられ、宮女たちに舁《かつ》がれて」いた。帝は、後宮の歓笑ぶりを聞いてそのわけを問うと、宮人達は、楊貴妃様が「子供が生まれて三日目に初湯を使わせる」「洗児会」というのを模してなさっているのです、と答えた。帝はその様子を御覧になって喜悦し、楊貴妃にはその費用を賜り、安禄山には厚く褒美を与えた。そ

（23）増田前掲「漢朝篇に見える楊貴妃説話」。

（24）中華書局版による。

の後、安禄山は、禁中に出入りすることを許される。「あるときは貴妃と差し向かいで食事をし、あるときは夜もすがら貴妃の部屋に籠ったままというありさまで、いつしか二人のスキャンダルが宮廷の外にも漏れ広がって行った」という内容である。▼注(25) しかし帝は、依然として、まったく二人の仲に疑いを持たなかった。本章冒頭に記したように、奇怪な情景が描かれている。

こうした「二人のスキャンダル」は、後代の文学作品などではおなじみである。その発生と展開について、増田欣《もとむ》は、曾永義《そえいぎ》▼注(26)の論述を引き、次のようにまとめて説明している。

> 楊貴妃と安禄山の「穢乱」つまり淫行による風俗壊乱について、氏（＝曾論文、引用者注）はおおむね次のように論じている。これは史実ではないが、二人の中を誹謗する見解は早くから醸成されていた。例えば、白居易は新楽府「胡旋女《こせんじょ》」の中で、二人が天下を乱した張本であることを明らかにして君主の鑑戒としたのであるが、彼が至るところで二人の名を並べたために、二人の間にはかなり親密な関係があったのではないかという連想を生ぜしめた。また、李肇《りちょう》の『唐国史補《とうこくしほ》』の記述はいっそうあからさまで、玄宗の恩寵が深まるにつれて安禄山は御前で冗談まじりに話をしたが、貴妃はいつもその座におり、玄宗の命で貴妃の姉たちと兄弟の縁組みをしたこともあって、安禄山は貴妃に心を動かしていたから、馬嵬《ばかい》でその死を聞くや数日間嘆き悲しんだのである。禄山の叛心は、李林甫《りりんぽ》によって培われ楊国忠《ようこくちゅう》によって激発されたのだとはいえ、彼自身の内部にも原因があったのだと書かれている。このように、禄山の叛逆を貴妃の美貌と関係づける考え方がつとにあったので、唐末五代の姚汝能《ようじょのう》（『安禄山事迹』）、温畬《おんよ》（『天宝乱離西幸記』）、王仁裕《おうじんゆう》（『天宝遺事』）等に

(25) 以上、カッコ内の訳文は増田欣前掲論文による。

(26) 曾永義の論考は、「楊貴妃故事的発展及与之有関的文学」で、同著『説俗文学』聯経出版事業公司、一九八〇年に所収。なお本書第四章参照。

(27) 増田欣は、「唐紀」について、『続古事談』六—五の出典とされる『温泉記』を所収する『青瑣高議』に載り、同じ張兪が登場する『驪山記』という小説を取り上げ、その中で張兪が「吾嘗観二唐紀一、見下妃与二禄山一事上。則未二之信一…」と質問する中に見える「唐紀」について、『資治通鑑』の「唐紀」を指すと見て誤りはないであろう。古老の答えの中に、「禄山日与二貴妃一嬉遊、（中略）貴妃慮三其醜声落二民間一、乃以二禄山一為レ子」と類似の措辞も見えるし、「史氏書レ此作戒二後世一」とあるのも司馬光の撰史の意図を捉えて言ったものと思われるのである」と解釈する。増田は、中国の史書

至ると、話に肉付けをして後宮の風紀紊乱《びんらん》の話に付会したのである。

これらの情報と、信西が挙げていた資料との関係は明確ではない。▼注(27) だが、こうした醜聞説の淵源《えんげん》が、他ならぬ白居易の『胡旋女』という著名な作品に見えること。同じく唐代の李肇『唐国史補』という史書には、すでに安禄山の楊貴妃思慕が描かれていること。この二つの指摘は重要である。安禄山と楊貴妃の密通説話が、「長恨歌の物語」の一部として、本邦において早くから享受されていたことが予想されるからである。▼注(28)

そのことをもう少し細かく見てみよう。正史である『旧唐書《くとうじょ》』や『新唐書《しんとうじょ》』安禄山伝には、太りすぎて腹の肉が膝まで垂れ、歩行にも困難なようすだった安禄山が、帝の前で「作㆓胡旋舞㆒」、「疾如㆑風」という、優れて俊敏な舞の特技を披露した（天宝六年）という逸話があるが、密通説の源とも目される白居易『胡旋女』は、その逸話をめぐって歌われた「新楽府《しんがふ》」の一篇である。▼注(29) 安禄山と楊貴妃が登場する、次の一連が重要だ。

中原自有㆓胡旋者㆒
闘㆑妙争㆑能爾不㆑如
天宝季年時欲㆑変
臣妾人人㆓学円転㆒
中有㆓太真㆒外禄山
二人最道能胡旋

中原に自ずから胡旋する者有り。
妙を闘はし、能を争ふ　爾《なむぢ》は如かず。
天宝の季年、時変ぜんと欲す。
臣妾の人人、円転を学ぶ。
中に太真有り、外に禄山あり。
二人最も道《い》ふらく　能く胡旋すと。

国外輸出厳禁策（書禁）に言及し、『資治通鑑』の日本に於ける受容の古例が、十四世紀初頭の花園天皇あたりにまでしかさかのぼれないことを確認しつつも、『妙槐記』文応元（一二六〇）年に見える「唐紀第一并玄宗一二三四…」という記事の「唐紀」をあるいは『資治通鑑』の「唐紀」を指すか」とも述べている。

(28) なお、後代の中国や日本における『長恨歌』および楊貴妃説話の展開については、遠藤實夫前掲『長恨歌研究』、胡鳳丹『馬嵬志』（美漢出版社、一九六七年）などの他、近年の竹村則行『楊貴妃文学史研究』（研文出版、二〇〇三年）に詳細な研究がある。

(29) 『白氏文集』巻三。『胡旋女』自体の問題については、本書第四章、第五章において詳述した。

梨花園中冊作レ妃　梨花園の中に冊《さく》して妃と作《な》す。
金雞障下養為レ児　金鶏障の下に養はれて児為《た》り。
禄山胡旋迷二君眼一　禄山の胡旋は君の眼を迷はし、
兵過二黄河一疑未反　兵黄河を過ぎて未だ反せずと疑ふ。
貴妃胡旋感二君心一　貴妃の胡旋は君の心を惑はし、
死棄二馬嵬一念更深　死して馬嵬に棄てられて念ひ更に深し。

安史の乱が迫る天宝の末年。安禄山と楊貴妃は、心を合わせるかのように、胡旋の舞を、ともにこの上なく上手に舞う。それは、帝の寵妃としての楊貴妃と、その養子として仕える安禄山とが、他ならぬ帝の心を欺き、惑わしている表徴《ひょうちょう》なのだ。安禄山の胡旋《こせん》は、王の目を迷わし、彼がのろしを挙げ、黄河を越えて反乱の兵を進めても、帝はその謀反を信じなかった。楊貴妃の胡旋も帝の心を惑わし続け、彼女が馬嵬の地で命を失い捨てられても、帝は貴妃への思いを長恨として更に深く燃やし続ける…。

胡旋の舞を、「雑種胡人」(『旧唐書』)であった安禄山が得意なのは当然としても、『胡旋女』では、なぜか楊貴妃も、同じく巧みに共演した、と描かれる。史書にはないこの記述は、ほぼあからさまに「二人」の関係をほのめかすことに寄与している。

日本の平安末期の「新楽府」の注釈書では、安禄山と楊貴妃の二人を深く結びつけているのは、他ならぬ玄宗のそれぞれへの寵愛であったことが強調される。

(30) 引用は、太田次男「釈信救とその著作について―附『新楽府略意』二種の翻印―」(同著『旧鈔本を中心とする白氏文集本文の中原者ハ長安也、楊貴妃安禄山皆侍テ宮内ニ倶ニ誇ル帝寵ニ、玄宗愛之ヲ無シ所悟一トル、故ニ指テ此ノ二人ヲ曰中原ニ胡旋スル者一ト也、（醍醐寺本・信救『新楽府略意』▼注(30)上）

もう一つ注目すべきは、『胡旋女』本文には、安禄山の楊貴妃養子説がことさらに描かれて、三者の関係性を明示していることだろう。そのことは、日本の「新楽府」古注でも確認される。

外安禄山者ハ、安禄山者ハ、白廷翰唐蒙求云、楊貴妃之養子也、養在《有》宮内……金鶏障ノ下《モト》ニ養テ為児一者、安禄山被テ養宮内一ニ不垂堂一セ、后妃ノ下トニハ立タリ画ケル鶏一ヲ之障子ヲ云々　唐蒙求ノ注云、安禄山為リ楊貴妃ノ養子、侍テ宴ニ先ツ拝ス母ヲ…（醍醐寺本『新楽府略意』）

安禄山ハ楊貴妃ノ養ナヒ子也。（真福寺本『新楽府注（正嘉元年写本）▼注(31)』）

『新楽府略意』は、「外禄山」という本文についての解釈で、養子になってようやく「宮内」にいる安禄山の状況を説明する。▼注(32)『長恨歌』や『長恨歌伝』という、玄宗と楊貴妃の永遠の純愛を主題とする物語には、安禄山と楊貴妃の養子関係を描かないが、史書や安禄山主体の伝記においては、楊貴妃の養子となったという要素は、欠くことの出来ないプロットであった。▼注(33)同じ白居易の詩文でも、『胡旋女』の方では、それがはっきりと示されて、注釈でも確認されているのである。

安禄山が養子となる経緯の概要は、藤善眞澄《ふじよしますみ》『安禄山 皇帝の座をうかがった男』▼注(34)によれば、以下の通りである。「かねがね禄山を忌み嫌って、しばしば玄宗に彼を除くよう進言」する「皇

研究』下、勉誠社、一九九七年、初出一九六六年）。

(31) 引用は、太田次男「真福寺蔵『新楽府注』と鎌倉時代の文集受容―附『新楽府注』の翻字―」（『旧鈔本を中心とする白氏文集本文の研究』下、初出一九六九年）。

(32) 安禄山を「又その外の密夫」とする『続古事談』本文は、前文に楊貴妃の前夫が玄宗の子寿王であり、玄宗がそれを召し上げたことをいうから、寿王でも玄宗でもない「そのほかの」という語義なのか、あるいはこの『胡旋女』の「外に禄山」の解釈と連動するものなのか、意を決しがたい。

(33) 『新楽府』の文脈では「…安禄山申ケル様、天下ヲ失ハ楊貴妃ト其弟楊国忠《セウト》ナリ。…我レ楊貴妃ノ養子ナレドモ、御門ヲ失イ詣ラセムヨリハ、此等ヲ失ベシト申シテ、軍ヲ発シテ失ケリ」（真福寺本『新楽府注』）と語られ、また金刀比羅本『平治物語』下（義朝内海下向の事付けたり忠致心替りの事）は「異国の安禄山は主君玄宗をかたぶけ、養母楊貴妃をころし」（旧日本古典文学大系）と養母説に言及する。

(34) 中公文庫版、二〇〇〇年刊による。

太子」（後の粛宗《しゅくそう》）の思いに相反して、

玄宗は禄山へ親愛を示そうと、勤政楼《きんせいろう》に群臣を集めて祝宴を張った。禄山の座席だけは玉座の東隣にしつらえ、金鶏《きんけい》をあしらった障子を設け、簾をかかげて栄寵ぶりを満座に示した。この時も皇太子は、臣下の身で天子と同席する礼はないと強く反対したが許されなかった。それどころか、楊貴妃の一族と義兄弟の約を結ばせ、親しく往来させることにした。禄山はそれに満足せず、貴妃の養子にしてくれと頼み、奇妙な母子ができた。

ここには、玄宗の楊貴妃への寵愛が密接に絡まっている。安禄山も、玄宗に「寵」された男である。▼注(35) 帝の彼への寵愛は、前掲『新楽府略意』で「楊貴妃・安禄山、皆宮内に侍りて、倶に帝寵に誇る。玄宗これを愛して、悟る所無し」と確認されるように、楊貴妃へのそれと等しかった。二人への等分の玄宗の偏愛は、安禄山を楊貴妃の養子とするという三角形を構成することで完結した。正史『旧唐書』は、簡潔な記述ながら、そのことを正確に伝えている。

天宝中、范陽節度使安禄山大立二辺功一、上深寵レ之。禄山来レ朝、帝令下貴妃姉妹与二禄山一結為中兄弟上、禄山母事二貴妃一。（『旧唐書』巻五一・楊貴妃伝）

安禄山の出世と傾国の乱は、玄宗の寵愛に端を発し、その寵愛と一体の楊貴妃との養子関係

(35)『旧唐書』巻一〇六・楊国忠伝に「時安禄山恩寵特深」など。

(36) 神田秀夫「白楽天の影響に関する比較文学的一考察」（『古小説としての源氏物語―神田秀夫論稿集二』明治書院、一九八四年、初出一九四八年）。なお近時、金文京も「ところで『長恨歌』の主題については、今一つ考えるべきことがある。それは白楽天が、玄宗と楊貴妃の関係について、当時周知の二つの事実を取り上げていないことである。一つは、楊貴妃が実は玄宗の子、寿王の妃であった事実、皇帝が息子の嫁を横取りしたというようなことは書けるものではないし、第一それでは『長恨歌』のロマンスは台無しである。もう一つは、異民族の将軍、安禄山と楊貴妃がただならぬ関係であったという噂、こちらは宮中の

で、より深い一歩を根ざした。そしてその史実は、少なくとも、安禄山の楊貴妃に対する〈母としての敬愛〉を、建前としてはすでに語っている。そしてその敬愛を、楊貴妃と安禄山の愛情と読み、さらに踏み込んで密通と解するとき、もう一つの長恨歌説話が成り立つ。密通説と玄宗の安禄山寵愛のみを語って養子説には触れない『続古事談』にも、当然そのことは、周知の階梯として認識されていたはずである。

『続古事談』は、そうした知識を共有しつつも、『長恨歌』などを通じて誰でも知っていることには、敢えて触れない。その代わりに、『長恨歌』には描かれなかったこと、たとえば「楊貴妃に先夫があり、先夫が玄宗の子寿王であること」、「安禄山と楊貴妃とのスキャンダル」▼注(36)などを叙述する。さらには、よく知られていない説である、楊貴妃尸解仙《しかいせん》説とその論拠▼注(37)、そして、玄宗の安禄山寵愛に男色説があることなどを選んで記し、提示していた。

## 4 『長恨歌』の前提と「新楽府」的楊貴妃——『源氏物語』へ

『源氏物語』ではどうだったろうか。玄宗と楊貴妃と安禄山をめぐる様々な事情は、どのくらい浸透していただろうか。

周知のように『源氏物語』には、『長恨歌』を始めとする『白氏文集』の多様な享受がある。▼注(38)そして『紫式部日記』には、中宮彰子に「新楽府」を進講する、記主の紫式部が描かれる。そのことは、「わが国における白氏文集愛好の主流は長恨歌（後には琵琶《びわ》行《こう》も）と物語化された部分の新楽府▼注(39)」であることの、忠実な反映である。彼らの庇護者であった藤原道長もまた「新楽

秘事であるから、もとより真相は不明だが、当時の書物には、安禄山が反乱を起こしたのは楊貴妃への恋情のためであるというようなゴシップが書かれている。多くの異民族を抱え、国際文化の花を咲かせた唐代の人々は、皇帝と異民族の首長との美女をめぐる三角関係が好みであったらしい」と記している（金文京「東アジアの『西廂記』」『図書』二〇一三年四月号）。

(37) 楊貴妃仙人説には先蹤がある（『長恨歌序』『注好撰』）が、尸解仙説は『続古事談』以外には知られていない。遡りうる古例があるならば、空蝉について謂われる尸解仙説と唐代伝奇の関わり（高田祐彦「唐代伝奇から源氏物語へ—空蝉の物語をめぐって」『源氏物語の文学史』東京大学出版会、二〇〇三年、初出一九九三年）にも連関するだろう。

(38) 丸山キヨ子『源氏物語と白氏文集』（東京女子大学学会研究叢書3、一九六三年）、古沢未知男『漢詩文引用より見た源氏物語の研究』（桜楓社、一九六四年）など参照。

(39) 太田次男「白居易及びその詩文の受容を繞って」（『白居易研究講座』第三巻、一九九三年）。

府」を愛好した。▼注(40)『長恨歌』と「新楽府」に集中した白居易「愛好」の潮流にあって、『胡旋女』に描かれた安禄山伝と楊貴妃との危うい関係など、誰でもたやすく了解していたはずの情報だ。安禄山との養母関係なども、むしろ一般化した常識というべきである。たとえば藤原基俊《もととし》の『新撰朗詠集』では、『長恨歌』と『胡旋女』の一節が、次のように連続して収録されている。

660　玉容寂寞涙欄干　梨花一枝春帯雨　〈長恨歌　白〉

661　梨花園中冊為妃　金鶏障下養為児　〈胡旋女　白〉▼注(41)

中世の『長恨歌』の注釈書では、『長恨歌』にない、次のような説明が付加される。

楊貴妃ハ、本ノ后ナラネドモ、夜ハ申ニ及ハズ。昼ハ、一日酒宴ニテ、日ヲ暮シ、夜ハ、専《レス》夜。時安禄山ト云者アリ。楊貴妃ノ気ニアイ、後ニ貴妃ノ養子ニナル。前ニ、何トヤラン、謀反ノカタチアル者ナレバ、只カヤウノ者ヲバ、誅罰セラレヨト、臣下ノ中ニ、賢ナル人ガ、申セドモ、遂ニ御領掌ナシ。或時安禄山ニ、戎ノ起ルヲ、平ゲヨトテ、差向ラル、ニ、戦負《マケ》テ逃タリ。唐《カラ》ノ法ニ、軍破レバ、大将、必生害スル間、是ヲヨキ次ニシテ、皆訴申セドモ、大将ノ失ニアラズ。士卒ノ過也ト云テ、此時モ生害セラレズ。或時、殿中ニ大勢笑フ声ス。何事ゾト問ヘバ、皇子ノ御生有テハ、如此スルトテ、若キ女房達、錦繍ノムツキヲ、手ニカケ、安禄山ヲ裸《アカハダカ》ニ成シテ、ムツキノ上ニノセテ、愛セラル。大鬚ノ男ガ、カヤウニセラル、ヲ、ヲカシガリテ、笑イトシメク也。結句後ニハ、貴妃ヲセ、ル

(40) 北山円正「藤原道長の「谷の松」と新楽府「澗底松」―長和四年の賀宴における和歌をめぐって」（片桐洋一編『王朝文学の本質と変容　韻文編』和泉書院、二〇〇一年）参照。

(41) この用例については、本書第五章参照。

(=ちょっかいを出す、玩弄するの意)ナド云　雑説アリ。カヤウノ事ヲ見苦トテ、臣下ノ可然ノ人、諌メ申セドモ、御門更ニ、御承引ナシ。結句大国ノ守護ニ成サル。(京都大学附属図書館蔵『長恨歌幷琵琶行秘』)▼注(42)

『長恨歌』仮名抄の天理本や内閣本以下もほぼ同文である。▼注(43) もっともこれは、室町時代の注釈書だから、援用には資料批判が必要である。たとえば同系統の注釈書をもとにして作られたといわれる御伽草子『長恨歌』の「前文」には次のようにある。▼注(44)

(安禄山が天宝二載に初めて胡に来た時)太子これを御らんずるに、のちには、ほんぎやくをくはたてむずる、をそろしきさうのありけれは、みかどへそうし、これをちうせんとのたまふに、みかどいかゞおぼしめしけん、さらに御ゆるしなかりけり。あまつさへ禄山、いかなるはうべんをや、めくらしけん、やうきひの御きに、とりいりて、やうしにぞなりにける。あるとき、こうきうに物さはがしく、女ばうたちさゝめかせたまふことあり。みかど、いかなることぞと御たづねありければ、やうきひのたゞいま子をうみたまへるによつて、によくはんたち、うぶゆをあみせたてまつりたまふなり、とそうしけり。みかどふしぎなりとて見たまふに、大ひげのはへたるろくざんをたらひにいれ、ゆをあみせ、にしきのむつきなどにていだきあぐ。そのありさまがおかしきとて、女ばうたちわらひのゝしり給ふなり。みかどこれを御らんじ、よろこばせたまふ事なのめならず。これよりろくざんこうきうに、出入することを、いましめられず。あるときは、きひと、あひむかひてしよくし、

(42) 引用は、坂詰力治他「京都大学附属図書館蔵『長恨歌幷琵琶行秘』翻刻」(『東洋大学大学院紀要』二一、一九八四年)によるが、國田百合子解説・校異『長恨歌・琵琶行抄』(武蔵野書院)の影印を参照した。

(43) 國田百合子編『長恨歌・琵琶行抄諸本の国語学的研究』校異篇(ひたく書房)参照。

(44) 『長恨歌抄』についての近年の研究動向として、安野博之「清原宣賢自筆『長恨歌・琵琶行抄』の成立」(『国語と国文学』二〇〇三年十二月号)、同「我が国における「長恨歌」享受の周辺—ライデン本系統「長恨歌前文」を中心に—」(『白居易研究年報』第六号、二〇〇五年)に教えられるところが多い。「前文」の用語も同稿に倣う。

あるときは、夜とともにあそび、しうせいよう《ママ》に、きこふるといへとも、みかどさらにうたがひたまはず。（中略）「やうこくちうにおぼえをとりたることを、やすからずおもへば、内々やうしをうつて、天下をみだらんと、たくみけり。そのけしきかくれなかりしかは、ぐんしんおの〳〵ろくざんはむほんおこすへきものなり。かねてこれをちうしたまはずは、後のわざはひになりに《ぬカ》べしと、たび〳〵そうしたてまつると、いへども、やうきひのてうしんなるがゆへに、さらにこれをもちひたまはざるは、代のほろびん、ずいさうなるべし。

……（『長恨歌（ライデン民族博物館蔵）[注(45)]』）

右の一節には『資治通鑑』と文言の一致が確認でき、影響関係が見て取れる。このようなケースが他にもありうるので、扱いには注意が必要である。しかし、白居易の『胡旋女』と『長恨歌』とが併読され、ともに熱心に読まれた歴史がある以上、安禄山と楊貴妃の養子関係と密通に言及する『長恨歌』説話の〈文脈〉も、相応の必然性と歴史性を有する。それ故にまた、詩的なロマンスを主題として熱心に歌い上げる『長恨歌』の世界への偏愛が、いかに強いバイアスとして介在したかを推し量らせる。多くの読者は、すぐ身近にあった「新楽府」の楊貴妃を忘れて、もしくは意識的に聞こえない、見えないようにふたをして、純愛譚に没頭したのである。

ここで一つ重要な要素が付加される。そうした享受のバイアスを許容するのは、同じ白居易の作品ながら、『胡旋女』に淵源を持つ楊貴妃像と『長恨歌』のそれとの間には、別人のような差異があるからではないだろうか、ということである。白居易は、『長恨歌』では楊貴妃を「初長成、養在二深閨一人未レ識、天性麗質難二自棄一、一朝選在二君王側一」と描いた。まるで「箱

（45）引用は、國田編『長恨歌・琵琶行抄諸本の国語学的研究』に拠る。

入娘」[注(46)]のような叙述である。そして玄宗との美しい純愛のヒロインとして楊貴妃を歌い上げて、その世界を閉じる。それに対して、『胡旋女』をはじめとする「新楽府」の諸編では、対照的な「悪女としての楊貴妃像」を描くのである。[注(47)]

あたかも二人の楊貴妃がそこに居る。一方は、帝との純愛を貫いて死に、一方では、帝に背いて、しかも逆臣となる義理の養子と密通する。しかし考えてみれば、『長恨歌』の純愛世界に溺れ、受け身の愛読に殉ずるのでない限り、それはむしろ、いかにも文学的創造力を刺激する素材ではないか。『源氏物語』の作者と第一の読者彰子とは、「長恨歌体験」の中の手練れの享受者であり、「新楽府」の共犯的愛読者でもあった。

ただしこの素材を縦横に享受するためには、白居易文学という相応に高度な教養世界の理解と、それを自在に咀嚼《そしゃく》する知的な想像力が不可欠なものとして要求される。ある意味で、創作には格好の、魅力ある制約的な条件付きなのである。

## 5　二人の楊貴妃と『源氏物語』創造

ならば、「長恨歌体験」の拡がりを、もう一人の楊貴妃に拡げ、そのイメージと『長恨歌』とのずれが引き起こす、創造力の展開の問題として捉えてみる必要がある。というのは、「作者は長恨歌を用いて「桐壺」巻の前半を作った」[注(48)]といわれるほど、『源氏物語』桐壺巻における『長恨歌』の受容と影響は大きいのだが、従来、そこには、奇妙な空白の所在が指摘されているからである。

(46)　遠藤實夫『長恨歌研究』。

(47)　静永健『白居易「諷諭詩」の研究』(勉誠出版、二〇〇〇年)参照。静永はそれを、白居易の地歩の推移によって生じた「政治的拘束力による」「変化」「転向」と見る。

(48)　玉上琢彌「桐壺巻と長恨歌と伊勢の御―源氏物語の本性(その四)―」(『源氏物語研究』角川書店、一九六六年)。

> 桐壺の…巻には三本の虚構の軸が設定されている。桐壺更衣をめぐる愛と死、光源氏の生誕と成長、藤壺の登場とそのひとへ寄せる光源氏の思慕。このうち、第一の、桐壺更衣をめぐる愛と死の虚構軸に沿ってのみ、いわゆる長恨歌の影響が看られ、第二、第三の虚構軸にそってはまったく長恨歌の影響が看られない、という顕著な本文上の事実が報告されている。（藤井貞和前掲「光源氏物語の端緒の成立」）▼注(49)

新間一美《しんまかずよし》は、「桐壺巻を大きく三段に分け」、「（一）帝の更衣への愛と光源氏の誕生。更衣の死。（二）秋の夜の更衣の里への使い。帝の秋の悲哀。（三）光源氏の成長と藤壺の入内。光源氏の結婚」としたうえで、「このうち長恨歌の物語に関わる記事がはっきりと現れるのは（一）と（二）である」とその対応を語る。▼注(50)

『源氏物語』の冒頭に深く刻印されたはずの『長恨歌』は、肝心の主人公達の形象に直接的には相渉ることがない。それはただ、古代物語の常套《じょうとう》に倣《なら》って、冒頭に必ず記される、主人公の父母達の紹介に寄与するだけの典拠だったのだろうか。▼注(51)

いや、そうではない。この空白にほぼ即応するのが、これまで輪郭を紹介してきた、もう一つの楊貴妃像である。『長恨歌』の楊貴妃は、桐壺更衣の退去とともにひとまず一つの役割を終える。以下は、形代として登場する、もう一人の楊貴妃・藤壺にバトンを渡す。それは、とりたてて特別な方法というわけではない。今井源衛がかつて述べたように、「準拠論は特定の一人物に固定して考えてはならない」。「一つの素材が強く作者の発想をとらえた場合、その素

(49) 藤井貞和は、源氏桐壺が持つ「諸姫の嫉妬・排斥・不安・怨恨」の要素について『長恨歌』・陳鴻『長恨歌伝』に見えず、「女主人公の病臥、退出がち…この要素は片鱗も長恨歌のうえに見いだすことができない……帝が、病める寵妃ゆえに溺愛を示し、他人の譏りをも弁えなかったという要素であるが、長恨歌の語り口には、それは、すっぽりと、欠落させられている」と指摘し、この要素の欠落について、漢李夫人説話の影響を見ようとする。その漢李夫人イメージの桐壺巻における影響について、漢籍の用例を博捜して詳細に論じるのが新間一美の一連の論考（「源氏物語と白居易の「長恨歌」「李夫人」」として前掲『源氏物語と白居易の文学』第一部となった論考など）である。なお第二章にこの問題を改めて述べる。

(50) 新間「桐と長恨歌と桐壺巻」（前掲書、初出一九八三年）

(51) 一方で、『長恨歌』の影響は『源氏』結末にまで及ぶという（新間「源氏物語の結末について」前掲書所収、など参照）。

材のもつ多面性が、各々の面に分割されて、登場人物や局面に分与されることは当然考えられる」▼注(52)からである。

「藤壺は桐壺更衣によく似ているということで、いわば更衣の形代として入内してきた」▼注(53)、光源氏の義母である。新間一美は「光源氏は亡き母の魂を求めるのである。その魂は現実の人間である藤壺に置き換えられ、光源氏は藤壺を思慕し続ける」とも評している。▼注(54)テクストは、義母としての楊貴妃・藤壺を欲している。「新楽府」などが描くもう一人の楊貴妃は、『長恨歌』の描く純愛型楊貴妃の形代として再生するのだ。

では具体的に『源氏物語』本文は、どのようにもう一人の楊貴妃と対応するのか。物語に即して検証を進めてみよう。

まず、玄宗・楊貴妃・安禄山をそれぞれ結ぶ寵愛の三角形と、きわめて相似的な関係が、桐壺・藤壺・光源氏の三角形について外在する。

> しかしなにより肝腎なことは、このあやにくな三角関係をなす、帝と源氏と藤壺の三者が、互いにかけがえのない親愛関係で結ばれていることではなかろうか。（中略）源氏はもとより、藤壺の罪障《ざいしょう》意識も、義母子であり、帝妃であるといった外在的理由以上に、二人の最大の理解者であり庇護者である帝への背信という、もっとも本源的・倫理的な次元に胚胎している。（後藤祥子《しょうこ》「藤壺の宮の造型」▼注(55)）

このことを、細部について、箇条的に見ていこう。

(52) 今井源衛「菅公と源氏物語」（同著『紫林照径』角川書店、一九七九年、初出一九七一年）。本居宣長も「大かたはつくり事なる中に、いさゝかの事を、より所にして、そのさまをかへなどしてかけることあり、又かならず一人を一人にあてて作れるにもあらず」と述べる（『源氏物語玉の小櫛』）。

(53) 久富木原玲「藤壺造型の位相—逆流する『伊勢物語』前史—」（『源氏物語研究集成』第五巻、風間書房、二〇〇〇年）所収。

(54) 新間は李夫人説話との類似を踏まえて述べている(引用は「李夫人と桐壺巻」前掲書)。

(55) 森一郎編著『源氏物語作中人物論集—付・源氏物語作中人物論・主要論文目録—』勉誠社、一九九三年所収。

（A）『源氏』において、すべては光源氏の片恋に起因した。

いうまでもなく、源氏物語ではもっぱら横恋慕《よこれんぼ》を仕掛けたのは源氏のほうであり、必死にこれを避けながら親愛関係を失わなかった藤壺…（後藤祥子前掲論文）

（B）光源氏の恋心は、亡き母への思いを込めて、ほのかに藤壺を慕い始める。その想いを、父の帝はほほえましく支える。

源氏の君は、御あたり（＝帝の側）去りたまはぬを、ましてしげく渡らせたまふ御方（＝藤壺）は、え恥ぢあへたまはず。…うちおとなびたまへるに、いと若ううつしげにて、切《せち》に隠れたまへど、おのづから漏り見たてまつる。母御息所《みやすどころ》も、影だに思えたまはぬを、いとよう似たまへりと、典侍《ないしのすけ》の聞こえけるを、若き御ここちにいとあはれと思ひきこえたまひて、常に参らまほしく、なづさひ見たてまつらばやとおぼえたまふ。上《うへ》も限りなき御思ひどちにて、「な疎《うと》みたまひそ。あやしくよそへきこえつべきここちなむする。なめしとおぼさで、らうたくしたまへ。つらつき、まみなどは、いとよう似たりしゆゑ、かよひて見えたまふも、似げなからずなむ」など聞こえつけたまへれば、をさなごこちにも、はかなき花紅葉《もみぢ》につけても心ざしを見えたてまつる。こよなう心寄せきこえたまへれば…（桐壺巻）

（C）その思いは確かな恋に変わるが…、

源氏の君は、上《うへ》の常に召しまつはせば、心やすくく里住みもえしたまはず。心のうちには、ただ藤壺の御ありさまを、たぐひなしと思ひきこえて、さやうならむ人をこそ見め、似る人なくもおはしけるかな……幼きほどの心ひとつにかかりて、いと苦しきまでぞおはしける。（桐壺巻）

（D）成人後の光源氏は、かつてのように、藤壺の御簾に入ることを許されない。

（E）しかしそのころ、すでに藤壺と光源氏の二人の間には、「帝の御前で音楽を合奏するとき」「聞こえかよ」ふ、「秘密の恋」の確認があったと見られる。▼注(56)

大人《おとな》になりたまひてのちは、ありしやうに御簾《みす》のうちにも入れたまはず。御遊びのをりをり、琴笛《ことふえ》の音《ね》に聞こえかよひ、ほのかなる御声をなぐさめにて、内裏《うち》住みのみこのましうおぼえたまふ。（桐壺巻）

その思いは、ついに禁忌を乗り超え、

（F）仲介者の「王命婦」を「責め歩」き、藤壺との交渉を乞う光源氏の「わりな」く、「あやにく」なる密通へとつながっていくのである。

（56）清水好子『源氏の女君 増補版』「藤壺宮」、塙新書、一九六七年。

藤壺の宮、なやみたまふことありて、まかでたまへり。上の、おぼつかながり嘆きこえたまふ御けしきも、いといとほしう見たてまつりながら、かかるをりだにと、心もあくがれまどひて、何処《いづく》にも何処にも、まうでたまはず、内裏《うち》にても里にても、昼はつれづれとながめ暮らして、暮《く》るれば、王命婦《わうみやうぶ》を責めありきたまふ。いかがたばかりけむ、いとわりなくて見たてまつるほどさへ、うつつとはおぼえぬぞ、わびしきや。宮も、あさましかりしをおぼしいづるだに、世とともの御もの思ひなるを、さてだにやみなむと深うおぼしたるに、いと心憂くて、いみじき御けしきなるものから、なつかしうらうたげに、さりとてうちとけず、心深うはづかしげなる御もてなしなどの、なほ人に似させたまはぬを、などか、なのめなることだにうちまじりたまはざりけむと、つらうさへぞおぼさるる。何ごとをかは聞こえ尽くしたまはむ。くらぶの山に宿りも取らまほしげなれど、あやにくなる短《みじか》夜《よ》にて、あさましうなかなかなり。（若紫巻）

『源氏物語』最重要の話柄の一つが、こうして展開した。

## 6　安禄山・楊貴妃と光源氏・藤壺の対応

そこで今度は、如上のそれぞれを、帝を挟んだ義母子である、安禄山・楊貴妃の関係になぞらえてみよう。まず、(A)(C)の片恋は、『唐国史補』が描く、安禄山の楊貴妃への密かな思慕に通じている。

安禄山恩寵寖深、上ノ前ニシテ応対スルニ、雑以二ス諧謔一ヲ、而貴妃常ニ在レ坐、詔シテ令三楊氏三夫人一ヲシテ約シテ為二兄弟一、由レ是禄山心動、及レ聞二ニ鬼之死一ヲ数日歎惋▼注(57)…

（B）が描く、義母と義子との情愛に対する帝のスタンスは、愛情の証しとして楊貴妃を安禄山の養母としたために、その関係をいいことに奇妙な戯れをする義子と義母の愛妃の様子を、大悦びして褒賞した、無邪気な玄宗を皮肉なかたちでなぞっている。

十載正月一日、此禄山生日。先日賜二諸器物衣服一、太真亦厚加二賞遺一。（中略）其日、又賜二陸海諸物一、皆盛以二金銀器一、並賜焉。…後三日、召二禄山一入レ内、貴妃以二繍綳子一綳二禄山一、令二内人一以二綵輿一舁レ之、歓呼動レ地。玄宗使二人問一レ之、報云、「貴妃与二禄山一作二三日洗児一、洗了又綳二禄山一、是以歓笑」。玄宗就観レ之、大悦、因加レ賞賜二貴妃洗児金銀銭物一、極レ楽而罷。自レ是、宮中皆呼二禄山一為二禄児一、不レ禁二其出入一。（唐・姚汝能撰『安禄山事迹』天宝十載）

かつて玄宗の寵愛によって、帝と同じ簾の内を許されたことがあった安禄山だが、今度は、立派な大人であるにもかかわらず、禁中での義母楊貴妃との戯れを聴されている。そしてあろうことか、児として、楊貴妃によって産湯をつかっている。成人を境に簾の外へ追われた（D）の光源氏の逆である。

（57）『和刻本漢籍随筆集』第六集（汲古書院）。

帝の前で奏でる音楽が、義母と義子の二人を密かに結びつけるという(E)に描かれた要素は、まさに『胡旋女』の世界そのままである。また、やや時代が下る資料ではあるが、次に引用するように、安禄山が片恋《かたこい》を募らせ、帝を侵す「罪」をも畏れず、強引に楊貴妃にせまる、という逸話もある。楊貴妃は自らの「罪」にも言及しつつ、かろうじてそれを逃れる、という小説の形象である。

一日禄山酔戯、無礼尤甚。貴妃怒罵曰、「小鬼方一奴耳。聖上偶愛レ爾、今得レ官出二入禁掖一、獲レ私二於吾一。尚敢爾《しかる》也《や》」。禄山曰、「臣則出二微賤一、惟帝王能興廃也。他皆無レ畏焉。臣万里無レ家、四海一身。死帰二地下一、臣且不レ顧」。叱二貴妃一、復引レ手、抓二貴妃胸乳間一。時貴妃泣曰、「吾私レ汝之故也。罪在レ我而不レ在レ爾《なんぢ》。爾今不レ思レ報レ我、尚以レ死脅レ我」。宮女王仙音旁立、乃大言、「安禄山夷狄賤物、受二恩主上一、蒙二愛貴妃一。乃敢悖慢如レ此、我必奏レ帝」。禄山猶不レ止、云、「奏二帝我一不レ過二流徙一、極即刑誅。貴妃未二必無一レ罪、得下与二貴妃一同受上レ禍、我所レ願也…」(以下、しかし高力士の出現により、結局このたびは思いを果たさず、と続く)(北宋・劉斧編纂『青瑣高議』前集巻六所収、秦醇『驪山記』▼注(58))

それは(F)で見たように、光源氏に対して、そのわりなき思いを拒みつつも受け入れざるを得ない藤壺の、嫋々として語られざる声に、どこか通じ合う情況である。登場する宮女の名前も、「王命婦」とどこか似通う「王仙音」であった。

また、先に引用した『長恨歌抄』やライデン本『長恨歌』では、玄宗の安禄山寵愛に対して、

(58) 引用は、『全宋筆記』第二編二(大象出版社)により、増田欣前掲論文、王友懐・王暁勇校注『歴代名家小品文集　青瑣高議』(三秦出版社)を参照した。なおこの一連については、本書第四章で再説する。

いく度かに渉る、臣下の諌めを描いていた。ただし帝は、それを聞き入れてはくれなかったのだが…。『新唐書』安禄山伝などに拠れば、天宝四載の条に、「蕃戎」出自の安禄山を重用する帝に対して、群臣の反対が描かれる。また同六年、先の胡旋舞《こせんぶ》の記述などに続けて、『新唐書』は、次のような太子諌言の叙述を掲載する。

太子諌曰、「自レ古幄坐非二人臣當一レ得。陛下寵二禄山一過甚。必驕」。帝曰、「胡有二異相一、我欲レ厭レ之」。（巻二二五上・安禄山伝）

末尾に、「異相」という言葉が見えることにも注意したい。桐壺巻に、高麗人の予言として描出される、光源氏の特殊な「相」との類似を思わせるからである。▼注(59)少しニュアンスをことにするが、先引の御伽草子『長恨歌』には、安禄山をめぐって「太子これを御らんずるにのちには、叛逆を企てむずる、恐ろしき相のありければ、帝へ奏し、これを誅せんとのたまふに、帝いかが思し召しけん、さらに御ゆるしなかりけり。…群臣おのおの、禄山は謀反起こすべきものなり。かねてこれを誅したまはずは、後のわざはひになりに（ぬカ）べしと、たびたび奏したてまつるといへども、楊貴妃の寵臣なるがゆへに、さらにこれを用ひたまはざるは、世の滅びん瑞相なるべし」▼注(60)という記述があった。ここでも帝が読みとるべき二つの「相」に言及している。

帝に対する群臣の不満は、『源氏』桐壺冒頭にも描かれるところである。

上達部、上人なども、あいなく目を側《そば》めつつ、いと、まばゆき人の御おぼえなり。唐土《もろこし》に

（59）このエピソードについては、本書第六章参照。

（60）ここでは仮に漢字を当てて、表記した。

も、かかる事の起りにこそ、世も乱れ、あしかりけれと、やうやう天《あめ》の下にもあぢきなう、人のもてなやみぐさになりて、楊貴妃の例も、引き出でつべうなりゆくに…

人々の不安を象徴する「楊貴妃の例」は、ここでは光源氏母の桐壺更衣に関する問題である。「この更衣という人物こそ身分不相応な愛され方をして世の「乱れ」が懸念されたのであった」。だが、更衣が亡くなり、物語は、光源氏と「藤壺との密通」を主題とする。そこには「義母との恋の物語がその基底にあ」り、そしてそれは、他ならぬ「更衣の形代として」登場した女性の密通であった。▼注(61) だから如上の「乱れ」もまた、形代としての藤壺に、直接的に転嫁される。すると、藤井貞和が「楊貴妃の例」を解析して、

楊貴妃の先例を引きあいに出しながら、実際に第二の楊貴妃事件が引き起こされる可能性そのものは否定する……楊貴妃事件的な方向へ物語を進ませていく道をみずから戸鎖し……李夫人の説話のかたちの方へ別の道を開いていく。(前掲論文)

と指摘することは、むしろ逆であった。そして、久冨木原玲《くふきはられい》が、藤井の右の見解への疑義として、「生きていれば必ずそのような事態になることを暗示するのではあるまいか」▼注(62)とした上で、そうならずに死を迎えた、桐壺更衣の死自体を問題の中核に据えて論を進めていくのも違うだろう。藤壺に重畳《ちょうじょう》する「楊貴妃の例」を当てはめて考える私見では、この乱れの予言こそ、桐壺更衣から、形代の藤壺へと転嫁されていくことの、明示的表徴だと見るのである。

(61) 引用は、前掲久冨木原玲「藤壺造型の位相—逆流する『伊勢物語』前史—」。

(62) 前掲「藤壺造型の位相」。

『新唐書』によれば、安禄山は、天宝六載、楊貴妃の養子となることを請うて許された。その時、安禄山は、なぜか、帝より楊貴妃を先に拝礼する。帝が疑問を呈すると、安禄山は、私のような蕃人《ばんじん》は、母を先にし、父を後にするものなのです（「其拝必先レ妃後レ帝。帝怪レ之。答曰、「蕃人先レ母後レ父」」）と答えた。この言は帝を悦ばせ、「与ニ楊銛及三夫人一為ニ兄弟一」とさらなる姻戚の追加を命じたという。しかしそれは逆効果であった。これよって安禄山には「有下乱ニ天下一意上」と謀反の兆しが芽生えたからである。

先述したように、楊貴妃と安禄山のそれぞれの傾国の契機が、安禄山の養子に起点を持っていた。ここではそれが、安禄山が、「蕃人」というアウトサイダーの論理をテコにして――ちょうど「胡」旋舞とパラレルに――天下を「乱」す「意」の発現として、あからさまに記されている。それは、帝よりも、義母を先とするという「蕃人」の「礼」の名のもとに露骨であった。彼の愛情の増長ははっきりしている。そしてその後、楊貴妃は安禄山を我が子のように「洗児」し、子となった安禄山は、禁中の出入を許されることになるのだ。

『源氏』で展開する「乱れ」は、くりかえし楊貴妃になぞらえられる桐壺の更衣についてではなく、実際には、その「形代《かたしろ》」、藤壺という義母の登場に起因する。『源氏』の物語は、母への思慕を揺曳《ようえい》して血の繋がらない義母を恋う、光源氏の幼く淡い愛情を描く。しかしそれは、人間関係を当てはめて読み解けば、▼注(63)髭を生やした大人が、義母となったその人の手で沐浴《もくよく》するという安禄山逸話の異常を反転させた物語の構造に他ならない。夷狄《いてき》の安禄山は、「外」から「うち」へ、巧みに宮中の楊貴妃の室中へ入った。それとは逆に、「内裏住《うちず》み」の皇胤《こういん》光源氏は、成人すると、御簾の内から追われてしまう。以前のように、藤壺の姿を捉えられなくなったこ

（63）この場面は、ライデン本と同系の御伽草子『長恨歌』に絵画化されて描かれる（龍谷大学本〈『龍谷大学善本叢書　奈良絵本』〉、中野幸一蔵本〈中野編『奈良絵本絵巻集9』など）。

とで、光源氏は、より深い想いを籠める。そうした作意によって『源氏物語』は、若き主人公を、安禄山とは対角線の、品格ある貴種として描く。両者をつなぐ、表面上の痕跡は、ほぼ抹消されて留まらない。『長恨歌』派の読者にも、安心して作品の悦楽を提供することに成功している。ただし、安禄山になぞらえられる光源氏の暗い情念は、本当はより増幅して、光源氏に潜在し続ける。そして、その想いの果てに、後の密通が暴発する。物語はそう構想して准拠に即し、また離れていくのである。

　少し多くのことを語りすぎた。次章以降で、このことは、あらためて論じていきたい。本章では、最後に一つだけ、付加しておこう。それは「桐壺とその子光源氏の両方に愛される藤壺の像」（久富木原玲前掲論文）のことである。美しすぎるヒロインは、古代以来のテーマを背負って、二人の男に相思される。しかもそれは父と子であった。不本意ながら、魅力にあふれる藤壺に、深刻なジレンマとダブルバインドが課せられる。それはまた、楊貴妃のスタンスそのものなのだ。『続古事談』は、「貴妃はもと親王の妻也。それを玄宗めしたるなり」と記している。楊貴妃が、玄宗とその子寿王《じゅおう》と、両方に愛される結果となった逸話と、見事に対応するのである。

　玄宗の「親王」だった寿王の妻楊貴妃を玄宗が奪い、自らの妃とする。生々しいこの逸話は、『長恨歌』では上手に省かれてるけれども、『長恨歌伝』には明記されている。楊貴妃をめぐる、歴然とした史実である。▼注(64) 寿王は、玄宗の皇太子にはなれなかった。『源氏物語』の桐壺帝と藤壺と、そして、父帝が、悩みつつも皇太子にはせず、あまつさえ親王の待遇も与えずに賜姓源氏とした光源氏、という、三角形の構図。一方は帝が子の妻を奪い、一方は子が帝の妻を奪う。それは、逆順に反転しつつ、楊貴妃の物語と鮮やかに照応することになる。この問題についても、少し

（64）『新唐書』「楊貴妃伝」に年紀を記さず「始為㆓寿王妃㆒」とある。『資治通鑑』唐紀三十によれば開元二十三年十二月「冊㆓故蜀州司戸楊玄琰女㆒為㆓寿王妃㆒」開元二十三（七三五）年十二月。『楊

丁寧な論証がいる。次章においてあらためて詳述したい。

## おわりに――まとめと展望

こうして、『源氏物語』の内なる「長恨歌体験」は、桐壺帝と更衣という、主人公の父母達にばかりにその影を曳くようにみえて、本然的に、物語の本来の主人公である光源氏と藤壺を諷《ふう》して、物語全体に及ぼうとする。その連続を支えるのは、『長恨歌』の楊貴妃が寓意する、桐壺更衣と藤壺との、血縁なき類似性の創作にある。

繰り返すことになるが、「藤壺は桐壺更衣によく似ているということで、いわば更衣の形代として入内してきた」（久富木原玲前掲論文）。いわばもう一人の桐壺更衣である。本人なのに似ていない二人の楊貴妃と、似ているだけで血縁もないらしい桐壺更衣と藤壺と。藤壺は帝妃であり、光源氏からは義母に当たる。こちらは楊貴妃の処遇と同じである。「第一部の前半の」「大筋」において、「一切の事件は藤壺にかかわっていた」▼注(65)。彼女は、光源氏と双璧の女主人公であった。述べてきた准拠の仕組みは、『源氏物語』構想の根源に関わる。

以上が本論のあらましである。しかし、ここで資料上の問題について付言しておかなくてはならない。こうした推定の前提には、唐代の情報を記した史書類など、中国文献の日本での享受について、より正確な理解が必要だからである。ところが宮崎市定《いちさだ》がはやく論じているように、宋代には「書禁」があった。すなわち宋では、「前代の歴史、唐書、五代史、新唐書、新五代史の編纂があり」、印刷技術の進展で刊本の時代となって、「日本などの諸国は、何れも斯《か》

太真外伝』（『国訳漢文大成　晋唐小説』など）は二十二年十一月。なお『長恨歌』仮名抄にもこの逸話は詳細に触れられる。

(65) 前掲清水好子『源氏の女君　増補版』「藤壺宮」。清水は藤壺が「物語の構成という点から考えると、光源氏よりも、紫の上よりもはるかに重い役割である」といい、「藤壺は、光源氏をも紫の上をも背後から動かしてゆく力なのである」と論じる。「ことに第一部では一切の重要な事件に藤壺の影を見ることができる」し、それは彼女没後の第二部にも投影する、というのである。

かる新刊本を手に入れたいと熱望したのであるが、宋《そう》ではそれが遼《りょう》に流入することを恐れて、遼以外の諸国に対しても同様に書籍の輸出を禁止していた」。寂照（大江定基）の入宋（一〇〇三）後、源従英（俊賢か）から手紙が届き、「唐以後の史籍を是非読みたいが、早く送ってよこして呉れと頼んでいる。唐書五代史は当然宋の書禁に触れるものであるから、恐らく従英の手には入らなかったであろうと思われる」。このように、「一体史書はその一代前の記録であるのに、その新刊が日本に渡らなかったとすると日本人はいつも近代中国の歴史を知らぬことになる。仏教の教理や儒教の学説は、いつも日本では中国から最新の知識を得ているのに反し、中国の現状に対する研究は極めて不十分であった。中国が宋の時代に入っているのに日本では未だ唐代の歴史を知らず」という不均衡が起こりうるのが「書禁」である。▼注(66) しかし一方で、森克己《かつみ》によれば、「平安時代初期より唐商人が日唐交通路上に登場」し、唐土の書籍は「遣唐使船以外によっても輸入され得る道が開けた」。そうした「末期日唐貿易の発展に伴い、輸入された史書の種類も次第に多くなって来た」。九世紀終盤、「仁和・寛平の頃、藤原佐世《すけよ》が勅を奉じて撰録した日本国見在書目録中」に掲載された漢籍類の中で、「特に注目すべきことは、唐実録・高宗実録・唐暦・大唐起居注及び渤海《ぼっかい》の余峻撰の小史等の如く唐朝自身のことを記した史書が唐代にすでにわが国に輸入されていた」ことである。遣唐使廃絶後も、「唐商船の来航は依然として止まないのみか、益々旺盛となって来た」。また、宋代の禁書によって「国外輸出は厳重に禁じられていた」『太平御覧《ぎょらん》』だが、治承三年（一一七九）、宋商人によって輸入され、平清盛が入手して以来、「相当多数わが国に輸入されていた」。「宋朝が最も誇りとし、それだけにまた輸出防止に努めた太平御覧でさへこのように海外へ続々輸出されていたとすれば、太平御覧よ

（66）宮崎市定「書禁と禁書」（宮崎著、礪波護編『東西交渉史論』中公文庫、一九九八年、初出一九四〇年）。

り巻数の遙に少い史書の如きは一層容易に、また旺《さかん》に輸入されたであろうことは想像するに難くない」と述べる森克己は、「藤原頼長《よりなが》の閲読した史書」の中で「特に注意すべき点は五代史と新唐書である。五代史・新唐書は共に宋の欧陽脩《おうようしゅう》が勅を奉じて嘉祐年中（後冷泉天皇時代）に編集したものである。この宋朝勅撰の正史が編集完成より八十余年後に禁書にもかかわらず宋商によってもたらされたことは、宋朝史書の国外流出の実情を示すものにほかならない。次に、頼長と同時代に相竝んで好学家・蔵書家として名高かった藤原通憲《みちのり》の通憲入道蔵書目録中より史書を拾い出して見ると」▼注(67)、その中には「唐書目録」も見えている。▼注(68) 平安時代以来の活発な宋商の活躍と貴族の好尚が合致し、また入宋僧らによる輸入も相次いだ。藤原頼長は、仁平元年（一一五一）に宋商から「唐書九帖」などを贈られている（森前掲論文）。宮崎前掲論文は頼長らが入手した史書について、南宋以降書禁の「取締り」が「余程寛大になった」故と推測するが、それだけが原因ではない。平安時代においても、「一代前の記録」ばかりを読んで、「日本人はいつも近代中国の歴史を知らぬ」とは、いかにも考えにくい状況である。

特に安禄山の乱については、奈良時代から、日本政府は深い関心を抱いていた。聖武天皇の時代（在位七二四〜七四九年、七〇一生〜七五六歿）の最末期から帝崩御後まもなくの治世において勃発した大唐国の内乱は、安禄山が皇帝となって、こともあろうに「聖武」と称した、という、衝撃的な内容を含んでいた。その情報が伝えられたのは、ほかならぬ聖武天皇に、「聖武」の尊号が贈られた、数ヶ月後のことであった。

天平宝字二年（七五八）八月、聖武は、「勝宝感神聖武皇帝」（『続日本紀』同年同月戊申（＝九日）条）と尊号を追号された。藤善眞澄『安禄山 皇帝の座をうかがった男』によれば、この中国風

（67）一連の引用は、森克己『日宋文化交流の諸問題』所収「日唐・日宋交通における史書の輸入」、刀江書院、一九五〇年。『増補日宋文化交流の諸問題　新編森克己著作集4』勉誠出版、二〇一一年および同解説参照。

（68）大江匡房の『江談抄』五―六三（『水言抄』一四）には「唐の高宗のときに通乾の年号有り。反音は不吉なり。よりて改む。この事、唐書に見ゆ」（新日本古典文学大系）とあるが、対応する記述は『旧唐書』『新唐書』ともに見えない。江談抄研究会編『古本系江談抄注解　補訂版』（武蔵野書院、一九九三年）参照。なお『太平御覧』(九八三年)には多くの『旧唐書』記事が引かれ、その中には玄宗・楊貴妃・安禄山の記録も含まれる（呉玉貴撰『唐書輯校』中華書局、二十四史校訂研究叢刊、二〇〇八年参照）が、本邦への伝来は平清盛の時代であり（森克己前掲論文参照）、『源氏物語』とは別して考えたい。

の皇帝号は、「玄宗の開元・天宝聖文神武応道皇帝に真似た」という。その聖武の尊号自体の意味を揺るがす驚天動地のニュースは、『続日本紀《しょくにほんぎ》』に引く「遣渤海使小野朝臣田守等奏唐国消息」に、「天宝十四載歳次乙未十一月九日、「安禄山反。挙レ兵作レ乱、自称二大燕聖武皇帝一。改二范陽一作二霊武郡一、其宅為二潜龍宮一。年号二聖武一」と伝えられる。▼注(69)「聖武」を冠する反乱の帝（安禄山）の勃興は、日本に深刻な脅威となって、「淳仁天皇は禄山の侵入に備え、大宰府に防禦を命じたという」（藤善前掲書）。

安禄山のこと、『長恨歌』のこと、この周辺の情報は、平安時代の貴人たちにとって、様々な面で、渇望すべきものであった。いくつかの方法を通じて、こうした知識は意外と早く、そして、正規ルートでないだけに、あらゆる雑説や風評、説話・伝承も含み混む形で、いろんなものが、もとめられるままに、雑多に入りこんでいたと考えられる。最近の対外交流史の研究状況の成果もまた、それを示唆している。▼注(70)

森克己は、平安後期以降、中国伝来の史書について「批判力」が「発達」したとして、本章前半に掲げた『続古事談』六―六を一例に、「従来の如き盲目的讃辞を捨てて忌憚のない批評を下している」と、その時代思潮を剔抉《てっけつ》する（前掲論文）。

「虚構の歴史を描き得た源氏物語は」「中国の史書、史伝、雑史類、そして歴史と常に結びついている伝記類を経由してはじめて生まれたのではないか」と田中隆昭《たかあき》は述べている。▼注(71)至言であろう。『源氏物語』の時代に、その作者が『旧唐書』など、近接した同時代的な史書とその周辺の多様な情報をいかに入手し、どれほど咀嚼して、「批判」的に読み込むことができたか。▼注(72)そこには『源氏物語』作者という、特権的な資料解釈力と創造性を秘めた主体の実在と相俟《あいま》って、

(69)『続日本紀』天平宝字二年十二月戊申（＝十日）。

(70) たとえば田島公『日本、中国・朝鮮対外交流年表（稿）―大宝元年～文治元年―〔増補改訂版〕』（田島公、二〇一二年）はその実態の詳細な整理であり、各時代についても、森公章『古代日本の対外意識と通交』吉川弘文館、一九九八年、榎本淳一『唐王朝と古代日本』吉川弘文館、二〇〇八年、榎本渉『僧侶と海商たちの東シナ海』講談社選書メチエ、二〇一〇年などを始めとする、多大な蓄積がある。榎本渉「日宋交流史研究」（遠藤他編『日本宋史研究の現状と課題―1980年代以降を中心に―』汲古書院、二〇一〇年）には、日宋交流についての研究史の展望と参考文献目録が付されており、有益である。

(71) 田中隆昭『源氏物語 歴史と虚構』第一章1（勉誠社、一九九三年）。また日向一雅編『源氏物 語と唐代伝奇』（青簡舎、二〇一二年）など参照。

(72) 紫式部と中国情報については、田島公が『福井県史通史編1原始古代』第五節「平安中・後期の対外交流」（福井県、一九九三年）に、父藤原為時の越前守赴任

興味深いテーマが潜在する。本書においても、これより以下、いくつかの方法を用いて、如上のテーマについて、多角的な側面から考究を深めていきたい。

時代の「唐人」との詩の唱和のエピソードにその原体験をうかがう興味深い示唆を記している。『旧唐書』などの史書と『源氏物語』の関係については郭潔梅に論がある（「『旧唐書』と『源氏物語』との関係—賢木の巻にみえる御息所の回想を通じて—」『中国文化研究（天理大学）』二一、二〇〇四年三月、「『源氏物語』と唐の歴史—桐壺巻の後半にみえる「父帝の寵愛」をめぐって—」『和漢比較文学』二九、二〇〇四年八月）。なお夫宣孝の筑前守・大宰府小弐兼任なども踏まえて、河添房江は「紫式部の国際意識」を論じている。河添著『源氏物語時空論』東京大学出版会、二〇〇五年、同『源氏物語と東アジア世界』ＮＨＫブックス、二〇〇七年など参照。

†第二章

# 武恵妃《ぶけいひ》と桐壺更衣、楊貴妃と藤壺——桐壺巻の准拠と構想

## はじめに

藤壺は、薄雲の巻で、はかなく息を引き取る。つづく朝顔の巻が、その哀しみを受け止めて末尾近くに描くのは、ある美しい冬の夜の、紫の上と光源氏の語らいであった。

それは、「雪のいたう降り積りたる上に、今も散りつつ、松と竹とのけぢめをかしう見ゆる夕暮に」、「冬の夜の澄める月に雪の光りあひたる空こそ、あやしう、色なきものの身にしみて、この世のほかのことまで思ひ流され」るような、神秘的な光景である。「月は隈《くま》なくさし出で

て、ひとつ色に見えわたされたるに」、光源氏は、「童女《わらはべ》おろして、雪まろばしせさせたまふ」。かつて同じ様なことがあった。光源氏は、きらめく白さの明かりの中で、中宮藤壺との宵を想い出し、紫の上に向かって、秘密に触れぬよう言葉を選びながら、しめやかにその思いを語り始める。

一年《ひととせ》、中宮の御前に雪の山作らせたりし、世に古りたることなれど、なほめづらしくもはかなきことをなしたまへりしかな。何のをりをりにつけても、くちをしう飽かずもあるかな。いとけどほしくもてなしたまひて、くはしき御ありさまを見ならはしたてまつりしことはなかりしかど、御まじらひのほどに、うしろやすきものにはおぼしたりきかし。うち頼みきこえて、とあることとかかるをりにつけて、何ごとも聞こえかよひしに…

これを皮切りに、「源氏は紫の上に、藤壺、前斎院、朧月夜、明石の上、花散里と、昔今《むかしいま》の女性たちの人柄を話題に上せる」▼注(1)。紫の上の相づちを承けて、陶然と交わされる饒舌であった。そうして光源氏は、あらためて紫の上の可憐さに心を染め、「髪ざし、面様《おもやう》の、恋ひきこゆる人の面影にふとおぼえて、めでたければ」と、藤壺と重ね合わせることでより輝くその美しさを愛でる。いま心を占めている朝顔の前斎院のこともうち忘れ、藤壺を紫の上によそえつつ、夫婦の想いを織り込んだ和歌を詠んだ。

かきつめて昔恋しき雪もよにあはれを添ふる鴛鴦《をし》の浮寝《うきね》か

(1)日本古典集成、朝顔巻の解説。

その言葉とは裏腹に、光源氏は、紫の上の横に臥しながらも、藤壺のことが忘れられない。あやにくな彼の本性である。ところが、亡き人を思い続けてまどろんだ光源氏の夢に、恨みがましい様子の藤壺が現れて、事態は一変した。

入りたまひても、宮の御ことを思ひつつ大殿籠《おほとのごも》れるに、夢ともなくほのかに見たてまつるを、いみじく恨みたまへる御けしきにて、「漏らさじとのたまひしかど、憂き名の隠れなかりければ、はづかしう、苦しき目を見るにつけても、つらくなむ」とのたまふ。御いらへ聞こゆとおぼすに、おそはるるここちして、女君（＝紫の上）の「こは、などかくは」とのたまふに、おどろきて、いみじくくちをしく、胸のおきどころなく騒げば、おさへて、涙も流れ出でにけり。

紫の上の吃驚《おどろ》く声に、光源氏は、はっと目覚める。夢で、お返事を申し上げようとしたところだった…。そんなことに屈託するのが光源氏である。紫の上の心配より、せっかく逢えた藤壺と言葉もろくに交わさずに、はかなく別れてしまったことが「いみじくくちをしく」、動揺を押さえかねて光源氏は涙を流す。藤壺は、自分との密通が因由《いんゆ》となって成仏できない。「このひとつことにてぞ、この世の濁りをすすいたまはざらむ」。藤壺の愛執《あいしゅう》を思いやり、「いみじく悲しければ」、できるものなら代わってさしあげたいと、彼は痛切に願った。

何わざをして、知る人なき世界におはすらむを、とぶらひきこえにまうでて、罪にもかはりきこえばや、など、つくづくとおぼす。

描かれているのは、藤壺の苦患《くげん》を和らげようと、仏教的な代受苦を願う光源氏の思いである。しかし、その文脈は、誰も知らない世界にいらっしゃるであろう藤壺の亡き魂を、なんとかすべを見付けて訪ね問いたいものよ、と表現される。ここには『長恨歌《ちょうごんか》』が響いていると見て間違いない。

悠々《ゆうゆう》たる生死《せいし》別れて年を経《へ》たり　魂魄《こんぱく》曾て来つて夢にだも入らず
臨邛《りんきょう》の道士鴻都《こうと》の客　能く精誠《せいせい》を以て魂魄を致す
君王の展転《てんてん》の思ひに感ずるがために　遂に方士をして殷勤《いんぎん》に覓《もとめし》む▼注(2)

『源氏物語』が、『長恨歌』を踏まえて女主人公の死に対する愛惜《あいせき》を叙述するのは、桐壺更衣ばかりではないようだ。むしろどうやら常套《じょうとう》である。紫の上の死もまた、明示的に『長恨歌』の一節を引いて哀傷《あいしょう》される。

蛍のいと多う飛びかふも、「夕殿《せきでん》に蛍飛んで」と、例の、古言《ふること》もかかる筋にのみ口馴れたまへり。（中略）
大空をかよふ幻《まぼろし》夢にだに見えこぬ魂《たま》の行方《ゆくへ》たづねよ（幻巻）

(2) この箇所の『長恨歌』は、袴田光康「【特輯—長恨歌（承前）】金澤文庫本「長恨歌」訓読文」（『白居易研究年報』十二、「特集新楽府—風諭の精神」勉誠出版、二〇一一年十二月）の訓読を参照して示した。

桐壺巻で、帝が更衣を想って「尋ねゆく幻《まぼろし》もがなつてにても魂《たま》のありかをそこと知るべく」と詠うように、「幻」とあるのが『長恨歌』の「方士」にあたる。

宇治十帖に入ると、大君を失った薫は、李夫人の一節に託してその死を悼む。

くちをしき品《しな》なりとも、かの御ありさまにすこしもおぼえたらむ人は、心もとまりなむうかし、昔ありけむ香の煙につけてだに、今一度《ひとたび》見たてまつるものにもがな、とのみおぼえて…（宿木巻）

しかし、これもまた、『長恨歌』の文脈の内にある。詳しくは本章で論じるが、『源氏物語』は、楊貴妃と李夫人とを重ねながら、桐壺更衣を形象する。そもそも李夫人は、『長恨歌』冒頭に、「漢皇色を重んじて傾国を思ふ」と描かれた、漢武帝の「傾国」その人だ。『長恨歌』の愛読者には、楊貴妃と李夫人とは、自明の前提として、一体的な形象なのである。

こうした『長恨歌』をめぐる哀傷の一連は、『源氏物語』長編化の方法について、きわめて本質的な要素を内在している。田中隆昭《たかあき》の整理を参照してみよう。

『長恨歌』および『長恨歌伝』では道士により亡き楊貴妃の魂がよびもどされたが、そのもとになる李夫人の物語と桐壺巻との関係を明らかにされた新間《しんま》一美《かずよし》氏は「光源氏の宮中への帰参と藤壺の入内とはこの（李夫人の）反魂の故事から構想されたと思われる。光源氏の藤壺は李夫人の魂に対応し、命婦と典侍は道士に対応するのではないか。」といわれる。また、源氏物語長編化の方法として形代の方法に注意された三田村雅子氏は『白氏文集』中の「李夫人」の宇治十帖への引用を重視して、李夫人の反魂香《はんごんこう》が示唆して形代の世界を再び導入して長編化されたことをいっておられる。なお、北京大学の厳紹盪《げんしょうとう》氏は源氏物語への長恨歌の影響を論じた中で両者の異る点三ヶ条をあげた中の一つとして、「漢皇」が体から離れた霊魂によって心の傷をいやすのに対して、日本の天皇は現実的態度をとり、一つの〝面影〟――失った更衣の身代わりとして彼女によく似た年若い女性を求める、ということを指摘する。……玄宗《げんそう》が、あるいは漢の武帝が亡き人の霊魂を求めた物語を、桐壺帝が光源氏あるいは藤壺、そして紫の上を求める物語に作り変えたことが物語を長編化する端緒を与えることになる▼注(3)…

かくして『長恨歌』は、『源氏物語』を推進する、根幹的な媒体として、物語に潜在し続ける。ところが第一章で論じたように、楊貴妃の物語は、『長恨歌』では完結しない。「新楽府《しんがふ》」や『旧唐書《くとうじょ》』、また小説類に描かれた〈悪女〉像の楊貴妃がいて、桐壺更衣の形代《かたしろ》としての藤壺の物語と照応する。物語が執拗に桎梏《しっこく》する、楊貴妃の呪縛を形代にゆずって遁《のが》れれば、桐壺更衣は、もう一人の重要な人物とごく自然に対比されるはずだ。楊貴妃に出会う前、玄宗皇帝が深く寵愛した、武恵妃《ぶけいひ》である。楊貴妃もまた、その形代であった。

玄宗には武恵妃という寵妃がいて、その間に寿王《じゅおう》という皇太子候補の子供まで存した。

（3）田中隆昭『源氏物語　歴史と虚構』第一章1、勉誠社、一九九三年。日向一雅は先引の「尋ねゆく」の和歌と「大空を」の和歌との呼応に『源氏物語』長篇化の構想をうかがい（『源氏物語の準拠と話型』至文堂、一九九九年、同「中世源氏学から見た桐壺巻―桐壺巻研究小史―」（『増補改装 源氏物語の鑑賞と基礎知識 桐壺』至文堂、二〇〇一年十一月など）、表（小穴）規矩子「源氏物語第三部の構造」（『国語国文』昭和三十三年四月号初出、『日本文学研究資料叢書　源氏物語Ⅰ』有精堂、一九六九年に再収）は、最終巻夢浮橋に『長恨歌』の「道士招魂の段のうつし」を「認めよう」として、「長恨歌は…「桐壺」…に引かれ、第二部の結末「幻」…に照応され…第三部の最後「夢の浮橋」…にも同典拠をひく事によって、「桐壺」「幻」に応ぜしめ、源氏物語全体の結末を表示したものではなからうか」と述べる。なお新間一美「源氏物語の結末について―長恨歌と李夫人と―」（『源氏物語と白居易の文学』和泉書院、二〇〇三年）など参照。

その武恵妃の死後、玄宗は歎き悲しむが、その後楊貴妃を得てこれを寵愛したのである。面白いことにこの楊貴妃は何と息子寿王の妃であり、そのため寿王の立太子も実現しなかった。この枠組みは、まさに桐壺帝の桐壺更衣から藤壺への移行と共通しており、息子源氏の立太子問題や、藤壺との密通までも見通すことができることに留意しておきたい。▼注(4)

本章では、これらの問題を掘り下げて、『源氏物語』における、その輻輳《ふくそう》を追いかける。そして、作品の長編化に果たした楊貴妃の物語と藤壺との対応を追って、この作品世界の准拠と構造を明らかにしたいと考えている。そのためには、いくつかの情況を資料に即して確認しておく必要がある。視界をリフレッシュするために、記述は再び、院政期の物語から語り始められることになる。

（4）吉海直人『源氏物語の視角』翰林書房、一九九二年。袴田光康は吉海論を紹介して整理を進め、系図を対比的に示してその照応を論じている（「『源氏物語』における「長恨歌伝」の研究―「桐壺」巻篇其の二」『文芸研究（明治大学）』九四、二〇〇四年九月）。

## 1 『源氏物語』と白河院・後鳥羽院

十三世紀初頭に成立した『古事談《こじだん》』の巻二・臣節に、白河院《しらかわいん》にまつわる衝撃的な秘話を伝えた、次のような説話配列がある。

賢子中宮は、寵愛他に異なる故に、禁裏において薨じ給ふなり。御悩《ごなう》危急為《た》りと雖《いへど》も、退出を許されざるなり。閉眼の時、猶《な》ほ御腰を抱きて起《た》ち避《さ》けしめ給はず、と云々。時に俊明卿参入して申して云はく、「帝者の葬に遭《あ》ふ例、未だ曾て有らず候ふ。早く行幸有るべし」

と云々。仰《おほ》せて云はく、「例は此《こ》れよりこそは始まらめ」と云々。（五三話）
待賢門院【大納言公実女、母左中弁隆方女】は、白川院御猶子の儀にて入内せしめ給ふ。其の間、法皇密通せしめ給ふ。人皆《み》な之《こ》れを知るか。崇徳院は白河院の御胤子、と云々。鳥羽院も其《そ》の由《よし》を知《しろ》し食《め》して、「叔父子《をぢご》」とぞ申さしめ給ひける。之れに依《よ》りて大略不快にて止《や》ましめ給ひ畢《をは》んぬ、と云々。鳥羽院、最後にも惟方〈時に廷尉佐〉を召して、「汝許《ばか》りぞと思ひて仰せらるる也。閉眼の後、あな賢《かし》こ、新院にみすな」と仰《おほ》せ事《ごと》ありけり。案の如く新院は「見奉らん」と仰せられけれど、「御遺言の旨候ふ」とて、懸《か》け廻《めぐ》らして入れ奉らず、と云々。（五四話）▼注(5)

「臣節」に分類された両話の本来の話題は、二人の側近、源俊明《としあき》と藤原惟方《これかた》である。その臣下としての働きと心持ちとを共通のテーマとして、配列の根幹が成り立っている。二人の臣節は、帝・院にとって最重要人物である二人の死（中宮と治天の君）と、その死をめぐる最高権力者の異例の重い言葉（白河の宣言と鳥羽の遺言）を受け止めるという極限の任務の中で発揮され、一方は諫言《かんげん》と進言、一方は遵守と拒絶というかたちで、対照的に描き分けられている。

だが、表象された言説世界は多弁である。「閉眼《へいがん》」に関わる時の流れ（「閉眼の時」「閉眼の後」）を明示的なキーワードとして、密着と隔絶と、全く異なった死の風景——しかもそれは本来いずれも許されてはならないものである——を描く両話は、白河《しらかわ》—鳥羽《とば》から崇徳《すとく》に至る、院政の系譜の淵源《えんげん》と転変を、おのずから語り出すだろう。

前話は、白河が天皇在位中の応徳元年（一〇八四）のことである。中宮賢子が危篤となるが、

（5）原漢文。引用は、新日本古典文学大系『古事談　続古事談』の訓読により、以下の論述にも、新大系の脚注を反映させている。

帝の寵愛は限りなく深く、宮中(ただし里内裏の三条殿)からの退出を許さない。とうとう彼女は「禁裏において薨《こう》じ」てしまうのだ。中宮が「閉眼」して亡くなる時も、帝は彼女の「御腰を抱きて」動かず、立ち上がろうともしない。側近の源俊明は▼注(6)「例」なき未曾有のことと誡め、死のケガレを避けて「早く行幸有るべし」と強く制する。▼注(7) だが天皇は「例はこれよりこそは始まらめ」と宣言して譲らなかった、という説話である。

二年後、白河は子の堀河に譲位して院政を敷く。それからさらに十年が経って、嘉保三年(一〇九六)に白河は、賢子所生の愛娘・郁芳門院媞子《ゆうほうもんいんていし》が病没した激しい悲嘆を契機に出家して、法皇となる。次話五四は、永久五年(一一一七)、法皇となって二十年以上が過ぎている白河が、養女として鳥羽天皇に入内させた待賢門院璋子《しょうし》と「密通」していたと語り始める。それは公然の秘密であり、崇徳帝は白河の落胤なのだという。鳥羽院もその事情を知っていた。祖父白河の実子である崇徳を、鳥羽は揶揄して「叔父子」と呼ぶ。当然二人は仲が悪い。臨終に際して、鳥羽院はもっとも信頼する側近の藤原惟方を呼び、「閉眼の後」、自分の姿を決して新院・崇徳に決して見せないようにと遺言する。そのことを忠実に守って、惟方は、「見奉らん」と要望する崇徳をブロックし、中に入れなかったというのである。

「臣節」という括りを離れてみれば、両話を貫く強い印象的な連想は、白河の過剰で破格な愛情である。中宮への哀傷、愛娘の思いと信仰、そして養女との密通と続くそれは、いずれも院政の節目となった。因果をひきずる鳥羽の死も、「保元元年七月二日、鳥羽院ウセサセ給《たまひ》テ後、日本国ノ乱逆《らんげき》ト云フコトハヲコリテ後、ムサ《(武者)》ノ世ニナリニケルナリ」(『愚管抄』巻四)と評された、保元の乱勃発の秘話である。▼注(8)「保元以後ノコトハミナ乱世ニテ侍レバ」(同巻三)、白河の激しい

(6) 醍醐源氏高明流で、隆国の子。兄の隆俊は賢子の母方の祖父にあたる。承暦元年(一〇七七)より中宮権大夫で、永保三年(一〇八三)から賢子の死まで中宮大夫を務めた。「心性甚直、為二朝之重臣一」(『中右記』永久二年十二月二条、増補史料大成)で、白河の「サウナキ院別当」(『愚管抄』巻四)であった。

(7)「行幸」という次善の策があったのは、そこが里内裏だったからである。なお後掲するように『今鏡』は、村上天皇の生母醍醐天皇の后穏子の逸話の先例で説明する。

(8) 鳥羽の死後数日のうちに勃発した保元の乱と、この説話の関係については、河内祥輔に詳論がある(『保元の乱・平治の乱』吉川弘文館、二〇〇二年)が、いま踏み込まない。

情動こそがあたかもすべての根源であったと、説話は語ろうとする。

　賢子は天喜四年（一〇五七）生まれ。説話では触れられないが、賢子の実父は源顕房《あきふさ》で、藤原師実《もろざね》の養女として、延久三年（一〇七一）三月に、東宮だった白河の妃となった。翌年白河が即位し、承保元年（一〇七四）六月に中宮として入内する。しかし、二十八歳の応徳元年（一〇八四）九月二十二日に「三条内裏」にて崩じてしまう（『扶桑《ふそう》略記』）。藤原公実《きんざね》を実父に持つ璋子の方も、説話で示されるように白河養女としての処遇を経て、永久五年（一一一七）十二月十三日、鳥羽天皇に入内している。〈養女〉と白河との関係も、説話配列の重要な要素であったらしい。かつての哀傷の主人公で、いま璋子の父代わりである白河は、法皇の身でありながら、〈養女〉にして自分の孫の妃となる女子と密通を続けた、というのだ。

　一方で、この説話の連続には、『源氏物語』のイメージがただよう。よく謂《い》われるように、二―五三は、『源氏物語』の桐壺の帝が、病み、危篤となった桐壺更衣が宮中から退出する際に示した未練の様子とよく似ている。光源氏が三歳の袴着を終えた夏のことである。


その年の夏、御息所、はかなきここちにわづらひて、まかでなむとしたまふを、暇《いとま》さらに許させたまはず。年ごろ、常のあつしさになりたまへれば、御目馴《めな》れて、「なほ、しばしこころみよ」とのみのたまはするに、日々におもりたまひて、ただ五六日のほどに、いと弱うなれば、母君泣く泣く奏して、まかでさせたてまつりたまふ。かかるをりにも、あるまじき恥もこそと心づかひして、御子をばとどめたてまつりて、忍びてぞいでたまふ。限りあれば、さのみもえとどめさせたまはず、御覧じだに送らぬおぼつかなさを、いふかたなく思ほさる。いとにほひやかに、うつくしげなる人の、いたう面《おも》痩《や》せて、「いとあはれ」とものを思ひしみながら、言《こと》にいでても聞こえやらず、あるかなきかに消え入りつつものしたまふを御覧ずるに、来しかた行く末おぼしめされず、よろづのことを、泣く泣く契りのたまはすれど、御いらへもえ聞えたまはず、まみなどもいとたゆげにて、いとどなよなよと、我かのけしきにて臥《ふ》したれば、いかさまにかとおぼしめしまどはる。輦車《てぐるま》の宣旨などのたまはせても、また入らせたまひて、さらにえ許させたまはず。「限りあらむ道にも、おくれ先立たじと契らせたまひけるを、さりともうち捨てては、え行きやらじ」とのたまはするを、女もいといみじと見たてまつりて、

「限りとて別るる道の悲しきにいかまほしきは命なりけり　いとかく思うたまへましかば」と、息も絶えつつ、聞こえまほしげなることはありげなれど、いと苦しげにたゆげなれば、かくながら、ともかくもならむを御覧じ果てむとおぼしめすに、「今日始むべき祈りども、さるべき人々うけたまはれる、今宵《こよひ》より」と聞こえ急がせば、わりなく思ほしながら、まかでさせたまふ。御胸つとふたがりて、つゆまどろまれず、明かしかねさせたまふ。(『源氏物語』桐壺)

帝が「暇《いとま》さらに許させたまはず…」までは、白河と賢子にそっくりである。▼注(9) ただし『源氏』では、「日々に重り給ひて」弱っていく娘を見かねた母が泣く泣く懇願し、帝もついに「限りあれば、さのみもえとどめさせたまはず」、悲痛な思いで送り出す。彼女は、その「夜中うち過ぐるほどになむ、絶えはて給ひぬる」。ほんのわずかな時間差だった。その知らせは「御胸のみつと

(9) 第一皇子・敦文親王の誕生(承保元年(一〇七四)十二月二十六日生)に際しても、白河は賢子を引き留め、「まことや、中宮は、今しばしとのみ惜しみ留めたてまつらせたまへば、えまかでやらせたまはで、ほど近くなりてぞ出でさせたまひける」(『栄花物語』三九・布引の滝)という。院自らの先例である。『源氏物語』の頻用語「まことや」(田中仁「「まことや」—光源氏と語り手と—」『国語国文』五〇巻三号、一九八一年)が使われており、『源氏物語』依拠が想定される。一方で、後述するように『栄花物語』は、賢子の死去を描く際には、院の賢子引き留め自体を描かない。

(10) 帝の死穢に関わる桐壺巻の「恥」と禁忌の読解については、益田勝実「日知りの裔《すえ》の物語—『源氏物語』発端の構造—」(『火山列島の思想』筑摩書房、一九八三年)に示唆多い重要な詳論があり、『古事談』の白河説話にも言及する。益田の関心は「摂関政治から院政へ、という歴史過程」における、「天

ふたがりて、つゆまどろまれず、明かしかねさせたまふ」内裏の帝に、むなしい報告として届く。それに対して『古事談』説話の白河は、「わりなく思ほしながら」、結局は禁忌に従わざるを得▼注(10)なかった桐壺帝の哀しみを、強引に打ち破る。「例」はいま、私から始まるのだ。白河の絶叫は、まるで『源氏物語』と対話するかのように、桐壺帝の無念とダイレクトに響き合う。

そもそも桐壺帝は、「いとやむごとなき際《きは》にはあらぬ」更衣ばかりを寵愛して、「人のそしり」もかまわずに、「世のためしにもなりぬべき御もてなし」だったはず。「唐土《もろこし》にも、かかる事の起りにこそ、世も乱れ、あしかりけれ」、「楊貴妃の例」もかくやと、「天《あめ》のしたにも」「もてなやみぐさ」になっていたのである。それまでは「例」をはねのけて更衣への純愛を貫き、内裏からの退出も、繰り返し引き留めていた。あと一歩のところだったのだ。最後の最後でタブーに負けて、更衣を手放し、先例をなぞってしまった▼注(11)…。そしてすぐさま取り返しの付かない後悔に沈んだところに、『源氏物語』の結構《けっこう》の要所がある。

しかし桐壺帝が、その深い悲しみの中で尽きること無く想起した更衣の面影は、いずれ新しい愛の対象として、藤壺に重ねられる。そしてその出会いが、藤壺と光源氏との密通によって織りなされる、冷泉帝誕生のねじれた血縁（孫にして子）を出来した▼注(12)。今度は、『古事談』次話五四に描かれた「密通」による「叔父子」という血統の乱れと、乱世の予感のイメージとが、『源氏物語』にぴたりと符合してくる…。『古事談』を読んで、こんな具合に『源氏物語』を連想する読者は少なくないだろう。

五三、五四の両話とも、直接の出典は未詳である。『古事談』は、『本朝書籍目録』では、多くの説話集や物語が所属する「仮名」ではなく、「雑抄部」に分類される▼注(13)。貴族日記や談話録

皇そのものが禁縛から一部解放されて神秘性を失っていくこと」、すなわち「院政期の天皇は、摂関期の天皇とは、宝剣を離れて妻のもとへ泊まりにもいくし、死んでいく妻を抱きしめて看とってもやる、というふうに具体的に違ったものになっている。院政の時代がくるというのは、そういう天皇の神秘性の希薄化の意味をも具体的に含んでいる」と展開する。

(11) この部分には、「…沢子卒…寵愛之隆。独冠二後宮一。俄病而困篤。載二之小車一、出レ自二禁中一。纔到二里第一便絶矣。天皇聞レ之哀悼。…」（『続日本後紀』承和六年六月三十日）という仁明天皇女御藤原沢子の卒伝記事が踏まえられている（田中隆昭『源氏物語引用の研究』第一章1、勉誠出版、一九九九年参照）。文字通り先例を踏襲するのである。

(12) 拙著『日本文学　二重の顔〈成る〉ことの詩学へ』第二章、大阪大学出版会、二〇〇七年参照。

(13)和田英松『本朝書籍目録考證』による。なお拙稿「説話集と法語」（小峯和明編『日本文学史古代・中世編』第II部・中世の文学・第九章、ミネルヴァ書房、二〇一三年）など参照。

など、変体漢文の記録類を抄出して説話を採録することが多く、『古事談』に先行する仮名の史書である『栄花《えいが》物語』や『今鏡《いまかがみ》』などとは違って、『源氏物語』の直接的な影響を作品内から見つけ出すのは容易ではない。▼注(14) だが藤原定家と同時代の歌人でもあった『古事談』作者源顕《あき》兼《かね》が、▼注(15)『源氏物語』を熟知していたことは疑うべくもない。▼注(16) ある書物に関する知識が、説話配列の背後にあって連想を支える、というのも、『古事談』がつとに採用する方法である。▼注(17)

『弘安源氏論義』（弘安三年〈一二八〇〉成立）によれば、『源氏物語』が世にもてはやされるようになったのは、白河院政・堀河天皇在位中の康和年間（一〇九九〜一一〇三）であるという。▼注(18) 賢子の死より少し後である。『古事談』の出典となったような古記録や談話録において、白河自身が『源氏物語』を先例として意識しつつ行動し、禁裏の先例を打ち破ろうとしたかのように描かれていたのだとしたら、それは相当早い時期のテクストであり、『源氏物語』の驚くべき浸透力を示すもの、というべきだろう。

その後、時代は、源平の争乱と、▼注(19) 後白河院のディレッタンティズム▼注(20)を経験する。その最中、寿永二年（一一八三）に神器なくして即位した後鳥羽天皇は、建久九年（一一九八）、早々に土御門に譲位して院となった。そして元久元年（一二〇四）、後鳥羽は、最愛の寵妃の更衣・尾張《おわりの》局《つぼね》の死に遭遇する。その時院は、まるで桐壺帝の哀傷のように振る舞い、側近の源家長《いえなが》は、意識的に『源氏物語』の本歌取りとしてそれを描く。

尾張とは、「いま洛南に法界寺という名刹を残す富強の日野家より出た法眼《ほうげん》顕清の女子で、宮仕えの経緯は分からないが並ならぬ寵愛を受け」、元久元年の「七月皇子を生んだ。朝仁《あさひと》親王、のちに慈円《じえん》に弟子入りし天台座主ともなる道覚法親王《どうかくほっしんのう》である。しかし尾張は産後の回復が悪く、

(14) 准拠に関連する説話は所収する。『河海抄』には三条の『古事談』所引をみるが、そのうちの一話は、本書第七章で分析する、手習の『古事談』三—三二の安養尼蘇生譚である。同じく手習には、染殿后が天狐に悩まされる説話（三—一五相当）が准拠として引かれている（もう一条は、花宴の「直衣布袴」の先例として、二—一八話を引く）。また出典名は『江談』だが、夕顔巻のもののけ出現について、『古事談』一—七と同話の融の霊が出現する説話を『河海抄』は挙げている。

(15) 顕兼の歌人的側面については、田渕句美子「源顕兼に関する一考察—歌人的側面から—」（初出『中世文学』三四号、一九八九年五月、『中世初期歌人の研究』笠間書院、二〇〇三年に再収）参照。

(16) 歌人たちの『源氏物語』受容については、寺本直彦『源氏物語受容史論考　正編』風間書房、一九七〇年他参照。

(17) たとえば巻一—三三話には、『帝範』去傀篇の句が引かれ、三四話は『帝範』賞罰篇の主題に相応する例など。新大系脚注参照。

(18) 康和四年、白河院五十の御

里に下って養生したいと切に請うたが、血気盛んな院の愛執はこれを許さなかった。十月半ばに病状悪化し、死穢《しえ》をはばかって退出した時には、院は悔恨の余り「限りある道（死）にも遅れじと思し召し顔」であったと、側近の源家長の手記が伝えている」（目崎徳衛《めざきとくえ》『史伝　後鳥羽院』）▼注(21)。

白河が賢子を失った時は在位中で、宮中にいたが、後鳥羽はすでに院として治天《ちてん》の君《きみ》であった。失った人も、中宮であった賢子とは異なり、『源氏物語』と同じ更衣の身分である。『源家長日記』に叙述された後鳥羽院の哀傷は、素直に『源氏物語』桐壺の表現を襲っている。

…このれいならぬ御事になり給て、まかで給けんよりの事、とりあつめていまさらにおもほしいづらんかし。まかで給しこともゆるし聞え給はざりけるにや、やゝひさしくまでは御かたにぞわたらせ給とうけ給はりし。限りある道にもをくれじとおもほしめしゝかほなりけんと、ふりすてゝいで給し後、そのまゝにやがてたえはてさせ給にき。（『源家長日記』）

『源家長日記　校本・研究・総索引』は、「このあたりの描写は『源氏物語』桐壺巻の影響が大きい。尾張局の地位が更衣であったことも、連想を強める要因となっているようである」として、『源氏物語』桐壺の「まかでなむとし給を、暇さらに許させ給はず」、「『限りあらむ道にも、後れ先だゝじと、契らせ給ひけるを、さりとも、うち捨てゝはえ行きやらじ』と、の給はするを」「などの桐壺更衣の退出の場面の描写との類似」があると指摘している。▼注(22)

この逸話にもまた、帝王の振るまいをめぐる側近の働きというテーマが通底している。特に、説話の型を共通のものとする、白河の逸話との関わりは見逃せない。あの時、白河を制した源

賀で青海波が上演された故実に『源氏物語』紅葉賀巻の投影があるのではないか、との指摘もある。堀淳一「後白河院五十賀における舞楽青海波―『玉葉』の視線から―」（『古代中世文学論考』三、一九九九年一〇月）、また三田村雅子氏の一連の論考（「青海波再演―「記憶」の中の源氏物語―」『源氏研究』五、二〇〇〇年）など参照。ただし提唱者の堀は、慎重に推論として示している。なお本書第四章参照。

(19) 平清盛にも光源氏が投影されるという高橋昌明の説がある（『平清盛 福原の夢』講談社選書メチエ、二〇〇七年など参照）。本書第五章参照。

(20) 後白河は、多くの絵巻を制作させ、蓮華王院宝蔵に集めた、物語愛好の人である。その実態については、竹居明男『日本古代仏教の文化史』吉川弘文館、一九九八年参照。

(21) 吉川弘文館、二〇〇一年。

(22) 源家長日記研究会『源家長日記　校本・研究・総索引』風間書房、一九八五年、二六一頁。さらに同書は、「以下に続く水無瀬御幸の記事（113四～九）と鞆負命婦の、母北方弔問の記事の前後の

俊明は隆国《たかくに》の子で、醍醐源氏高明《たかあきら》流である。源家長もまた高明流だ（『尊卑分脈』）。『源氏物語』桐壺の准拠には醍醐天皇があるという。その子で賜姓源氏となった高明は、光源氏の人物設定を考える時に、いつもクローズアップされる存在であった（『紫明抄《しめいしょう》』『弘安源氏論義』他）。「源氏見ざる歌詠みは遺恨のことなり」（『六百番歌合』藤原俊成《としなり》判詞）。家長は歌人で、後鳥羽院が『新古今和歌集』撰述のために再興した和歌所の開闔《かいこう》となった。院が執着して配流先の隠岐まで持ち込んで編集を続けた『新古今集』は、勅撰集で初めて、『源氏物語』の本質的な取り込みを行った歌集である（風巻景次郎『中世の文学伝統』他）。家長には『源氏物語』を踏襲して後鳥羽院を語る、十分な必然性があった。『古事談』の生成も後鳥羽院政時代のこと。説話採録と配列の妙は『古事談』作者源顕兼《あきかね》の手腕である。

## 2 『源氏物語』に依拠して描かれる史実と『長恨歌』の関係

尾張の死から一年が経って、いまだ癒えない哀傷の思い。後鳥羽院は、それを次のように詠んで『新古今和歌集』巻八哀傷に掲載する。

十月許《ばかり》、水無瀬に侍《はべり》しころ、前大僧正慈円のもとへ、ぬれてしぐれ時雨《しぐれ》のなど申《まうし》つかはして、次《つぎ》の年《とし》の神無月に、無常の歌あまた詠《よ》みてつかはし侍し中に

801 思ひ出づるおり《（を）》たく柴の夕煙《ゆふけぶり》むせぶもうれし忘《わすれ》がたみに　太上天皇

帝の嘆きの描写の雰囲気の類似などを指摘しておく。後出の、更衣所生の若宮の参院の記事（119～121）も、光源氏の参内の記事を念頭におき、更に詳しく描写したものと思われる」と続けて、『源氏』の影響を詳述する。『源家長日記』の引用は『源家長日記　校本・研究・総索引』により、石田吉貞・佐津川修二『源家長日記全註解』有精堂、一九六八年を参照して本文を定めた。

かへし

802 思ひ出づるおりたく柴と聞くからにたぐひしられぬ夕煙《ゆふけぶり》かな　　前大僧正慈圓

雨中無常といふ事を

803 なき人のかたみの雲やしほるらんゆふべの雨に色《いろ》はみえねど　　太上天皇

八〇一番と八〇二番歌は『源家長日記』に記録されており、「元久二年（一二〇五）の初冬」の和歌である。「二十六歳の院がこれほどに懐かしんだ女性は、更衣尾張局である」（目崎前掲書）が、八〇三はさらにその翌年、尾張の死から二年が経って詠まれたものである。この歌の本歌は「見し人の煙を雲とながむれば夕の空もむつまじきかな」という『源氏物語』夕顔の和歌であるとされるが、目崎徳衛は前掲書で、「久保田淳氏によれば『文選《もんぜん》』（巻十「高唐賦」）の「朝雲暮雨」の故事と、これを踏まえた『源氏物語』の引歌に拠ったものかという。題詠にそうした技巧を凝らしたところに幾らかの沈静の状を見ることはできようが、むしろ一年前の自作「思ひ出づる」にまたも唱和したところに、尽きない未練を察する方が院の心に叶うのであろう。『長恨歌』にいわゆる「此の恨み綿綿として尽くる期《とき》無し」の玄宗《げんそう》皇帝さながらである」と書き、あえて『長恨歌』を持ち出して論じている。目崎は注で、「なお、後追い自殺もしかねない激情は、寵妃に対してだけではなく、寵童の場合にも見られる。建保元年（一二一三）院の母七条院の里方なる坊門家の信清の息、左中将藤原輔平が赤痢のため卒した。院はこれを寵愛すること「楊貴妃の如く」（『玉蘂』建暦二・四・十一）であった」という、後鳥羽の性癖を伝えるエピソードも紹介し、そこにも「楊貴妃」が形容されることに注意する。

後鳥羽の愛妃喪失への嘆きは、死を以て終わることなく、その後むしろ想いは重畳《ちょうじょう》して昇華され、『源氏物語』と『長恨歌』の詩情とが織り合うように結晶していったらしい。『源氏物語』桐壺でも、更衣を失った帝の哀しみは、濃密に叙述される。その尽きせぬ未練こそが、更衣にそっくりだといううわさの藤壺を導き出し、『源氏物語』最主要の筋立てにつながる伏線となるのである。そうしてみると、『古事談』が掲載した白河の賢子喪失譚は、いささか唐突な切り取りで終わっていたようだ。『扶桑略記』では、応徳元年（一〇八四）九月二十二日条に、「中宮源賢子三条内裡崩。于レ時年二十八歳。主上悲泣。数日不レ召二御膳一」と賢子の死と没後の白河帝の「悲泣」を記し、幾日も食事を取らなかったとまで叙述する。続いて二十四日条には、「主上悶絶。天下騒動。歴二数刻一後復二御尋常一。毎月二十二日。丈六弥陀仏各一躰造立。毎度修二曼荼羅供一。為二中宮職御菩提一也。周忌之間。天下之政皆以廃務。帝依レ含レ悲。久絶二世上風波一。誠是希代事焉」と記されて、いつまでも尽きることない白河の悲嘆を伝えていた。賢子崩御後二日経って、帝は哀しみの余り悶絶し、命に関わる病かと天下を騒動させている。以後、白河は、月命日に大がかりな仏事を行って菩提を弔う。一年が過ぎて「周忌」となっても悲しみは募るばかり。政務も廃し、世の中との関わりを断絶して引き籠もる、「希代」の異例となった。それは白河の譲位の接近を予感させる。『古事談』の白河説話には、賢子崩御後の長き恨みの哀傷の側面が隠されている。だがそれ故に、待賢門院との「密通」説話を生々しく引き寄せることができたのである。

『栄花物語』は、逆に、賢子の死に際して、白河の内裏での行動と光景を全く描かない。没後、夜御殿からも出てこずに、いつまでも沈み込む白河にのみ焦点を当てる。大枠は『扶桑略記』の記述に相当しつつ、そのことが、譲位への道筋だったことを跡付けていく。

(中宮の病気は) いと重くおはしましけり。日を経《へ》て重くならせたまひて、九月二十二日うせさせたまひぬ。あさましなども世の常なり。いづ方にも思《おぼ》し嘆かせたまふさま、いひやる方なし。右の大殿(=源顕房)の上《うへ》(=源隆俊女)、殿(=藤原師実)の上(=麗子)など、ただ思ひやるべし。内《うち》の御前にはことわりとは申しながら、いふ方なくたぐひなく思しめし入らせたまへり。……内には月日のゆくも知らせたまはず、つゆの御湯なども召さず、沈み入らせたまひて、夜大殿《よるのおとど》の外《と》にも出でさせたまはず、女房なども、睦《むつ》ましくさるべきかぎりぞ参りける。……いみじき御功徳ども、あるべきよりも過ぎ、せさせたまふ。なべての世にも惜しくいみじく嘆き申したり。五節御覧《ごせちごらん》とまりぬ。正月などもありし世ともおぼえず。月は変《かは》りゆけど、つゆの御湯なども御覧じ入れさせたまはず、夜大殿に籠《こも》りおはしまして、埋《うづも》れ過ぎさせたまふ。月ごとに丈六《ぢやうろく》の仏を造らせたまひ、御堂《みだう》を造らせたまふ。世の常ならず弔《とぶら》ひ申させたまふ。前《さき》の世の御契り推しはからる。世の人もいみじうあはれがり申しけり。(以下中略。哀傷歌など。また翌応徳二年裳瘡流行で、十一月八日東宮実仁死去、白河の嘆きなどあり。)

月日は変《かは》れど、誰《たれ》も思し嘆くに、内《うち》はなほそのかみに変らず政《まつりごと》などにも出《い》でさせたまふこともなく、あはれに心深く入《い》らせたまへり。いかに思しめすにか、九条のあなたに、鳥羽といふ所に、池、山広うおもしろう造らせたまふは、「おりさせたまふべき御心設《こころまうけ》にや」など申し思へるほどに、(応徳三年)十一月二十六日に、二の宮に御位譲り申させたまふ。(『栄

花物語』巻四十・紫野）

その間隙を『源氏物語』が繋いでいる。傍線部の賢子の病状は、「日々におもりたまひて」とある桐壺更衣の様子を想起させる。『源氏』桐壺巻は、更衣退去の場面に続けて、その死とその後を次のように叙述していた。

…御胸つとふたがりて、つゆまどろまれず、明かしかねさせたまふ。御使《つかひ》の行《ゆ》きかふほどもなきに、なほいぶせさを限りなくのたまはせつるを、「夜中うち過ぐるほどになむ、絶えはてたまひぬる」とて泣き騒げば、御使もいとあへなくて帰り参りぬ。きこしめす御心まどひ、何ごともおぼしめし分かれず、籠《こも》りおはします。（『源氏物語』桐壺）

まるで『栄花物語』の白河帝のように――といえば本末が逆転してしまうが――、『源氏物語』は、更衣の死の衝撃に沈み込む桐壺帝の嘆きを描いている。そうして、已《や》むことのない更衣への追慕の想いを描く表現の中に、ふたたび『栄花物語』と見まがうような、桐壺帝の夜御殿への引き籠もりと、御膳不摂取、そして周りの人々の心配と嘆きとが誌される。続けて『源氏』は、「天下之政皆以廃務。帝依レ含レ悲。久絶二世上風波一。誠是希代事焉」という『扶桑略記』の白河の朝政解怠《けたい》の記録と同じトーンで、世の人々の批判を叙述するのである。

雲のうへも涙にくるる秋の月いかですむらん浅茅生《あさぢふ》の宿

おぼしやりつつ、燈火《ともしび》をかかげ尽くして起きおはします。右近《うこん》の司《つかさ》の宿直奏《とのゐまうし》の声聞こゆるは、丑《うし》になりぬるなるべし。人目をおぼして、夜《よる》の御殿《おとど》に入らせたまひても、まどろませたまふことかたし。朝《あした》に起きさせたまふとても、明くるも知らで、とおぼしいづるにも、なほ朝政《あさまつりごと》はおこたらせたまひぬべかめり。ものなどもきこしめさず、朝餉《あさがれひ》のけしきばかり触れさせたまひて、大床子《だいしやうじ》の御膳《おもの》などは、いと遙かにおぼしめしたれば、陪膳《はいぜん》にさぶらふかぎりは、心苦しき御気色を見たてまつり嘆く。すべて、近うさぶらふ限りは、男女《をとこをんな》、いと、わりなきわざかなと言ひあはせつつ嘆く。さるべき契りこそはおはしましけめ、そこらの人のそしり、恨みをも憚《はばか》らせたまはず、この御ことに触れたることをば、道理をも失はせたまひ、今はた、かく世の中のことをも、思ほし捨てたるやうになりゆくは、いとたいだいしきわざなりと、人の朝廷《みかど》の例《ためし》まで引きいで、ささめき嘆きけり。（桐壺巻）

一方、紫式部に仕えた老媼《ろうおう》からの聞書という体裁をとって『源氏物語』の影響を多く受ける歴史物語『今鏡』は、白河の哀傷を次の様に記述している。

（賢子は）三条内裏にてかくれさせ給ひき。御年二十八とぞ聞《きこ》え給ひし。村上の御母（穏子）、梨壺にて失せ給ひて後《のち》、内にて后隠れ給ふ事、これぞおはしましける。（以下葬送のことを記す。中略）まだ三十にだにたらせ給はぬに、多くの宮たち生みおきたてまつり給ひて、上《うへ》の御おぼえたぐひもおはしまさぬに、はかなくかくれさせ給ひぬれば、世の中かきくらしたるやうなり。白河の帝は、位の御時なれば、廃朝《はいてう》とて、三日は昼《ひ》の御座《ござ》の御簾《みす》もおろされ、世の政《まつりごと》もなく、嘆かせ給ふこと、唐国《からくに》の李夫人《りふじん》、楊貴妃《やうきひ》などのたぐひになむ聞え侍りし。
（以下、帝の仏事供養と尽きせぬ哀しみの描出。下略）（『今鏡』二、講談社学術文庫）

『今鏡』は、『栄花物語』と同様、内裏での帝の振る舞いを記述しない。その代わりに、内裏で后が崩御した先例として、村上天皇の母穏子《おんし》の故実を挙げている。そのことで、「帝者葬に遭ふ例、未だ曾て有らず候ふ」「例は此れよりこそは始らめ」という帝の先例破砕の衝撃は完全に和らげられている。そして『今鏡』は、后に先立たれた帝の激しい嘆きに比重を置き、その先例を、『源氏物語』ではなく、李夫人と楊貴妃に求めていた。

「長恨とは楊貴妃なり（長恨者楊貴妃也）」。▼注(23)『和漢朗詠集』上・八月十五夜に引く源順の七言絶句には「楊貴妃帰つて唐帝の思ひ　李夫人去つて漢皇の情」とあるように、愛妃を喪失した帝の重畳する「長恨」を表現する譬喩《ひゆ》として、この二人の名前が挙がることに違和感はない。賢子にも、このなぞらえが応用されている。応徳三年六月十六日、大江匡房《まさふさ》によって書かれた「円徳院供養願文」（『本朝続文粋』『江都督納言願文集』）には、「彼漢武帝之傷二李夫人一也、遺芬之夢空覚。唐玄宗之恋二楊皇后一也、宿草之露猶霑。言而何為、唯須レ恃レ仏」と誌される。新間一美によれば、これは「源氏物語成立以前」からある「妻や娘の死を哀悼し、追善供養するために書かれた願文」として、「楊貴妃や李夫人反魂の故事を引用する」類型的な構文として表現されている。「これらの故事を使用する気持は、「李夫人や楊貴妃のように美しくいとしかったあの女人ははかなくも死に、残された私は武帝や玄宗のような悲しみを抱いている」とまとめられよう」。「その悲しみの結果」、「中有《ちゅうう》にさまよっているであろう亡き人の魂を求めるが果せず、仏身を描き、

（23）『長恨歌序』（前章参照）。引用は、勉誠社文庫『歌行詩諺解』による。早稲田大学古典籍総合データベースには、『長恨歌并序』「行誉（写）、永享9［1437］」の画像が載っており、簡便に参照できる。

宝偈を写し」、「そして、もしや往生し得ないことがあるのなら阿弥陀仏の力を借りて西方浄土に魂を導き給え、と続く」。▼注(24) 匡房は、一年前の応徳二年八月二十九日、賢子「一周忌の追善に、法勝寺の境内に常行堂が建立された折りの供養願文」を制作した。「法勝寺常行堂供養」（『江都督納言願文集』巻二）である。そこでも匡房は、自覚的に楊貴妃と李夫人の故事を踏まえて願文を織りなしている。▼注(25)『今鏡』の場合も、そうした伝統に倣った的確な引証であった。

　これら「匡房が執筆した賢子の追善願文の背景にも」重要な意味を持ち、「『源氏物語』の桐壺帝と桐壺更衣との関係を彷彿とさせる」のが、『古事談』所載の白河説話であった。▼注(26)『栄花物語』のように、『今鏡』にも『源氏物語』の潜在を想定して、叙述の分析を進めなければならない。逸話のポイントは、その死が宮中で具現したこと（「三条の内裏にてかくれさせ給ひき」「内にて后隠れ給ふ」）。そして「位の御時なれば」、帝が内裏で成すべき朝政を、白河は休み、「廃朝とて、三日は昼の御座の御簾もおろされ、世の政もなく、嘆かせ給ふこと」。この二つの要素である。すると、同じ帝の悲哀とはいえ、安禄山の乱で都を逃れた玄宗に具し、馬嵬の地において死を賜った楊貴妃と、李夫人との境遇には、大きな隔たりがある。しかも玄宗は退位を余儀なくされ、長安に戻って楊貴妃を偲ぶころには、幽閉状態だったとされている。二人を一括して内裏で崩じた后への譬喩として、白河の哀傷になぞらえるには、いささかの飛躍と違和感がある。

　その懸隔《けんかく》を埋め、文脈の橋渡しをするのが、やはり『源氏物語』の存在である。『源氏物語』は、桐壺更衣没後を哀傷する言動を『長恨歌』によって色濃く彩っていたのである。

　…命婦《みやうぶ》は、まだ大殿籠《おほとのごも》らせたまはざりけると、あはれに見たてまつる。（中略）このころ、

（24）新間一美『源氏物語と白居易の文学』第一部Ⅳ「源氏物語の結末について」、和泉書院、二〇〇三年、初出一九七七年。

(25)匡房は『江談抄』六―四九（『水言抄』一〇〇）でこの願文の表現に触れて「漢武帝恋二李夫人一…玄宗幸レ蜀之時…思二貴妃一」の詩情を表現したことを自ら語っている。新日本古典文学大系脚注など参照。如上は、小峯和明『院政期文学論』Ⅲ六「『江都督納言願文集』の世界（三）―中宮賢子追善願文を中心に」、笠間書院、二〇〇六年、初出一九八九年で詳細に分析される。また同『中世法会文芸論』Ⅲ二「1　長恨歌と李夫人―願文表現のかたち」、笠間書院、二〇〇九年、初出一九九四年参照。

(26) 小峯和明前掲「『江都督納言願文集』の世界（三）」。小峯は前掲益田勝実論文を前提に、白河説話に『源氏物語』の投影を見る。

明け暮れ御覧ずる長恨歌の御絵《ゑ》、亭子院《ていじのゐん》の書かせたまひて、伊勢、貫之によませたまへる、大和《やまと》言の葉をも、唐土《もろこし》の詩《うた》をも、ただその筋《すぢ》をぞ、枕言《まくらごと》にせさせたまふ。（中略）いと、かうしも見えじと、おぼししづむれど、さらにえ忍びあへさせたまはず、御覧じはじめし年《とし》月《つき》のことさへかき集め、よろづにおぼしつづけられて、時の間《ま》もおぼつかなかりしを、かくても月日は経《へ》にけりと、あさましうおぼしめさる。（中略）かの贈り物御覧ぜさす。亡き人の住処《すみか》尋ねいでたりけむ、しるしの釵《かむざし》ならましかば、と思ほすも、いとかひなし。

　尋ねゆく幻もがなつてにても魂《たま》のありかをそこと知るべく

絵にかける楊貴妃の容貌《かたち》は、いみじき絵師《ゑし》といへども、筆限りありければ、いとにほひ少なし。太液《たいえき》の芙蓉《ふよう》、未央《びやう》の柳《やなぎ》も、げに通ひたりし容貌《かたち》を、唐めいたるよそほひはうるはしうこそありけめ、なつかしうらうたげなりしをおぼしいづるに、花鳥《はなとり》の色にも音《ね》にもよそふべきかたぞなき。朝夕《あさゆふ》の言種《ことくさ》に、翼《はね》をならべ、枝をかはさむと契らせたまひしに、かなはざりける命のほどぞ、つきせずうらめしき。（桐壺巻）

「長恨歌」「楊貴妃」の語が見えるばかりでなく、傍線を付したように、『長恨歌』をあからさまに踏まえた叙述で埋め尽くされる。

この後に、前掲した「…夜の御殿に入らせたまひても、まどろませたまふことかたし。朝に起きさせたまふとても、明くるも知らで、とおぼしいづるにも、なほ朝政《あさまつりごと》はおこたらせたまひぬべかめり」という記述が続いていく。『類聚名義抄《るいじゅみょうぎしょう》』に「早朝」を「アサマツリコト」と訓み、▼注(27)『河海抄』が「奥入　春宵苦短日高起従此君王不早朝〈長恨歌〉」と注するように、「朝

(27) 観智院本（天理図書館善本叢書）。

政＝あさまつりごと」という語とその懈怠という文脈は、『長恨歌』冒頭に、玄宗が楊貴妃を寵愛する日々を象徴的に表す詩句と古訓と一体であった。▼注(28)『源氏物語』は続けて、「そこらの人のそしり、恨みをも憚らせたまはず、この御ことに触れたることをば、道理をも失はせたまひ、今はた、かく世の中のことをも、思ほし捨てたるやうになりゆくは、いとたいだいしきわざなりと、人の朝廷《みかど》の例まで引きいで、ささめき嘆きけり」と記す。既視感がある。日本古典集成の頭注も示唆するように、「そこらの人のそしり、恨みをも憚らせたまはず」という一節をはじめとして、このあたりの文章は、桐壺巻が帝の更衣への寵愛を描く著名な冒頭部分の繰り返しのようである。

（病弱で里がちな更衣を）いよいよあかずあはれなるものに思《おも》ほして、人のそしりをもえ憚《はばか》らせたまはず、世のためしにもなりぬべき御もてなしなり。上達部、上人《うへびと》なども、あいなく目を側《そば》めつつ、いとまばゆき人の御おぼえなり。唐土《もろこし》にも、かかる事の起りにこそ、世も乱れあしかりけれと、やうやう天《あめ》の下にもあぢきなう、人のもてなやみぐさになりて、楊貴妃の例《ためし》も引き出でつべくなりゆくに…

このように見てくると、『今鏡』が『源氏物語』桐壺巻に依拠しつつ、白河の慟哭《どうこく》を楊貴妃になぞらえるコンテクストがよくわかる。『今鏡』は別の場所で、同じようなことをすでに行っていた。

(28) 金沢文庫本（『白氏文集　金澤文庫本』大東急記念文庫）や宣賢『長恨歌抄』他。

第一章「すべらぎの上」の「星合」に、
楊貴妃の契りも思ひ出でられて、星合ひの空いかに眺め明かさせ給ひけむと、いと哀れに、「尋ね行く幻もがな」とや思し召しけんと推測られてこそ、伝へ聞き侍りしか。

と書かれている。これは、後朱雀《ごすざく》帝の寵愛を鍾《あつ》めていた中宮嫄子《げんし》が死去し、悲嘆に暮れる天皇の様子を述べている所である。文中「楊貴妃の契り」は勿論、白楽天の長恨歌の「比《ひ》翼連理《よくれんり》の契り」であり、「尋ね行く幻もがな」は、源氏物語・巻一桐壺に所出の「尋ね行く幻もがなつてにても魂のありかをそこと知るべく」を、その儘《まま》用いている部分。猶《なお》、ここも長恨歌の「方術士」の飛翔の一文かとも考えられ、源氏物語からの引用と同時に長恨歌の採用であるとも言え、この種類の両者の融合調和した形は、今鏡に多い手法である。（河北騰《のぼる》「「今鏡」に見える源氏物語の影響」）▼注(29)

ただし『今鏡』は、楊貴妃ばかりでなく、漢の李夫人をも重ねあわせて賢子への哀傷を描いていた。しかしそれもまた、類型である以上に、『源氏物語』に帰着する譬喩の伝統に重なっていく。『長恨歌』はすでに「漢皇重色思傾国」と始まり、漢武帝と李夫人を共示するが、『長恨歌』を前面に叙述する『源氏物語』桐壺にも、李夫人の影が構造的に色濃く揺曳していた。
「長恨歌伝」には楊貴妃の美貌は、「如㆓漢武帝李夫人㆒」と表現されたが、二人の大きな違いはその死に方にある。楊貴妃は安禄山の乱の勃発のために玄宗と共に西に向い、馬嵬坡に至って政治の乱れの責任を問われて死を余儀なくされる。（中略）この楊貴妃の不慮の

(29)『中古文学』三五、一九八五年五月(『歴史物語論考』笠間書院、一九八六年に「今鏡に見える源氏物語」と改題所収)。麻原美子は『唐物語』の長恨歌説話（後掲する）も「玄宗と貴妃の愛憐の世界を『源氏物語』の「桐壺」の帝と桐壺更衣によそえて情景描写をしている」といい、「丸山キヨ子氏は『源氏物語』の作者は「長恨歌」をその主題的本質的な意味で『源氏物語』に引用し、物語世界の具象化に援用したと論じられているが、ここでは全く逆の現象で、『源氏物語』「桐壺」を援用して物語化しているのであり、これを土台

死に対して、李夫人は病死するのである。桐壺更衣の病死の様は李夫人の死を参考にしたのではないか。

白居易の「李夫人」の冒頭に、

漢武帝　初喪李夫人　夫人病時不肯別

とあり、武帝は李夫人が病気の時にその傍らを敢えて離れなかった。桐壺帝が病気の更衣の退出をなかなか認めず、強いて離れようとしなかった部分に対応するのである。（新間一美「李夫人と桐壺巻」）▼注(30)

新間は右の論文で、多くの事例を挙げて、桐壺更衣の病と死の形象をはじめとして、桐壺巻と漢李夫人の詩文世界との多様な共通性を探っていく。桐壺更衣はまた、明示されない『源氏物語』本文の読解を通じて、李夫人とも一体化していくのである。

後鳥羽院の哀傷譚でも、『源氏物語』は通奏低音のように鳴り響き、いつしか『長恨歌』と共鳴していた。『源氏物語』の桐壺更衣の死をめぐる言述は、楊貴妃と李夫人のイメージを併せまといつつ、文学史を飛び越えて、先蹤《せんしょう》としての位置取りや、史実としての枠組みさえ整えようとしていた。

### 3　桐壺巻准拠の重層性

こうした受容の様相から、逆照射される『源氏物語』の影像がある。楊貴妃をめぐる、准拠

とすることによって、平安朝以来の伝統的長恨歌屏風絵の世界が、物語の上に文字を通して再現されたとみることができるのである」（「我が国の「長恨歌」享受―長恨歌絵と長恨歌物語(説話)をめぐって―」川口久雄編『古典の変容と新生』明治書院、一九八四年）と指摘する。

（30）新間一美『源氏物語と白居易の文学』第一部Ⅰ、和泉書院、二〇〇三年、初出一九七七年。

の二重性である。「楊貴妃の例も引き出でつべくなりゆくに」と「人の朝廷《みかど》の例まで引きいで」の反復的な構成が示すように、『源氏物語』には、楊貴妃の比定について、重複とずらしがあった。このことはどのような意味を持つのか。あらためて物語の流れを追って確認してみよう。

楊貴妃の例を持ち出すほどの人々の心配をよそに、「さきの世にも、御契りや深かりけむ、世になくきよらなる玉の男御子《をのこみこ》さへ生まれたまひぬ」。光源氏が誕生する。帝は、美しい光源氏に格別の愛情を注ぎ、「私物《わたくしもの》に思ほしかしづきたまふこと限りなし」。この子が生まれる前、本来は「おしなべての上《うへ》宮仕へしたまふべき際《きは》」ではない桐壺更衣を、帝は寵愛が深いあまり、「何事にもゆゑある事のふしぶしには」、まず第一番におそばにお召しになっていた。そればかりか、「ある時には大殿籠《おほとのこも》りすぐして、やがてさぶらはせたまひなど、あながちに御前《おまへ》去らずもてなさせたまひしほど」、度を過ごした熱愛ぶりだった。それゆえ「おのづから、軽《かろ》きかたにも見えしを、この御子《みこ》生まれたまひてのちは、いと心ことに思ほしおきて」、光源氏の誕生を契機に、更衣に対する処遇は格段の重みを加えていく。状況は、帝のきまぐれな偏愛では済まなくなってきた。その時すでに「寄せ重く、疑ひなき儲《まう》けの君と、世にもてかしづききこゆ」る一の御子がいた。母弘徽殿の女御は気が気でない。「坊《ばう》にも、ようせずは、この御子の居たまふべきなめりと、一の御子の女御はおぼし疑へり」。皇太子争いが現実味を帯びてくる。

桐壺更衣が直接的に関わる〈世の乱れ〉は、この部分に集約される。二回目の「人の朝廷の例まで引きいで」て慮られる楊貴妃の「乱れ」は、更衣が起因ではあっても、もはやこの世の人ではない彼女には、あずかり知らぬ、帝の乱心である。

「ある時には大殿籠りすぐして…」という部分についても、興味深い重なりとズレがある。

これは、新編日本古典文学全集頭注が指摘するように、『長恨歌』の「日高起従此君王不早朝」をそっくりなぞった文脈である。それは、更衣を失ったあと、帝が朝政懈怠した場面にもちいられた、「アサマツリゴト」の描出と同じ『長恨歌』の箇所を踏まえているのである。ただし「不早朝」に相当する『源氏物語』の「大殿籠りすぐして」は、『長恨歌』とは異なって、文字通り、寝坊をしたという意味で用いられている。『源氏』も、「早朝」の古訓である「あさまつりごと」という語を、もちろんここでは使わない。

「あさまつりごと」という語は、桐壺更衣が亡くなって、帝が悲嘆に暮れる朝政廃務の場面に持って来る。ところが、『長恨歌』と状況が一致するのは、最初の、情愛に耽って「大殿籠りすぐし」た寝坊の方であり、そこには「楊貴妃の例」と明示してたとえられていた。重複とズレとはこのことである。

さて、更衣没後に沈み込む帝が「アサマツリゴト」を懈怠する時、子のなかった楊貴妃とは違い、桐壺帝と更衣との間には子がいるが、肝心の譬喩対象の寵妃＝更衣が、すでに亡くなっている。亡き人を慕う痛切な哀傷こそ、日本で愛好された『長恨歌』本来のコンテクストである。▼注(31) 楊貴妃も李夫人も、失われた面影を帝が強く思慕し、かたや反魂法を用い、かたや方士が魂を尋ねて蓬莱に尋ねて、再現する。いずれも、求められるシニフィエは亡くなったその愛妃であった。『源氏物語』の帝も、同じように、不在となった更衣を求める。しかし、彼の〈対象喪失〉を充足したのは、楊貴妃の絵でもなく、桐壺更衣でもない。その新しい形代・藤壺の発見であった。

藤壺は現世の人である。李夫人のように煙とともに消え失せることもなく、楊貴妃のように、

(31)「玄宗貴妃が問題になるのは、馬嵬陂以後幽明に隔てられた両者に焦点が置かれる……後半が重要視されたのである」(麻原美子「我が国の「長恨歌」享受―長恨歌絵と長恨歌物語（説話）をめぐって―」)。

蓬莱で永遠の愛を誓うわけでもない。桐壺更衣との類似性を唯一の根拠として、血縁のない新しい実在として姿を現わすだろう。もちろん、帝が朝政懈怠に沈んでいる時点では、何も明らかになっていない。帝は、今度はどのようにして世を乱すことになるのか。もしかして、白河のように譲位し、新しく寵愛の人を得て子を成し、皇統に影響を及ぼし続ける、という世の乱れなのか。「人の朝廷の例」として、楊貴妃を強く引きずって再提示されたシニフィアンは、空洞となったシニフィエを求めて、今度はどこに向って意味を生産しようとするのだろうか。私たちは、物語と一緒に、ある不吉な予感を抱きながら、物語を追いかけ続けるしかない。

そして藤壺が登場する。彼女は、物語の中で、寡黙な主人公として君臨することになるだろう。田中隆昭がまとめるように、彼女は、新たなシニフィエとして、光源氏を巻き込んで、子のなかった楊貴妃以上の「世の乱れ」を具現する。

厳紹璗《げんしょうとう》氏（＝『中日古代文学関係史稿』一九八七、湖南文芸出版社）や日本の学者から指摘されているように、玄宗が求めた楊貴妃の霊魂に代わるものは生きた藤壺であり、また、更衣の忘れ形見である光源氏である。▼注(32)

こうした手法は、桐壺更衣に対する楊貴妃の准拠性の屈折と欠落とに交叉する。藤井貞和は、『源氏物語』桐壺巻が持つ「諸姫の嫉妬・排斥・不安・怨恨」の要素が『長恨歌』・陳鴻《ちんこう》『長恨歌伝』に見えず、「女主人公の病臥、退出がち…この要素は片鱗も長恨歌のうえに見いだすことができない」と指摘していた。それ故に、「帝が、病める寵妃ゆえに溺愛を示し、他人の譏りをも

(32) 田中隆昭『源氏物語　引用の研究』序章。

弁えなかったという要素であるが、長恨歌の語り口には、それは、すっぽりと、欠落させられている」のである。なぜだろうか。その理由は、繰り返し引用される『長恨歌』表象の裏側に「李夫人説話の影響」が潜在するためである。表立って名前を挙げられる楊貴妃より、ブラインドイメージとして表出される李夫人の方が、より本質的に、物語の構想に影響を与えている。そういう特殊な『源氏物語』の方法の問題を、藤井は鋭く剔抉する。

> ここにみられるあきらかな李夫人説話の影響、しかしながらそれは、物語の場面内的な影響とちがう。虚構の設定、あるいは構想そのものに関わる仕方で影響をあたえているものであるように想われる。そして、それにもかかわらず、あるいはそれゆえに作者はそのことをおくびにも出さない。構想の基軸はあきらかに李夫人のためしであるにもかかわらず、作者はひた隠しに隠した。李夫人のためしとは言わず、場面内的に「楊貴妃のためし」であるとした。▼注(33)

これほど明確な構想的な一致を看破《かんぱ》した藤井も、「むろん桐壺の巻への長恨歌の影響という事実を軽視したり、まして否定したりすることはゆるされない。ここは、やはり、相違のあるのにもかかわらず、長恨歌の主題が喚起されてゆくところであるのにちがいない」(同上)という言い方で、『長恨歌』の決定的な影響に拘泥する。本文の支配は絶対である。藤井の説明は、傍線部のように、「作者はひた隠しに隠し」、「楊貴妃のためし」は「場面内的」に限定されるという、いささか苦しい言い方で果たされる。

(33)「光源氏物語の端緒の成立」(藤井貞和『源氏物語の始源と現在―定本』冬樹社、一九八〇年)。

これもまた、桐壺巻に繰り返される楊貴妃をめぐる准拠の仕組みが、屈折と多層性を持つことの裏返しである。藤井貞和や新間一美が指摘するように、桐壺更衣の形象には、あきらかに李夫人の影がある。しかし『源氏物語』の本文に付き従う限り、『長恨歌』と楊貴妃が前景化するばかり。にもかかわらず、本文には明示されていない李夫人というシニフィエにこそ、本当の姿が秘められている…。楊貴妃という自明のシニフィアンは、すでに更衣を捉えていない。奇妙な非在を生産する記号としてここにある。

一方で、前章で詳述したように、桐壺巻にちりばめられた『長恨歌』の表現は、結局、肝腎の主人公である、光源氏や藤壺には及ぶことがない。その親たち（桐壺帝・更衣）の説明の寄与に終始するばかりであった。そしてその影響は、桐壺巻前半の更衣の死を画期に、その役割を終えるというのである。

大朝雄二《おおあさゆうじ》は、こうした准拠のズレや交替、あるいは不在に留意して、『源氏物語』の長篇化の様相を、委曲《いきょく》を尽《つ》くして論じている。引用が長くなるが、大野の論じる示唆的な文脈を損ねない形で提示したい。

長恨歌の色濃く影を落としている叙述が更衣をめぐる部分にのみ認められる特異現象である……たしかに若宮の参内以後には長恨歌を下敷きとする表現はぱったりと姿を消している。……たとえば、靫負命婦の持ち帰った御髪上の具を帝が見て、「なき人の住処尋ね出でたりけむ、しるしの釵なからましかば」と語り、「翼をならべ、枝をかはさむと契らせ給ひしに」などの如く、長恨歌の詩句を直接援用して悲哀を叙すという点では、まぎれもなく長恨歌的世界と言わなければならないものがある一方で、「尋ねゆく幻もがな」と詠む帝の心をうけて、絵にかかれた楊貴妃と対比して更衣のなつかしかった人柄が殊更に称揚され追慕されるなど、すでに長恨歌からの離脱が認められるのである。また、帝が悲しみのあまり、まどろませ給うことかたく「なほ朝政はおこたらせ給ひぬべかめり」と語られてくるのであるが、これは長恨歌では皇帝が貴妃を寵愛するあまり朝政をもかえりみなくなり、ために大乱を誘う因となることを語る詩句であって、同じ長恨歌を下敷きにするにしても、その採り方はこの箇所に関する限りほとんど作為的に逆転されているのである。しかも、帝が悲しみのあまり分別を失い、それを人々が「他のみかどの例まで引き出で、ささめき歎きけり」と、最後にもう一度長恨歌が引き合いに出されている。この表現は、桐壺巻の発端において更衣への寵愛の過度を語った際、「人のもてなやみぐさになりて、楊貴妃の例を引き出でつべくなりゆくに」とあったものの繰り返しなのであって、桐壺更衣の物語の発端と末尾に呼応して不思議なまとまりをなしている。長恨歌で言えば、人のもてなやみぐさになるような状況こそ長き恨みの発端なのであって、更衣を追慕するあまり政治を放念してしまい、世の乱れをも呼びおこしそうだという桐壺帝の描き方は、これで完結する話なのではなく、まさしくもう一つの物語の発端になっていると言わなければならないのである。それは当然、藤壺の登場につながるものであろう。秋山虔氏が靫負命婦の弔問の場面を鎮魂曲と解して「この綿々たる条がすえられることによってのみ、桐壺更衣にかわる人、藤壺女御が帝の最愛の妃として登場しうるのである」と説かれるのに賛意を表したい。つまり、長恨歌の終わったところから物語を出発させる意図を見ることができるのである。桐壺巻における長恨歌とのかかわりは、藤壺の登場の必然として考えるべきものなのではあるまいか。桐壺巻を完結的な短篇と見れば、長恨歌を踏えた桐壺更衣への哀傷が主想であるかのような構成をもちながら、長恨歌での魂魄との再会に比すべき形代の登場は、短篇物語の大尾である以上に、明瞭に長篇物語の始発なのである。（大朝雄二『源氏物語正篇の研究』第八章）▼注(34)

なぜ『長恨歌』のコンテクストがプツリと途絶えてしまうのか。大朝は、「桐壺巻における長恨歌とのかかわりは、藤壺の登場の必然として考えるべきものなのではあるまいか」という興味深い推論を提出する。それこそが、テクストとして「長恨歌の終わったところから物語を出発させる」ことの意義である、という解釈である。『長恨歌伝』に比重を置いて論じる田中隆昭も、先引部に続けて、問題を次のようにまとめていた。

…玄宗が求めた楊貴妃の霊魂に代わるものは生きた藤壺であり、また、更衣の忘れ形見である光源氏である。楊貴妃の霊魂は一度見出されれば、それで物語は終結せざるを得ないが、この世にとどまる二人の身代りはこの宮廷社会に新たな物語を生み出していき、短編物語であった唐代伝記を超えて、長編物語への道を歩みはじめたのである。▼注(35)

藤壺の登場を予感させて『長恨歌』の役割は終わり、物語はただ『長恨歌』という助走を離れて、あらたな女主人公誕生の物語を紡ぎ、長篇へと旅立っていくのだろうか。

(34) 桜楓社、一九七五年。「絵にかかれた楊貴妃と対比して更衣のなつかしかった人柄が殊更に称揚され追慕されるなど、すでに長恨歌からの離脱が認められるのである」とする『源氏物語』当該部分の解釈については、拙著『日本文学　二重の顔〈成る〉ことの詩学へ』大阪大学出版会、二〇〇七年に私見を示した。

(35) 田中隆昭『源氏物語　引用の研究』序章。

そうではない。大朝や田中の卓見に教えられるところは多いが、「長恨歌のかかわり」と「藤壺の登場の必然」とは、違う観点から理解されるべきなのだ。かつて次のように論じたことがある。

> 「長恨歌を用いて「桐壺」巻の前半を作った」(玉上琢彌)といわれるほどの『源氏』桐壺の『長恨歌』受容だが、そこには、奇妙な空白が従来より指摘されている…。
>
> 桐壺の…巻には三本の虚構の軸が設定されている。桐壺更衣をめぐる愛と死、光源氏の生誕と成長、藤壺の登場とそのひとへ寄せる光源氏の思慕。このうち、第一の、桐壺更衣をめぐる愛と死の虚構軸に沿ってのみ、いわゆる長恨歌の影響が看られ、第二、第三の虚構軸にそってはまったく長恨歌の影響が看られない、という顕著な本文上の事実が報告されている。(藤井貞和)

新間一美も、「桐壺巻を大きく三段に分け」、「(一)帝の更衣への愛と光源氏の誕生。更衣の死。(二)秋の夜の更衣の里への使い。帝の秋の悲哀。(三)光源氏の成長と藤壺の入内。光源氏の結婚」としたうえで、「このうち長恨歌の物語に関わる記事がはっきりと現れるのは(一)と(二)である」とその対応を語る。

『源氏物語』の冒頭に深く刻印された『長恨歌』は、肝心の主人公達の形象に直接的には相渉ることなく、古代物語の常套に倣って、冒頭に必ず記される、主人公の父母達の紹介に寄与するだけものなのだろうか。

この空白に、ほぼ即応するのが、これまで輪郭を描いてきた、もう一つの楊貴妃説話であった…。（中略）准拠に、必然的な連続がある、と見るべきである。連続とは、楊貴妃に准えられる桐壺「更衣によく似ているということで、いわば更衣の形代として入内してきた」（久冨木原玲《くふきはられい》）、いわばもう一人の桐壺更衣たる義母、藤壺の存在そのものである。▼注(36)

「もう一つの楊貴妃説話」とは、純愛・「美化」「浪漫・神仙の方向への」『長恨歌』の楊貴妃（藤井前掲論文）に対し、同じ白居易の「新楽府」▼注(37)などに見える「悪女としての楊貴妃像」分極の謂いである。▼注(38)そこには、彼女の養子となった安禄山の存在と、二人を無邪気に三角関係に取り込んで溺愛する、玄宗皇帝の存在があった。

こうして、隠蔽されていた「もう一人の楊貴妃」のなぞらえが明かされる。楊貴妃は藤壺だ。『源氏物語』の本文は、表層的には、玄宗＝桐壺帝、楊貴妃＝桐壺更衣、というなぞらえに終始している。だが実は、『源氏物語』において楊貴妃説話は二層的に働き、桐壺＝玄宗、光源氏＝安禄山、藤壺＝楊貴妃という三角形を潜在的に寓意していた。藤井が李夫人について述べた言葉を借りれば、如上の三角形は、『源氏物語』の「虚構の設定、あるいは構想そのものに関わる仕方で影響をあたえ」ながら、しかもそのことを「おくびにも出さない」のである。

『源氏物語』が、楊貴妃にばかりなぞらえて形象する桐壺更衣の裏側に、李夫人のイメージを隠すこと。そのことは、美人の対としての常套に留まらない。『長恨歌』をそらで思い浮かべるほどの『源氏物語』の「モデルリーダー」▼注(39)にとって、本質的に自明なのである。

周知の通り「長恨歌」に描かれる楊貴妃の故事は、その冒頭句「漢皇重色思傾国」に象徴

（36）本書第一章の旧稿である。一部、文章を訂して引用する。

（37）『源氏物語』における『新楽府』の影響については、たとえば丸山キヨ子『源氏物語と白氏文集』東京女子大学学会研究叢書3、一九六三年など参照。

（38）引用は、静永健『白居易「諷喩詩」の研究』勉誠出版、二〇〇〇年。藤井貞和は「新楽府」『上陽白髪人』をめぐって「楊貴妃により目を側められて上陽宮に配せられるというその女性が、物語の構想として参加して来る場合はないか、ということになると、楊貴妃を弘徽殿女御に、上陽人を桐壺更衣に当て嵌めてみるなら桐壺巻の構図に近付く、という指摘がある」ともいう（藤井貞和「源氏物語を中心に」『白居易研究講座　第四巻　日本における受容（散文編）』勉誠社、一九九四年）。

（39）ウンベルト・エーコの用語を借りた。Eco, Umbelto. *The Role of the Reader: Explorations in the Semiotics of Texts*, Bloomington. Indiana University Press, 1979. 参照。同書には、イタリア語版からの翻訳として、篠原資明訳『物語における読者』青土社、一九九三年がある。簡便には『ウンベルト・

的であるように、建て前として前漢の武帝とその愛妾李夫人とに仮託され詠じられていた。これは、唐王朝を直叙する非礼を避けるとともに、五十年前のいまだ生々しい事件を一個の古色然とした物語として作品化する効果を持つものと考えられる。▼注(40)

「「長恨歌」が「漢皇」を主人公に立てながら、実は唐王朝の玄宗李隆基《りりゅうき》(六八五―七六二)を指していることは、誰の目にも明らかだ」。「そもそも玄宗と楊貴妃の関係そのものが、漢の武帝と李夫人の関係に重ねて語られているのであった」(川合康三)▼注(41)。逆に『長恨歌伝』では、楊貴妃の美貌を「如二漢武帝李夫人一」と形容する。『長恨歌』のいくつかの用語も、李夫人の故事を踏まえて使用され、「意識的に漢の武帝の故事を借りようとした」(近藤春雄)▼注(42)ことが読み取れるようになっている。たとえば「「傾国」とは、いうまでもなく李夫人の故事に基づいている。われわれはここで李夫人の故事に想到しないわけにいかないだろう」▼注(43)というふうに。『長恨歌』の楊貴妃は、いわば三人に分化する。漢皇の李夫人、玄宗の純愛の楊貴妃、そして「悪女」としての楊貴妃と。更衣が楊貴妃だ、と繰り返し強調する物語の言述こそ怪しい。むしろ、それ故に、楊貴妃こそ藤壺の准拠なのだという、さらなる謎解きが仕掛けられているのかも知れない…。そうした推理と身構えは、少なくとも『長恨歌』の読者が『源氏物語』を享受する時に、むしろ必然的に要求され、想定されることであった。しかもそれは、『長恨歌』自身がことさらに隠蔽した、楊貴妃の負の側面とパラレルに照応する構造である。そして、楊貴妃と藤壺をつなげることは、譬喩的に、あるいは象徴的意味で、藤壺と光源氏の密通と、冷泉院誕生という未来を予想し、長篇物語としての『源氏物語』を読み進めるための決定的なカギとな

エーコ 小説の森散策』岩波文庫、和田忠彦訳、二〇一三年参照。

(40) 静永健『白居易「諷諭詩」の研究』。

(41) 川合康三『白楽天』岩波新書、二〇一〇年。川合は『長恨歌』が「玄宗のことを語りながら玄宗と記さない理由について、皇帝の情事を語る内容ゆえに唐の皇室に対してはばかりがあったのだとする解釈が今日まで続いている。しかしそれが誤りであることは、陳鴻の「長恨歌伝」の方では冒頭から「玄宗」の名が直接記されていることからも明らかである。「長恨歌」が「漢皇」と称すのは、詩歌と散文との書き方の違いをあらわしている。唐代の詩で唐王朝を漢王朝に置き換えてうたうことはごくふつうに見られる」と論じている。

(42) 近藤春雄『長恨歌・琵琶行の研究』。

(43) 藤井貞和前掲書。

る。それは、この物語読解の根源に直結するだろう。

したがってこの問題は、これまで楊貴妃から桐壺更衣へと、一方向に固定して読んできた作品世界に、決定的な再読を促す。藤壺の准拠としての楊貴妃、という視点から、『源氏物語』世界を転換して読むとどうなるか。読者にとっては、きわめて魅力的な、そして必ず解明すべき謎が、ここには隠されていたのである。

## 4 藤壺の准拠としての楊貴妃——父と子と

楊貴妃を藤壺の准拠としたとき、具体的に、どのような視界が展けるのだろうか。第一章の末尾には、藤壺をめぐるもう一つの重要な要素として、父桐壺帝と、その子光源氏と、二人の男に相思される、藤壺の女性像に注意を喚起しておいた。それは、「貴妃はもと親王の妻也。それを玄宗めしたるなり」(『続古事談』)という、楊貴妃が、父玄宗とその子寿王の両方に愛される結果となった逸話と対応する。

寿王は玄宗の「親王」だったが、皇太子にはなれなかった。その寿王の妻が、他ならぬ楊貴妃である。玄宗はその妻を子から奪い、自らの妃とする。生々しいこの逸話は『長恨歌』には省かれているが、『長恨歌伝』には記されており、楊貴妃をめぐる厳然とした史実として伝えられているものである。▼注(44) それは、白河の「叔父子」伝承とも重なりつつ、『源氏物語』の桐壺帝・藤壺と、光源氏の関係と類似する。光源氏は、周りの強い期待を受けつつも、帝の判断で皇太子にはせず、親王にもならずに、賜姓して源氏の君となった。桐壺帝・藤壺・光源氏という三

(44)『新唐書』「楊貴妃伝」、『資治通鑑』唐紀三十他。

角形の構図は、子が父帝の妻を奪い、玄宗・楊貴妃・寿王の三角形では、父帝が子の妻を奪う。そのように、時間や経緯は逆順だが、むしろ鮮やかに反転しつつ、互いに照応することになるである。

そもそも、『長恨歌』だけを眺め、桐壺更衣と楊貴妃とを自明に対応する准拠として見ているとほとんど注意されないことで、しかし本当は見逃してはならないことが、いくつもある。玄宗を桐壺帝に、桐壺更衣を楊貴妃へと重ねあわせようとするとき、実は世代と年齢とに、はっきりとした大きな隔絶がある、ということもその一つだ。桐壺帝と桐壺更衣の年齢はよくわからないが、光源氏と藤壺とは、五歳の年齢差が想定される同世代だ。葵の上は彼女の一つ下である。帝と更衣はその親の世代だから、玄宗皇帝と三十歳以上の年齢差があった楊貴妃との対比を試みようとするとき、該当する桐壺帝の妃は、自ずと藤壺に限定されるはずなのだ。▼注(45)『源氏物語』の楊貴妃は藤壺だった。そう考えて物語を読むとき、『源氏物語』桐壺巻の物語は、きわめて自然に、次のような語り口との類似を露わにするだろう。

昔、もろこしに、玄宗と申すみかどおはしけり。もとより、色をなむ好み給ひける。いみじうあひし給ひける、女御、后なむおはしける。后をば源憲《げんけん》皇后といひ、女御をば、武《ぶ》淑妃《しゅくひ》となむ聞えける。いみじう、あひおぼしける程に、とりつづき、二人ながら亡《う》せ給ひにけり。それ、おぼしめし嘆きて、これらに似たる人やあると、もとめ給ふ程に、やうやう、楊元琰といへる人のむすめありけり。容姿《かたち》、世にすぐれて、めでたくなむおはしける。みかど、これを聞こし召して、むかへとりて御覧じけるに、はじめおはしける女御、后に

(45)『源氏物語』の年立と年齢は、基本的に、池田亀鑑『源氏物語事典』所収の稲賀敬二作成のものに従った。楊貴妃と玄宗皇帝の年齢差は、玄宗が寿王から楊貴妃を奪ったとき、「楊貴妃は二二歳、玄宗は五六歳で、その年齢差は三四年である」(村山吉廣『楊貴妃　大唐帝国の栄華と暗転』中公新書、一九九七年)。楊貴妃の生年については、「開元六年(七一八)か翌年の生まれであることは、どの記録もほとんど一致している」(藤善真澄『安禄山と楊貴妃　安史の乱始末記』清水新書、一九八四年)。

もまさりて、めでたくなむおはしける。三千人の寵愛、一人なむおはしけるを、もてあそび給ひけるほどに、世の中の政治《まつりごと》をもし給はず。（『俊頼髄脳』▼注(46)）

むかし、唐の玄宗と申けるみかどの御時、世中めでたくおさまりて、ふく風も枝をならさず、ふる雨も時をたがへざりければ、みな人あめのしたおだしきにほこりて、花をおしみ月をもてあそぶよりほかのいとなみなし。御門も、色にめで、かにのみふけり給へる御心のひまなさにや、よろづをば左大臣ときこゆる人にまかせて、やうやくみづからの御まつりごとをこたらせ給《たまひ》けり。

これよりさきに、元献皇后、武叔妃などきこえたまひしきさき、世にならびなく御こころざしふかくおはしましき。それはかなくならせ給てのちは、あまたのなかに御心のかなひたる人おはせざりき。これにより、高力士におほせられて、みやこのほかまでたづねもとめさせ給に、楊家の娘をえ給《たまひ》てけり。……（『唐物語』▼注(47)）

右引用部の記述の根拠は『長恨歌伝』である。『唐《から》物語』は同文的に『長恨歌伝』を和解している。▼注(48)『俊頼髄脳《としよりずいのう》』についても、日本古典文学全集頭注が言うように、記述は基本的に『長恨歌伝』に沿うている。▼注(49)

……先レ是、元献皇后、武淑妃皆有レ寵、相次即レ世。宮中雖ニ良家子千数一、無ニ可レ悦レ目者一、上心忽忽不レ楽。時毎歳十月、駕幸ニ華清宮一。内外命婦、熠燿《しゆうよう》景従、浴日余波、賜以ニ湯沐一。春風霊液、澹《たん》ニ蕩《とう》其間一。上心油然《ゆうぜん》、若レ有レ所レ遇。顧ニ左右前後一、粉色如レ土。詔ニ高力士一、

(46) 日本古典文学全集『歌論集』による。この説話の同文的同話に『今昔物語集』巻十・七がある。

(47) 講談社学術文庫による。

(48) 『唐物語』の説話総体について麻原美子は、「『俊頼髄脳』の長恨歌説話を根幹として、すなわち「長恨歌」「長恨歌伝」を基軸に、平安末期の趨勢である『旧唐書』『新唐書』等の各種史書をつきあわせた方向線上に成立したのが、『唐物語』である」、また「しかし単なる長恨歌世界の物語化でないことは、『新唐書』（七六、「列伝」一）の貴妃伝を参照し、楊貴妃が帝の弟の寧王の瑠璃の笛を吹きならした不遜僭上な振舞いによって帝から譴責処分に付された時、自らの髪を切って献じて罪を謝した話を付加し、『旧唐書』（「本紀」九、一三）によって、安禄山の変、楊国忠と貴妃が誅される経緯を記述していることであり、玄宗と貴妃の話を一つの歴史的事件として原因経過結果という因果関係で構想化して、長恨歌物語の決定版とした筆者の意気込みがうかがえる」と評する（前掲「我が国の「長恨歌」享受」）。

(49) 『楊太真外伝』等も類同する。

潜捜二外宮一、得二弘農楊玄琰女于寿邸一。既笄矣。…（あたかもその様は）如二漢武帝李夫人一。
（『長恨歌伝』）[注(50)]

ただし、対比すれば明らかなように、『俊頼髄脳』といい、『唐物語』といい、本邦で和解されたこれらの資料には、あからさまな欠落がある。すなわち傍線部の「弘農《こうのう》の楊玄琰の女を寿《じゅ》邸《てい》に得たり。既に笄《けい》せり」という部分である。ここには、玄宗に娶られたときの楊貴妃について、逸することのできない重要な情報が含まれていた。寿邸とは、玄宗の子寿王の邸宅のこと。「既笄」とあるから、玄宗に見出された時、楊貴妃はすでに成人していたのである。『俊頼髄脳』も『唐物語』も、玄宗が自分の息子の妻であり、すでに立派な大人の女性であった楊貴妃を略奪して我妻とした、という要素だけを、なぜかすっぽりと省いている。その代わりに、楊貴妃のことを「ひとのむすめ」「楊家の娘」と描出する。家付きの未婚の女性というのだろう。ことさらに正反対の人物設定がとられている。純情な乙女のはじめての婚礼。『俊頼髄脳』も『唐物語』も、忠実に『長恨歌伝』に沿いながら、肝心のところで大きく裏切っているのであった。

それはまさしく、『長恨歌』的な楊貴妃観の根強い投影であった。近藤春雄が繰り返し語っているように、「楊貴妃はすでに」玄宗の子「寿王の妃であったのを、父の玄宗が奪って宮中に入れた」。ところが『長恨歌』では、そうした「美しくない」「関係」を省略し、「それにはふれず」、結果的に、「ただ深窓のなよなよした美女として」楊貴妃を「描き出す」世界を構築する。[注(51)] 中古から中世かけて、『長恨歌』はあまりに人気があった。物語の中心的読者である「女」たちにとって、[注(52)]『長恨歌』的世界の支配は堅牢であり、その純愛は、美しい不可侵領域であった。

（50）引用は、近藤春雄『長恨歌・琵琶行の研究』による。

（51）近藤春雄前掲書参照。

（52）「源氏物語は…女についての、女によって作られた、女のための物語である。作中世界は女の視点から見られており、作者は女であり、読者は女である」（玉上琢彌「源氏物語の読者―物語音読論―」『源氏物語研究　源氏物語評釈別巻一』角川書店、一九六六年、初出一九五五年）。

さて『長恨歌伝』に戻ってみてみると、楊貴妃が出現する前に、元献と武恵妃という先妃が玄宗の寵愛を受けていた、と書かれている。本邦の資料もそれを受けるが、いずれも、並列的に名前が挙げられるばかりで、まるで二人は、同時期に存在したかのように描かれている。それは、記述が、楊貴妃の登場のために寄与させられているからであろう。後代の『太平記』は極端で、それがさらに短絡されて記述されているために、二人が、同じころ、相次いでこの世を去ったかのように読み取れてしまう。

昔唐ノ玄宗位ニ即《つき》給ヒシ始、四海無事ナリシカバ、楽《たのしみ》ニ誇《ほこ》リ驕《おごり》ヲツ、シマセ給ハザリシカバ、アダナル色ヲノミ御心ニシメテ、五雲ノ車ニ召《めさ》レ、左右ノヲモト人ニ手ヲ引カレ、殿上ヲ幸《みゆき》シテ後宮三十六宮ヲ廻《まは》リ、三千人ノ后ヲ御覧ズルニ、玄献《げんけん》皇后・武淑妃《ぶしゆくひ》二人ニ勝《まさ》ル容色モ無《なか》リケリ。君無レ限此《かぎりなくこの》二人ノ妃ニ思食《おぼしめし》移リテ、春ノ花秋ノ月、イヅレヲ捨《すつ》ベシトモ思召《おぼしめ》サヾリシニ、色アル者ハ必《かならず》衰ヘ、光アル者ハ終《つひ》ニ消《きえ》ヌル憂世《うきよ》ノ習《ならひ》ナレバ、此《この》二人ノ后無二幾程一《いくほどもなく》共ニ御隠《かくれ》アリケリ。玄宗余リニ御歎《なげき》有テ、玉体モ不レ隠《おだやかならざり》シカバ、大臣皆相《あひ》計《はかつ》テ、イヅクニカ前ノ皇后・淑妃ニ増《まさ》リテ、君ノ御心ヲモ慰メ進《まゐら》スベキ美人ノアルト、至ラヌ隅《くま》モナクゾ尋《たづね》ケル。爰《ここ》ニ弘農《こうのう》ノ楊玄琰ガ女《むすめ》ニ、楊貴妃ト云《いふ》美人アリ。（『太平記』三七）▼注(53)

史実は違う。玄宗の次代の帝粛宗の母である元献皇后は、「開元十七年后薨▼注(54)」である。それに対して、武恵妃は、開元二十四（五とも）年に亡くなっている。▼注(55)元献皇后は武恵妃より、七年以上も前に没していたのである。『旧唐書』では、武恵妃が特別に寵愛されたので、王皇后

(53)「畠山入道々誓謀叛事付楊国忠事」。引用は日本古典文学大系による。

(54)『旧唐書』列伝一・后妃上・玄宗元献皇后楊氏。

(55)『旧唐書』五十一・列伝一・后妃上・玄宗楊貴妃では開元二十四年没とし、同書一〇七・列伝五十七・玄宗諸子寿王瑁では二十五年没とする。

という方が廃された、と語り、武恵妃一人の逸話として、その死と帝の深い悲しみを伝えている。そして、帝の哀傷を癒やすべく、楊貴妃が登場したと語っている。

玄宗楊貴妃、高祖令本、金州刺史。父玄琰、蜀州司戸。妃早孤、養二於叔父河南府士曹玄琰一。開元初、武恵妃特承二寵遇一、故王皇后廃黜。二十四年恵妃薨、帝悼惜久之、後庭数千、無二可レ意者一。或奏二玄琰女姿色冠代一、宜レ蒙二召見一。時妃衣二道士服一、号曰二太真一。既進見、玄宗大悦、不レ期レ歳。礼遇如二恵妃一。太真姿質豊豔、善二歌舞一、通二音律一、智算過レ人。毎倩盼《せんべん》承迎、動二移上意一。宮中呼為二娘子一、礼数実同二皇后一。(『旧唐書』列伝一・后妃上・玄宗楊貴妃)

『長恨歌伝』では、楊貴妃を漢李夫人の如し、と譬えていたが、ここでは、礼遇すること武恵妃の如し、となっていることに注意したい。武恵妃が李夫人のように、楊貴妃に投影される。正史『旧唐書』に就けば、玄宗の武恵妃に対する愛情は、傍線部のように、桐壺帝の桐壺更衣に対するそれに匹敵し、他の夫人を凌駕する寵愛とその死への尽きることない嘆きとして叙述される。しかし、なによりもここで注目すべきは、その先である。愛らしい口許(倩《せん》)、美しい目元(盼《べん》)で魅力にあふれる楊貴妃は、武恵妃の〈形代〉として登場するが、その描写(波線部)が、桐壺更衣の〈形代〉として登場した藤壺に対する描写ときわめて似通っていることである。『源氏物語』の次の記述は、まるで『旧唐書』の描写の転調のように、あざやかに対応関係を示している。『旧唐書』と対応する箇所に同じく傍線と波線を引いて、以下に引用してみよう。

年月に添へて、御息所の御ことをおぼし忘るるをりなし。慰むやと、さるべき人々を参らせたまへど、なずらひにおぼさるるだにいとかたき世かなと、うとましうのみよろづにおぼしなりぬるに、先帝《せんだい》の四の宮の、御容貌《かたち》すぐれたまへる聞こえ高くおはします、母后《ははきさき》世になくかしづききこえたまふを、上にさぶらふ典侍《ないしのすけ》は、先帝の御時の人にて、かの宮にも親しう参り馴れたりければ、いはけなくおはしましし時より、見たてまつり、今もほの見たてまつりて、「亡《う》せたまひにし御息所の御容貌《かたち》に似たまへる人を、三代の宮仕へに伝はりぬるに、え見たてまつりつけぬを、后《きさき》の宮の姫宮こそ、いとようおぼえて生《お》ひいでさせたまへりけれ。ありがたき御容貌人《かたちびと》になむ」と奏しけるに、まことにやと御心とまりて、ねむごろに聞えさせたまひけり。母后、あなおそろしや、春宮の女御のいとさがなくて、桐壺の更衣の、あらはにはかなくもてなされし例《ためし》もゆゆしうと、おぼしつつみて、すがすがしうもおぼし立たざりけるほどに、后《きさき》も亡《う》せたまひぬ。心細きさまにておはしますに、「ただわが女御子《をんなみこ》たちの同じ列《つら》に思ひきこえむ」と、いとねむごろに聞こえさせたまふ。さぶらふ人々、御後見《うしろみ》たち、御兄《せうと》の兵部卿《ひやうぶきやう》の親王《みこ》など、かく心細くておはしまさむよりは、内裏《うち》住みせさせたまひて、御心も慰むべくなどおぼしなりて、参らせたてまつりたまへり。藤壺ときこゆ。げに御容貌《かたち》ありさま、あやしきまでぞおぼえたまへる。(桐壺巻)

『源氏物語』では、更衣のことを忘れられない帝(傍線部)が、その気持ちの慰めになればと、様々な女を求むれど得ず、思い屈ずるところへ、藤壺が見出される。彼女は不思議なほど更衣とよく似ていた、という（波線部）。楊貴妃が「娘子」と呼ばれ、皇后に準じた扱いを受けた、とされるのに対し、藤壺への待遇は、帝の皇女「女御子」と同列に扱おうというかたちでなされる（二重傍線部）。『旧唐書』との近似は十分に感知される。藤壺が亡き桐壺更衣に酷似していた、ということは、いずれ母の面影を求める光源氏の深い思慕を生む、と物語は叙述を続けていき、『源氏物語』の始まりの主要な因果が、やがて一揃い、出来《しゅったい》することになる。『旧唐書』では、武恵妃に相対する人としてようやく見出された楊貴妃を、玄宗は深く愛することになり、「楊貴妃の例」として世の乱れを招くことになるが、その前提として玄宗は、楊貴妃と夫婦として暮らしていた皇子から、その最愛の妻となる女性を奪うのである。

もっとも、正史に記録された武恵妃の人となりとイメージは、純愛の人というよりはむしろ権謀術策の存在として形象されることが多いようだ。その意味では、桐壺更衣のはかなさとは距離がある。しかしここで注目すべきは、彼女とその子の関係である。実は、楊貴妃の先夫であった寿王こそ、武恵妃と玄宗との間に産まれた王子であった。そして、かつて玄宗が武恵妃を深く寵愛するあまりに、その子寿王が、皇太子の地位を冒そうとしていた、と正史は明記している。

（開元）二十五年、皇太子瑛得ㇾ罪。二十六年六月庚子、立ㇾ上為二皇太子一。…初太子瑛得ㇾ罪、上召二李林甫一議立二儲貳一。時寿王瑁母武恵妃方承二恩寵一。林甫希旨、以ㇾ瑁対。…（『旧唐書』本紀一〇・粛宗李亨）

瑛母趙麗妃、本伎人。有二才貌一、善二歌舞一。玄宗在二潞州一得レ幸。及二景雲升儲一之後、其父元礼、兄常奴擢為二京職一、開元初皆至二大官一。及二武恵妃寵幸一、麗妃恩乃漸弛。時鄂王瑤母皇甫徳儀、光王琚母劉才人、皆玄宗在二臨淄邸一以二容色一見レ顧、出二子朗秀一而母加レ愛焉。及二恵妃承一レ恩、鄂、光之母亦漸疏薄。恵妃之子寿王瑁、鍾愛非二諸子所一レ比。（『旧唐書』列伝五十七・玄宗諸子・庶人瑛）

こうした事情を、井上靖は次のように小説の一部として再構成している。全体像を掴みやすくするために、それも引用しておこう。

武恵妃は勿論妃であり、皇后ではなかったが、玄宗の糟糠《そうこう》の妻ともいうべき王皇后に子供がなかったので、その権勢は初めから王皇后を凌《しの》ぐものがあった。しかも開元十二年、王皇后が兄の罪に依って、皇后の地位を追われて庶民となり、間もなく失意の中に死するに到って、武恵妃の地位は確固たるものになったのである。玄宗には、現在皇太子に立てられている亨《こう》（＝粛宗）の母である楊氏や、美貌を以て知られた趙麗妃《ちょうれいひ》などの女性があったが、いずれも早く亡くなり、武恵妃ひとりが玄宗の寵《ちょう》をほしいままにし、皇后と同じ待遇を受け、一門は顕職についていた。武恵妃は自分が生んだ寿王を皇太子に立てるために、いろいろと策謀を廻らした。趙麗妃の生んだ皇太子瑛《えい》が廃されて死を賜ったのも、その讒言《ざんげん》に依るものと一般には噂されていた。武恵妃は開元二十五年十二月に薨じたが、若《も》しもう少し生きていたら、寿王は皇太子の地位に即いたに違いなかった。廃太子の議が行われてから幾許《いくばく》もなくして武恵妃は歿し、ために寿王の立太子のことも行われなかったのである。生前の母武恵妃の専横眼《め》に余るものがあったので、それだけにいったん武恵妃が薨ずると、寿王の立場は頗る微妙なものになった。それまでは玄宗も寿王を愛していたが、併し、それは母武恵妃あってのことで、武恵妃が亡くなると、その愛情に後退を来してもさして異とするには当たらなかった。（中略）母武恵妃が死すると共に、その子供も亦死んだのであった。（中略）武恵妃が薨ずると共に、その子寿王もまた権力者が特に眼をかけねばならぬ皇子ではなくなったのである。玄宗皇帝もそう思った筈であり、子の寿王もまたそう思ったのである。（井上靖『楊貴妃伝』）。

寿王擁立の起点が、あくまで玄宗の武恵妃寵愛にある、と説明されている。もはやたやすく予想されるであろう。この様子は、「武恵妃は勿論妃であり、皇后ではなかった」という点も含めて、桐壺帝・桐壺更衣と光源氏をめぐる次の言説と、全く同じ様相を呈している。

さきの世にも、御契りや深かりけむ、世になくきよらなる玉の男御子《をのこみこ》さへ生まれたまひぬ。いつしかと心もとながらせたまひて、急ぎ参らせて御覧ずるに、めづらかなるちごの御容貌《かたち》なり。一の御子《みこ》は、右大臣の女御の御腹にて、寄せ重く、疑ひなき儲《まう》けの君と、世にもてかしづききこゆれど、この御にほひには並びたまふべくもあらざりければ、おほかたのやむごとなき御思ひにて、この君をば、私物《わたくしもの》に思ほしかしづきたまふこと限りなし。はじめよりおしなべての上宮仕《うへみやづか》へしたまふべき際《きは》にはあらざりき。おぼえいとやむごとなく、上衆《じやうず》めかしけれど、わりなくまつはさせたまふあまりに、さるべき御遊びのをりをり、何事にもゆゑある事のふしぶしには、まづまうのぼらせたまふ、ある時には大殿籠《おほとのごも》りすぐして、やがてさぶらはせたまひなど、あながちに御前《おまへ》去らずもてなさせたまひしほどに、おのづから軽《かろ》きかたにも見えしを、この御子《みこ》生まれたまひてのちは、いと心ことに思ほしおきてたれば、坊《ばう》にも、ようせずは、この御子の居たまふべきなめりと、一の御子の女御はおぼし疑へり。人より先に参りたまひて、やむごとなき御思ひなべてならず、御子たちなどもおはしませば、この御方の御いさめをのみぞ、なほわづらはしう、心苦しう思ひきこえさせたまひける。（桐壺巻）

話を少し戻そう。玄宗の先の皇太子・李瑛《りえい》は廃太子となった。「それでは皇太子は寿王に決まったかというと、そうではない。肝心の武恵妃がその前に世を去ってしまったからである。（中略）玄宗の武恵妃に対する愛は最後まで衰えず、死後も追慕の情はつのるばかりであったが、その子の寿王に対する気持ちにはかなり大きな変化が生じていた。李瑛なきのちの朝廷で、立太子問題は焦眉の問題であったが、事は一気に解決した。皇太子となったのは寿王ではなく忠王李《り》璵《よ》であった。擁立の計画者は張九齢《ちょうきゅうれい》でも李林甫《りりんぽ》でもない宮中第三番目の権力者、高力士《こうりきし》であった。高力士が忠王を玄宗に推薦したのは、李璵がすでに年長者となっていたことからである」▼注(56)。

『源氏物語』の場合も、桐壺更衣の死によって、光源氏の立太子どころか、その前提となる親王宣下さえ果たされなかった。いくつかの占相を踏まえた、帝の熟慮の末である（本書第六章参照）。その結果、皇太子は弘徽殿女御の産んだ、第一皇子に落ち着く。先に概観した部分だ

（56）村山吉廣『楊貴妃　大唐帝国の栄華と暗転』。忠王李璵は楊氏元献皇后の子で諱は亨、後の粛宗皇帝である。

が、ここではその本文を挙げておく。

…人の朝廷《みかど》の例まで引きいで、ささめき嘆きけり。
月日経《へ》て、若宮（＝光源氏）参りたまひぬ。いとどこの世のものならず、きよらにおよすけたまへれば、いとどゆゆしうおぼしたり。明くる年の春、坊《ばう》さだまりたまふにも、いと引き越さまほしうおぼせど、御後見《うしろみ》すべき人もなく、また世のうけひくまじきことなりければ、なかなか危《あやふ》くおぼし憚りて、色にもいださせたまはずなりぬるを、さばかりおぼしたれど、限りこそありけれと、世人《よひと》も聞こえ、女御も御心おちゐたまひぬ。（桐壺巻）

桐壺帝は、光源氏誕生当初から「この君をば、私物《わたくしもの》に思ほしかしづきたまふこと限りなし」と格別な愛情を注ぎ、桐壺更衣が亡くなった後は、藤壺が未だ入内する前のより幼い頃に、彼は父帝の特別のはからいで内裏に住む。▼注(57) そのことが、光源氏と藤壺とを決定的な出会いに導くことになったのである。▼注(58)

武恵妃の方はといえば、玄宗との間に儲けた子のうち、三人の兄が夭折していた。その不吉な先例を忌んで、寿王については、光源氏とは逆に、「あえて宮中で育てず、玄宗の兄の寧王の下で養わ」れたという。▼注(59) これもまた、玄宗の寵愛の深さ故の処置であった。

武恵妃は、帝の愛情を独り占めしたために、人々の怨嗟《えんさ》を強く受けた。『旧唐書』には、「武恵妃数見二三庶人為一レ祟」と記してある。▼注(60) 彼女は、自分が退けた王子たちの霊にたたられて死んだように語られた。あたかもそれは、「人の心をのみ動かし、恨みを負ふ積りにやありけむ、

(57) 本来皇子は母方の実家で養育される。日本古典集成頭注参照。今西祐一郎は『大鏡』に記された藤原公季が「内にのみおはしませば、帝もいみじうらうたきものにせさせたまひて、つねに御前にさぶらはせ給ふ」、「昔は、みこたちも幼くおはしますほどは、内ずみせさせたまふことはなかりけるに、この若君のかくてさぶらはせたまふは、あるまじきことと誹り申せど」と描かれた記述に注目する（「公季と公経―「北山」考（二）―」『源氏物語覚書』岩波書店、一九九八年所収、初出一九八四年）。
(58) 子供のころは帝に連れられていつも藤壺の御簾のうちまで入っていた光源氏は、成人後、それが許されなくなったのちは、せめてものこととして、「内裏住みのみこのましうおぼえたまふ」（桐壺）と思う。このあたりについては、拙著『日本文学 二重の顔〈成る〉ことの詩学へ』第二章、大阪大学出版会、二〇〇七年、また本書第一章参照。
(59) 村山吉廣前掲著。
(60) 『旧唐書』庶人瑛。

いとあつしくなりゆき」、ついには早世してしまった桐壺更衣との一致を想起させる。

こうして育った寿王は、最初に楊貴妃を娶る。そして、寿王の皇太子を阻んだ形となった高力士が、他ならぬその寿王の邸宅に楊貴妃を見いだすことになる。『源氏物語』では、子の光源氏が父の後妻・藤壺と密通して子をなすのだが、寿王の父、玄宗は、その逆に、子の妻を奪った。いずれも『長恨歌』のサイドストーリーとして、当時の教養人が熟知していたはずの知識であり、しかも『長恨歌』享受のために、隠蔽されようとした史実である。それらと『源氏物語』とが酷似の対応をなしつつ、物語独自の因果が形成されている。それは、決して見逃すことのできないことがらなのである。

## 5 〈貴妃〉と〈妃〉と——楊貴妃と藤壺

こうして、藤壺が楊貴妃を准拠とする、という新視点は、『源氏物語』再読にいくつかの知見を与えてくれる。それは、単純ななぞりではない。この物語にふさわしく、反転的な寓意を含むなぞらえであった。▼注(61)

さて、先に『旧唐書』で見たように、楊貴妃は宮中では「娘子」と呼ばれ、皇后に等しい処遇で入内する（「宮中呼為二娘子一、礼数実同二皇后一」）。それは『源氏物語』が藤壺の扱いを「ただわが女御子《をんなみこ》たちの同じ列《つら》に思ひきこえむ」とする、帝の言葉によく呼応する。そうした、ややあいまいな身分上の立場を一致させるということは、不明な点を残す藤壺の地位の同定の問題に示唆的である。楊貴妃は「同皇后」として入内し、その後、天宝初に「貴妃」となる。▼注(62) 藤壺

(61) 武恵妃の悪女像が、反転して弘徽殿の女御のイメージに寄与している、という観点も捨てきれないが、問題を複雑にしないために参考に留めておく。弘徽殿女御については、本文の中に「戚夫人の見けん目のやう」の語が見え、呂太后になぞらえる譬えがある（賢木巻）。

(62)『旧唐書』后妃上・玄宗楊貴妃。

はどうであったか。

源氏物語の中では、後宮における藤壺の身分について、〈妃〉であるとも「女御」であるとも必ずしも明記されてはいないのであるが、岷江入楚など古註の時代から特別な根拠もなく女御として考えるのが通説であった。それにたいして、藤壺は〈妃〉であるとする新説を小松登美《とみ》氏が出され、その小松説をさらに詳細に補強されたのが今西氏説である。（増田繁夫「藤壺は令制の〈妃〉か」）▼注(63)

柳たか「日本古代の後宮について」▼注(64)に拠れば、令制の「妃」の確例の最後は、醍醐朝の為子内親王である。「嵯峨天皇の後絶えて久しかった「妃」の称号が、醍醐天皇の時一例ポツンと現われその後は見られない」。嵯峨朝の以来の突出的特例である。嵯峨朝の後の「妃」の消失と歩調を併せ、次々代仁明から宇多までは皇后が空位で、「妃」の特例が出現する醍醐朝に、中宮も復活する（穏子）。本章冒頭にも触れたように、醍醐朝は、古来『源氏物語』桐壺の准拠とされてきたのである。

藤壺が准拠する楊貴妃は、「貴妃」という「妃」に通じる称号を有している。そして「貴妃」という称号についてもいわくがある。他ならぬ玄宗の代に転変があった。唐における后妃の制度は、隋を承けつつも、皇后の下の三夫人を、高祖の武徳年間に四妃に換え、貴妃、淑妃、徳妃、賢妃各一人を夫人としていた。しかし、開元の治時代の玄宗によって、復古的に、また合理的に、貴妃の呼称を含む一人分を減じて三夫人に復している。

(63) 増田著『源氏物語と貴族社会』第一章・三、吉川弘文館刊、二〇〇二年。この問題には冷泉皇女尊子内親王の身分と呼称（ひの宮）が関わる。詳細は増田論文参照。

(64)『お茶の水史学』一三、一九七〇年九月掲載。柳たかは尊子の「妃」呼称（『椒庭譜略』『日本紀略』）について、令制の妃ではなく、「単なる妻の意で用いられていると考える」という（前掲論文）。なお後藤祥子「藤壺の宮の造型」（森一郎編著『源氏物語作中人物論集—付・源氏物語作中人物論・主要論文目録—』勉誠社、一九九三年）にこの問題を含めた藤壺の人物論についての要を得たまとめがある。

妃三人。〈正一品。周官三夫人之位也。隋依二周制一、立二三夫人一。武徳立二四妃一。一貴妃、二淑妃、三徳妃、四賢妃、位次后之下。玄宗以為、后妃四星、其一正后。不レ宜三更有二四妃一。乃改二定三妃之位一。恵妃一、麗妃二、華妃三…〉三妃佐レ后、坐而論二婦礼一者也。（『旧唐書』四十四・志二十四・職官三・内官）

唐因二隋制一、皇后之下、有二貴妃、淑妃、徳妃、賢妃各一人一。…開元中、玄宗以皇后之下立二四妃一、法二帝嚳一也。而后妃四星、一為二正后一。今既立二正后一、復有二四妃一、非二典法一也。乃於二皇后之下一立二恵妃、麗妃、華妃等三位一、以代二三夫人一、為二正一品一。（『旧唐書』列伝一・后妃上）

開元の時の玄宗の理屈は、后妃は四人であるべきで、后の下にさらに四妃があるのは正しくない（「開元時、以下后下復有二四妃一非上レ是」▼注(65)）として、「貴妃、淑妃、徳妃、賢妃」を「恵妃、麗妃、華妃等三位」と転じている。ところが天宝の玄宗は、楊貴妃を処遇する特例として、旧号を復活させ、貴妃を冊《さく》した。

秋八月甲辰、冊二太真妃楊氏一為二貴妃一。是月、河南睢陽、淮陽、譙等八郡大水。（『旧唐書』本紀九・玄宗下、天宝四年）

天宝初、進冊二貴妃一。（『旧唐書』后妃上・楊貴妃伝）

(65)『新唐書』列伝一・后妃上。

楊貴妃をめぐる玄宗皇帝による称号の異例と復活は、醍醐朝の「妃」の特例と、その時代に准拠する桐壺巻の藤壺の呼称の異常を透し出す。▼注(66)

『源氏物語』において、唐の貴妃をめぐる制度のゆれが、藤壺の身分設定に投影していると考える根拠は他にもある。薄雲の巻で、母藤壺が亡くなったあと、夜居の僧都の密奏によって、冷泉院は自らの出生の秘密を知ってしまう。光源氏に譲位の希望をもらすが、源氏は「いとあるまじき御ことなり」と諫め、「さかしき世にしもなむ、よからぬことどもはべりける。聖《ひじり》の帝《みかど》の世に横様《よこさま》の乱れ出で来ること、唐土《もろこし》にもはべりける。わが国にもさなむはべる」とさとすのだ。帝は悩みを深め、事情を知る王命婦や光源氏に問い合わせようとするが、その思いを果たすことが出来ない。苦しみの中で、賢帝の冷泉は、自ら解決しようと学問を積んで、中国と日本の故実から考えてみようとする。

いよいよ御学問をせさせたまひつつ、さまざまの書《ふみ》どもを御覧ずるに、唐土《もろこし》には、あらはれても忍びても、乱りがはしきこといと多かりけり。日本《ひのもと》には、さらに御覧じ得るところなし。

唐土の例は乱れすぎていて参考にならない。御代治まった我が朝ではどうか。

一世の源氏、また納言《なふごん》、大臣《だいじん》になりてのちに、さらに親王《みこ》にもなり、位にも即《つ》きたまへるも、あまたの例ありけり。

(66) この事について、『続古事談』に即したエッセイを書いた（新日本古典文学大系『古事談 続古事談』の『続古事談』注釈冒頭の解題）。

そして冷泉は、光源氏への譲位を考え始める。ここで殊更に、唐土の「乱りがはし」さ、「横様の乱れ」に言及される。▼注(67) 冒頭以来『源氏物語』が楊貴妃を引き合いに出して提示してきたテーマである。薄雲は、そもそも中国に関する引例が目立つ巻だが、後藤祥子に依れば、「藤壺像にはさらに、異国の后の投影があるとも言われる」。▼注(68) 興味深い遇合である。こうして知らぬ間に読者は、藤壺とその密通について、唐土を思い浮かべるベクトルを提示されていたのである。

武淑（恵）妃は、日本では「女御」と呼ばれる（『俊頼髄脳』『今昔物語集』）。淑妃（『長恨歌伝』他）と恵妃（『旧唐書』他）と。その呼称の揺れもまた、玄宗の后妃制度改定と相即するものである。また楊貴妃は、皇后に準じて礼せられたともいう（『旧唐書』前掲）。当時の中国の后妃の地位の揺らぎの中で、楊貴妃への高い処遇と貴妃の称号があり、武恵妃・武淑妃という呼称と、彼女を「女御」とする伝承が実在する。そして藤壺における〈妃〉と〈女御〉という解釈の揺れ。こうして、如上の密接な関係が浮かび上がる。

## 6　准拠の仕組みと構想——おわりにかえて

『源氏物語』が直示的になぞらえの基調とした『長恨歌』の楊貴妃像は、玄宗と二人で、かけがえのない純愛を追い求めるイメージである。正史である『旧唐書』后妃伝も、どうやらそのバイアスを引きずっている。

(67)『紫明抄』以下、秦始皇帝は、その母夏太后が呂不韋という臣下と密通して生まれた子だという逸話を引証する。

(68) 前掲後藤祥子「藤壺宮の造型」。後藤が挙げる関連論文は、川口久雄『西域の虎』(「『源氏物語』の世界と外国文学」、「『源氏物語』における中国伝奇小説の影」など、吉川弘文館、一九七四年)、藤井貞和「源氏物語と中国文学」(『講座日本文学　源氏物語上』解釈と鑑賞別冊、至文堂、一九七八年五月)、鬼束隆昭「藤壺」(『源氏物語講座』二、勉誠社、一九九一年)。

玉環が寿王妃であったのは厳然たる事実である。けれども后妃伝は、それに一言もふれず、あたかも道教の尼から直接玄宗に輿入《こしい》れしたように書いている。そういえば白楽天の長恨歌も真実をひた隠している。▼注(69)

この楊貴妃像は、『長恨歌序』や、それと深く関わる『注好撰《ちゅうこうせん》』などの説話形象の中で、より純化される。来世の純愛だけでなく、浦島説話に通じるような、前世からの二人の愛の軌跡をも奏でようとするのだ。▼注(70)

もっとも、楊貴妃が、玄宗の命によって、寵臣の安禄山を養子にした後、二人は密通を果たしたということのほのめかしも、つとに白居易「新楽府」の一篇『胡旋女』に記されていた。それは時代を経て展開し、『資治通鑑』に定着し、日本でも鎌倉初頭の『続古事談』に明記されるが、『胡旋女』については、『源氏物語』の中でも、紅葉賀の巻に、どうやら深い蔭を落としているようだ。そのことは、あらためて、第四章と五章で論じてみたい。

ただし『長恨歌』に就く限り、そして読者が『長恨歌』の美しい言葉のみに目を奪われているうちは、そうしたことはきれいに隠蔽されて顕在しない。純愛ドラマの『長恨歌』をもてあそぶ女性の読者たちは、ロマンを汚す、そんな下世話な逸話など、欲していない。聞きたくもないのだ。楊貴妃が玄宗の子寿王とすでに婚姻した成人女性であったという史実さえ、「長恨歌体験」の中では、きれいに隠避され、表に現れようとしない。

しかし、その代わり、それは知的に伏在する秘密となって、『源氏物語』のすぐれた読者を待つ。楊貴妃が桐壺更衣である、という本文にとらわれた読者には、いつまで経っても、藤壺と楊貴

(69) 藤善真澄『安禄山と楊貴妃　安史の乱始末記』清水新書、一九八四年。村山吉廣前掲書にも、類似の指摘がある。なお本書第一章参照。

(70) 『注好撰』上一〇一は『長恨歌序』の世界に近く、宿習を遂げんがために下界で玄宗と出会い、死後蓬莱に居て玄宗との契りを語る楊貴妃を描く。その次話一〇二では同様に、女が昔浦島と契り、願いを遂げずして天仙となったが、現世に船の上で亀と変じて浦島に会い、美女に戻って、本懐を遂げて、共に天仙となることを求め蓬莱に連れて行くプロットを描く。『注好撰』作者にとって、両話は明確な類話として認識されていた。また上野英二「岩崎文庫蔵絵巻物・嵯峨本―源氏物語・伊勢物語を中心に―」(彙報・平成十六年度秋期東洋学講座講演要旨『東洋學報』八六巻四号、二〇〇三年三月)にはいくつかの観点から浦島説話と『長恨歌』の類似を述べ、『源氏物語』考察への寄与を示唆する。

妃の対応が見えない。それはそれで楽しいだろう。『源氏物語』体験の中で、『長恨歌』は、玄宗と桐壺更衣純愛のメタファーとして輝き続ける。そのきらめきがある故に、その後ろでもう一人の楊貴妃が、帝の子と密通する影のメタファーであることを、輝きが覆い隠して顕在化しないという皮肉。あなたは、どの角度から『源氏物語』を読むのだろうか。

こうして『長恨歌』における隠蔽は、物語の登場人物と同様に、藤壺と光源氏の密通と、その不義の子の出現を、いわば〈准拠の仕組み〉の構想として、しばらくの間、覆い隠す。しかしそれは、特別の天才を要するテクニックではない。みずからが「長恨歌体験」を十全に享受した読者だった『源氏物語』作者にしてみれば、『長恨歌』自体の方法からたやすく学べる、むしろ常套的な手法だった。桐壺更衣と藤壺とは、楊貴妃の像を合わせ鏡のように分けあって、物語の中で必然的に入れ替わる。あらためて強調しよう。藤壺における楊貴妃准拠という、これまで論ぜられたことのなかった視点の発見は、『源氏物語』発端の中心人物たちをすべて捉える問題である。それだけに、避けることのできない、研究史が共有すべき議論の対象なのである。

# 〈北山のなにがし寺〉再読——若紫巻をめぐって

## 1　問題の所在——北山への旅

中世において、「旅ハ、吾ガ本ノ所をハナレテ」（『玉塵抄《ぎょくじんしょう》』）「他行《たぎょう》」し、「見知らぬ土地などを行くこと」（『日葡《にっぽ》辞書』▼注(1)）であった。

「旅」という語は用いられておらず、そしてまた、病をいやす療養のため、という特別な事情をかかえてはいたけれども、光源氏の北山行もやはり、〈旅〉に分類されるものであろう。▼注(2)

（1）以上は『時代別国語大辞典　室町時代編』（三省堂）の挙例より引用した。

（2）たとえば島内景二『日本人の旅　古典文学にみる原型』NHKブックス596、一九八九年は若紫の当該部分を「北山への小さな旅」と称して、「須磨・明石への大きな旅」と対置する。

瘧病《わらはやみ》にわづらひたまひて、よろづにまじなひ加持《かぢ》など参らせたまへど、験《しるし》なくて、あまたたびおこりたまひければ、ある人、「北山になむ、なにがし寺といふ所に、かしこき行《おこな》ひ人《びと》はべる。去年《こぞ》の夏も世におこりて、人々まじなひわづらひしを、やがてとどむるたぐひ、あまたはべりき。ししこらかしつる時はうたてはべるを、とくこそこころみさせたまはめ」など聞こゆれば、召しにつかはしたるに、「老いかがまりて、室《むろ》の外《と》にもまかでず」と申したれば、「いかがはせむ、いと忍びてものせむ」とのたまひて、御供にむつましき四五人ばかりして、まだ暁《あかつき》におはす。

やや深う入る所なりけり。三月の晦日《つごもり》なれば、京の花ざかりはみな過ぎにけり。山の桜はまださかりにて、入りもておはするままに、霞のたたずまひもをかしう見ゆれば、かかるありさまもならひたまはず、所狭《せ》き御身にて、めづらしうおぼされけり。

彼の旅先は、「北山」の「なにがし寺」であった。いうまでもなく、この記述は、『源氏物語』若紫巻の著名な冒頭である。

『源氏物語』若紫は、桐壺巻、そしていわゆる帚木三帖を経て、物語第一部の主要人物の若紫――後の紫の上が初登場し、物語が再始発をする、重要な位置づけの巻である。▼注(3) 光源氏は「わらはやみ」をわずらって、「北山」にある「なにがし寺」を訪れ、その折に、幼い若紫と出会う。その面影が、藤壺と深層的に通じることに気付いた彼は、若紫の未来が現在の藤壺にいつか届く日を想って、彼女を引き取ることを決意する。ところが一方で若紫の巻は、純愛の場面とは裏腹に、この時抱いた面影にむしろ引きずられるかのような、光源氏と藤壺の密通を描き、物

（3）若紫の記事をめぐって日本古典集成が、「この物語の長編的構想の最初の展開の部分として書かれた巻と考えられる」（同書冒頭解説）と述べている通りであろう。

語に決定的な影響を与える彼女の妊娠を夢告する。それればかりではない。たとえばこれらと平行して、光源氏と正妻葵の上との不仲、また六条御息所との逢瀬――それが若紫の祖母の家を見出すきっかけにもなるのだが――をほのめかす。あきれるほど多くの、光源氏をめぐる愛憎と因果とが、しかもそれぞれ必然的に絡まり合う。そうして若紫巻は、これから大きく展開することになる物語の主要プロットと人物をおおむね紹介して、あらたな物語の出発における、イントロダクションともなっていくのだ。

その始まりの場が、ここで描かれる〈北山のなにがし寺〉なのである。

このあと光源氏は、まだ見ぬ若紫が居るはずの瀟洒な小柴垣の住まいに思いをはせながら、この地の風光明媚な様子を堪能していた。すると、もっとよいところがありますよと、近習《きんじゅう》たちはかしましく知見を披露し始める。その会話の中で、後に巡り会うことになる、明石の入道とその娘（明石の君）の存在もほのめかされる。小柴垣の住まいを訪れ、若紫を発見するのは、その後のことである。こうして、〈北山のなにがし寺〉という逆旅《げきりょ》は、『源氏物語』の骨格を決定づける、もっとも始原的で重要な場である、ともいえるであろう。

この場所が、どのようなトポスとして構想され、また読者に想起されるのか。議論のかまびすしいところであるが、その背景には、如上の意義が存している。本章では、この場所と寺の比定について、現在の寺院研究の成果をも取り入れながら、新しい視座を示してみたい、と考えている。

北山の記述は、以下に引くような精細な叙述をもって描かれている。煩雑になるので、明石の噂などが語られている部分は（中略）として引用を省くが、物語は、僧都の坊に滞在していた若紫の発見へと続いていく。よく知られる描写ではあるが、のちの分析に必要となるので、先引の部分と同様に、重要な箇所には傍線や波線を付しつつ、一連の記述について、少し長めの引用をしておこう。

寺のさまもいとあはれなり。峰《みね》高く、深き巌《いは》の中にぞ、聖《ひじり》入《い》りゐたりける。上《のぼ》りたまひて、誰《たれ》とも知らせ給はず、いといたうやつれたまへれど、しるき御さまなれば、「あな、かしこや。一日召しはべりしにやおはしますらむ。今はこの世のことを思ひたまへねば、験方《げんがた》の行ひも捨て忘れてはべるを、いかで、かうおはしましつらむ」と、おどろき騒ぎ、うち笑《ゑ》みつつ見たてまつる。いと尊《たふと》き大徳《だいとこ》なりけり。さるべきもの作りて、すかせたてまつり、加持など参るほど、日高くさしあがりぬ。

少し立ち出つつ見わたしたまへば、高き所にて、ここかしこ、僧坊《そうばう》どもあらはに見おろさるる、ただ、このつづらをりの下に、同じ小柴なれど、うるはしうしわたして、きよげなる屋《や》、廊《らう》など続けて、木立《こだち》いとよしあるは、「何人《なにびと》の住むにか」と問ひたまへば、御供なる人、「これなむ、なにがし僧都《そうづ》の、この二年《ふたとせ》籠りはべるかたにはべるなる」「心はづかしき人住むなるところにこそあなれ。あやしうも、あまりやつしけるかな。聞きもこそすれ」などのたまふ。きよげなる童女《わらは》などあまた出で来て、閼伽《あか》たてまつり、花折りなどするもあらはに見ゆ。「かしこに女こそありけれ。僧都は、よもさやうにはすゑたまはじを、いかなる人ならむ」と、口々言ふ。下《お》りてのぞくもあり。をかしげなる女子《をんなご》ども、若き人、童女《わらはべ》なむ見ゆる、といふ。

君は行ひしたまひつつ、日たくるままに、いかならむとおぼしたるを、「とかうまぎらはさせたまひて、おぼし入れぬなむ、よくはべる」と聞こゆれば、後《しりへ》の山に立ち出でて、京の方《かた》を見たまふ。はるかに霞みわたりて、四方《よも》の梢《こずゑ》そこはかとなうけぶりわたれるほど、絵にいとよくも似たるかな。「かかる所に住む人、心に思ひ残すことはあらじかし」とのたまへば、（中略、明石の噂など）

日もいと長きに、つれづれなれば、夕暮のいたう霞みたるにまぎれて、かの小柴垣《こしばがき》のもとに立ち出でたまふ。人々は帰したまひて、惟光の朝臣とのぞきたまへば、ただ、この西《にし》面《おもて》にしも、持仏《ぢぶつ》すゑたてまつりて行ふ尼なりけり。簾すこし上げて、花たてまつるめり。中《なか》の柱に寄りゐて、脇息《けふそく》の上に経を置きて、いとなやましげに誦《よ》みゐたる尼君、ただ人と見えず。四十余《よ》ばかりにて、いと白うあてに痩《や》せたれど、つらつきふくらかに、まみのほど、髪のうつくしげにそがれたる末も、なかなか長きよりもこよなう今めかしきものかなと、あはれに見たまふ。……中《なか》に十《とを》ばかりにやあらむと見えて、白き衣《きぬ》、山吹《やまぶき》などのなれたる着て、走り来たる女子《をんなご》、あまた見えつる子どもに似るべうもあらず、いみじくおひさき見えて、うつくしげなる容貌《かたち》なり。髪は扇をひろげたるやうにゆらゆらとして、顔はいと赤くすりなして立てり。「何ごとぞや。童女《わらはべ》と腹立ちたまへるか」とて、尼君の見上げたるに、すこしおぼえたるところあれば、子なめりと見たまふ。「雀の子を犬君《いぬき》が逃《にが》しつる。

伏籠《ふせご》の中に籠《こ》めたりつるものを」とて、いとくちをしと思へり。

以下には、光源氏が藤壺と若紫を重ね合わせる著名な場面があり、▼注(4) その後、光源氏は、尼の兄の僧都の坊に招かれて、若紫の素性を聞く。光源氏は、若紫を引き取りたいという希望を漏らすが、僧都はそれを断り、阿弥陀堂へと向かう。

「阿弥陀仏《あみだほとけ》ものしたまふ堂に、することはべるころになむ。初夜《そや》いまだ勤めはべらず。過《す》ぐしてさぶらはむ」とて、のぼりたまひぬ。（眠れぬ夜を過ごす光源氏は、奥に居る尼君に歌を読みかけ心中を伝えるが、拒まれる。中略）

（勤行を終えた）僧都おはしぬれば、「よし、かう聞えそめはべりぬれば、いと頼もしうなむ」とて、おしたてたまひつ。

暁《あかつき》がたになりにければ、法華三昧《ほけざんまい》行ふ堂の、懺法《せんぼふ》の声、山おろしにつきて聞こえくる、いと尊く、瀧の音に響きあひたり。

（光源氏）吹きまよふ深山《みやま》おろしに夢さめて涙もよほす瀧の音かな

（僧都）「さしぐみに袖ぬらしける山水《やまみづ》にすめる心は騒ぎやはする

耳馴れはべりにけりや」と聞こえたまふ。明けゆく空は、いといたう霞みて、山の鳥ども、そこはかとなくさへづりあひたり。名も知らぬ木草《きくさ》の花ども、いろいろに散りまじり、錦を敷けると見ゆるに、鹿のたたずみありくもめづらしく見たまふに、なやましさもまぎれ果てぬ。聖《ひじり》、動きもえせねど、とかうして護身《ごしん》参らせたまふ。かれたる声の、いといたう

（4）その場面については、拙著『日本文学　二重の顔〈成る〉ことの詩学へ』第二章、大阪大学出版会、二〇〇七年に小見を記した。

すきひがめるも、あはれに功《く》づきて、陀羅尼《だらによ》誦みたり。御迎への人々参りて、おこたりたまへるよろこび聞え、内裏《うら》よりも御とぶらひあり。僧都、世に見えぬさまの御くだもの、何くれと、谷の底まで掘り出で、いとなみきこえたまふ。「今年ばかりの誓ひ深うはべりて、御送りにもえ参りはべるまじきこと、なかなかにも思ひたまへらるべきかな」など聞こえたまひて、大御酒《おほみき》参りたまふ。「山水《やまみづ》に心とまりはべりぬれど、内裏よりおぼつかながらせたまへるも、かしこければなむ。今、この花のをり過ぐさず参り来む。

宮人に行《ゆ》きて語らむ山桜風よりさきに来ても見るべく」

とのたまふ御もてなし、声《こわ》づかひさへ、目もあやなるに、

優曇華《うどんげ》の花待ち得たる心地して深山桜《みやまざくら》に目こそ移らね

と聞こえたまへば、ほほゑみて、「時ありて一度ひらくなるは、かたかなるものを」とのたまふ。聖《ひじり》、御土器《かはらけ》賜《たま》はりて、

奥山の松のとぼそをまれにあけてまだ見ぬ花の顔を見るかな

とうち泣きて見たてまつる。聖、御まもりに、独鈷《とこ》たてまつる。（下略）

この部分の〈北山のなにがし寺〉についての解釈史は、知られるところ、『紫明抄《しめいしよう》』『河海抄《かかいしよう》』など、中世の『源氏物語』注釈書にまで遡る。近代にいたるまでの注釈史の概観は、島津久基《ひさもと》『対訳源氏物語講話　巻四　若紫』▼注(5)の要約が意を尽くして簡便である。問題点の確認を兼ねて、まずそれを見ておこう。

（5）中興館、一九四〇年。名著普及会の復刻本もある（一九八三年）。

北山の「なにがし寺」は、河海・細流・孟津等すべて鞍馬寺かとし、……特に河海抄（巻三）に

昔は四十九院ありけり。仏法盛地也云々。河原院をなにがしの院と云同体也。

と見えてゐる。唯、本文に「つゞら折」の語がある…処から、紫明抄（巻二）は古今六帖（巻二）の

さゞ波や志賀の山路のつゞら折くる（来―繰）人絶えてかれ（離―枯）やしぬらむ

の歌を所拠として、志賀寺を以て之に擬してゐるのが異説であるが、河海は「僻事」として一蹴し、且「つゞら折」が寧ろ鞍馬の名所である有力な挙証として、枕草子〈近くて遠きものの段〉に「鞍馬のつゞら折といふ道」とあるのを引いて、自説を主張してゐる。志賀寺よりはやはり鞍馬寺の方が支持せられて然るべきであらう。むろん鞍馬寺と明記してあるのではないから、さう解せずとも不都合は生じないが、此の「なにがし」は例の特定乃至既知のものを意味させる用法で（＝ここに『対訳源氏物語講話　巻三　夕顔』の既述部分を指示する）…、河海の説く如く、夕顔巻（＝「なにがしの院」という表現のこと）河原院の場合と相類するものと認められ得るから、先づ鞍馬寺あたりが想定されてあると見る事は不当でないであらう。

右傍線部のような表現で鞍馬寺を比定する島津は、『水鏡』や『河海抄』・『孟津抄《もうしんしょう》』所引の鞍馬寺建立の縁起――桓武朝に藤原伊勢人《いせんど》が建立したとする記述――に言及した上で、テクス

ト論のような筆法で、次の如くに断じている。

なにがし寺が鞍馬寺とすれば、後段の「後の山」も、孟津の註の如く、僧正が谷のある山に当たるのであらう。本文の上では併し、広道の言ふやうに、鞍馬寺なり僧正が谷なりとして、強ひて拘泥する必要は無い。

近年、この「なにがし寺」については、すでに詳細な研究史整理もなされているが、▼注(6)島津の柔軟な論法をもとに、一部再掲をいとわず、私の視点で先行所説を簡単に分類してみよう。I〜Ⅳと大きく四つに分け、それぞれを箇条書きで示す。

## I　実在の寺を准拠として比定し、その近似を探っていく説

I―1、鞍馬寺を想定する説―『河海抄』

此寺鞍馬寺歟。昔は四十九院ありけり。仏法盛地也云々。河原院をなにがし院と云同躰也。六帖哥に、さゝ波やしがの山ぢのつゝらをり　くる人たえてかれやしぬらん、此歌につきて、つゝらをりは志賀寺歟といふ説あり。僻事也。鞍馬のつゞらをり、清少納言枕草子に見えたり。

↓『河海抄』また『孟津抄』以下は「旧記云」として『鞍馬寺縁起』にいう伊勢人創建説話などに触れる。

↓吉田東伍《とうご》『大日本地名辞書』には、「涙滝は寺門の内に在り源氏物語に見ゆ、

(6) 岩切雅彦「『源氏物語』における「北山」の位置について」(『大学院研究年報(文学研究科篇)』第一九号、文学研究科(1989)、中央大学、一九九〇年)など参照。

わらは病したまふに鞍馬山に有験の聖おはすとて参籠したまふ時吹きまよふ深山おろしに夢さめて涙もよほす滝の音かな、〔源氏物語〕」とする記述がある（鞍馬寺の項）。

↓松田豊子は、平安期仮名文学作品の「北山」「東山」「西山」の用例分析を踏まえて、鞍馬寺比定を再説する（後述）。

I—2　『紫明抄』他の志賀寺説

↓島津前掲及び『河海抄』傍線部参照。

I—3　角田文衛の大雲寺説（後述）

I—4　今西祐一郎の大北山・神名寺説（後述）

I—5　その他の比定説▼注(7)

**Ⅱ　実在の寺を宛てるのは意味がない、物語の仮構として、あるいは方法として処理すべきであるという視点**

II—1　萩原広道《ひろみち》『源氏物語評釈』の所論

〔拾〕北山といふ所もあれど、これは北の方なる山也（釈）。旧注に、北山のなにがし寺を鞍馬寺として准拠多く挙られたれど、例の用なければ引出ず。たゞそのあたりの事とのみ見てあるべし。（国文註釈全書）

II—2　三田村雅子の方法的読解論

「無造作な手つきで、「事実」の迫力で本文を一義的に規定してみせる」ような、「準拠

(7) 鷹峰霊巌寺、貴船神社、仁和寺説などがある。小町谷照彦「北山の春─歌語の形象性」（同著『源氏物語の歌ことば表現』東京大学出版会、一九八四年）に概観され、岩切前掲論文に詳細に分類分析される。

や典拠を指摘して作品をそこから割り切っていこうとする古風な読み」への批判的言説として、「「なにがし寺」を実在の寺に比定しようとするいくつかの説」に触れて「実名比定とはいったい何なのか、それらは「読み」とどう関わるのかを考えてみたい」とするエッセイ。諸説を取り上げ言及しつつ、「若紫巻の「なにがし寺」という表現は、「なにがし僧都」などと同じように、本来実名が入るべき箇所が、意図的に欠落させられているという意味で、欠落された実名＝モデルを呼びこんでいく機能をもともと背負うものであった。埋められた寺名には、一つには鞍馬寺があり、一つには岩倉寺があり、一つには近年唱えられた神名寺がある。「つづらをり」の地型から鞍馬を想起する旧来の説から、地形・距離などから岩倉寺辺りを指すとする説、神名寺の持経者叡実の説話を重ねて考えようとする神名寺説それぞれに説得力がなくはない」として、特に今西のいう叡実説話と神名寺説を取り上げ、以下のように詳論する。

「物語の中の条件をすべてみたす某寺が作品以前に実体としてあったと考えるよりは、作品の要請する様々な要素をその時々に満たし得るような容器としての「なにがし寺」の表現性により注目すべきではなかろうか。物語はその表層において神名寺の故事を想起させ、深層においては光源氏の心の闇を象徴する「くらぶの山」であることを示唆し、さらに光源氏の出家の可能性とその瀬戸際での回避という文脈において多武峰少将物語を借りる。北山の一夜の夜明けに尼君・僧都から寄せられた歌はいずれもかつての若公達高光の厳しい道心をうたった歌を踏まえ、光源氏の道心の浅さをたしなめるものであった。言わば北山なにがし寺とは、「神名寺」であり、「くらま寺」であり、安易な出家願望を厳しく拒否する側面において「多武峰」でもあったのであり、それらすべてが輻輳的に光源氏の心の襞々を照らし出す装置として機能しているのである。さらに翌日の光源氏快癒を祝う宴会の場でうたわれた「豊浦《とゆら》の寺の西なるや」（葛城）は、白玉のような高貴な王子の潜竜を告げる歌でもあって、光源氏の潜在王権を予祝する文脈において、北山は豊浦寺とも重なるのである。それらの読みの一つを特権化し、絶対化することが合理主義であり、わりきりのよさであるならば、近代の准拠比定は、複数の准拠を雑然と並べてみせる中世注釈書の懐の深さに比してはるかに狭量である。明確さが他の読みの可能性の圧殺の上に築かれるとするならば、明確ならざる複層的な意味生成の現場に立ち合うことを、もどかしくとも選ばなければなるまい。」（三田村雅子「若紫巻「なにがし寺」比定の意味」『国文学』一九八六年十一月号、『源氏物語　感覚の論理』有精堂、一九九六年に再収）

↓岩切雅彦「『源氏物語』における「北山」の位置について」（注6所掲）のまとめもこの立場に近い。

近年の代表的注釈は、おおむねⅠとⅡの範疇で論じられている。

## Ⅲ　諸注釈

1　「実際には寺の名を言ったのであるが、女らしく、わざと伏せたのである」「「つづらをり」は『枕冊子』にも「鞍馬のつづらをりといふ道」とあって、鞍馬の名は有名である。「北

山のなにがし寺」というのは鞍馬寺であろうと推定する一根拠である。」（玉上琢彌『源氏物語評釈』第二巻、一九六五年）

2 「京都の北の山々を漠然とさす。」「何々寺。実名で言われたのを省略した書き方。古来、鞍馬寺とする説が有力である。」（つづらをりは）「幾重にも折れ曲がった山道。『枕草子』…とあり、鞍馬寺のそれは有名であった。」（日本古典集成、一九七六年）

3 「京の北方に広がる山々の総称。「なにがし寺」は某寺。呼称をおぼめかしている言い方であるから、読者によっては実在する特定の寺があるかのように感じられる。虚構上のそれであるから実在の寺院が一つ想定されているわけではあるまい。寺の周囲に行場（ぎょうば）が在り、その一つである奥まった岩穴に修行者がこもる。」（新日本古典文学大系、「本書は六人の校注者の共同討議を経て執筆」され「若紫」の「執筆分担」は藤井貞和〔同凡例〕、一九九三年）。

4 「「ある人」の言葉の中では、はっきりと用いられた名称が語り手によってぼかされた。古来鞍馬寺とするのがほぼ定説であったが、近年、霊岩寺、高岑寺、あるいは岩倉の大雲寺説が提出されている。」（日本古典文学全集、一九七〇年）

5 「物語らしい語り口の一つで、具体的な名称が語り手によってぼかされる。古来、鞍馬寺とするのがほぼ通説。近年、霊岩寺、高岑寺、あるいは岩倉の大雲寺説なども提出されている。」（新編日本古典文学全集、一九九四年）

一方で、角田《つのだ》文衛《ぶんえい》を始めとする諸説が、多様な寺院のイメージを提起するのを承けて、

Ⅳ　和歌の分析や歌語「くらぶ山」の『源氏物語』での用法をもとに、鞍馬寺説を再認識する論（小町谷照彦説、原岡文子《ふみこ》説、なお後述する）

も提出されている。以上の諸解のうち、私に重要と考える論説をいくつか取り上げて分析し、その上で私説を提示したいと思う。

## 3　角田文衛の大雲寺説

上記の中で、三田村雅子や日本古典文学全集他、多くの所説が触れるように、近年の議論の発端ともなった比定説が、Ⅰ—3の角田文衛の岩倉大雲寺（石蔵寺）説である。そして、新しい論点から議論を再燃させたのが、Ⅰ—4の今西祐一郎の大北山・神名寺説であろう。その比定の拡がりが、ⅡまたⅣのような方法論への懐疑をも引き起こしているのである。そこでまず、角田説について見ておこう。それは「北山の『なにがし寺』」▼注(8)という論文の中で披瀝される見解である。

いささか先回りをして述べておけば、角田の論点の特徴は、大雲寺という、具体的寺院名の引き当てや考証にのみあるのではない、ということである。そのことと同じぐらい重要な点は、「北山」とはどこを指すのか、という京都の地理的位置付けの推定と同時に、「なにがし寺」はどのような比定対象なのか、という二つのレベルの問題があることを、明確に示したことにも

（8）この論文は、角田著『若紫抄—若き日の紫式部』至文堂、一九六八年に初出、『紫式部の世界　角田文衛著作集7』法藏館、一九八四年、角田文衛・加納重文編『源氏物語の地理』思文閣出版、一九九九年、角田著『紫式部伝—その生涯と『源氏物語』』法藏館、二〇〇七年などに所収される。

存する。さらに、当然のことではあるが、角田の立論が、旧説の鞍馬寺比定の否定を大前提とする点にあることにも注意しておこう。角田は、論文「北山の『なにがし寺』」において、「北山」という地域の位置と範囲を、次のように規定している。

平安京が営まれた京都盆地は、もともとが化石湖―山城湖―であって、三方が山に取り囲まれている。それらの山々は、京を中心に今も漠然と、東山、北山、西山と呼ばれている。これらの山名は総称であるから、無論、特定の山ないし峰を指してはいないのである。それで、『源氏物語』に例えば『北山』と出てくる場合なども、その都度考証を加えて具体的に『北山』のうちのどの山を指しているかを明らかにせねばならぬのである。…そこで問題となるのは、『若紫』の帖に見える『北山』は、具体的には何処に当たるかということである。

この「北山」の範囲内には、当然、鞍馬寺も含まれる。角田も『河海抄』に言及し、鞍馬山比定説について、その「つづら折」が著名であることなどを挙げて、「理由のないことではなかった」と考察する。にもかかわらず角田は、鞍馬寺が、「なにがし寺」には決して該当し得ないことを、『源氏物語』の叙述を具体的に解釈しながら、次のように論じていくのである。

しかし静かに思案を廻らしてみると、この『なにがし寺』を鞍馬寺に擬することは、到底許されないのである。いま、その理由を二、三挙げてみると、鞍馬寺は、山の奥に深く入った処に位置し、『やゝ深う入る所』に存してはいない。その寺の諸堂宇は、僧都の坊の近くに存し、後者は『つゞら折』の坂路を下った処に位置している。そして光源氏は、この坊の近くで車に乗っている。『中右記《ちゅうゆうき》』寛治五年九月二十四日条によると、白河上皇は、山門まで車で行かれているが、『為房卿記《ためふさきょうき》』同日条に、『門内七曲坂御歩行、』と見えるように、上皇は門前で下車し、七曲坂《つづらおりの》を徒歩で登り、本堂に赴かれている。鞍馬寺の主要な堂宇は、七曲坂の上にあり、下方には所在していなかった。その点でも、『なにがし寺』と鞍馬寺とは合致しないのである。

『若紫』によると、この『なにがし寺』には、阿弥陀堂や法華三昧堂が存したこととなっている。それは、この寺が天台宗の寺院であることを証示している。ところが鞍馬寺は初めから真言宗に属しており、天台宗に転向したのは、十一世紀の末か十二世紀の初めのことであり、特に重怡がこの寺に来たってからのことであった。

一体、十世紀末葉の鞍馬寺は、僧都といった高官の僧が坊を構えるほど格式のある、或いは有力な寺院ではなかった。…院政期時代と共に、鞍馬寺は王城鎮護の寺院として脚光を浴び、貴紳の参詣も多く見られるようになった。…要するに、十一世紀の中頃までの鞍馬寺は、時々文献に登場することはあっても（例えば、『和泉式部集』）、北山各地にいくつとなく存した小寺院の一つであるに過ぎず、もとより僧都がいるような格式の高い、有力な寺ではなかった。

右の要点を私に略述すれば、以下のようになる。

（一）鞍馬の位置が、『源氏』の表現よりずっと奥まったところにあること。

（二）「なにがし寺」では、諸堂宇は僧都の房の近くに位置し、つづら折の坂を下りたところにある。その近くに若紫を見いだすのだが、鞍馬寺の主要な堂宇はつづら折坂の上にあり、下にはないこと。

（三）「なにがし寺」には阿弥陀堂、法華三昧堂が存し、天台寺院なることを示すが、鞍馬は当初より真言宗であり、天台宗への転向は『源氏物語』より一世紀ほど後のことであること。

（四）鞍馬が、貴紳参詣の繁栄を示すのは院政期時代からであり、『源氏物語』成立周辺の十世紀末葉〜十一世紀中頃までの鞍馬寺が、格式のある有力な寺院ではなかったこと。

このように否定的な用件が挙げられている。かくして鞍馬寺説を否定する角田は、鞍馬よりは平安京よりの、岩倉大雲寺の存在に着目する。そして今度は逆に、『源氏物語』からまず十一項の特徴を挙げ、それと大雲寺が一致することをいうのである。

（1）北山に所在するが、やや山奥に入った処にある。

（2）暁に京を出れば、日高くさし上った頃にはそこで加持を受けることが出来るほどの距離にある。また暮方に寺を出ても、遅くならぬ間に京に戻ることが出来る。

（3）寺の前まで牛車で行くことが出来る。

（4）某僧都がここ二年ばかり籠っているほどの格式の高い寺である。
（5）寺には、法華三昧堂や阿弥陀堂があり、従ってそれは天台宗の流れを汲む寺院である。
（6）寺の僧坊は、ここかしこに散在している。よほど僧侶の口数の多い寺院である。
（7）某僧都の坊には遣水が引かれており、また近くには、趣きに富んだ滝がある。滝の下《もと》には、源氏と側近の者とが並んで酒を呑み交すだけの余地があり、それは『岩がくれの苔』となっている。
（8）某僧都の坊から『つゞら折』の山路を登ると、験者として知られたさる大徳の、岩にとり囲まれた庵がある。
（9）庵から山路を下ると、僧都の坊の西の面《おもて》が垣間見られる。つまり山路は、東に向って降っている。また庵は、坊の西方に位置する。
（10）この庵の背後の山に登ると、平安京を見渡すことが出来る。
（11）この寺の付近には、（山）桜が多い。

この「十一項」が、「北山の『なにがし寺』を実在の寺に擬定するに際して、『若紫』の帖から得られるところの必要不可欠の条件である」とする角田は、さらにもう一項、条件を付加する。すなわち、「この巻における『なにがし寺』の描写」が、「極めて写実的」「かつ具体性を帯びてい」て、「確かにそれは、現実に存していたその寺を実際に目撃した者でなければ書けないような種類に属している」というのである。「それ故」、

（12）それは、紫式部の一族と何等かの縁があり、それで彼女が一再ならず参詣した寺院である。

と断じ、計十二項の条件が大雲寺に合致するとして、以下、詳細に論じていくのである。

最後の条件（12）にみるように、角田の挙げたいくつかの項目は、必要性と条件性とが、必ずしも絶対的な関係にあるものばかりではない。▼注(9) また後述するように、角田の論考の中には、『源氏物語』の解釈について検証すべき部分も含まれている。それぞれ詳細な記述で比定がなされているが、萩原広道のように「これは北の方なる山也（釈）。旧注に、北山のなにがし寺を鞍馬寺として准拠多く挙られたれど、例の用なければ引出ず。たゞそのあたりの事とのみ見てあるべし」とまでは言わないにしても、物語の描写がすべて実在の寺院の形容に相当し、擬《なぞら》えられていると考えてよいのかどうか。などと、論述の方法論に異議を唱えるべきところもあるようだ。しかしそうではあっても、角田の分析は、大雲寺という寺院に関する文献学的調査（角田文衛「大雲寺と観音院」▼注(10)）を踏まえて『源氏』を読み込み、その描写の方向性を探って見出された、新しく重要な条件列挙であることは間違いない。

　ただし、繰り返すようだが、角田の大雲寺説は鞍馬寺否定説を前提とし、その否定説はまた、角田の把握する鞍馬寺像と『源氏物語』解釈に大きく依存する。角田は、若紫の「北山」が、京都郊外北東の大雲寺や鞍馬寺のあたり一帯を指すとしながらも、自らの理解する鞍馬寺像と比較して、「なにがし寺に」鞍馬寺が相当しないとして否定する。そしてその否定説の上に立って、あらたな近似値として、大雲寺説を提出するのである。

（9）岩切雅彦は十二をのぞく十一項目のそれぞれを鞍馬説、鷹峰霊巌寺説、貴船神社説、岩倉大安寺説、仁和寺説、大北山説に当てはめ、多くの寺社が概ねの条件を満たすこと、また逆に「許容範囲を広げても十一条件をすべて満たす説はない」ことを述べる（前掲論文）。

（10）「大雲寺と観音院」は、角田著『若紫抄—若き日の紫式部』至文堂、一九六八年に初出、『王朝文化の諸相　角田文衛著作集４』法蔵館、一九八四年、『紫式部伝—その生涯と『源氏物語』』法蔵館、二〇〇七年などに所収される。

ところで角田の論文は、「鞍馬寺は初めから真言宗に属しており、天台宗に転向したのは、十一世紀の末か十二世紀の初めのことであり、特に重怡がこの寺に来たってからのことであった」と論じ、その部分について、筆頭の注として橋川正《ただす》『鞍馬寺史』を引く。角田の論考が書かれたころ、鞍馬寺の古代の歴史と全体像についての詳細は、基本的に橋川正の労作、『鞍馬寺史』(一九二六年)▼注(11)の研究に立脚していたのである。角田の鞍馬寺観も、『鞍馬寺史』を大きく出るものではない。故にその後の研究で、鞍馬寺の認識が変わっていれば、角田説は大きく転換する可能性がある。角田の論拠のいくつかの部分は、物語の読解次第で、あるいは解消してしまう可能性も含んでいたからである。

## 4　大北山・西園寺あたりを指すとする説その1

さて、鞍馬寺説を否定する角田も、「北山」自体の定義と方向性については、従来の鞍馬寺説と齟齬するものではなかった。

ところが、その「北山」の指示対象自体に異論を呈する説がある。それは、物語の空間的布置を大きく転換する対論として、近年の重要な議論の対象となっているものである。渕江文也「北山考」(初出一九七三年)▼注(12)がその嚆矢的存在である。渕江は、『源氏物語』の用例も含めた「北山」という語と地域とを再検討する。そして「大北山」と呼ばれた「葛野郡北山」に着目し、用例を連ねて考証するのである。渕江が詳細な検証を踏まえて述べた要点部分を引用しておこう。

(11) 鞍馬山開扉事務局出版部刊。

(12) 渕江文也『源氏物語の美質』桜楓社、一九八一年所収。

「つづら折り」とある故か旧注以来この寺は鞍馬寺として鑑賞せられて来た。一応それに従って読みつつ私は源語読み初心の頃から若紫の童生いの地として鞍馬には甘心せず、作者が鞍馬を念頭にして此の「北山」の場を描いたとは思いたくない気持ちを拭い切れなかった。近頃、主として鞍馬寺の遠さの難点から、霊岩寺・高岑寺・岩倉大雲寺説が出て来ている。紫式部とのゆかりや聖の巌窟をも併せ考証された角田文衛博士の大雲寺説は殊に興深い。然し、やはり『宇津保物語』や須磨巻の「北山」と同様に葛野郡北山の方で理解したい。

この論にも留意しつつ、独自の方法で、なにがし寺比定論義を現代の『源氏物語』論の注目課題として再燃させたのが、今西祐一郎の「若紫巻の背景—「北山」考（一）—」（初出一九八四年）▼注(13)であった。

今西は、まず「故公経の太政大臣、そのかみ夢見給へる事ありて、源氏中将わらはやみまじなひ給ひし北山のほとりに、世に知らずゆゝしき御堂を建てて」という、『源氏物語』を踏まえた後代の『増鏡《ますかがみ》』の記述に、倒立的に着目する。そしてそこから、遡行逆転して、若紫巻の「北山」の所在を考究しようとするのである。

すなわち、『増鏡』にいう「北山」の北山殿（西園寺）とは、「鹿苑寺となって今日に伝わる地に営まれたもの」であること、そして諸書に「北山」とある地名が、近世の注釈や地誌（『山城名勝志』他）などでは「大北山村」近辺に比定されていることを述べて、今西は、次のように論じていく。

（13）今西祐一郎『源氏物語覚書』岩波書店、一九九八年所収。

「大北山村」を中心に、その周辺を含めて紙屋川上流をはさむ山間山麓一帯が平安時代の「北山」であったことはほぼ確実であろう。とすれば、『源氏物語』若紫巻で、「北山」の「なにがし寺」と語り出されたとき、その場所としてまず念頭に浮かぶのはこの地域、すなわち、「施無畏寺」や「法音寺」といった寺院が甍《いから》をならべていたあたりではなかったか。他に何らの傍証が得られないのにもかかわらず、『増鏡』の述べる所に強く惹かれるのは、西園寺公経の北山殿がまさにその「大北山」の地に当たるからであった。それに対して、古来、若紫巻の「なにがし寺」に比定されてきた鞍馬寺に関しては、「北山鞍馬寺」といった呼称、あるいは鞍馬の地が「北山」と呼ばれていた確証を見出すのがむつかしい。

今西論文は、このように、鞍馬寺説の可能性を否定しつつ、「紙屋川」の位置づけに触れながら、その地の周縁を限定する。その一方、右引用の前後で、次のようにも述べていた。

> もっとも、「北山」を冠して呼ばれた寺院が、すべて「大北山」の地に集中していたわけではない。「北山蓮台寺」（『日本紀略』天徳四年九月九日）、「霊巌寺」（『今昔物語集』巻三十一「霊巌寺別当、砕巌語《いはほをくだくこと》第二十」）など、「大北山」域外に位置するものも見出されるからである。前者は船岡山西麓、後者は確証を欠くが鷹峰山中かと推定される。……「北山」には、右に見たような「大北山」一帯を指す用法のほかに、わずかではあるが広く平安京の北方につらなる山々を指す広義の用法も見出される。（『日本紀略』を挙例する。中略）かりにこれらの例が鞍馬の地を含めていわれたものであっても、しかしそれはあくまで広義の用法で

あって、「北山」という言葉が無条件に鞍馬を意味したとは考えがたい。

ただし、右の論述に見るように、今西の「北山」の認定は、いわばアクセントが異なるだけで、たとえば次のような記述と、歴史地理学的には大きく異なるわけではない。そのことはここで確認しておきたい。

きたやま　北山　〔地名〕二例。…（若紫一五一）（＝若紫の例を引く、省略）◯「あすとての暮には院の御墓をがみ奉り給ふとて、北山へまうで給ふ。」（須磨四〇七）源氏が須磨へ行こうとして、桐壺の帝の陵に詣でたのである。北山は京都の北方の山々を漠然とさす。旧注になにがし寺を鞍馬とするが、これも北山のうちである。北山という特定の地名は「衣笠村大字北山は南北の二に分れ、北を大北山と為す。凡洛北に愛宕郡岩倉村大宮村鷹峰村にも北山の名あれど其顕著なるは此なり。」（吉田東伍、大日本地名辞書）今京都市北区。大北山には三条帝山陵がある。「北山雲林院と申す所に」「北山船岡と申す所にて」（保元物語、いずれも北大路の電車道に沿う）ともあるので、当時の北山は京都市街の北を広範囲に指したものと考えられる。（池田亀鑑編『源氏物語事典』上巻、東京堂、一九六〇年、奥村恒哉執筆）

## 5　大北山・西園寺あたりを指すとする説その2——公季説話の周辺

しかし、今西説の卓越した独自性は、「北山」の考証に留まるものではない。たとえば今西は、従来の「北山」イメージを脱構築して鞍馬寺への方向性を外し、「大北山」に注目する地理感覚を読者に提供する。そしてその上で、古注釈に引かれた、後代の説話的資料に着目するのである。

閑院太政大臣三位中将之時、童病におもくわづらひ給ければ、東山に永実と云持経者あり有《(ママ)》給のよしをきゝ給て、めせどもまいらねば、かれにかぢをさせんとておはするに、みちよりおこり給ぬ。寺ちかふなりければ、これよりかへるべきにあらずとて、かれにおはして坊の軒まで車をよせて、案内をいはせ給へば、ちかごろひるをたべて候といふ。さりともたゞ上人を見たてまつらん、いまは見かへらじとありけれは、さらばいらせ給へとて、坊のしとみのもととりのけて、あたらしき筵しきていらせ給べきよしを申たれば、人にかゝりて入給ぬ。持経者水あみてとばかりありて、たけたかやかなる僧のやせたるぞいできたる。見るにいとたうとし。申やう、風のおもく候へばくすしの申にしたがひて、ひるをたべて候也。されどかくおはしまして候へば、いかでかはとてまいり候なり。法華経は浄不浄ゑらせ給べき経にもおはしまさねば、誦たてまつらむに何条事かは候はむとて、ずゞをおしもみてよりける程に、いとたのもし。わかくびにてを入てひざを枕にせさせたてまつりて、寿量品をうちあげてよむこゑ、いとわかく貴事もありけるはとおぼゆ。しはがれたるこゑのくうつきて、あはれなる事かぎりなし。持経者の目より涙をはらはらとおとしてするまゝになくことかぎりなし。その涙ほとをりふしたるむねにひやうかにかゝる。それよりひへひろごりて、うちふるひ〳〵し給て、二返許おしかへし誦するほどにさめ給ぬ。

心ちいとあざやかに、なごりなくおこりはて給ぬれば、返々のちの世まで契て帰給ぬ。（『異本紫明抄』所引「宇治大納言物語」）▼注(14)

今西は、右の説話叙述と、『源氏』若紫の叙述との表現レベルにまで至る近似——波線部を相互に対照されたい——に着目し、本話が、准拠的な位置づけにあることを論証する。そして、この説話の主人公藤原公季《きんすえ》が「三位中将」時代に「「わらはやみ」譚の発生」があり、その「生成の現場に」、「紫式部」が「居合わせた」可能性にまで言及するのである。

「宇治大納言物語」自体は、源隆国《たかくに》（一〇〇四〜七七）以前に遡り得ない資料である。だがすでに島津久基の慧眼は、右の説話には古い原話や伝承があったはずで、それが「恐らく素材上に影響してゐる所があると推測する事が許されてよい」（島津久基『対訳源氏物語講話　若紫』）と看破していた。今西は、そうしたことを、新たな視点から読み取ってみよう、というわけである。ただし問題は簡単ではない。両書には、地名比定の上で、致命的に大きなずれがあった。

しかしながら、その『宇治大納言物語』の本文には、わずか一箇所ではあるが、その推測に水をさす事柄が存在する。それは、三位中将が「わらはやみ」の治療に出かけた先が『源氏物語』の舞台「北山」ではなく、「東山」であったと明記されている点である。（今西前掲論文続き）

しかしそれもまた、今西には想定の上であった。同論文はこう続く。「ところが、実はこの

(14) 論述の都合上、この資料の引用は今西論文による。波線は引用者。

話には、他に二つの、微妙に異なる伝承が今日に残されていた。しかもその二種の異伝において「わらはやみ」の治療の場所はいずれも「東山」ではなかったのである」(同上)。「その二種の異伝」とは、説話集研究において、散佚《さんいつ》「宇治大納言物語」を多くの説話の共通母胎とすると推測されている二つの説話集――『今昔物語集』と『宇治拾遺物語』▼注(15)――所載の類話である。それらが、その場所を「東山」ではなく、「京ノ西」、いわゆる「大北山」に相当する地を説話の場所としていることを、今西は指摘する。『宇治拾遺』については全文を、複数の出典からなる『今昔』については、該当部のみ、ここに引用する。

今昔《いまはむかし》、京ノ西ニ神明《じんみやう》ト云フ山寺有リ。其ニ睿実《えいじつ》ト云フ僧住《すみ》ケリ。(中略)

而ル間、閑院ノ大政大臣ト申ス人御《おはし》ケリ、名ヲバ公季《きんするゑ》ト申ス。九条殿ノ十二郎ノ御子也。母ハ延喜ノ天皇ノ御子ニ御《おは》ス。其ノ人、其ノ時ニ、若クシテ三位ノ中将ト聞エケルニ、夏比《なつのころほひ》瘧病《わらはやみ》ト云フ事ヲ重ク悩ミ給ヒケレバ、所々ノ霊験所ニ籠《こもり》テ、止事無《やむごとな》キ僧共《ども》ヲ以テ加持《かぢ》スト云ヘドモ、露《つゆ》其ノ験《しるし》無シ。然レバ、此ノ睿実、止事無キ法花ノ持者也ト聞エ有テ、其ノ人ニ令祈《いのらせ》ムト思テ、神明ニ行キ給フニ、例ヨリモ疾《と》ク賀耶河《かやがは》ノ程ニテ、其ノ気付《けつき》ヌ。「神明ハ近ク成ニタレバ、此レヨリ可返《かへるべ》キニ非ズ」トテ神明ニ御《おは》シ付ヌ。房ノ檐《のき》マデ車ヲ曳寄《ひきよせ》テ、先ヅ其ノ由《よし》ヲ云ヒ入《いれ》サス。持経者ノ云ヒ出ス様、「極《きはめ》テ風ノ病《やまひ》ノ重ク候ヘバ、近来蒜《このごろひる》ヲ食《くひ》テナム」ト。而ルニ、「只聖人ヲ礼《をが》ミ奉ラム。只今ハ可返《かへるべ》キ様無《やうなし》」ト有レバ、「然ラバ、入《い》ラセ給ヘ」トテ、蔀《しとみ》ノ本《もと》ノ立《たて》タルヲ取去《とりさり》テ、新キ上莚《うはむしろ》ヲ敷テ可入給《いりたまふべ》キ由ヲ申ス。三位ノ中将殿、人ニ懸《かかり》テ入テ臥シ給ヌ。持経者ハ水ヲ浴《あむし》テ暫許《しばしばかり》有テゾ出来《いでき》タル。見レバ、長高《たけ》

(15) これらの説話集と散佚「宇治大納言物語」の関係についての私論は、拙著『説話集の構想と意匠 今昔物語集の成立と前後』勉誠出版、二〇一二年参照。

クシテ痩セ枯レタリ、現《あらは》ニ貴気《たふとげ》ナル事無限《かぎりな》シ。

持経者、寄来《よりきたり》テ云ク、「風病ノ重ク候ヘバ、医師《くすし》ノ申スニ随テ蒜《ひる》ヲ食《くひ》テ候ヘドモ、態《わざ》ト渡ラセ給ヘレバ、何《いか》デカハトテ参候《まゐりさぶらふ》也。亦、法花経ハ浄・不浄ヲ可撰給《えらびたまふべ》キニモ非ネバ、誦シ奉ラムニ何事カ候ハム」ト云テ、念珠ヲ押攤《おしもみ》テ寄ル程ニ、糸憑《いとたの》モシ、貴シ。三位ノ中将殿ノ臥《ふし》給ヘル頸《くび》ニ聖人ノ手ヲ入レ給《たまひ》、膝ニ枕ヲセサセテ、寿量品ヲ打出《うちいだ》シテ読ム音《こゑ》、世ニハ然《さ》ハカク貴キ人モ有ケリト思□。音《こゑ》高クシテ、聞クニ貴ク哀ナル事無限《かぎりな》シ。持経者、目ヨリ涙ヲ落シテ、泣々《なくな》ク誦スルニ、其ノ涙、病者ノ温《あたたまり》タル胸ニ氷《ひや》ヤカニテ懸《かか》ルガ、其レヨリ氷《ひ》エ弘《ひろ》ゴリテ、打チ振ヒ度々《どど》為《す》ル程ニ、寿量品三返許《さんべんばかり》押シ返シ誦スルニ、醒《さ》メ給ヌ。心地モ吉ク直《なほ》リ給ヒヌレバ、返々《かへすがへ》ス礼《をがみ》テ、後ノ世マデノ契《ちぎり》ヲ成シテ返《かへり》給ヒヌ。其ノ後発《おこ》ル事無シ。然レバ、此ノ持経者ノ貴キ思《おぼ》エ、世ニ其ノ聞エ高ク成ヌ。（下略）（『今昔物語集』十二—三十五）

むかし、閑院大臣殿〈冬嗣〉、三位中将におはしける時、わらは病《やみ》を、重くわづらひ給けるが、「神名《じんみやう》と云所に、叡実といふ持経者なん、童病《わらはやみ》はよく祈落《いのりおと》し給」と申人ありければ、「此持経者に祈《いのら》せん」とて行給《ゆきたまふ》に、荒見川の程にて、はやうおこり給ぬ。寺はちかく成《なり》ければ、此《これ》より帰《かへる》べきやうなしとて、念じて神名におはして、房の簷《のき》に車を寄《よ》せて、案内をいひ入給《いれたまふ》に、「近比《ちかごろ》、蒜《ひる》を食侍《くひはべ》り」と申《まうす》。しかれども、「唯《ただ》、上人を見奉《みたてまつ》らん。只今まかり帰《かへる》事、かなひ侍らじ」と有《あり》ければ、「さらば、はや入《いり》給へ」とて、房の蔀下立《しとみおろしたて》たるを取《とり》て、あたらしき莚敷《むしろひき》て、「入《いり》給へ」と申ければ、入給ぬ。

持経者、沐浴《もくよく》して、とばかり有《あり》て、出合《いであひ》ぬ。長《たけ》高き僧の、痩《やせ》さらぼひて、見《みる》に貴《たふと》げなり。

僧申《まうす》やう、「風重く侍《はべる》に、医師《くすし》の中《まうす》にしたがひて、蒜を食《くひ》て候也。それにかやうに御座《おはしまし》候へば、いかでかはとて参《まゐり》て候也。法花経は浄不浄をきらはぬ経にてましませば、読《よみ》奉らん、何条《なんでう》事か候はん」とて、念珠を押摺《おしすり》て、そばへ寄りきたる程、尤《もつとも》たのもし。御頸《くび》に手を入《いれ》て、我が膝を枕にせさせ申《まうし》て、寿量品をうち出して読む声、いとたうとし。さばかり貴きこともありけりとおぼゆ。すこしはかれて（すこし、しはがれての誤か）、高声に誦《よむ》声、実に哀也。持経者、目より大《おほき》なる泪《なみだ》をはら〳〵と落して、泣《なく》事限《かぎり》なし。其《その》時さめて、御心地いとさはやかに、残《のこり》なくよくなり給《たまひ》ぬ。返〳〵《かへすがへす》後世まで契《ちぎり》て、帰り給ぬ。それよりぞ有験《うげん》の名は高く、広まりけるとか。（『宇治拾遺物語』一四一話）

この二つの説話は、「宇治大納言物語」と時に同文的に重なりながらも、小さな違いをいくつか持っている。その一つは、『宇治拾遺』の古本系のみが「閑院大臣殿」に「冬嗣」と割注することであるが、これは誤伝であろうか。もう一つは、若き三位中将時代の彼が訪れる場所について、『今昔物語集』では「京ノ西神明ト云フ山寺」「神明ニ行キ給フニ、例ヨリモ疾ク賀耶河ノ程ニテ」とあることだ。『宇治拾遺』にも「神名といふ所に（中略）荒見川の程にて」と具体的地名が書かれているが、両書とも、名称も、その比定される位置も、「宇治大納言物語」とは異なっている。「神名（明）」の実態は不明であるが、流れている川については、『今昔』『宇治拾遺』いずれの注釈も「紙屋川」（現天神川）であることをいう。▼注(16) 先に今西が注意した「紙屋川」が、『今昔』や『宇治拾遺』の別伝には、むしろ明確に描かれていたのである。そのことを確認しつつ、『今昔』と『宇治拾遺』という、「宇治大納言物語」系とされる古い説話集所引の伝承が、とも

(16) たとえば引用の底本とした、新日本古典文学大系のそれぞれ当該部の脚注参照。

に「東山」ではなく、大北山を予想させる地名を説話の舞台としていることを、今西は鋭く指摘している。[注(17)]

## 6　通底するもの——拭いがたい鞍馬寺の像

角田の大雲寺説と今西の西園寺説とは、方向を大きく違えつつも、お互いそれぞれの論拠をもとに譲らない卓論である。だが、この二説には、一点の共通点があることに注意を払っておきたい。それは、両者の説に潜在する、拭いがたい鞍馬寺の影である。

角田は、旧説がことさらに鞍馬寺を比定することについて、その「つづら折」が著名であることなどを挙げて、「理由のないことではなかった」と認めていた。にもかかわらず、「しかし静かに思案を廻らしてみると、この『なにがし寺』を鞍馬寺に擬することは、到底許されない」という物言いで、鞍馬寺説否定論を進めていったのである。

一方、都の北方郊外、東と西とで、位置を大きく異にする「大北山説」の神名寺などを想定する今西も、実は鞍馬寺を視界から捨て去ったわけではない。『源氏』若紫には、鞍馬寺への連想は維持されているとして、次のように述べていた。

> 『紫明抄』が指摘した通り…「つゞらをり」とは必ずしも鞍馬寺固有のものではなかったかもしれない。だが、「近うて遠きもの……鞍馬のつゞらをりといふ道」という『枕草子』の一節は、当時、すでに「つゞらをり」といえば鞍馬という連想がむつかしくはなかった

(17) 散佚「宇治大納言物語」の記述が、本来「東山」とあったか否か、それは今確定することができないが、説話集研究の通説に従えば、「宇治大納言物語」を共通母胎とすると考えられている説話集である『今昔』と『宇治』とが、言葉ではなく、方向や地域レベルで一致する叙述を見せている以上、ここは『異本紫明抄』の「東山」という記述の方に、例外性を認めるべきであろう。そこには、誤写や、あるいは注解を前提とした意識的改編も視野に入れておく必要がある。たとえば「宇治大納言物語」の波線部、「皺嗄れ声の功つきて、哀れなる」という表現が似すぎていることなどから、「内容の事実としては先行しても、表現の上では却つて若紫の詞句に模した点が見られ得る」と島津が留意した点も関連することがらである。今西は、それに類した「表現が『宇治大納言物語』に先行する原話の段階で存在し、それが『源氏物語』に継承されたと考えることも不可能ではない」と注するが、もちろんその可能性を念頭に置きつつも、『河海抄』などでは

ことを十分にうかがわせる。北山の神名寺という山寺を舞台とする公季の「わらはやみ」説話をふまえて、光源氏の「わらはやみ」を物語る『源氏物語』若紫巻が、あまりにもあらわな典拠説話との一致を避けて、鞍馬だと読めば読めるようなおぼめかしをその舞台に対して施したとは考えられないだろうか。このような観点に立つとき、光源氏の「わらはやみ」を加持した「行なひ人」の存在も、鞍馬に結びつけて読むべきものかもしれない。というのも、『源氏物語』に先立つ『うつほ物語』において、鞍馬の「行なひ人」が大きく扱われているからである（忠こそ…春日詣などを挙例、中略）

若紫巻における「つゞらをり」、そして「行なひ人」といった鞍馬との因縁浅からざる景物の点描は、この巻の「北山」が、「わらはやみ」説話の典拠から離れて鞍馬として読まれることを計算し、あるいは期待した作者の意図を示すものであったかもしれない。その意味では、『河海抄』以下、近代の諸注に至る若紫巻「北山」の読み方は、少なくとも『源氏物語』の作者の意に叛くものではなかった。ただし、「なにがし寺」が鞍馬ではないかと読者に思わせる「つゞらをり」や「行なひ人」が、実は「なにがし寺」の典拠、つまり鞍馬寺ならぬ本当の「なにがし寺」を隠すために作者が張った煙幕であったとすれば、『河海抄』以後の注釈史はその作者のたくらみにまんまとひっかかったことになる。（「公季と公経――「北山」考（二）――」初出一九八四年）▼注(18)

たとえば、清水好子が述べる准拠論の拡がりと方法▼注(19)などを念頭に置けば、右はすでに、鞍馬寺准拠論と呼ぶべき論法ではないか。その後半の「作者の意図」の分析も、准拠論的視点から

時折見られる、注解行為上の意識的無意識的改編の可能性（本書第八章参照）も考慮すべきである。もし後者だった場合、物語の理解に沿うように、注釈者が本文を変えてしまったのだとしたら、「東山」という表現を選んだ『異本紫明抄』の撰者は、『源氏』の「北山」が説話に見える京都の北西ではなく、あくまで東の方向にあったと考えようとしていたことになり、別の意味で興味深い異伝として再浮上する。

（18）『源氏物語覚書』所収。

（19）『源氏物語論』塙書房、一九六六年、『源氏物語の文体と方法』東京大学出版会、一九八〇年など参照。

見て興味深いものである。[注(20)]

ただし、今西がここで注意している鞍馬寺のイメージが、わずか「若紫巻における「つゞらをり」、そして「行なひ人」といった鞍馬との因縁浅からざる景物の点描」に限定されているかのようにみえるのは、少し残念である。この程度のイメージでは、たしかにその比重は皮相的なものとなり、「作者の意」が鞍馬を「煙幕」として使用したかのように見えるのも無理はない。今西は当該論文では角田文衛「北山の『なにがし寺』」に触れないが、[注(21)]今西もまた、角田と同様の限定の中で、鞍馬寺をイメージしているようにみえる。角田説以降、『源氏』研究においては、鞍馬寺自体の再考察は殆ど成されず、その否定説だけが跋扈する観がある。だとしたら、そこには少なからぬ陥穽が存在する。

かつて小町谷照彦は、汗牛充棟《かんぎゅうじゅうとう》の感を呈し始めていた〈北山のなにがし寺〉の比定諸説を承けて、「推論はそれぞれに魅力的な説得性があり、その中のいずれか一つを採るというよりもむしろそれぞれが何らかの形で「若紫」の「北山」の形成にかかわっているというように今の所は考えておきたい」、とした上で、「歌語としての造型力という点から」、「古注の鞍馬寺説も一概に捨て去りがた」いという。そして、和歌に見える「北山」「鞍馬」の用法を論じながら、次のように述べている。

…「鞍馬」は「北山」の聖地として季節の情景と深くかかわり合いながら王朝の人々の脳裏に強く刻みつけられているのであり、枕草子「近うて遠きもの」の「鞍馬のつづら折りといふ道」も「鞍馬」でなければ印象が浮かばないといった、ぬきさしならない結び付き

(20)『源氏物語』はこうした輻輳する准拠の設定により、読者にあえて「ミスリード」(mislead, misread)を仕掛けることがある。前掲拙著『日本文学　二重の顔』第二章など参照。

(21) 今西はこの論文の段階では角田説に触れないが、「《座談会》源氏的なるもの」(今西祐一郎・小峯和明・田渕句美子・鈴木淳(司会)、『文学』隔月刊第四巻・第四号、二〇〇三年七、八月号)の中で角田論に批判的に言及している。

があるように思われるのである。「若紫」の「北山」は勿論「鞍馬」そのものではないが、その舞台設定に「鞍馬」の印象が何らかの形でかかわっていることを一概に否定できない気もする。近年の准拠説に合理的な説得性を認めながらも、旧注以来の「鞍馬」という地名の持つ語としての魅力にどうも傾斜していかざるを得ないのである。花紅葉の美しい地としての「北山」、信仰の対象の聖地としての「鞍馬」、それはまた歌語としての歌枕的な地名であり、「北山のなにがし寺」はそのような言葉の表現性の上に成り立った言語的な時空なのである。（注（7）所掲、小町谷照彦「北山の春―歌語の形象性」初出一九八〇年）

さらに小町谷は、「鞍馬」＝「暗」という連想をもつ和歌を多く挙例し、『袖中抄《しゅうちゅうしょう》』巻四の「鞍馬山のうず桜と続くるは飾り馬の唐鞍の雲珠《うず》にそへたり」という一節を引用して、「「鞍」の縁語としての「うず桜」が歌語として定着してくるようになる」こと、そして鞍馬が、そのように多くの和歌に描かれたばかりでなく、「現実でも桜の美しい場所であった」とも述べる。そして鞍馬山と「同一視することができる」歌語「くらぶ山」に着目し、「「くらぶ山」の方がやや古く用法も幅広い、「くらま山」を包含するような根強い歌語であったように思われる」と推定した上で、『源氏物語』との関係を次のように指摘している。

「くらぶ山」は源氏物語ではこの「若紫」でもっとも重要な場面、藤壺との逢瀬の際に飽き足りない思いで夜明けを迎える光源氏の心情を表現するのに、ただ一例用いられている。

何ごとをかは聞えつくしたまはむ。くらぶの山に宿《やどり》も取らまほしげなれど、あやにくなる短夜《みじかよ》にて、あさましうなかなかなり。…
「北山」に「くらま山」「くらぶ山」の印象を読み取った時、紫の上を見出したこととこの逢瀬の場面で「くらぶ山」の表現がみられることとを関連づけできるかどうかはともかくもしても（中略）暗いという語感から藤壺に対する叶いがたい思いに懊悩する光源氏の心情を底流に汲み取ることもできようし……「鞍馬」という歌語、あるいは宗教的自然的風土として王朝人になじみ深い「鞍馬」という地を考慮してみると、直接的に結び付けるわけでは勿論ないが、旧注の鞍馬寺説をもう一度再評価してみてもよいのではないかと思われる。（以上、前掲論文）

この優れた分析は、看過し得ない提言を含んでいる。原岡文子は、小町谷説を踏まえて、「「暗」「黒」、「鞍馬」という繋がりがここで結ばれ、冒頭の「なにがし寺」を自ずから種明かしするという構造が取られているのではなかろうか」と述べ、「拓かれた仏教空間が、北山、なにがし寺、即ち「鞍馬寺」に映像を結ぶものであることは、同時に「暗」「黒」というイメージを巻冒頭から底流させることになる」として、「瘧病《わらはやみ》を患い、「暗」にイメージを繋ぐことのできる北山、「なにがし寺」に赴く主人公が、暗く滾《たぎ》る情念を潜めたものであることは、冒頭から確認される。藤壺との逢瀬が若紫の巻ではじめて具象化されるのは、この意味からも決して偶然ではない」▼注(22)と、物語の根幹の論理との連続に言及する。

だから「鞍馬寺説が否定された以上「なにがし寺」を、それ以外の地に求める必要が出てくる」▼注(23)などと考えるのは、史実上も、そしてなにより文学上において、早計である。『源氏物語』

(22) 原岡文子「若紫の巻をめぐって―藤壺の影―」（同著『源氏物語の人物と表現　その両義的展開』翰林書房、二〇〇三年所収、初出一九八五年）。
(23) 谷岡治男「「北山」考―古今集・源氏物語地理考証」（『皇學館大學論叢』第六巻三号、一九七三年）。

理解のために、鞍馬寺説は、様々な視点から再考されなければならなかったのである。

## 7 新出『鞍馬縁起』と鞍馬寺像の再構築

こうして先行諸説を読んで思うことは、新しく比定される場所については、いくつか新しい観点や資料が提出されるものの、否定的扱いをされた鞍馬寺の実態については、意外に再考や読み直しがなされていない、ということである。たとえば、今西論が逆説的に提示する若紫巻の鞍馬のイメージは、「つづら折り」と「行なひ人」の存在を主とするばかりだったが、それにもかかわらず鞍馬寺は、若紫のなにがし寺との間に相応の類似性を主張する。私たちは、鞍馬寺そのものについて、本当はもう少し考えてみるべきだったのではないだろうか。

実は、角田説が提出されたのとほぼ同時期に、西口順子によって、すでに重要な史料の紹介がなされていた。それは、橋川正『鞍馬寺史』の叙述を塗り替え、古代の鞍馬寺イメージを大きく変換させるものだったのである。

その重要な史料とは、無動寺蔵本、大津・法曼院所蔵（叡山文庫寄託）の『鞍馬縁起』である。西口順子によって紹介翻刻されたこの史料は[注24]、従来の『鞍馬蓋寺縁起』相当部に加え、同縁起にはない多くの記述を有し、その部分の記述が、鞍馬寺の歴史的全体像把握と再構築とに重要な意味を持つ。角田論文刊行の前年、昭和四十二年（一九六七）に紹介された無動寺蔵本『鞍馬縁起』[注25]は、新出資料とはいうものの、すでに、四〇年以上の時を経た史料である。しかも近時、西口順子『平安時代の寺院と民衆』（法蔵館、二〇〇四年）に改訂して再収されたものである。

（24）西口順子「史料紹介　無動寺蔵本『鞍馬縁起』」（『史窓』二五号、京都女子大学史学会、昭和四十二年三月）が初出。

（25）本書の書名については、「本書の表題は、表紙と扉に『鞍馬縁起』とあるが、正しくは第一頁冒頭に記す『鞍馬蓋寺御縁起』である。ここでは活字本を区別するため『鞍馬縁起』とする」と西口論文が指摘するとおりである。西口論文の呼称を承け、流布本との書名の混同を避けるため、本章でも『鞍馬縁起』という書名で統一する。

ところがその記述は『歴史地名大系　京都市の地名』（平凡社、一九七九年）などにも、十分には反映されていないようで、認知度に疑問がある。

そこでまず、無動寺蔵本『鞍馬縁起』の内容と成立について、西口の解説を概観して資料性を確認し、その上で、本論に関連する部分の記述を分析していこう。

西口は、『鞍馬縁起』に付せられた「三通りの奥書」の分析から、この無動寺本の成立事情を説明する。詳しくは西口の論に就かれたいが、要点を摘記すれば次の如くである。

『鞍馬縁起』の内容は大きく二つに分けられる。前半は創建にはじまる十の霊験譚と別当次第を記し、後半は内容・文体を異にする。…前半部分…これは…興朝撰の縁起をもとに天永四年永慶が撰したものである。（中略）さて、縁起の前半のうち、創建から藤原在衡《ありひら》の事蹟中湯釜施入までの十話は、『群書類従』および『大日本仏教全書』に収められた『鞍馬蓋寺縁起』と同じ内容のものである。

両書とも、永正十年（一五一三）細川高国《たかくに》が鞍馬寺に寄進した絵巻の詞書を、鞍馬寺円蔵坊の延慶が書写したものによっている。（中略）無動寺本縁起と、内容および説話の排列順序はまったく同一である。ただし、絵詞の末尾が「しかのみならず洪鐘一口を鋳成す。湯釜一口〈二石納〉同在衡之施入也」で終わるのに対し、無動寺本ではこれに続いて鐘銘《しようめい》を記しさらに数頁を費やして在衡が右大臣に至り、天禄元年（九七〇）に没するまでを述べている。絵詞が施入で終わっているのは、絵巻作者がこの部分で切ったことを思わせ、何か中途半端の感じがしないでもない。

さらにこの絵詞で注意されるのは、絵詞が漢字仮名交り文で書かれながら、ところどころ漢文体の部分をそのまま残していることである。無動寺本縁起と比較すると、仮名体の部分は、若干異なった点もあるが大部分が直訳で、送り仮名をそのまま記す部分もある。漢文体の部分が同一で、返点、送り仮名とも無動寺蔵本に合致する。

以上の点から考えて、絵詞は無動寺蔵本奥書にみえる永慶撰縁起を暦応三年書写したものの系譜を引く一本か、あるいは二つの縁起を併せ書写した秀芸の本か、どちらかによって作成されたものと考えられる。

さて、無動寺蔵本では続いて別当次第を記している。(『平安時代の寺院と民衆』)

このように、無動寺蔵本『鞍馬縁起』と、群書類従や仏教全書に所載される流布本『鞍馬蓋寺縁起』との関係は、前者『鞍馬縁起』の前半の冒頭十話ほどが『鞍馬蓋寺縁起』の全体に相当する、というものである。一方『鞍馬縁起』の後半には、従来知られていなかった藤原在衡の詳細な官歴と、鞍馬寺の別当次第や、鞍馬寺来由、また堂舎一覧ほか多くの記述が付載されており、それらが新出部分に相当する。この史料によって、橋川正の論述、及びそれに立脚する鞍馬寺像は、大きく変換を余儀なくされることとなると、つとに西口は述べていた。

…さて、無動寺蔵本ではつづいて別当相承を記している。鞍馬寺の宝亀元年鑑禎《がんちょう》創建については伝承の域をでないが、伊勢人建立、峯延入寺はほぼたしかと思われる。峯延以来鞍馬寺は東寺の下にあったようである。寺伝では天台座主忠尋の時西塔別院になったというが（「鞍馬寺誌稿」・橋川正「鞍馬寺史」）、寛仁二年（＝一〇一八）ごろから賀茂社と叡山が争い、鞍馬も叡山側として関係していたようで、すでに叡山下にあったらしい（「小右記」寛仁二年十一月一日条、以下四年までしばしばみえる）。
縁起では叡山の僧が別当になったのは運増の時とする。運増は天徳三年（＝九五九）、氏人藤原扶顕の挙状によって任ぜられたという。別当補任が師資相承によらず氏人挙状による場合、同族より僧侶になったものがえらばれることは例が多い。…運増の次の安源も氏人峯直の姪の子である。年少の運増があえて任ぜられたのは、こうしたケースの補任だったのではあるまいか。勿論運増は当初寺務にたえず、かわって師の勧命が寺務を執行した。観命は西塔宝幢院検校である（「僧官補任」宝幢院検校次第）。鞍馬寺が叡山西塔末になったのは、勧命が寺務を執行したことが契機になったものであろう。運増歿後定心院の安源が氏人出身者として別当になったが、以後は運増の門弟をもって別当が任ぜられることに定められた。師資相承による補任はこうして運増の遺弟すなわち西塔系僧侶によるものと定められたのである。のち鞍馬寺より別当が補任されることになっても、本院として西塔の発言権は強く、別当は鞍馬寺、検校は西塔の僧侶というかたちで支配をうけるのである。（中略）
無動寺蔵本『鞍馬縁起』…によって新しく知られる点は多い。とくに、現行縁起の原本にあたるものが、平安時代に成立し本書がこれを伝えていること、平安時代における鞍馬寺の別当相承、叡山との関係を明らかにしうるなど重要と思われる。また内容、系統を異にする後半の縁起についても、中世鞍馬寺の信仰形態を知る上に興味深い材料を提供するものである。無動寺蔵本「鞍馬縁起」によって、橋川正氏の労作「鞍馬寺史」の平安時代の項は、かなりの部分が訂正を要することになろう。……

最後の二重傍線の部分を、西口は単行書に納める際に削除してしまっているが、重要な提言であると考え、ここでは敢えて初出旧稿を掲載した。右に示唆されるように、鞍馬寺について、多くの研究者が前提とした橋口『鞍馬寺史』の平安時代の記述が書き換えられてしまうとしたら、その変更点は是非とも確認しておかなければならない。

さて、鞍馬寺観を変える最大の点は、右に西口が詳細に論じるように、十世紀半ばの天徳三年、叡山の僧・運増（「延暦寺西塔普門院供僧」）が別当になり、若い彼に替わって師の勧命が寺務を執行したと縁起が伝えている点である（「但シ（運増は）下臈年少之間、於二寺家執行一ニ者、可レ請二益本師勧命供奉一者」）。またそれを契機として、別当には比叡山西塔系僧侶が補任されるものとなった、ということが確認される。それを傍証するかのように、十一世紀初頭、鞍馬は、賀茂社と叡山の争いの祭に、叡山の側についた、という歴史的事実が示される。紫式部の時代の直前に、鞍馬寺は既に大きな変貌を遂げていたことになる。すると、先に掲出した角田の鞍馬寺否定説の重要な論点であるところの「ところが鞍馬寺は初めから真言宗に属しており、天台宗に転向したのは、十一世紀の末か十二世紀の初めのこと」という主張は、成り立たなくなるのである。

角田がそう論じようとした理由の一つに、若紫の記述に登場する、阿弥陀堂と法華三昧堂の所在があった。『若紫』によると、この『なにがし寺』には、阿弥陀堂や法華三昧堂が存したこととなっている。それは、この寺が天台宗の寺院であることを証示している」と論じて、角田は、先の否定説を続けていたのであった。議論の確認のために、当該の『源氏』本文を再掲載しておこう。

> (僧都は)「阿弥陀仏ものし給ふ堂に、することはべるころになむ。初夜《そや》いまだ勤めはべらず。過《す》ぐしてさぶらはむ」とて、のぼりたまひぬ。(中略)
> 僧都おはしぬれば、(源氏は)「よし、かう聞こえそめはべりぬれば、いと頼もしうなむ」とて、おしたてたまひつ。
> 暁《あかつき》がたになりにければ、法華三昧《ほけざんまい》行ふ堂の、懺法《せんぼふ》の声、山おろしにつきて聞こえくる、いと尊く、瀧の音に響きあひたり。

ところが興味深いことに、新出『鞍馬縁起』後半の記述の中には、鞍馬寺について、阿弥陀堂と法華三昧堂を含む、諸堂塔の列挙があるのである。西口論文は次のように説明する。

> 縁起の後半は(中略)鞍馬寺の信仰形態を知るうえに興味深いものである。まず鞍馬寺について、鑑禎創建の当初から「群品抜済ノ仙跡、自然涌出ノ霊山」と霊験の地であり、毘沙門天を安置する本堂を中心に、法華三昧道場、一切経蔵、金堂、講堂その他の堂塔の建ち並ぶさまを記し、本尊毘沙門天の利益、常住僧侶の苦修練行を物語る。ついで堂舎建立・造仏・神社再興の徳を説いて縁起を終わっている。(西口前掲論文)

「二三梵宇の精舎巍々《ぎぎ》たり、一十余社の瑞籬《ずいり》(みづがき)鏤々《ろうろう》たり」と始まる堂舎一覧のうち、はじめの「毘沙門天を安置する本堂」に関する詳述は、いま直接関わらないので省き、それ以下を、原文を訓読して示す。▼注(26)

法華三昧の道場　一切経蔵　護摩堂　金堂　講堂　鐘楼堂　五重の搭婆　二階の楼門　念仏三昧の道場　観音堂　阿弥陀堂　文殊堂　釈迦堂　薬師堂　地蔵堂　大日堂　二八の律院　五八の房舎　十王堂　仏閣甍《いらか》を幷《なら》べ…

右の列挙部分の位置付けについて西口は、先の西口論文の引用では（中略）としたところで次のように説明していた。すなわち「縁起の後半は奥書の（二）、すなわち理光の書写した縁起によって記す部分である。前半の縁起のように個々の説話に分かれず一つのまとまったもので、文体も前半とは異なっている。文体からみて中世以前に遡ることは無理と思われるが、内容は鞍馬寺の信仰形態を知るうえに興味深いものである…」と。従って記述内容には史料批判が必要であるが、西口はこの「縁起の成立事情」の「一切が不明であ」る、としつつも、この堂舎一覧部分の成立を次のように推定している。

さてこの縁起は、造寺・造仏・造社の徳について、いく度も繰り返し述べている。（中略）後半の縁起の約半分はこのような内容で占められている。……縁起の内容から考えて、作成の目的はおそらく新たなる堂舎鎮守社の建立を勧めるためのものであるとみてよい。だとすると鞍馬寺が焼失し、堂舎その他が失われ、ここに復興勧進のため、この縁起が作

（26）これ以下に示す『鞍馬縁起』の本文は、西口前掲論文所載の翻刻に従い、傍訓を生かしながら、適宜句読点を補い、一部文字を訂して、平仮名交じりに訓み下した形で引用する。原本写真との照合について、藤原重雄の示教を得た。

成された、と考えられないであろうか。鞍馬寺は、大治、嘉禎、長禄の三度火災で焼失している。「奥書の明徳三年という年代から考えて、長禄年間（一四五七―六〇）はおそく、文中に「公武尊賤瞻仰」などと記すところからも大治のものとも思われない。とすると嘉禎の火災であろう。

嘉禎四年（一二三八）閏二月十六日、小堂の失火から全焼、毘沙門天像は焼失をまぬがれた。幕府より馬三匹と砂金、朝廷から造営修理料として十万疋が送られた。復興ははかどらず、炎上から十年後の宝治二年（一二四八）二月に至ってやっと落慶法要が営まれた。

よって確実な記述の根拠は十三世紀前半のこととなるが、それはどこまで遡ることができるのか。そのことを考えるためには、この『鞍馬縁起』前半の「別当相承」について誌す部分のうち、十一世紀初～中頃にかけての堂舎改築の記事に注目される。

寛和（＝寛弘の誤り）睦捻（＝六年、寛弘六年は一〇〇九年）十二月除夜（つごもり）、別当房焼失の間、師資相承の顕密の法文幷びに当寺の縁起、悉く以て灰燼と為す。氏人長能、参詣の次で、縁起焼失の事、殊に以て鬱陶す。後記に備へんが為に、興朝大徳粗《ほぼ》大概を注す。興朝の後、次の別当康禅大徳、次の別当普門院陽茂阿闍梨、万寿年中、聊か修造を加ふ。時に住僧の中に弘仁大徳と云ふ者有り。観音堂の破壊せるを見て、大慈悲の弘願を発して、長元六年晩夏の黎《ころほひ》、土木の功を終ふ。〈元は三間四面の堂也。五間四面に改作す〉長暦参捻、別当陽茂、常行三昧堂を造立し、供僧を定め置く。（中略）康平元捻秋、常行堂に於いて引声念仏を始

> めて、本院の先達厳誓を以て、伝授の師と為す。永く捻事と為し、敢へて失墜せず。治暦年中、別当日照、御堂を修造す〈東西の庇《ひさし》を加へ、又四面を攘ひ、根本の柱は柏木一本を以て、三間四面の堂を立つ。件の柱は古老の説也。或人云はく、後三条院聖勅の語に云はく、彼の柏樹は一夜にして夷と生る（＝大きくなった）、と〉（中略）次の別当義照大徳の時、大衆群議して修造を相企つ。十方の施主、力を戮《ひとつに》して、一山の諸徳、功を運ぶ。或は寸木を捧げ、或は万珎を投げて、成風の称、不日にして就く。〈応徳二年三月十三日庚辰に木造し、六月廿日丙午に旧舎を撤《こぼ》して、七月十日乙刄（寅）礎《いしずへ》、八月五日庚寅上棟、南北庇、各の一同之を加ふ。（下略）〉

西口に拠れば、縁起前半部の成立は、右引用の冒頭に誌された、旧来の縁起類焼失に驚き歎いた長能の命による、別当興朝の縁起作成を承けて、奥書（三）の中の「鞍馬寺住侶永慶は、御縁起焼失ののち、興朝の抄（寛弘年中別当興朝の撰した縁起をさすか）をみたが、これが不完全であったため、古老の伝聞や旧記等を徴して縁起一巻を撰し天永四年（一一一三）仲春に完成した」という記述に相当する。「興朝の縁起はおそらく無動寺蔵本の前半に相当し、藤原在衡の霊験譚までであろう。在衡の話に続いて縁起では別当次第を記し、安源―興朝となっているから、少なくとも興朝のあとの記載は永慶の記したものである。なお永慶は、興朝の縁起について誤りや疑問が多いとして縁起の撰述を志したのであるから、撰述にあたってはたんに訂正するだけではなく、新たに書き加えた部分も存していると思われる。したがって、原縁起には存在しなかった伝承（今それがどの部分であるかは明らかにはしえない）が、永慶の手によって加えられたことも想像できよう」というのである。

別当次第以下に記された前引の堂舎改修の記述は、永慶によるもの、ということになるが、それは、それぞれ壊れたり、痛んだものを改修増築して立派なものにしていったことの記録である。そして観音堂以下、いずれも、『縁起』後半に列挙された堂舎に相当する。ゆえに他の堂舎についても、興朝の時代にはすでに、ほぼ同様の、あるいは類似的な建築が成されていた、と考えてもよいのではないだろうか。

西口が述べるように、鞍馬寺は、紫式部の時代の少し前に、天台宗、比叡山西塔の支配下に置かれるようになっていた。鞍馬寺が十三世紀に炎上した後の資料であると推定されているため、史料批判は必要だが、無動寺本『鞍馬縁起』に拠れば、鞍馬寺には、平安時代、法華三昧院も阿弥陀堂も存在していた可能性が高い、ということなのである。

以上に鑑みれば、角田文衛のいう否定的論拠のうち、次の二点は成り立たないことになる。
（3）「なにがし寺」には阿弥陀堂、法華三昧堂が存し、天台寺院なることを示すが、鞍馬は当初より真言宗であり、天台宗への転向は『源氏物語』より一世紀近く後のことであること。
（4）鞍馬が貴紳参詣の繁栄を示すのは院政期時代からであり、『源氏物語』成立周辺の十世紀末葉〜十一世紀中頃までの鞍馬寺が、格式のある有力な寺院ではなかったこと。
『鞍馬縁起』を参照すれば、鞍馬には「阿弥陀堂、法華三昧堂が存し、天台寺院なることを示す」

ことと、「『源氏物語』成立周辺の十世紀末葉～十一世紀中頃までの鞍馬寺が、格式のある有力な寺院」であったことが、むしろ同時的に両立して浮かび上がる。角田論が鞍馬准拠説否定のために提示した論拠こそが、逆転して、『源氏物語』若紫の「なにがし寺」と鞍馬寺の一致を証明する、有力な傍証となるわけである。

## 8　鞍馬寺の『縁起』再読と「北山」

先に引用した『鞍馬縁起』の堂舎一覧は、次のように続く。

…仏閣甍《いらか》を幷《なら》べ、三尊来迎の紫雲常に靉《たなび》き、大慈与楽の松の響き尾上の雲に吟じ、大悲擁護の巴桜《うすさくら》万木の梢に薫じ、入重《にうぢう》玄文の谷の鶯、止観の窓に囀《さへづ》り、瀟湘耶昔長良志賀歎《サヽナミヤムカシナカラノシカノフフキ》、波母山耶吾建仙《ハモヤマヤハカタツソマヲ》小比叡之嵐《あらし》、阿耨多羅三藐三菩提の菓《このみ》を結び、曠海群生を救はんが為に三身万徳の質《すがた》を顕《あらは》し、軍武長生を度さんが為に、大悲多門天の姿を現す。

『鞍馬縁起』では、「止観の窓」以下、わがたつそま、阿耨多羅三藐三菩提《あのくたらさんみやくさんぼだい》、▼注(27)小比叡以下、明確に天台宗・比叡山の要素を連ねる。そしてまた「つづら折り」の連想を共有する志賀寺との連想をいざなう点に注目しよう。『河海抄』は、「…さゝ波やしがの山ぢのつゝらをり　くる人たえてかれやしぬらん、此歌につきて、つゝらをりは志賀寺歟といふ説あり。僻事也」と『紫明抄』の説を一蹴したのだが、当の鞍馬寺の『縁起』には、鞍馬寺と志賀寺とが、むしろ連想

(27)『和漢朗詠集』『新古今和歌集』などで著聞する伝教大師の和歌「阿耨多羅三藐三菩提の仏たちわがたつそまに冥加あらせたまへ」を踏まえる。

付けて引用されているのである。

このようにして『鞍馬縁起』の記述を再読し、『源氏物語』との比較を行ってみると、すでに流布本として長く読まれてきた『鞍馬蓋寺縁起』相当部にも、『源氏物語』の読解に供すべき、重要な部分が残されていることにも気付くだろう。

昔《むかし》、南京招提寺に一《ひとり》の沙門有り〈鑑真和尚の弟子と云々〉。忍辱を以て衣と為し、慈悲を以て室と為す。志は仏道を求め、意に勝地を羨《こいねが》う。爰に宝亀元稔〈歳次庚戌〉月日、夢に山城の国北方に当たりて、高山有り。殊勝の霊地也、と云々。夢覚めて後、彼の国を指して尋ね行くに、一の野村〈今聞くに、西京木辻の辺也〉に到る。路遠くして日暮る。忽ちに以て止宿す。遥かに北山の青天を望めば、日光朗かにして、紫雲靉靆《あいたい》して、隠映《えい》の気《き》、眼を驚かさざると云ふ事莫し。翌日に及びて、歩みを瑞雲の嶺に投ずるに、心に願ひて云はく、今夢の告げを信じて、山北を来たると雖も、未だ何れの処と知らず。争でか指南を得ん。仍りて須臾の際《あひだ》、休息して睡眠するに、夢の中に高僧告げて云はく、明旦日の出の時、東方に相当して佳瑞を現ずべし、と云々。天曙《あ》けて、之れを瞻《み》るに、朝陽嶺に銜《ふく》み、光彩例より異なり。光の中に異馬有り。白色にして宝鞍を負へり。両の矑《つら》に月を挟めり。逸蹄《いってい》雲を躡《ふ》む。夢哉《や》、夢に非らざる哉《や》と迷ひて弁へ難し。不覚の涙、連洏《めん》として襟《たもと》に満つ。天に仰ぎて之れを望むに、目蹔《しばし》も捨てず。白馬蓋の如くして〈鞍馬蓋寺と号す、即ち此《こ》の謂《い》はれ也〉猶《なほ》し空中に在り。上人の眼に瑞馬在り。意に嶮難を忘れて、忽ちに絶頂に到りて、已に勝地を得たり。地平らかにして掌の如し。草木扶疎《ふそ》たり。

『鞍馬縁起』内題下の割注（「鑑禎和尚本願」）や流布本『鞍馬蓋寺縁起』本文（「鑑真和尚の弟子鑑禎といふ人」）によれば、沙門の名前は「鑑禎」という。彼は奈良から、山城国「北方」の「高山」を目指し、「西京木辻」（右京区花園）に至って、また「北山」を望む。そして「山北」の鞍馬に到着する。『鞍馬縁起』冒頭に描かれる、彼の地の形状である。『鞍馬蓋寺縁起』は仮名交じり文だが、関連部分は、ほぼ同文である。そこには、傍線部のように、「北山」に類する言葉が繰り返し用いられて、鞍馬の位置を説明している。同語の反復による冗長さを避ける表現上の工夫（避板法）により、「北山」という語は一度だけの使用である。つまりは逆説的に、その他の傍線部も、「北山」を表していることになるだろう。鞍馬寺は、まさにその縁起自らが語るところにおいて、まぎれもない「北山」であった。花園のあたりで鞍馬を「東」とは見ずに、「北山」と呼んでいる点にも留意しておきたい。『縁起』ばかりではない。次のような鞍馬寺を叙述した資料にも同様の視点を見出せる。

（「勝地を得て、道場を建立し、観音の像を安んぜむ」と願っていた藤原伊勢人は、ある時王城の鎮守・貴船明神の夢告を受け、「城の北」の「一の深山」を示される。後漢明帝の故事に倣い、白馬を放って少年の従者一人とともに跡を追い、「北山の上」の地にたどり着いた伊勢人は、その地が）夢に異ならず。その萱草の中に、毘沙門天の像を見得つ。始めて一堂を建てて、件の像を安置せり。故《かるがゆゑ》に鞍馬寺と号《な》づくるは蓋《けだし》これなり。（中略）

而る間峰延、東寺に住せり。道の庭に出でて望むに、北山に紫雲を見たり。定めて、知り

ぬ、かの所に霊地あることを。遂に東寺を離れて、遙かに北山に到れり。(『拾遺往生伝』下二・峰延内供、日本思想大系の訓読)

(伊勢人は)寝タル夜ノ夢ニ「王城《みやこ》ヨリ北ニ深キ山有リ。其体《そのてい》ヲ見《みる》ニ、二《ふたつ》ノ山指出《さしいで》テ、中ヨリ谷ノ水流出《ながれいで》タリ。絵ニ書ケル蓬萊山《ほうらいさん》ニ似タリ。山ノ麓ニ副《そひ》テ河流レタリ。此《この》所ニ、年老タル翁出来《おきないできたり》テ、伊勢人ニ告《つげ》テ云《いは》ク、『汝《なむ》ヂ、此《この》所ヲバ知レリヤ否《いな》ヤ』ト。伊勢人、不知《しらざる》由《よし》ヲ答フ。翁ノ云ク、『汝ヂ、吉《よ》ク聞ケ。此所ハ霊験掲焉《けちえん》ナラム事、他《ほか》ノ山ニ勝《すぐ》レタリ。我レハ此《この》山ノ鎮守《ちんじゅ》トシテ貴布禰《きふね》ノ明神ト云フ、此《ここ》ニシテ、多ノ年ヲ積《つも》レリ。北ノ方ニ峯有リ。絹笠山《きぬがさやま》ト云フ。(『今昔物語集』巻十一―三十五)

…然聞夢洛城之北、有㆓一深山㆒…但当㆑北有㆑山。号㆓絹笠山㆒…尋㆓白馬㆒去㆑跡。其跡顕然也。到㆓北山㆒。(『伊呂波字類抄』鞍馬寺の項所引「本朝文集」、校刊美術史料)

『鞍馬蓋寺縁起』はもちろんのことだが、右の用例も、実はいずれも橋川正『鞍馬寺史』に引用され、言及されている記述であった。ところがこれまでは、多くの論文において、鞍馬寺を「北山」と呼称した例がない、という前提で、鞍馬寺説の否定がなされてきたのである。

たとえば松田豊子は、平安期仮名文学作品の「北山」「東山」「西山」の用例分析を踏まえて「京都北方の遠郊地帯に存在する寺院ということになれば、延暦寺と鞍馬寺とだけが、文学作品に登場する。しかし、延暦寺は、「やま」であって、「北山」ではない。だとすれば、「北山になむ」と規定されるのは、鞍馬寺の映像であり、それ以外ではありえない」とまで断定的に鞍馬寺説を主張したことがあった。▼注[28] しかし松田の論には、「鞍馬寺」を「北山」と直接的に呼称した例

(28) 松田豊子「源語北山の表現映像―若紫登場の舞台設定―」(『光華女子大学研究紀要』二〇集、一九八二年)。

が挙がっていない。論理的「推定」に基づいて導き出された比定説であった。谷岡治男は逆に、「六国史・古記録・物語等より「北山」と呼ばれている地域について検索し、ほとんどが現在の京都市北区に含まれる紫野～船岡～金閣寺～鷹峰の地域であ」ると結論づけ、[注29]「鞍馬を「北山」と称した例は今のところ見あたらない」と述べるに到る。[注30]今西以下の諸論考も、概ね同工の認識であった。

　このように、鞍馬寺肯定説においても、逆に否定説においても、橋川の労作で多く挙げられていた重要な徴証と鞍馬寺の根本史料が、なぜか見落とされているのである。橋川『鞍馬寺史』に対する史料批判は、今日の眼でたゆまず行わなければならないが、それはあくまで、偏向せず、正負両面においてなされなければならないだろう。

　たとえば、〈北山のなにがし寺〉比定の第一条件である「晩春の三月末に桜の花がまだ盛りであること」[注31]について。鞍馬が山桜の名所であることは、平安時代の和歌資料などを使って、橋川も述べていることであり、先行研究も注目するところである。だが『鞍馬縁起』には、その桜が「巴桜」と表記され、「ウスサクラ」という振り仮名を付して記録されていた。これもまた橋川が、顕昭『袖中抄』を引いて説明する、鞍馬の「雲珠桜」(うずざくら)のことである。ただしこの「雲珠桜」と『袖中抄』については、先引の小町谷にも言及がある。

　さらにまた、花といえば、『源氏』本文が点描する「名も知らぬ木草の花ども、いろいろに散りまじり、錦を敷けると見ゆるに」という景観は、橋川が「鞍馬の春花は人口に膾炙せらるゝ所」と評するところに通じている。また『源氏』が繰り返すこの山の「霞のたたずまひ」、「はるかに霞みわたりて」けぶれる様子も、橋川が挙例する、

(29) この引用は、岩切雅彦前掲論文のまとめによる。
(30) 谷岡治男前掲「「北山」考——古今集・源氏物語地理考証」。
(31) 『源氏物語事典』「きたやま【北山】」の項（小山利彦執筆、大和書房、二〇〇二年）。

おぼつかなくらまの山の道しらで霞の中にまどふけふかな（『拾遺和歌集』1016）
山ざくら峰はかすみのこめつればふもとの花をおりてこそみれ（『金葉和歌集』初度本15）

という、鞍馬の霞、山の道、山桜との連想の中に、きれい収まる叙述であった。

こうして、鞍馬はやはり、中世以来の多くの読者がそうしたように、〈北山のなにがし寺〉から第一義的に想起される寺院であった。論じてここに至れば、資料性は逆転して、むしろ『源氏物語』の叙述が、いまだ史料乏しい平安時代の鞍馬寺やその近隣のイメージの再建に役立つ同時代的資料となる。そう考えることさえできそうなのである。

## 9　いくつかの問題と角田説再考——おわりにかえて

最後に、鞍馬寺説を否定する論拠となっている『源氏物語』の本文のいくつかについて、はたして正確な読解がなされた上で議論がされてきたのかを再検証する。もし修正すべきところがあれば、訂しておきたい。たとえば、鞍馬がどうしても満たすことのできない条件として、角田のいう大雲寺説の条件の（10）に「この庵の背後の山に登ると、平安京を見渡すことが出来る」と述べられている点について。

後《しりへ》の山に立ち出でて、京の方《かた》を見たまふ。はるかに霞みわたりて、四方《よも》の梢《こずゑ》そこはかとなうけぶりわたれるほど、絵にいとよくも似たるかな。

鞍馬山からの視界の問題である。右の『源氏』の一節をもって角田も論じ、「平安京の眺望については、鞍馬、貴船は不可」と、岩切雅彦前掲論文の諸説整理にも踏襲されている。ただし『源氏』の本文は、「「京の方」が一望できる」(前掲『源氏物語事典』「きたやま【北山】」)などと書かれているわけではない。原文に即して読めば、京都の「方」(方向)をながめると、霞わたる情景と、「どことなく一帯に芽ぶいて煙っているような」(古典集成傍注)梢の様子が見えている、と語っている。描写自体がほのかにおぼめかされていて、具体的に、京の何かがどのようにか見えた、などと描かれているわけではない。むしろ、霞みけぶってよく見えない、という描写がなされているのだ。

また、次のような解釈もなされている。

ここに描かれた、山から見おろした都の春気色は、鞍馬寺の場合と異なるようである。鞍馬寺の都方向には山が立ちはだかっていて、都を見ることはできない。ただ『源氏物語』の風土はあくまで文芸としての虚構表現であり、自然風土との全面的な合致は求め得ない。▼注(32)

『源氏』本文には、文字通り「絵にいとよくも似たるかな」と評されていた。「文芸としての虚構表現」を考える場合には、物語の構成上、絵画的手法を想定してみることもできるのでは

(32) 小山利彦『源氏物語宮廷行事の展開』三II「紫上の登場した北山」、桜楓社、一九九一年。

ないか。たとえば多視点の構図（異時同図法などといわれるもの）や、風景を描く際の鳥瞰的俯瞰的視点、また吹き抜け屋台のような虚構的視覚補助表現や、まさしくこの場面に象徴的な雲形の技法など、絵画にはいくつかのフィクショナルなビジュアル手法がある。それらと物語表現の在処とを通底させて考えてみるのである。▼注(33)

さらにもう一つ、角田が「鞍馬寺は、山の奥に深く入った処に位置し、『やゝ深う入る所』に存してはいない」と言及していること点について。たとえば『枕草子』三巻本や能因本が、「ちかくてとをき物」に「くらまのつづらをりといふみち」を挙げるのに対し、堺本では「とをくてちかき物」に「くらまのつゞらをり」を挙げている。▼注(34)その興味深い揺れに見るように、距離感とは所詮、相対的である。「やゝ深う入る所」に付された副詞「やや」は、その距離感を表して妙である。鞍馬の遠さも、いわば感覚的なものなのである。

さらにもう一つは、角田が「その寺の諸堂宇は、僧都の坊の近くに存し、後者は『つゞら折』の坂路を下った処に位置している」と述べているところである。これも『源氏』の原文を再確認すると、次のように描写されている。

寺のさまもいとあはれなり。峰高く、深き巌《いは》の中にぞ、聖《ひじり》入《い》りゐたりける。（光源氏は）上《のぼ》りたまひて…

源氏が登ってみると、そこは「高き所」で、以下のような光景が広がっていた。

（33）このあたりの絵画的図法とのアナロジーについては、千野香織・西和夫『フィクションとしての絵画』ぺりかん社、一九九一年に示唆される所が多い。

（34）楠道雄「枕草子異本研究（下）—類纂形態本考証—」（楠道雄『枕草子異本研究』笠間書院、一九七〇年）参照。

高き所にて、ここかしこ、僧坊《そうばう》どもあらはに見おろさるる、ただ、このつづらをりの下《しも》に、同じ小柴《こしば》なれど、うるはしうしわたして、きよげなる屋《や》、廊《らう》など続けて、木立《こだち》いとよしあるは、何人《なにびと》の住むにか…

巌の中の聖の居所に昇り、そして見下して、「つづらをりの下に」

とある。だから少なくとも聖の居所は「つづらをり」の上にあることになろうか。阿弥陀堂については、位置関係不明ながら、

「阿弥陀仏ものし給ふ堂に、することはべるころになむ。初夜いまだ勤めはべらず。過ぐしてさぶらはむ」とて、のぼりたまひぬ。（中略）

とあって、表現上は「のぼる」という動詞が用いられる。これは堂に昇る、という意にもとれるが、法華三昧堂については、

暁がたになりにければ、法花三昧行ふ堂の、懺法の声、山おろしにつきて聞こえくる、いと尊く、瀧の音に響きあひたり。

とある。その滝を吉田東伍『大日本地名辞書』のように「涙滝」と限定できるかどうかはともかくも、波線部のように、声が、山颪の風に乗り、山の上から聞こえて、滝の音と呼応する、

というのであるから、位置的には、僧坊より上つ方にあるはずだ、と読める。

こうして、聖のいる場所も光源氏達が立つ位置も、そして堂舎についても、位置関係は鞍馬寺であることを妨げない表現であるようだ。

しかし、鞍馬寺であることは動かないにしても、角田が言うように、光源氏が見下ろすそのつづら折りの下の若紫の所在に、もし大雲寺の姿を霞み見ることや、大雲寺のイメージを重ねることができるのであるとすれば、それにはそれで興味深い意味がある。

というのは、角田が遠い鞍馬寺を捨て、相応の類似性を指摘しつつ大雲寺を見出したように、鞍馬寺を降りたところに大雲寺はある、言い換えれば、大雲寺の奥に鞍馬寺がある、という地理的認識が、ありえないわけではないからである。

天文廿年〈辛亥〉九月四日、三好修理大夫乱入、七日マテ當谷為滞留、苅田ヲスル堂宮悉崩、取本尊ヲハコレヨリ奥鞍馬《クラマ》ヘ預クル、其後右大将信長代當谷戦チマタトナル也、（『大雲寺旧記』▼注(35)）

角田は、『源氏物語』のなにがし寺を考える際の最後の重要な要素として、大雲寺創建にかかる藤原文範が、紫式部の母方の曾祖父であることも、傍証としてあげていた。一方、今西が重要な資料とした散佚「宇治大納言物語」であるが、その編者源隆国は、大雲寺に「円生樹院」や「尊光院」などの子院を建て（『大雲寺諸堂記』『大雲寺縁起』他）、またその子息達も大雲寺に子院を建てるなど、大雲寺と深く関わっていた（角田文衛「大雲寺と観音院」等参照）。なにより『安

（35）京都大学文学部図書館所蔵写本による。

養集』（源隆国編）の制作と遣宋を通じて隆国と深い精神的紐帯があった甥の成尋は、大雲寺の別当であった。また「宇治大納言物語」は、その逸文のうちに『源氏物語』の成立を伝える説話を有している（『花鳥余情』所引「宇治大納言物語」）。宇治大納言隆国は、『源氏物語』に関心を寄せていた可能性がある。▼注(36)「宇治大納言物語」を引用する『異本紫明抄』の記述の重さを考える際に、重要な情報であろう。

ともあれ、中世以来、多くの読者がそうしたように、鞍馬はやはり、『源氏物語』の〈北山のなにがし寺〉から第一義的に想起される寺院であった。そこから、語り手は、あるいは作者は、どのような「意図」（今西前掲論文）を付与してエクリチュールを形成したのか。そして読者はどのような意味を生成して、若紫の巻を表象―representation―しようとするのか。興味深い問題は、本来ここから始まる。本論とは別の問題として、関心を継続しておきたい。

(36) 前掲拙著『説話集の構想と意匠　今昔物語集の成立と前後』第一章に関連することを述べた。

†第四章

# 胡旋女《こせんじょ》の寓意——紅葉賀の青海波《せいがいは》

## 1　問題の所在——楊貴妃・安禄山密通説と『源氏物語』

第一章で触れたように、『源氏物語』の成立からさほど遠くない北宋の時代に、中国ではすでに次のような物語が描かれていた。

……貴妃自二処子一入レ宮、上絶（絶イなし）幸傾二後宮寵一、常与遊者禄山也。禄山日与二貴妃一嬉遊、帝従レ観以為レ笑、此得レ不レ為二（謂イ）之上慢一乎。貴妃慮三其醜声落二民間一、乃以二禄山一為レ

子。一日禄山酔戯、無礼尤甚。貴妃怒罵曰、「小兒(鬼イ)方一奴耳。聖上偶愛レ爾、今得レ官出二入禁掖一、獲レ私二於吾一。尚敢爾《しかる》也《や》」。禄山曰、「臣則出二微賤一、惟帝王能興廃也。他皆無レ畏焉。臣万里無レ家、四海一身。死帰二地下一、臣且不レ顧」。叱二貴妃一、復引レ手、抓二貴妃胸乳間一。貴妃泣曰、「吾私レ汝之故也。罪在レ我而不レ在レ爾《なんぢ》。爾今不レ思レ報レ我、尚以レ死脅レ我」。時宮女王仙音旁立、乃大言、「安禄山夷狄賤物、受二恩主上一、蒙二愛貴妃一。乃敢悖慢如レ此、我必奏レ帝」。禄山猶不レ止、云、「奏二帝我一不レ過二流徒一、極即刑誅。貴妃未二必無一レ罪、得下与二貴妃一同受上レ禍、我所レ願也…」(北宋・劉斧編纂『青瑣高議』巻六所収、秦醇『驪山記』▼注(1))

安禄山《あんろくざん》は、卑賤夷狄《ひせんいてき》の出身ながら、皇帝の妃=楊貴妃を犯そうというおおけなき願望をあらわにする。彼に暴力的に口説かれて、楊貴妃は必死に抵抗するが、危機一髪である。しかし少なくともこのときは、高力士《こうりきし》の出現によって彼女は救出されたと、小説は、このあとの描写で伝えている。いささか下世話な場面であるが、こんなシーンが読者の好餌《こうじ》となる前提には、唐末にはすでにまことしやかに語られるようになっていた、楊貴妃と安禄山の密通説が存在する。

楊貴妃と安禄山の「穢乱」つまり淫行による風俗壊乱《かいらん》について、氏(=曾永義氏、引用者注)はおおむね次のように論じている。これは史実ではないが、二人の中を誹謗する見解は早くから醸成されていた。例えば、白居易《はくきょい》は新楽府《しんがふ》「胡旋女《こせんじょ》」の中で、二人が天下を乱した張本であることを明らかにして君主の鑑戒《かんかい》としたのであるが、彼が至るところで二人の名

(1) 引用は、『全宋筆記』(朱易安他主編、大象出版社、二〇〇三年)本文に、王友懐・王暁勇校注本(三秦出版社刊、歴代名家小品文集／魏全瑞主編、二〇〇四年)をイ本校合して示した。なお山口大学附属図書館棲息堂文庫所蔵の明刊本(万暦二十三年(一五九五))が同館のサイトで貴重デジタルコレクションとして公開されている。『青瑣高議』には「資政殿大学士孫副枢序」があり、王友懐・王暁勇校注本に拠れば、「孫副枢(996―1066):孫沔字元規。宋趙州会稽人。真宗天禧三年進士。平生熟悉辺事、善于治軍、曾官枢密副使」という。『青瑣高議』所収の秦醇『驪山記〈張兪遊驪山作記〉』『温泉記〈西蜀張兪遇太真〉』は建保七年(一二一九)の跋文を持つ『続古事談』の出典と覚しく(以下に引く増田欣論文、及び『新日本古典文学大系　古事談　続古事談』脚注参照)、その受容の下限と見なしうる。

を並べたために、二人の間にはかなり親密な関係があったのではないかという連想を生ぜしめた。また、李肇《りちょう》の『唐国史補《とうこくしほ》』の記述はいっそうあからさまで、玄宗の恩寵が深まるにつれて安禄山は御前で冗談まじりに話をしたが、貴妃はいつもその座におり、玄宗の命で貴妃の姉たちと兄弟の縁組みをしたこともあって、安禄山は貴妃に心を動かしていたから、馬嵬《ばかい》でその死を聞くや数日間嘆き悲しんだのである。禄山の叛心は、李林甫《りりんぽ》によって培われ楊国忠《ようこくちゅう》によって激発されたのだとはいえ、彼自身の内部にも原因があったのだと書かれている。このように、禄山の叛逆を貴妃の美貌と関係づける考え方がつとにあったので、唐末五代の姚汝能《ようじょのう》（『安禄山事迹』）、温畬《おんよ》（『天宝乱離西幸記』）、王仁裕《おうじんゆう》（『天宝遺事』）等に至ると、話に肉付けをして後宮の風紀紊乱《びんらん》の話に付会したのである。（増田欣「漢朝篇に見える楊貴妃説話」▼注(2)）

…白氏此詩（＝『胡旋女』の一節）雖然旨在点明楊妃・禄山為禍天下之罪魁、以資感悟明主莫踏覆轍。但是他処処把禄山・楊妃並列、不禁使人聯想到、其間可能頗有密切的関係。…
（曾永義「楊貴妃故事的発展及与之有関的文学」▼注(3)）

玄宗は、楊貴妃と安禄山とをともに深く寵愛し、その証として、安禄山と楊貴妃の姉妹を兄弟として結ばしめる。安禄山は、楊貴妃の養児として、彼女を母として仕えるのだが…▼注(4)。その義母と義子をめぐる怪しい逸話も諸書に記されるが、とりわけそれは、二人が、帝のうるわしき情愛の誤解にはぐくまれながらを密通をする、という説話の醸成にきわまる。なかなかすごい話である。この三角形の構図が、『源氏物語』の桐壺帝・藤壺・光源氏の関係と写し鏡のよ

(2) 増田欣『中世文藝比較文学論考』第三章第一節1、汲古書院、二〇〇〇年。

(3) 曾永義『説俗文学』聯経出版事業公司、一九八〇年所収。

(4)『旧唐書』安禄山伝、楊貴妃伝。

うになっていること、そしてそのことが示す問題の重要性については、すでにいくつかの角度から詳述したところである。▼注(5)

本章では、この構図を生み出すもととなったともいえる、白居易・新楽府の一篇『胡旋女』と『源氏物語』の関係の分析に焦点を絞り、『源氏物語』の紅葉賀巻に展開される青海波《せいがいは》所演記事の示す問題について、論を進めていきたい。▼注(6)

## 2 『胡旋女』をめぐって

白居易の『胡旋女』とは、『白氏文集』の「新楽府」の一篇（巻三所収）で、都にもたらされた「胡旋《こせん》」をする女の描写から、かつての玄宗《げんそう》皇帝をめぐる、安禄山と楊貴妃の背信に言及し、時世を諷諭《ふうゆ》する詩である。玄宗・楊貴妃・安禄山が登場するのは、太りすぎて腹の肉が膝まで垂れ、歩行にも困難なようすだった安禄山が、玄宗皇帝の前で胡旋舞を舞い、その疾《はや》きこと風の如し、▼注(7)という特技を披露したという逸話に関連する。

少し細かく内容を追ってみよう。まず、「天宝末、康居国献之」と白居易が自注する如く、康（居）▼注(8)国から献ぜられた胡旋舞を舞う女と天子の歓待・交情を叙述する。▼注(9)続けて「万里の彼方の康居《こうこ》からやって来た胡旋女も及ばないほどの踊り手がすでに中原《ちゅうげん》には居たのだ」と述べ、「そして次の句以下が諷諭を目的とする新楽府であるこの句の中心的な主題」となる（山本敏雄「白居易と胡旋舞」▼注(10)）。ここで、当該部分を末尾まで引用しておく。

（5）本書第一章、第二章、及び、拙著『日本文学　二重の顔〈成る〉ことの詩学へ』第二章、大阪大学出版会、二〇〇七年など参照。

（6）問題の一端は、前掲拙著『日本文学　二重の顔』第二章に略述した。

（7）『旧唐書』及び『新唐書』安禄山伝、天宝六載。

（8）石田幹之助「「胡旋舞」小考」（『長安の春』一九四一年所収）に拠れば、「この康居といふ称呼には深く拘泥する必要はない。即ち當時の支那人は康国を以て康居の後とする謬見に捉はれてをり……白氏以下が康国即ちサマルカンド地方を以て康居と称したことは怪しむを須《もち》ゐない」とされ（引用は平凡社東洋文庫版）、森安孝夫『興亡の世界史　05　シルクロードと唐帝国』講談社、二〇〇七年にも同趣の指摘がある。

（9）「曲終再拝謝㆓天子㆒　天子為㆑之微啓㆑歯」（曲終りて再拝して天子に謝（まう）す。天子之が為に微（やうやく／ひそかに）歯を啓く）。

（10）『東洋学論集』第二号（愛知教育大学東洋学教室、一九九七年七月）。

中原自有二胡旋者一　中原に自ずから胡旋する者有り。
闘レ妙争能爾不レ如　妙を闘（たたかはしめ／くらべ）能を争ふ（くらぶる事）爾は如かず。
天宝季年時欲レ変　天宝の季年、時変ぜんと欲す。
臣妾人人学二円転一　臣妾の人人、円転を学ぶ。
中有二太真一外禄山　中に太真有り、外に禄山あり。
二人最道能胡旋　二人最も道《い》ふらく　能く胡旋すと。
梨花園中冊作レ妃　（＝楊貴妃は）梨花園の中に冊して（かしづかれて）妃と作し、
金雞障下養為レ児　（＝安禄山は）金鶏障の下に養はれて児為り。
禄山胡旋迷二君眼一　禄山の胡旋は君（＝玄宗）の眼を迷はす。
兵過二黄河一疑《看イ》レ未レ反　兵黄河を過ぎて未だ反せずと疑ふ（看る）。
貴妃胡旋感《惑ハス》二君心一　貴妃の胡旋は君の心を惑はす。
死棄二馬嵬一念更深　死して馬嵬に棄てられて念ひ更に深し。
従レ茲地軸天維転　茲《これよ》従り地軸天維転《めぐ》る。
五十年来制不レ禁　五十年より来《このか》た制すれども禁ぜられず。
胡旋女莫二空舞一　胡旋女、空しく舞ふこと莫かれ、
数唱二此歌一悟二明主一　数《しばし》ば此の歌を唱へて明主を悟らしめよ。▼注(11)

山本敏雄は、この一連を次のように説明している。

(11) 本章での『胡旋女』の引用については『白氏文集　金澤文庫本』（勉誠社刊）影印の本文と訓をもとに原文を提示し、訓読した。カッコ内の仮名は、左右の傍訓・傍記を摘記したものである。なお平岡武夫・今井清校定『白氏文集』（京都大学人文科学研究所）ほか、諸注釈などを参照した。

その冒頭「天寶の季年　時變ぜんと欲す」は明らかに安史《あんし》の乱を念頭においている。白居易とともに李紳《りしん》の新題楽府に和した元稹《げんしん》の新題楽府「胡旋女」でも「天寶末ならんと欲するに　胡は亂さんと欲す」と詠い出される。白居易、元稹の「胡旋舞」の諷諭の矛先が安史の乱、それをもたらした玄宗を取り巻く人間たちに向けられていることは明白である。具体的には「中には太眞有り　外には祿山　二人最も道う　能く胡旋すと」というように、楊貴妃と安禄山が「君眼を迷わし」、「君心を惑わし」たのである。その結果「地軸天維轉じ」という事態に至った。そしてそれ以来五十年、この舞蹈は禁止しようとしてもできず今に至っている。この踊りを無駄に舞うことなく、この歌を唱って英明なるわが君主に同じ轍を踏まないよう啓発を与えよ、というのが白居易の言い分なのである。

ここでは楊貴妃、安禄山という二人の人間が「胡旋舞」という手段を用いて玄宗を惑わしたと言う。安禄山が「胡旋舞」を舞ったという話は『舊唐書《くとうじょ》』巻二百上、安禄山の伝に「至玄宗前、作胡旋舞、疾如風焉。」とあり、よく知られたものである。しかし、楊貴妃は踊りが得意だったとはいえ、「胡旋舞」を舞ったという記事は見当たらない。舞蹈史に関する書物も、資料としては白居易のこの詩を挙げるだけである。王克芬『中国舞蹈発展史』に拠れば、唐代には旋転の技巧が発達したということである。舞蹈に優れた楊貴妃であってみれば、その技巧を自分のものにしていた可能性は大いにあるが、宋の楽史の手になる『楊太眞外傳』でも「霓裳羽衣」を舞ったという話は載せるが、「胡旋舞」については触れない。「乱」を起こした安禄山が舞ってみせた「胡旋舞」を楊貴妃も舞ったとして詩の中に並べてみせるという白居易の態度は、楊貴妃が実際に「胡旋舞」を踊ったかどうかとい

う歴史的事実とは別に、詩人の楊貴妃に対するひとつの意識の表出として受け取ることができよう。（山本敏雄前掲論文）

山本は続けて、右に触れられる元稹の『胡旋女』は、「白居易の作品と異なり、安禄山と楊貴妃という二人の人物の名を出すことはしない」が、「元稹の諷諭の対象は「胡旋舞」そのものではなく、そこから導き出された、主君の言動にあわせておもねる佞臣の態度に向けられる。そして詩の最後に（中略）国や家を保つためには「旋目」「旋心」は批判されなければならないと結んでいる。このように「胡旋舞」の「旋」をめぐって詠われる元稹の作品を見てみると、白居易の「胡旋舞」の「臣妾人人　圓轉を學ぶ」という表現が、当時の人々の主君におもねる風潮を批判する意を言外に含むと考えることは的外れでもないように思われる」と論じていくのである。

ところで、「雑種胡人」（『旧唐書』）の安禄山は「ソグド」の出身であり、▼注(12)「ソグド」の「特技」であった「胡旋舞」を舞うのはもとより自然だが、▼注(13)山本もいうように、なぜか楊貴妃までがそれをともに舞うということが、目に付く疑点である。もっとも「胡旋舞」は、本来、女の舞であった。

注意すべきことはもう一つある。…「胡旋」を舞ふものは一に女子であつた。……（安禄山の胡旋舞に触れて）彼は唐の東北境に育つた雑胡ではあるが、その環境には西胡の来住するものが甚だ多く、著しくイラン的文化の色彩に富んでをつたから、彼がこの技に堪能で

（12）藤善眞澄氏は安禄山の胡旋舞に触れつつ、その出生を「四夷の中に入るのはまだよい。最低の扱いを受けたのが雑胡、つまり混血児であった。禄山もその一人であり、父は栗特（ソグド）人の康某、母は突厥（トルコ）人の阿史徳氏であった。ソグド人というのは、中央アジアのウズベク共和国、現在のサマルカンド一帯に早くからオアシス都市を建設し、定住していたイラン系民族であり、史書には胡人とも記録されている」（『安禄山　皇帝の座をうかがった男』中公文庫、二〇〇〇年）と述べる。森安孝夫氏の前掲書では、安禄山は、「突厥第二帝国時代のモンゴリアで生まれたと見るのが穏当で」、「阿史徳氏のシャーマンであった女性を母とし、サマルカンド出身者を表す康という姓を持って突厥で活躍していたソグド系武将を父として生まれた混血児である。しかし父が早くに死去したので、母は同じく突厥に来ていた別のソグド人有力者であったブハラ出身の安延偃と再婚した。それゆえに彼は養父の姓を取って安禄山と名乗るようになった。」として、系図を示している。なお近刊の森部豊『世界リブレット人⑱安禄

あつたことは怪しむに足らぬ。依つて他にも、胡人出身のものには或は男子にしてこの舞を能くするものがあつたかも知れない。少くとも一概にこれは女子の技であると定めてしまふは武断であらう。たゞその主として女子の舞ふものであつたことは、常識から見ても茲《ここ》に云ふまでもないことである。（石田幹之助「「胡旋舞」小考」▼注(14)）

「胡」の人である安禄山と心を通じることと、女として舞うこととをつなげて、楊貴妃はようやく「胡旋舞」を舞い得たと、譬喩的にはいえようか。音楽や舞踏を通じて、隠微に密通の心が通い合い、またそのことがほのめかされる、という仕組み。曾や山本が述べるように、白居易の叙法に両者の潜在するつながりを見るのは、むしろ素直な、あるいは自明な読みというべきであろう。

玄宗皇帝・楊貴妃・安禄山という寵愛の三角形が、桐壺帝・藤壺・光源氏という「思ひどち」の三角形と、▼注(15)義母と義子との不倫の密通という構造をも等しくするものであるならば、その嚆《こう》矢《し》的位置にある『胡旋女』の世界は、『源氏物語』を理解する上できわめて重要なものとなるであろう。

そのことは、『源氏物語』生成の根拠とも深く関わる文献的徴証である。たとえば、『源氏物語』のもっとも本質的な読者が中宮彰子であったこと、それ故に、一条天皇や藤原道長も、根源的な含意された読者(implied reader)であることは、その作者の日記の『紫式部日記』に自明である。

…御前（＝中宮彰子）には御冊子《さうし》つくりいとなませたまふとて、明けたてば、まづ向ひさぶ

山「安史の乱」を起こしたソグド軍人』（山川出版社、二〇一三年）参照。

(13) 石田幹之助「「胡旋舞」小考」は、「「胡旋」の「胡」は正にソグドを指す意味に於ける「胡」であつて……汎称としての「胡」でないことを知了する。……「胡地に由来する」旋舞であると解したのは、爰に至つて「ソグドの特技なる」と書き改めていゝと思ふ」と解する。この問題は、森安孝夫前掲書において、現代の史学的問題として詳述され、李端の詩「胡騰児」の描く「胡騰」と「胡旋」は別物であることも、同上書に確認される。なお李端の同詩は、伏見宮旧蔵『雑抄』巻十四（住吉朋彦「資料紹介　伏見宮旧蔵『雑抄』巻十四」『書陵部紀要』51、一九九九年）にも掲載される（14「胡騰歌」）。

(14) 石田幹之助前掲『長安の春』（一九四一年、東洋文庫版）。

(15) 桐壺巻で、藤壺と光源氏を前に、「上（＝桐壺帝）もかぎりなき御思ひどちにて（＝藤壺のことも、光源氏のことも、それぞれにいとしいものだから）、「な疎みたまひそ。あやしくよそへきこえつべきここちなむする。なめしと

らひて、色々の紙えりととのへて、物語の本ども添へつつ、所々に文書《ふみ》きくばる。かつは綴《と》ぢあつめしたたむるを役にて明かし暮らす。「なぞの子持《こも》ちか、つめたきにかかるわざはせさせたまふ」と聞こえたまふものから、よき薄様《うすやう》ども、筆墨などもてまゐりたまひつつ、御硯《すずり》をさへもてまゐりたまへれば、とらせたまへるを、惜しみののしりて、「もののぐにて向ひさぶらひて、かかるわざし出づ」とさいなむ。されど、よきつきすみ・筆など賜はせたり。

局《つぼね》に、物語の本どもとりにやりて隠しおきたるを、御前にあるほどに、やをらおはしまいて、あさらせたまひて、みな内侍の督の殿にたてまつりたまひてけり。よろしう書きかへたりしは、みなひき失ひて、心もとなき名をぞとりはべりけむかし。

うちの上（＝一条天皇）の、源氏の物語、人に読ませたまひつつ聞こしめしけるに、…

源氏の物語、御前（＝中宮彰子）にあるを、殿（＝藤原道長）の御覧じて、…

おなじころ、中宮彰子は、『白氏文集』のところどころを拾い読みし、より深くその中身を学び知りたいと考えていた。そのさまを察知した紫式部が、「新楽府」を少なくとも二年の長きに渉り、こっそりと、どうやら進んで教え続けていたことも、『紫式部日記』を通じてよく知られた事実である。

この式部の丞といふ人（＝惟規）の、童にて書読《ふみ》みはべりしとき、聞きならひつつ、かの人はおそう読みとり、忘るるところをも、あやしきまでぞさとくはべりしかば、書に心入

おぼさで、らうたくしたまへ。つらつき、まみなどは、いとよう似たりしゆゑ、かよひて見え給ふも、似げなからずなむ」など聞こえつけたまへれば、をさなごこちにも、はかなき花紅葉につけても心ざしを見えたてまつる…」と語られる語。

れたる親は、「口惜しう、男子《をのこご》にてもたらぬこそ幸なかりけれ」とぞ、つねになげかれはべりし。

それを、「男《をとこ》だに、才がりぬる人はいかにぞや。はなやかならずのみはべるめるよ」と、やうやう人のいふも聞きとめてのち、一といふ文字をだに書きわたしはべらず、いとてづつにあさましくはべり。読みし書などいひけむもの、目にもとどめずなりてはべりしに、いよいよ、かかること聞きはべりしかば、いかに人もつたへ聞きてにくむらむとはづかしきに、御屛風の上に書きたることをだに読まぬ顔をしはべりしを、宮（＝中宮彰子）の、御前にて文集のところどころ読ませたまひなどして、さるさまのこと知ろしめさせまほしげにおぼいたりしかば、いとしのびて、人のさぶらはぬもののひまひまに、をととしの夏ごろより、楽府といふ書《ふみ》二巻をぞ、しどけなながら、教へたてきこえさせてはべる、隠しはべり。宮もしのびさせたまひしかど、殿（＝藤原道長）もうち（＝一条天皇）もけしきを知らせたまひて、御書《ふみ》どもをめでたう書かせたまひてぞ、殿はたてまつらせたまふ。まことにかう読ませたまひなどすること、はたかのものいひの内侍は、え聞かざるべし、知りたらば、いかにそしりはべらむものと、すべて世の中、ことわざしげく、憂きものにはべりけり。（『紫式部日記』古典集成）

そこにはまた、一条帝と道長の理解と援助があった。『源氏物語』享受の環境と等しく重なる「新楽府」受容。右の、矜持《きょうじ》と屈折の入り交じった書きぶりを見ても、『源氏物語』には本質的に、「新楽府」の世界がここかしこに潜在している、と見るべきだろう。▼注(16)「いとしのびて」

(16)本書第二章で、丸山キヨ子『源氏物語と白氏文集』などを示して説明した。

なされた営みに鑑みても、『源氏』本文の表現として直接的に描かれているかいないか、そのことはあまり問題にはならない。まして「新楽府」には、『長恨歌《ちょうごんか》』が切々と語る純愛の玄宗と楊貴妃とは違う、「悪女」としての楊貴妃像が繰り返し歌われる。▼注(17)『源氏物語』に重層する「楊貴妃」像の総体的把握のためにも、読者は、「新楽府」を手放すことが出来ない。「新楽府」の本質である「諷喩」の世界と方法に則して、そうした作品構造を想定すべきなのである。

### 3 『源氏物語』の音楽と交情

一方、音楽を通じて恋の心を通い合わせる、という仕組みは『源氏物語』にとっては得意の手法であったとおぼしいが、▼注(18)その端緒・桐壺巻には、光源氏と藤壺をめぐって、すでに次のようなエピソードが描かれている。

大人になりたまひてのちは、ありしやうに御簾《みす》のうちにも入れたまはず。御遊びのをりをり、琴笛《ことふえ》の音《ね》に聞こえかよひ、ほのかなる御声をなぐさめにて、内裏《うち》住みのみこのましうおぼえたまふ。（桐壺巻）

この場面の「聞こえかよひ」の表現に注目して、清水好子は、光源氏と藤壺との間に、密かな交情を読み取ろうとする。

(17) 静永健『白居易「諷諭詩」の研究』勉誠出版、二〇〇〇年及び本書第一章、第二章参照。

(18) 中川正美『源氏物語と音楽』和泉選書、一九九一年参照。同著は音楽における「合はせ」という語彙にも注目する。

藤壺もまた光源氏を憎からず思っていた。話すこともならず、まともに姿を見ることもできず、もうまったく手がかりのない二人であったけれども、宮中の宴《うたげ》に、帝の御前で音楽を合奏するとき、物語の文章によれば「琴笛の音に響きを通わしあった」とさっと一言かすめ去るように、藤壺もまた、と暗示されている。注意深い読者はそこに気づき、今さらのように秘密の恋の美しさを味う。

やや詳しくその場を説明するならば、その環境から藤壺の心中は漏れようがない。彼女自身もきびしく身をつつしんでいた。ただ、帝のお前で、御気に入りの数人が琵琶や琴の弦楽器に笛をまじえて室内楽の演奏を命じられるとき、笛は琴にあわさんとし、琴はひそかに笛の心をうけとめようとした。聞く人々はああよく整った上手の合奏よと感心するのみだが、琴と笛の主だけは密かに心が通いあうというのである。▼注(19)

その確認は、もっぱら光源氏の視点からなされた、かすかであわいものであったが、▼注(20)その後の二人の関係は、若紫巻で急転する。光源氏は、若紫の発見を通じて、藤壺への深い思慕をあらためてかみしめ、禁断の密通、そして懐妊の夢告へと続く。本章冒頭に記した、小説世界の安禄山の行為のようには下劣でないにせよ、『源氏物語』においても、その恋と密通は、いつも光源氏の「おほけなき心」(紅葉賀巻。なお後述する)▼注(21)に起因する。物語では当面、彼の積極的な行動ばかりが示され、藤壺は総じて受け身の沈黙性をもって描かれる。が、結果的に招来されたことは、二人が子をなし、父(桐壺)の子をみずから(光源氏)の実子(藤壺の懐妊した、のちの冷泉帝)として内在するというおぞましさである。それは、楊貴妃と安禄山の密通の噂の

(19) 清水好子『源氏の女君 増補版』「藤壺宮」、塙新書、一九六七年。

(20)「聞こえかよふ」は、「聞こゆ」(「言ふ」また音が聞こえるとの両意をかさねる)という行為・「動作が、相手に至りとどく。音信を通ず」の意であるという(北山谿太『源氏物語辞典』・「いひかよふ」の項。同書は「きこえかよふ」を「いひかよふ」の謙譲語と捉える)。語りの仕組みから見てもこの「かよひ」は、光源氏の思いを主に読み取るべきであろう。

(21) この語については、山本利達「「おほけなき心」考」(『奈良大学紀要』二五、一九九七年三月、同著『中古文学攷』清文堂、二〇〇三年に再収)に、研究史を踏まえた総体的な解釈がある。また今西祐一郎『源氏物語覚書』「罪意識のかたち」、岩波書店、一九九八年参照。

あざとさを、数段超えてしまうだろう。

その密通の噂が流布していく仕組みについても、『源氏』と『胡旋女』との間では、興味深い対比ができる。たとえば、曾永義の論を紹介して増田欣《もとむ》が述べていたように、何も関知していないことになっているそれぞれの帝をよそに、安禄山と楊貴妃については、『胡旋女』のほのめかしを発端として、次第に、文献上に噂が顕在していく、といった様相があった。『資治《しじ》通鑑《つがん》』に至って、あからさまにそれは、「あるときは夜もすがら貴妃と差し向かいで食事をし、あるときは夜もすがら貴妃の部屋にこもったままというありさまで、いつしか二人のスキャンダルが宮廷の外にも漏れ広がっていった」（増田前掲論文）と描かれ▼注(22)、その噂は、日本の『続古《ぞくこ》事談《じだん》』（建保七年〔一二一九〕跋）にも、「安禄山は又その外の密夫なり」と伝承される。一方の『源氏物語』では、物語内の語りとして直接的に二人の密通と懐妊を描く。それはむろん、読者と、そして光源氏・藤壺周辺の人々には伝えられつつも、それ以外への噂の伝播は、表向きはなされぬまま、のちの冷泉帝の誕生を迎える。その濃厚な内在と、閉じられた秘めやかさは、いずれそのまま、桐壺帝の子としての光源氏実子冷泉を、帝位に運ぶ。子供の誕生により、問題は、より一層深く、また物語にとって本質的な主題――皇統と王権ということ――をともなって潜在することになるのである。

こうして、パラレルに比較しつつ述べてきた『源氏物語』の世界と『胡旋女』の寓意とは、紅葉賀で展開する重要な儀式、朱雀院行幸《すざくいんぎょうこう》の青海波試楽《せいがいはしがく》の場面に流入合一して、本格的に体現されるだろう。

(22)『資治通鑑』原文は、「或与二貴妃一対食、或通宵不レ出。頗有二醜声一聞二於外一。上亦不レ疑也」とある（天宝十載正月、中華書局版）。

## 4　紅葉賀の青海波演舞とその底意

若紫巻でも、末摘花巻でも予告された、紅葉賀巻の青海波所演の記事は、次のように始まる。

朱雀院の行幸は神無月の十日あまりなり。世の常ならず、おもしろかるべきたびのことなりければ、御方々、物見たまはぬことを、くちをしがりたまふ。上《うへ》も、藤壺の見たまはざらむを、飽かずおぼさるれば、試楽を御前《ごぜん》にてせさせたまふ。（紅葉賀巻・冒頭）

桐壺帝は、父とおぼしい一院のおわす朱雀院に行幸して算賀《さんが》し、その場で青海波を所演しよう、ということになった。舞人は光源氏と頭中将である。その演舞のすばらしさを藤壺にも見せたくて、帝は、清涼殿東庭での試楽を命ずる。

源氏の中将は、青海波をぞ舞ひたまひける。片手には大殿《おほいとの》の頭の中将、容貌《かたち》、用意、人にはことなるを、立ち並びては、なほ花のかたはらの深山木《みやまぎ》なり。入りかたの日かげ、さやかにさしたるに、楽《がく》の声まさり、もののおもしろきほどに、同じ舞の足踏み、おももち、世に見えぬさまなり。詠《えい》などしたまへるは、これや、仏の御迦陵頻伽《かりょうびんが》の声ならむと聞ゆ。おもしろくあはれなるに、帝、涙をのごひたまひ、上達部、親王たちも、みな泣きたまひぬ。詠《えい》果てて、袖うちなほしたまへるに、待ちとりたる楽のにぎははしきに、顔の色あひまさりて、常よりも光ると見えたまふ。春宮の女御、かくめでたきにつけても、ただならずおぼして、「神など、空にめでつべき容貌《かたち》かな。うたてゆゆし」とのたまふを、若き女房などは、心憂しと耳とどめけり。藤壺は、おほけなき心のなからましかば、ましてめでたく見えまし」とおぼすに、夢のここちなむしたまひける。

このように、深い感動を残して試楽は終わる。藤壺は、光源氏の自らに向けられた秘密の思慕を「おほけなき心」と見定め、そんな心をお持ちでなかったら、このすばらしい舞を、私ももっと堪能できたのに、と嘆く。「帝の妃への継子の恋は、子として世に認められない恋であ」り、「「おほけなき心のなからましかば」とは、藤壺は、密通に及ぶ程源氏に強く思慕され、子としての分を超えた心をもたれているため、源氏の舞を素直に評価できない身であることをいったもの」なのである。▼注(23) 物語は、彼女の光源氏への複雑な心情を、あくまで心内語としてのみ、描いていく。対して帝は、驚くほど無邪気に、光源氏の舞の卓越を藤壺と語り合おうとする。彼には、光源氏も藤壺もともに「思ひどち」、どちらがどちらと言えないほど好きなのだ。最愛の我が子を、この世で一番に寵愛する藤壺に褒めてもらうほどうれしいことはない。宮（藤壺）よ、やっぱりあなたに見せてよかった。どうだい、あの子の舞は。今日の趣向は、この青海波に全て尽きるね、と。

宮は、やがて御宿直《とのゐ》なりけり。「今日の試楽《しがく》は、青海波に、事みな尽きぬな。いかが見たまひつる」と聞えたまへば、あいなう、御いらへ聞えにくくて、「異《こと》にはべりつ」とばかり聞えたまふ。「片手もけしうはあらずこそ見えつれ。舞のさま手づかひなむ、家の子は

(23) 山本利達前掲論文。また陣野英則「「紅葉賀」巻における不分明な「御心の中」」(『人物で読む『源氏物語』第四巻—藤壺の宮』勉誠出版、二〇〇五年）参照。

異なる。この世に名を得たる舞の男《をのこ》どもも、げにいとかしこけれど、ここしうなまめいたる筋を、えなん見せぬ。こころみの日かく尽くしつれば、紅葉の蔭やさうざうしくと思へど、見せたてまつらむの心にて、用意せさせつる」など聞こえたまふ。

藤壺は、読者にはすべて透かし出されているその心を、帝にだけは隠しおおせて、おざなりの返事だけを言語として発する。帝だけがひとり、饒舌であった。一方、光源氏はしたたかに、翌日、求愛を含意する〈袖振り〉の歌語を交えて、昨日の自分の思いのベクトルをあからさまに伝えようとする。ここでの二人の「聞こえかよひ」は、もはや思いなしなどではなかった。

つとめて、中将の君（＝光源氏）、

いかに御覧じけむ。世に知らぬ乱りごこちながらこそ。

もの思ふに立ち舞ふべくもあらぬ身の袖うち振りし心知りきや

あなかしこ。

とある御返り、目もあやなりし御さま、容貌《かたち》に、見たまひ忍ばれずやありけむ。

唐人《からひと》の袖振ることは遠けれど立居《たちゐ》につけてあはれとは見き

おほかたには。

とあるを、限りなうめづらしう、かやうのかたさへたどたどしからず、ひとのみかどまで思ほしやれる御后《きさき》言葉の、かねても、と、ほほゑまれて、持経《ぢきやう》のやうにひき広げて見ゐたまへり。

藤壺は、光源氏のことを「唐人」に引き当て、「立居につけてあはれとは見き」とは詠いつつも、語り手の推量をよそに、そっけなく「おほかたには」と付言してはぐらかす。ところが、光源氏は、「聞こえかよひ」に確信があるのか、なぜかご機嫌である。「ひとのみかどまで思ほしやれる御后言葉」と、立后前の藤壺の詠いぶりの風格にほほえむ。いくつか気になる表現が存在するが、その分析は後述するとして、物語の展開を先に見ておこう。この試楽の叙述は、間髪を入れず、すぐさま本番の朱雀院行幸での青海波演舞へと続く。

行幸には、親王《みこ》たちなど、世に残る人なくつかうまつりたまへり。春宮もおはします。例の、楽《がく》の船ども漕ぎめぐりて、唐土高麗《もろこしこま》と尽くしたる舞ども、種《くさ》多かり。楽の声、鼓《つづみ》の音《おと》、世をひびかす。一日《ひとひ》の源氏の御夕影《ゆふかげ》、ゆゆしうおぼされて、御誦経《みずきやう》など所々にせさせたまふを、聞く人もことわりとあはれがりきこゆるに、春宮の女御は、あながちなりと憎みきこえたまふ。垣代《かいしろ》など、殿上人、地下《ぢげ》も、心異なりと世人《よひと》に思はれたる有職《いうそく》の限りととのへさせたまへり。宰相二人、左衛門の督《かみ》、右衛門の督、左右《ひだりみぎ》の楽のこと行ふ。舞の師どもなど、世になべてならぬを取りつつ、おのおの籠もりゐてなん習ひける。

木高《こだか》き紅葉のかげに、四十人の垣代、言ひ知らず吹き立てたるものの音《ね》どもにあひたる松風、まことの深山《みやま》おろしと聞こえて吹きまよひ、色々に散り交《か》ふ木《こ》の葉のなかより、青海波のかかやき出でたるさま、いと恐ろしきまで見ゆ。かざしの紅葉いたう散り過ぎて、顔のにほひにけおされたるここちすれば、御前《おまへ》なる菊を折りて、左大将さしかへたまふ。日暮れかかる程に、けしきばかりうちしぐれて、空のけしきさへ見知り顔なるに、さるいみじき姿に、菊の色色移ろひ、えならぬをかざして、今日はまたなき手を尽くしたる入綾《いりあや》のほど、そぞろ寒く、この世のことともおぼえず。もの見知るまじき下人《しもびと》などの、木のもと、岩がくれ、山の木の葉にうづもれたるさへ、すこしものの心知るは涙おとしけり。承香《しやうきやう》殿《でん》の御腹の四の御子《みこ》、まだ童《わらは》にて、秋風楽《しうふうらく》舞ひたまへるなむ、さしつぎの見物《みもの》なりける。これらにおもしろさの尽きにければ、異事《ことごと》に目も移らず、かへりてはことざましにやありけむ。その夜、源氏の中将、正三位したまふ。頭の中将、正下《じやうげ》の加階したまふ。上達部は、皆さるべき限りよろこびしたまふも、この君にひかれたまへるなれば、人の目をもおどろかし、心をもよろこばせたまふ、昔の世ゆかしげなり。

こうして、光源氏の青海波は、本番も大成功を収め、頭中将とともにそれぞれ加階《かかい》をはたす。それもすべて光源氏の不思議な力に誘引されたものであるとして、語り手は、彼の「昔の世」に思いをはせている。しかし、その晴れがましい記述はすぐさま急転する。得意となった光源氏が、藤壺へうるさいほど執着して家を空けて留守にしたり、また若紫を引き取ったことの風聞が伝わったり。彼の所行は、正妻の葵の上を苦しめることばかりであったと、物語は直叙していくのである。

宮（＝藤壺）は、そのころまかでたまひぬれば、（光源氏は）例の、隙《ひま》もやと、うかがひありきたまふをことにて、大殿《おほいとの》（＝左大臣・葵の上の父）には騒がれ給ふ。いとど、かの若草（＝

若紫）たづね取りたまひてしを、二条院には人迎へたまふなりと人の聞こえければ、（葵の上は）いと心づきなしとおぼいたり。うちうちのありさまは知りたまはず、さもおぼさむはことわりなれど、心うつくしく、例の人のやうに怨みのたまはば、われ（＝光源氏）もうらなくうち語りてなぐさめきこえてむものを、思はずにのみとりないたまふ心づきなさに、さもあるまじきすさびごとも出で来《く》るぞかし。

さて、物語ではごく自然に、重要な役割を果たして活写される青海波演舞の場面であったが、このような場での青海波所演は、史実に即してみる限り、いささか異例のことであった。堀淳一は、次のように述べている。

延長六年（九二六）より安元二年（一一七六）までの間の舞楽演奏の番組の抜粋記録、『舞楽要録』上巻にあたると、意外な事実が浮かび上がる…（中略）青海波の上演回数を確かめると、その「著名度」に比して、実際の上演が意外に稀であるという事実が判明するのである。なお、この舞楽は輪臺《りんだい》を序、青海波を破としての上演が慣例であって、輪臺の名のみが記録されていても、実際には青海波を含んでいる場合がかなり認められる。…『舞楽要録』収録上演数は二十六回（輪臺五回、青海波二十一回）。蘭陵王百四回、万歳楽百一回のそれとはかなりの開きがある。…二十六回の輪臺及び青海波上演の機会の内訳は、法会五、法華八講二、朝覲《ちょうきん》行幸六、算賀六、相撲節会《すまひのせちえ》七となる。ここでは、相撲節会での上演がやや目立つ…（『教訓抄』および『北山抄』、『江家次第』の関連箇所を引き）…、この節会との関わりがわかる。また『北山抄』の記事が参照する天暦三年相撲節会の青海波装束が規範的性格を帯びるに至ったことは、『西宮記《さいきゅうき》』巻四童相撲の項、および『小右記《しょうゆうき》』寛弘二年相撲抜出の記事における言及からも知れるのである。（中略）これらの資料が示すように、青海波と相撲節会との間には村上天皇の時代において明らかな連繫が見られる。

次に、本論との関わりで特に確認が必要な算賀での六回の上演。『舞楽要録』に示されたのは康和四年白河院五十賀、仁平二年鳥羽院五十賀、安元二年後白河院五十賀でのそれぞれ試楽、後宴での上演である。安元二年の際は『玉葉《ぎょくよう》』によると、非公式の二度の試楽での上演も確認できる。また『舞楽要録』には記載がないが久安三年藤原忠実《ただざね》七十賀でも青海波は演じられている。しかし、ここに示した算賀での上演の記録については注意すべき点が存在する。これらは全て『源氏物語』以後の上演である。（中略）一方『源氏物語』以前の、准拠と考えられてきた様々な算賀において、青海波の上演の記録は実は全くといってよいほど残されていない。（中略）

…「唐土、高麗と尽くしたる舞」「左右の楽」を整えたはずの紅葉賀は、一方で童舞《どうぶ》による秋風楽《しゅうふうらく》によって季節と「良家總角」の枠を守りながら、青海波という大規模で華麗な異質の響きを抱え込んでしまっているのである。

このように見てくると、算賀における青海波上演の「故実」の拠り所は、『源氏物語』ではなかったかとの推測が可能になる。（堀淳一「青海波選曲の理由―紅葉賀での上演に至るまで―」）▼注(24)

右引用の引用最後には、後代、算賀の場で青海波を舞うということの故実が『源氏物語』の

(24)『中古文学』創立三十周年記念号、一九九七年三月。

記述に求められ、作り物語の『源氏』が、院政期の史実的な先例になっていく、という可能性が付言されている。この興味深いテーマについては、さらに研究が積み重ねられつつあるが、▼注(25)いまは措く。重要なことは、右のような位相にあった青海波を、あえて朱雀院行幸の際に選曲したことの理由である。堀淳一は、そのことを以下のように説明する。

青海波の舞の手では「振捨《ふりすて》」（両手を肩の高さで横にひらき、片手を臂から前に曲げた形から両手を前に回して腰下の方を指す。変形種々在り。）の組み合わせを主とし、その中で「男波」「女波」が現れるらしい。また『教訓抄』巻第七、舞姿法の項に次の記述が見える。

古老云、男波ハ上手、女波ハ下手云。上手アラク寄バ、下ハシズカニヒイテ舞也。出切ハ、コトニキビシク、ヒラミテ、アラク舞ナリ。女波男波タツガゴトクニ、袖ヲモフリカヘスベシ。袍ノ袖ニテ、舞台ノ地布ヲハクト申ス、此舞ノ姿ナリ。ヨクヒラミ、タイヲセムベシ。

舞う袖のひらめきの内には、男女の恋の応酬の意にも似た波涛の象が浮上するのである。以上が青海波の内で垣代等と共に、他の舞楽と比して際立って特徴的に聞かれ、見られる形式の主な要素である。選曲の理由は、これらと物語叙述との間に何らかの対応を見出すことによって得られよう。まず、奏楽が行われているその現在での光源氏の立場、心象との関連で、明らかに象徴としての機能を果たしているのは、鑑賞者演奏者双方を囲繞して響き、舞われる「男波」「女波」の型であろう。光源氏は舞い、藤壺は眺め、また共にこの比喩を含む楽の音を耳にしていた。桐壺帝の主催による賀宴の寿ぎの楽の内に、そっと

(25) 堀淳一「後白河院五十賀における舞楽青海波―『玉葉』の視線から―」（『古代中世文学論考』三、一九九九年一〇月）、また三田村雅子の一連の論考（「青海波再演―「記憶」の中の源氏物語―」『源氏研究』五、二〇〇〇年、「〈記憶〉の中の源氏物語」（5）～（8）『新潮』第百一第十一号～百二巻第二号、二〇〇四年十一月～二〇〇五年二月）など参照。三田村論は単行書『記憶の中の源氏物語』新潮社、二〇〇八年としてまとめられた。

滑り込んでいる男女の応酬の含意、それは密かな恋に煩悶する二人にとっては無量の重みを持っていたはずである。これを踏まえるならば試楽の翌朝、両者間に交わされた歌、「振る袖」を媒介にしたやりとりには、一層真摯な情感が確認可能となる。（中略）青海波の上演は曲柄の華麗さといった曖昧な理由によるのではなく、器楽、舞の型、視覚、聴覚各々に色濃く含まれるアレゴリー的要素、ことに男女の恋の寓意に注目しての選択であったに相違ない。（堀淳一前掲「青海波選曲の理由」）

こうして、堀の研究に導かれて音楽史的文脈をたどっていくと、紅葉賀の試楽での青海波所演こそ——本番の朱雀院行幸に藤壺は伴われないのでなおさらに——、あの桐壺でのかすかな音楽の「聞こえかよひ」をより深くなぞる、光源氏の問いかけであることがよくわかる。それもまた、作者の選んだ物語の結構であった。男女の密通、心の通い合い、ほのめかしの寓意を、本質的な理由に埋め込んで、青海波は作品内に選ばれたのである。

そのことは、以下の二つの論考が、それぞれの言葉で、同じように青海波所演をめぐる男女の密通と「おほけなき心」の寓意を説いていることからも確認できる。

朱雀院での舞とは、光源氏による藤壺との秘事を前提とした、その人の持つ本質的な侵犯性と危険性が湧出したところでの美なのであって、それはたんなる優美さといったものではなかったと思われる。

一方、藤壺を前にした試楽のさいの袖を振る所作とは、後に光源氏自身、「袖うちふりし心知りきや」……と告白するように、藤壺への深い求愛の思いをこめたものであった。……いわば桐壺帝の王威顕現の場においてこそ、この両者の私的な交流はなされるべきなのであり、その関係の脱社会性をあらためて印象付けるものとなっている。（下略、松井健児「朱雀院行幸と青海波」▼注(26)）

先帝の后腹の皇女である女四宮藤壺を中宮とし、その腹に御子誕生を予想する桐壺帝は左右大臣の上に立つ親政を実現し、左右大臣の後継者として光源氏・頭中将を擁して、今や不動の体制を樹立するに至っている。桐壺帝の父らしい一院の算賀という機会を得て、桐壺帝は自己の体制の勝利宣言をこの豪勢な青海波によって上演しようとしているのである。

しかし、桐壺帝の意図は、そのもっとも中核をなす舞人光源氏が藤壺に寄せる不逞な思いを込めて舞を舞い、藤壺の腹の子を我が子だと確信することで、その壮麗な祭典の意味を逆転させる。桐壺帝の勢威と将来にわたっての繁栄を誇示するはずだった青海波は、光源氏の禁断の野望の実現に向けての輝かしい予祝に変貌しているのである。光源氏と藤壺のひそやかな胸の中だけでは…（三田村雅子「青海波再演――「記憶」の中の源氏物語――」▼注(27)）。

こうして、いくつかの読解を重ね合わせていくと、紅葉賀の青海波試楽とは、私にはほとんど『胡旋女』の世界のなぞりであるようにさえ見えてくる。『胡旋女』も紅葉賀も、前提はともに、そのときまでは安定していたはずの、帝の王権の顕現である。ところが、そのすぐ先に恐ろしい陥穽があった。楊貴妃は本来は舞えないはずの「胡旋舞」を、他ならぬ安禄山ととも

(26) 松井健児『源氏物語の生活世界』翰林書房、二〇〇〇年所収、初出一九九三年。

(27) 『源氏研究』五、二〇〇〇年。

に帝の前で舞い、心をしたたかに通わせた、と白詩は含意する。紅葉賀の青海波では、舞を舞う男の光源氏が、すだれの向こうにいる、みずからの子を宿しておなかを大きくしている（安禄山のように、とはいわないまでも）舞わない藤壺（翌年の二月に出産する）へ袖を振る。▼注(28)今回は、桐壺巻の幼いあのときとは違う。はっきりと光源氏の思いが届いたことを、藤壺みずからの心内語で語らせるのだ。いくつかの要素は、紅葉賀の場面の寓意と、『胡旋女』の諷諭・寓意との明確な交錯を示すだろう。

本文にも興味深い徴証がある。先に引用した傍線部で、ことさらに『源氏物語』の叙述は、「唐」の要素を強調していた。「唐人の袖振ること」と藤壺は和歌を詠み、光源氏はまた「限りなうめづらしう」、「ひとのみかどまでおもほしやれる、御后言葉の、かねても、と、ほゝゑ」む。これらの記述に対して、青海波が唐の舞を起源とするから、また唐楽であるから、などと多くの注釈書は説くが、それなら別にこの曲に限らず、舞楽総体に関わることである。本文にも演じられた他の曲目について、「唐土高麗《もろこしこま》と尽くしたる舞ども、種《くさ》多かり」と、書かれているではないか。妥当な説明ではない。先引したように、青海波所演はきわめて特殊な、意図ある選択だった。より個別的な表現分析が必要である。

「唐」をめぐる文脈について、ここでは、「ひとのみかど」という表現が、唐突に藤壺への評語として発せられていることが重要である、と思う。「ひとのみかど」と「きさき」と。『源氏物語』の注意深い読者なら、印象的な既知の言葉として、必ずや次の場面を想起するはずなのだ。

さるべき契りこそはおはしましけめ、そこらの人のそしり、恨みをも憚《はばか》らせたまはず、こ

(28)『やうきひ物語』上に描かれた安禄山洗児会（本書第一章など参照）の挿絵は、玄宗と楊貴妃が並んで椅子に腰かけ、一段下がった所で沐浴する安禄山を眺める様子を描く（古典文庫478『やうきひ物語』、京都大学谷村文庫『長恨歌抄』などに画像あり）。それは、紅葉賀での青海波の舞を、御簾の向こうで、帝と藤壺が二人並んで眺める構図（たとえば「個人蔵「伝土佐光則筆源氏物語色紙貼付屏風」（『豪華［源氏絵］の世界　源氏物語』31図、集英社、一九九七年新装版）とパラレルである。

の御ことに触れたることをば、道理をも失はせたまひ、今はた、かく世の中のことをも、思ほし捨てたるやうになりゆくは、いとたいだいしきわざなりと、人のみかどの例まで引きいで、ささめき嘆きけり。（桐壺巻）

紅葉賀以前の「ひとのみかど」の用例は、右ただ一つ。最愛の桐壺更衣を亡くして、政事懈《け》怠《たい》に陥っていた桐壺帝を諷諭する一節である。これが、玄宗と楊貴妃への明確な連想であることについては、すでに『河海抄《かかいしょう》』に指摘がある。更衣存命時代から人々は、二人の情愛が深すぎることについて、ことあるごとにこのたとえを引いては嘆いてみせていたのであった。

朝夕の宮仕へにつけても、人の心をのみ動かし、恨みを負ふ積りにやありけむ、いとあつしくなりゆき、もの心細げに里がちなるを、いよいよあかずあはれなるものに思《おも》ほして、人のそしりをもえ憚《はばか》らせたまはず、世のためしにもなりぬべき御もてなしなり。上達部、上人《うへびと》なども、あいなく目を側《そば》めつつ、いとまばゆき人の御おぼえなり。唐土《もろこし》にも、かかる事の起りにこそ、世も乱れ、あしかりけれと、やうやう天《あめ》の下にもあぢきなう、人のもてなやみぐさになりて、楊貴妃の例も引き出でつべくなりゆくに、いとはしたなきこと多かれど、かたじけなき御心ばへのたぐひなきを頼みにてまじらひたまふ。（桐壺巻冒頭）

桐壺巻に引かれてほのめかされる玄宗と楊貴妃の関わりは、『長恨歌』に限定されない比喩の拡がりを有する。すでに本書で繰り返し述べてきたように、『長恨歌』の叙述こそ、むしろ特殊であった。『源氏物語』の底流に潜在するはずの「新楽府」のコンテクストも、容易にあの記述を『胡旋女』と結ぶ。「唐人」というなぞらえも、『胡旋女』の「胡」と対比的だ。『源氏』の「唐」は、朝鮮半島と中国を示す（北山谿太《けいた》『源氏物語辞典』）とも、中国に限定される（池田亀《き》鑑《かん》編『源氏物語事典』）とも理解されているが、本来「唐」とは、「語の上に付けて、朝鮮や中国、さらにひろく、外国から渡来した人や物を表わす」（小学館『国語大辞典』）言葉である。一方の「胡」も広義にはよく似たニュアンスで、「要するに「胡」とは、中国に強いインパクトを与えた「外人・異国人」という意味である」（森安孝夫『シルクロードと唐帝国』）▼注(29)。

両者を想起する鍵が、こうしたかたちで『源氏物語』本文にも明示的に埋め込まれている。

青海波から『胡旋女』へ。連想が働いて比較が発動すれば、両者にはさら多くの類似点が内在していることが見えてくる。たとえば次のように説明される、「胡旋舞」の装束もその一つ。

それでは舞工の服装などはどんなであつたらうか。杜氏の「通典」（巻一四六）は「俗謂之胡旋」と記した前記康国楽の条に、「舞・二人。緋の襖、錦の袖、緑綾の渾襠袴《こんたうこ》、赤皮の靴、白袴奴」と述べてあるがこれでその一斑は分ると思ふ。たゞ「舊唐書」の音楽志（巻二八）には「錦の袖」を「錦の領・袖」に作り、「白袴奴」を「白袴帑」作つてゐるが、第一はともかく、第二の方はその方が正しいかと考へる。（石田幹之助、前掲論文）

青海波も、光源氏と頭中将の「舞・二人」。「胡旋舞」は、「緋の襖、錦の袖」とあるが、『源氏物語』の舞人の装束を、江戸期の源氏絵の中には、紅葉の衣装として描くものがある。▼注(30)「紅

（29）興亡の世界史05、講談社、二〇〇七年。

（30）たとえば前掲個人蔵「伝土佐光則筆源氏物語色紙貼付屏風」、出光美術館蔵「伝土佐光吉筆源氏物語図屏風」（『源氏物語千年紀展』二〇〇八年）など。

葉の錦」という歌語も存在する如く、錦と紅葉とは常套的な比喩関係にある。後掲するように藤裏葉巻では、実際にこの紅葉賀の舞の場面が「紅葉…庭の錦」と回想されている。『源氏物語』の青海波所演の時には、「木高き紅葉」が茂り、吹きすさぶ風に「色々に散り交ふ木の葉のなかより、青海波がかかやき出で」、美しく紅葉の舞う場面がイメージされるが、▼注(31)『胡旋女』では、雪が舞う(「廻雪飄颻轉蓬舞」)。その廻雪とは、軽やかに舞い、袖が揺れることの比喩であるとされ、『胡旋女』は領巾《ひれ》を振るように舞う。▼注(32)光源氏は、先に見たように、袖振る行為を強く藤壺に訴えていた。そのことも、両者の類似性に含めておいてよいだろう。

青海波は相撲節で舞われ、紫式部が准拠として、直接依拠対象とした可能性があるのも、相撲節会抜出の折の青海波所演であったとされる(寛弘二年七月二十九日のこと。堀淳一前掲論文参照)。寛弘の時には、先例とは異なり、「追相撲五人取、了散楽、相撲未了間、左右乱声迎(遞カ)奏」というものだった(『小右記』大日本古記録)。相撲に紛れるように演奏される舞曲であるならば、「胡旋舞」と安禄山の巨体とを連想したくなる。それが深読みだとしても、相撲節会は本来七月七日に行われるものであった。その日付はまた、『長恨歌』の名文句によって、玄宗と楊貴妃の物語にとっても忘れがたいものであったことは想起しておきたい(「七月七日長生殿　夜半無レ人私語時　在レ天願作二比翼鳥一　在レ地願為二連理枝一　天長地久有レ時尽　此恨綿綿無二絶期一」)。

また青海波では、波の輪の模様の装束を用いるが、▼注(33)それは時に輪のようにも見え、▼注(34)また演出上「大輪」を作る構成をとる。▼注(35)旋回のイメージを繰り返す「胡旋舞」との連想は容易である。実際、日本の舞曲を「唐の女」という装いと共に、『胡旋女』になぞらえた著名な文章も知られている。

(31) 林原美術館蔵「狩野晴川院養信筆　源氏物語図屏風」(『源氏物語千年紀展』図録)などにもそうした場面が描かれる。

(32)「廻雪」とは舞踏の表現に用いられる比喩的表現で、「緩やかな、或いは細かな動きを伴った旋回運動によって舞衣の袖や裾が揺れることをい」い、「白居易の舞踏表現で旋転運動を描写するときの常套語」と山本敏雄は論じている(前掲論文)。「胡旋舞」する女の姿は紫劍虹「胡旋舞散論」(『西域文史論稿』所収、台北・國文天地雜誌社刊、一九九一年、初出一九八一年)及び森安前掲書に領巾を振る演舞の絵が載っている。なお「廻雪」をめぐる問題については、本書次章参照。

(33)『舞楽図説』(新訂増補故実叢書)など参照。

(34)『舞楽図説』また「伝土佐光則筆源氏物語色紙貼付屏風」など参照。

(35)『教訓抄』、山田孝雄『源氏物語の音楽』宝文館、一九三四年など参照。

御所の南面《みなみをもて》の錦《にしき》の絹屋《きぬや》打ちて、狛鉾《こまぼこ》の棹《さほ》立て渡したり。内侍八人ぞある。皆唐《から》の女の装《よそほ》ひぞしたる。花蔓《はなかづら》の色よりはじめて、天人の降《お》り下《くだ》りたらんもかくやとぞ見ゆる。万歳楽など、さま〴〵舞ひたり。左右に廻りて疲るゝことを知らず。（『高倉院《たかくらいん》厳島《いつくしま》御幸《ごこう》記《き》』）

ここでの引用は省略するが、同書には、続く描写に明確な『胡旋女』が引用があることから、▼注(36)右の「さまざま」な「舞」を叙述する傍線部が、『胡旋女』の「左旋右転不知疲」に拠っていることは明白である。だが、それればかりではない。舞と旋回と、この地が福原という海辺の地であることにも鑑みて——直前に『御幸記』は「聞きもならはぬ波の音、磯辺近く」「よもの海を池に見なして」など今日の阪神間を描きつつ、一夜を過ごして福原を出たあと、高倉院は船で「和田の岬」「須磨の浦などいふ所〻、浦伝ひはるばる」と、「浪の上に走りあひたり」と、海路を進む——、描かれざる青海波との連想も伴う。

こうして、青海波と『胡旋女』との濃密な符合が導き出される。ただしそれは、いわば顕在しない、〈秘められた寓意〉であった。その寓意は、光源氏と安禄山という、容貌と出自においての、あってはならない対極の存在を結び付け、そしてまた、決して表立って見せてはならない、光源氏の露骨な謀反性——臣下が、帝の妻を奪う——をあらわにする。もっとも、密通説が広まってしまった後代になると、巨体で醜い安禄山についても、楊貴妃と醜聞が漏れるくらいだから本当は、素敵な美丈夫だったはずだ、という説明が付されることもあった。

(36) 新大系脚注、及び、小川剛生「『高倉院厳島御幸記』をめぐって」（『明月記研究』九、二〇〇四年十二月）など参照。この問題については、本書次章に詳論した。

兪復謂レ翁曰、「玄宗抛二崇高之勢一、有二天日之表一。龍鳳之姿、兼二文武全美一。禄山醜類。安能動二貴妃心一」。翁云、「抛二祖言一、禄山雖二是胡児一、眉目疎秀、肌若二凝脂一。加之性霊敏慧、言語巧弁、音楽技芸往往通暁。亦渉二猟書数一、尤能迎二合上意一。上所以愛寵…」（前掲『驪山記』続き）

安禄山は、その美男子ぶりを楊貴妃に好まれた。さらに、その卓越した霊妙な知恵や弁才と諸芸通暁という万能を有し、書をよく読み算術にも長けて、帝に寵愛されたという。眉唾の後付けであるが、しかしこうした解釈は、光源氏と安禄山を比定しようとするときに時に生じる「ノイズ」の問題——安禄山と光源氏とがモデルのように対比されるなんてあり得ない、許せない、と考える読者には、永遠にこの構図が見えない、という語り手の作為——を考えるときにも重要である。▼注(37)

『源氏物語』は、そもそも同じようなシーケンスを繰り返すことが好きな作品だが、方法においても、同じようなことがいえるかも知れない。本書第一章や第二章で述べたように、桐壺巻が『長恨歌』をいくども引用して表現を飾りながら、肝心の部分の依拠性において空白をもうけ、そしてまさにその部分にこそ深い寓意が潜在していたように、紅葉賀の巻でも、本文上明示的には、作者が『胡旋女』を引用することはなかったのである。▼注(38)

## 5 青海波のコンテクスト

(37) 安禄山と光源氏を比定するときに生じる「ノイズ」の問題については、前掲拙著『日本文学二重の顔』第二章参照。

(38)『新楽府』に多く言及する『河海抄』にも、この部分に限らず『源氏物語』全体において、『胡旋女』への言及はない（神鷹徳治・太田陽介「資料紹介：『河海抄』所引『白氏文集』本文の性質（一）—新楽府」『白居易研究年報』第七号、二〇〇六年ほか参照）。『胡旋女』の引用等は、『源氏物語』総体を閲しても、諸注に指摘を見ないようで、管見では、これまで具体的な論究を知らない。研究情報の教示を乞う。

ところで、あの朱雀院行幸で、青海波本番の場面での描写の末尾には、「昔の世、ゆかしげなり」という語が付されていく。表向きの意味はともかくも、叙述はゆくりなく続き、その先には、執拗に藤壺を追いかける光源氏の不行跡が綴られる。否応なしに読者は、平安時代の通念にしたがって、二人の間に、夫婦のような、男と女の前世からの契りを想う。現実は、夫婦とは成り得ない、義理の母子である。ならば、二人は、いささか不自然な形で夫婦の事実を内包する他はない…。如上の読解に応えるように、光源氏はその不自然さを歌に詠む。

いかさまに昔むすべる契りにてこの世にかかるなかの隔《へだ》てぞ（紅葉賀）

物語は、その間、ひそかに「ゆゆし」「おそろし」など、不吉な多義性を持つ言葉を「語脈」▼注(39)のようにちりばめていたが、その「語脈」は、紅葉賀の褻《け》の試楽と晴の行幸とを間断なく貫通し、不穏さを増幅していく。

光源氏の舞はそのあまりの美しさのためか、すでに「恐ろし」という恐怖に似た感情すら抱かせるものとして語られる。しかもそれは「そぞろ寒く、この世の事ともおぼえず」とされるものでもあった。たしかにそれは地上的な美を超越した光源氏の優美さを強調するものであるが、清涼殿前庭でのそれが迦陵頻伽の声を思わせる天上的な響きをもつものであったのに対し、このたびのそれはもはや浄土的な光は消え失せ、むしろ「深山おろし」のなかに光る異界のものの霊威の鋭さであったと思われる。ここに見える「そぞろ寒く」

(39) この用語については、萩原広道『源氏物語評釈』、鈴木日出男「語脈」(『国文学』一九八三年十二号)、また拙著『説話集の構想と意匠　今昔物語集の成立と前後』第四章第五節など参照。

という表現は、後の「須磨」巻に語られる桐壺院霊出現…のさいに光源氏のうけた、祟りにも似た恐怖心を想起させる。（松井健児前掲論文）

そして、二人の前世への思い（夫婦は二世）、また「ゆゆし」さは、その証としての、冷泉帝の誕生として結ばれて、この世に新たな生命を生み出してしまう。しかし、帝は、何の疑いも持たない。それどころか、目の前の愛子が、光源氏と、びっくりするほど決定的に似ているのを、その理由など思いもよらず、こんなこともあろうかと思い（「あさましきまで、まぎれどころなき御顔つきを、おぼし寄らぬことにしあれば、またならびなきどちは、げにかよひたまへるにこそは」と）、かわいくて仕方がない。それにつけても帝は、限りないものといつくしんでいた子供時代の光源氏を、「世の人のゆるしきこゆまじかりしによりて、坊《ばう》にも、え据《す》ゑたてまつらずなりし」、賜姓源氏の「ただ人」と遇した過去を思い出す。にもかかわらず源氏が、「かたじけなき御ありさま容貌《かたち》にねびもておはするを御覧ずるままに、心苦しく」、深い後悔のたねとしていた帝は、この皇子が、藤壺という「やむごとなき御腹に、同じ光にてさし出で給へれば、疵《きず》なき玉と」、光源氏のあるべかしき形代のように大事にして、可愛がる。その姿を見ると藤壺は、いつも胸が痛んだ。ところが帝は屈託なく、こともあろうに実の父・光源氏に対しても、その子をただ手放しで自慢しようとするのだ。

例の、中将の君（＝光源氏）、こなたにて御遊びなどしたまふに、（何も知らない桐壺帝は、光源氏と藤壺との間の実子である御子を）抱き出でたてまつらせたまひて、「御子《みこ》たちあまたあれど、そこをのみなむ、かかるほどより明け暮れ見し。されば思ひわたさるるにやあらむ、いとよくこそおぼえたれ（＝あなたとこの子は、驚くほどよく似ているねえ）。いとちひさきほどは、皆かくのみあるわざにやあらむ」とて、いみじくうつくしと思ひきこえさせたまへり。中将の君、面《おもて》の色かはるここちして、恐ろしうも、かたじけなくも、うれしくも、あはれにも、かたがたうつろふここちして、涙おちぬべし。物語などして、うち笑《ゑ》みたまへるが、いとゆゆしううつくしきに、わが身ながら、これに似たらむはいみじういたはしうおぼえたまふぞ、あながちなるや。宮（＝藤壺）は、わりなくかたはらいたきに、汗も流れてぞおはしける。中将は、なかなかなるここちの、かき乱るやうなれば、まかでたまひぬ。（紅葉賀巻）

光源氏と藤壺とは、帝自身にとって同じだけ、かけがえのない愛顧《あいこ》の人だ。そうした「思ひどち」の愛情に一点のくもりもない様子の桐壺帝は、光源氏と藤壺を前にして、新たに生まれたもう一人の「思ひどち」、新生の御子が、驚くほど源氏に似ている、と善意の放言をして、秘密を共有する義母と義子とを震撼させる。この描写は、意地が悪いほどに秀逸である。それは、養子にした安禄山を、楊貴妃が赤子の「洗児会」に擬えて産湯につからせ、嬌声を挙げているという後宮の様子を、玄宗皇帝が、疑うことなく、大いに悦んで眺め、金銀まで賜ったという逸話（『安禄山事迹』『資治通鑑』）と、かなりよく似た構造を有している。ただし、玄宗と、あるいは安禄山と楊貴妃との間には、子がなかった。密通して出来た不義の子が、父の子として、そして最高権力者として即位する可能性がある…。それは少なくとも、楊貴妃の先例からは説明ができない重さを持つことであった。

この印象的な朱雀院行幸と青海波をめぐって、『源氏物語』は作品内で繰り返し語り、また想起し、「時間軸[注(40)]」のように重要な働きをさせている。それはいつか不吉さを捨象して、「故実」のように立ち現れる。

> 桐壺帝による朱雀院行幸は、ほぼその二十年後の「藤裏葉」巻において回顧され、物語内における典例化、あるいは故実化への回路をたどることとなる。桐壺帝による朱雀院行幸が十月十余日のことであったように、冷泉帝と朱雀院による六条院行幸もまた十月二十日あまりのことであった。殿上童の優美な舞は、「朱雀院の紅葉の賀、例の古事《ふるごと》思し出でらる」ものでもある。そして冷泉帝自身、この行幸がかつての桐壺帝による朱雀院行幸によそえたものであることを明確に語っていた。「世のつねの紅葉とや見るいにしへのためしにひける庭の錦を」(「藤裏葉」…)(中略)物語ではさらにその後の「若菜上」巻において、ほかならぬ光源氏その人の「賀」宴のひとつがやはり十月の紅葉のおりに催され…、ふたたび桐壺帝の朱雀院行幸が回顧されることとなる。あるいはこの物語にありうべき正統な系譜である、桐壺帝―光源氏―冷泉帝の流れを幻視し確認していくためのものとして、十月の紅葉の宴は機能していくのではなかっただろうか。思えば光源氏による桐壺院追善法華八講もまた、十月のことであった(「澪標」…)。そのおりにも青海波が舞われていたのではなかったか。(松井健児前掲論文)。

(40) 浅尾広良『源氏物語の准拠と系譜』翰林書房、二〇〇四年所収「嵯峨朝復古の桐壺帝」(初出二〇〇〇年)参照。

その回想的なイメージは、紅葉賀に続く花宴巻において、光源氏への気持ちをより積極的・直接的に描写した、藤壺の心内表現として再浮上する。

藤壺は、すでに母になっている。彼女は、愛子をはさんで、ひそかに真の夫となったかつての密通相手に対し、その客観的状況のあやうさを冷静に勘案はするものの、さらに深めた思索の果てに、あらためて光源氏を想うことを止められない。

きさらぎの二十日あまり、南殿の桜の宴せさせたまふ。后、春宮の御局《つぼね》、左右《さいう》にして、まうのぼりたまふ。弘徽殿《こきでん》の女御、中宮のかくておはするを、をりふしごとにやすからずおぼせど、物見にはえ過ぐしたまはで参りたまふ。(中略)

楽《がく》どもなどは、さらにもいはずととのへさせたまへり。やうやう入り日になるほど、春のうぐひすさへづるといふ舞、いとおもしろく見ゆるに、源氏の御紅葉の賀のをり、おぼしいでられて、春宮、かざしたまはせて、切《せち》に責めのたまはするに、(光源氏も)のがれがたくて、立ちて、のどかに、袖かへすところをひとをれ、けしきばかり舞ひたまへるに、似るべきものなく見ゆ。左の大臣、うらめしさも忘れて、涙落としたまふ。「頭の中将、いづら。遅し」とあれば、柳花苑《りうくわゑん》といふ舞を、これは今すこし過ぐして、かかることもやと心づかひやしけむ、いとおもしろければ、御衣《ぞ》たまはりて、いとめづらしきことに人思へり。上達部皆みだれて舞ひたまへど、夜に入りては、ことにけぢめも見えず。ふみなど講ずるにも、源氏の君の御《おん》をば、講師《かうじ》もえよみやらず、句ごとに誦しののしる。博士どもの心にも、いみじう思へり。

かうやうのをりにも、まづこの君を光にしたまへれば、帝もいかでかおろかにおぼされむ。中宮（＝藤壺）、御目のとまるにつけて、春宮の女御（＝弘徽殿の女御）のあながちに憎みたまふらむもあやしう、わがかう思ふも心憂《う》しとぞ、みづからおぼしかへされける。

　おほかたに花の姿を見ましかばつゆも心のおかれましやは

御心のうちなりけむこと、いかでか漏りにけむ。夜《よ》いたうふけてなむ、事果てける。（花宴巻）

藤壺は、またしても袖を振る源氏の舞を見て、今度は確実に自分の意志で、光源氏への思いを見つめる（「みづからおぼしかへされける」「御心のうち」）。そしてここでは、これまでよりもずっと深い彼への愛の自覚が描かれている。というのは、紅葉賀では、「おほかたに」と答えて光源氏をはぐらかしたはずの藤壺が、ここではもはや「おほかたに」は、彼を見つめることができない。その重たい心情を、「御心のうち」で漏らしているからである。

それは、桐壺の巻から数えておおむね三度目の、大きな、音楽による心の通い合い、交情のほのめかしであった。成人の後の桐壺巻での音楽の「聞こえかよひ」を発端に、密通・懐妊の後の紅葉賀青海波試楽、そして出産後の花宴での回顧と青海波。人の人生においてかけがえのないイニシエーションである、成人・結婚・出産の真実が、しかし藤壺と光源氏にとっては決して露顕してはならない裏側のくびきとして、読者にだけ明かされる。そのエポックはいつも「遊び」＝音楽と共にあった。

花宴の場面では、少なくともようやく藤壺の側に、確実な変化もしくは進展が顕在する。だから、あの華やかな紅葉賀の試楽が想起されると、『胡旋女』の諷喩も形を変えて響き合い、その背後にあった危うさ・裏切りまでもが併せて顕在してしまいそうで、事情を全て知っている読者をはらはらさせるのだ。

同じような出来事は、実は若菜下で繰り返され、より不穏さを増す。朱雀院五十賀の試楽である。紫の上の病、柏木と女三宮の密通と懐妊――病と、紫の上の存在と、密通と懐妊の夢…、それはあたかも若紫巻の結構の皮肉ななぞらえである――を経て、延引が繰り返される。特に、かつての紅葉賀の故実の時期を超えてしまうことも、さりげなく確認される。「十月にとおぼしまうくるを、姫宮（＝女三の宮）いたくなやみたまへば、また延《の》びぬ」、そしてようやく十二月に試楽の運びとなる。柏木は「重くわづらふよし申して参らず」のはずが、結局参上し、光源氏と会見を持つことになった。

こうして、若菜下から、紅葉賀の光源氏が再照射される。あのころは、何も気付かない帝だと思っていたが、いざ自分の身に引き替えてみると、父の秘めたる心が推し量られて恐ろしい。「故院の上も、かく御心にはしろしめしてや、知らず顔をつくらせ給ひけむ、思へば、その世のことこそは、いとおそろしくあるまじきあやまちなりけれ」（若菜下）。逆転する立場を痛切に自覚しつつも、かつての父とは異なって、柏木に対し、恨めしげに圧力をかけずにはいられない、現在の光源氏が対置される。紅葉の賀では不敵に愛を貫く光源氏が『胡旋女』をなぞるように描かれていたが、今度は、その光源氏の邪視に気圧され、次巻の柏木巻で、死に至ることになる悲劇の柏木がいる。

あのときはまた、光源氏の「おほけなき心」を気にする大人の藤壺が、少なくとも表面上は気振を見せず、静かに彼を見つめるだけであった。ところが、女三宮の幼さは、柏木からの手紙を光源氏に見つけられてその怒りを発現させ、柏木を窮地に陥れ、いずれ柏木をも光源氏をもあきれさせることになってしまう。光源氏は、位置構造だけは、あのときの桐壺帝に相当する。試楽の場も、清涼殿ならぬ彼の私邸、六条院であった。ところが、似ていたはずの出来事は、全てにおいて、悉くに食い違って、おかしいほどだ。

本番の御賀は、柏木の病により延引するが、暮れには行われる。もはや柏木の不在は既定のものとなった（以上若菜下巻）。間もない死が訪れるだろう（柏木巻）。

前置される若菜上巻では、光源氏の四十賀が描かれていた。そこでは、紅葉賀での故実が想起されている。「これらの「若菜」上下巻の算賀の方は物語以前の史実の上演例にほぼ忠実であって、故実慣例からはみ出していない」（堀淳一 前掲「青海波選曲の理由」）。描かれる故実は、じつはいずれもまっとうであった。ところがあえて物語は、若菜下における、文字通りの「朱雀院行幸」の算賀においてのみ、かつての紅葉賀での朱雀院行幸の故実に触れない。またしても、注目すべき非在があった。

## 6　物語の外側へ――史実化する『源氏物語』青海波

このあと、物語の外側では、いずれ院政期に青海波が算賀の舞として〈復活〉し、白河五十賀、鳥羽五十賀、後白河五十賀と受け継がれる。そこには研究史が重ねられつつある『源氏物語』の故実化の問題があるが、如上のネガティブなコンテクストを抱えた『源氏物語』世界が、先蹤として受け継ぐ院たちの目にどのように映っていたのか。幾代かの継承の中の屈折や変奏をどう読むか。そうした視点も私に興味深いことがらである。その一端については、次章に送り、ひとまず本章を終えたい。

†第五章

# 胡旋舞《こせんぶ》の表象――光源氏と清盛と

## 1 『政範集』と「新楽府」そして『源氏物語』

『政範集』と題する私家集がある。かつて井上宗雄により紹介と分析がなされ、「鎌倉中期も終わり頃の家集」と推定された作品である。井上は、『政範集』の「特色・意義」として、「源氏物語の歌と共通する句」が「多い」ことを挙げ、同時に「この集で最も興味深いのは、新楽《しんが》府《ふ》の歌、…物語の人物や実在の文学史的人物を題にした歌、源氏物語巻名和歌などであろう」などと指摘する。▼注(1) 中には、その特徴が融合して、『白氏文集』「新楽府」の一編『李夫人《りふじん》』を歌

(1) 井上宗雄「藤原政範集を紹介し実材卿母集等との関係に及ぶ」(『国文学研究』第六十九集、一九七九年一〇月)。

題に詠じながら、「源氏物語の歌と共通する句を」有する、次のような和歌もある。

李夫人

79 おもひあまりかべにそむくるともし火のかげにうかれしたまぞかなしき▼注(2)

井上は、この歌と『源氏物語』橋姫巻の、

目の前にこの世をそむく君よりもよそに別るる魂《たま》ぞ悲しき

という和歌とを対比して掲げている(前掲論文)。試みに『新編国歌大観』を検索してみると、「たまぞかなしき」という句はこの両歌にしか見られないという、顕著な傍証が確認できる。

この歌は、橋姫巻の掉尾《ちょうび》に現れる。薫がたまたま見出した、柏木が女三の宮へ送った手紙の遺筆で、薫の実の両親の贈答歌の一首であった。『源氏』の和歌自体は、『花鳥余情』が「古今声をたにきかて別るゝ玉よりもなき床にねん君そかなしき」と指摘するように、『古今和歌集』歌(858)を本歌とするものである。▼注(3) 本来、「新楽府」とも『白氏文集』とも交差しない。『古今』歌は、巻十六の「哀傷」という部立ての中に配される。詞書には「をとこの人のくににまかれりけるまに、女にはかにやまひをして、いとよわくなりにける時、よみおきて身まかりにけるよみ人しらず」とある。女の死を悼む男の歌である。『源氏』はこれを本歌として、柏木という男の死の予感に響かせる。

(2)『政範集』の本文は、『新編国歌大観』第七巻に依拠し、井上宗雄編・解説『中世歌書集』(古典文庫417)を参照して示した。

(3) 伊井春樹編『源氏物語引歌索引』笠間書院、一九七七年を参照した。

『政範集』の和歌は、その歌情を『源氏』の本歌『古今』歌の持つ女への哀傷へと遡及的に転じる。そして『源氏物語』にも馴染みの深い『李夫人』の一節「魂之不ㇾ来君心苦　魂之来兮君亦悲　背ㇾ燈隔ㇾ帳不ㇾ得ㇾ語」に見える「魂」「背く」「悲し」を重ねて『源氏』歌を本歌取りし、李夫人への帝の哀傷の境地を重ねて表現する。「新楽府」と『源氏物語』愛好の歌詠とが、このように一体的に成就される、という詠作のありかたも、本歌集において留意すべきことである。▼注(4)

『政範集』は、この和歌に続けてあと二首、『白氏文集』の篇名を歌題とする和歌を続けて載せている（80『王昭君』、81『陵園妾』）。もっともこれら三首は、「新楽府」中でも代表的な三妃（「新楽府」の『上陽白髪人』、さらに『長恨歌』の楊貴妃とを併せて、後代「五妃曲」が構成される▼注(5)）に関するものであり、その選択には取り立てて特筆すべき点はない。しかし『政範集』は、これらの和歌とは別に、「この集で最も興味深い」「新楽府の歌」群として、「新楽府の題をさぐりて人人よみ侍りりしとき」という詞書に始まる、「144～164」の「探題による新楽府の題」を持つ二十一首もの歌群を有していた。

新楽府五十編の内、上陽人・李夫人・陵園妾など、歌題になるものはふつう集中してるようだが、このように多くを探題にして詠んだのは珍しいのではあるまいか。（井上前掲論文）

『政範集』の現存伝本（天理大学附属天理図書館蔵）は、「新楽府」二〇番の詩を通行本文の「縛戎人」ではなく、「傳戎人」という、古写本系の本文で伝える（151）など（「百練鏡」（152）という表記も見える）、「新楽府」受容史上にも注目すべき面がある。▼注(6)

（4）たとえば、「源氏物語からの引用と同時に長恨歌の採用であるとも言え」る、「両者の融合調和した形は、今鏡に多い手法である。」（河北騰「今鏡に見える源氏物語」『歴史物語論考』笠間書院、一九八六年、初出一九八五年）と指摘されるような関連の事象もある。『唐物語』にも類同する方法がある（麻原美子「我が国の「長恨歌」享受―長恨歌絵と長恨歌物語（説話）をめぐって―」（川口久雄編『古典の変容と新生』明治書院、一九八四年）。なお本書第二章参照。

（5）「五妃曲」とその形成については、近藤春雄『白氏文集と国文学　新楽府・秦中吟の研究』第四章「五妃曲と国文学」、太田晶二郎「『白氏五妃曲』について」「『白氏五妃曲』發見」（『太田晶二郎著作集　第一巻』吉川弘文館、一九九一年所収、初出一九六五、六八年）、安野博之「慶長勅版『長恨歌琵琶行』『白氏五妃曲』の刊行について」（『汲古』三六、一九九九年十二月）他参照。

（6）「傳戎人」の本文については、静永健『白居易「諷諭詩」の研究』第三章「白居易「新楽府」の創作態度」（勉誠出版、二〇〇〇

## 2 『胡旋女』と「廻雪」・「雪をめぐらす」の周辺

こうした特徴を有する『政範集』のなかで、私に着目したいのは、「新楽府」歌群の中の次の一首である。

胡旋女

146 しろたへのゆきをめぐらす色ぞとやならべてあがる袖はみゆらむ

『新編国歌大観』で検索する限り、「胡旋女《こせんじょ》」を歌題とする和歌は、この一首しか所見しない。この歌には意外な「珍し」さがあるのである。

「新楽府」第八『胡旋女』については、前章で詳述した。都にもたらされた胡旋舞をする女の描写によそえて、玄宗《げんそう》皇帝をめぐる、安禄山《あんろくざん》と楊貴妃の背信をほのめかし、時世を諷諭《ふうゆ》する内容を持つ歌である。先の和歌は、『胡旋女』の冒頭近くで、胡旋する女の舞いぶりを次のように謡う場面を詠じたものである。

胡旋女　胡旋女　心応絃　手応鼓　絃鼓一声雙袖擧（絃鼓《げんこ》一声双《なら》べる袖挙《あが》る）　廻雪飄颻轉蓬舞（廻雪飄颻《ひょうよう》転蓬《てんこ》の如く舞ふ）　左旋右轉不ㇾ知ㇾ疲（左に旋り右に転じて疲るる事を知らず）　千匝万周無二已時一（千たび匝《めぐ》り万たび周《めぐ》りて已《や》む時無し）…

年）、「百練抄」については、太田晶二郎「「百練抄」か「百鏡抄」か」（『太田晶二郎著作集　第一巻』吉川弘文館、一九九一年所収、初出一九五〇年）参照。ただし『政範集』のこの歌群に採られた新楽府の歌題は、二王後、上陽人、胡旋女、大行路、司天台、捕蝗、五絃弾、傳戎人、百練鏡、青石、西涼伎、杜丹芳（牡丹芳）、紅線毯、母別子、李夫人、塩商婦、杏為梁、隋堤柳、草范范（草茫茫）、古塚狐、採詩官、の二十一題だが、篇名に誤写と覚しき部分（傍線部）もある。

詠歌の対象となった傍線部の語句のうち、上の句の中心的対象となる「廻雪」に、まずは注目しよう。山本敏雄に依れば、「廻雪」とは、「白居易《はくきょい》の他の詩に三例見られ」る句であるが、それらは「すべて舞踏についての詩であ」る。語句の意味は、「緩やかな、或いは細かな動きを伴った旋転運動によって舞衣の袖や裾が揺れることをいう」。「白居易の舞蹈表現で旋転運動を描写するときの常套語」である。[7]『政範集』の和歌も、その句が「舞踏表現」であると認識しつつ詠まれている。「廻雪」に、雪の白さという視覚的要素を加えて「しろたへのゆきをめぐらす色」と訓じ、「双袖挙」＝「ならべてあがる袖」の舞姿を詠み込んだ題詠歌だと理解される。

和歌史において、「廻雪」を「ゆきをめぐらす」と訓じて[8]舞を表し、[9]「袖（もしくは袂）」と併せ詠じることとは、初出『住吉社歌合　嘉応二年』以来の類型を襲う。

8　つきかげにかなづるきねがころもではゆきをめぐらすここちこそすれ

…右歌、まひのすがたをいふに廻雪といふことのあるを、いま月のひかりによせてゆきをめぐらすとみゆらむこころいとをかしくはみゆるを…

（『住吉社歌合　嘉応二年』四番　藤原実綱（右））

家集、述懐歌中　同（為家）

7346　世にあまる人のなげきの涙こそ雪をめぐらす袖はぬるらめ

（7）山本敏雄「白居易と胡旋舞」（『東洋学論集』第二号、愛知教育大学東洋学教室、一九九七年七月）。

（8）「雪ふきまわす」という表現もあるので付記しておく。

33　そなれ松むめがえかざす木のまより雪ふきまわす春の山かぜ

…そなれまつの梅がえをかざして廻雪の袖とみえんこと、たくみにこそきこえ侍めれ…（『若宮社歌合　建久二年三月』）

（9）『新編国歌大観』によれば、「雪をめぐらす」の用例は十数例だが、概ねこの文脈である。鎌倉初期の次の二首は、男山石清水を題に、神事の小忌衣を「山藍の袖」と詠んで「雪をめぐらす山」とつなげているが、漢語「廻雪」との関係や「舞」とのつながりが明示的ではない点で、むしろ珍しい例である。

2649　いはし水春さく花のちる空に雪をめぐらす山あゐの袖（『拾玉集』春日百首草・諸社・八幡）

14160　霞しく雲ゐの春の空ながら雪をめぐらす山あゐの袖

廻雪を　同

7347 世にふれば袖こそぬるれあめの下雪をめぐらす人を見るにも

舞を　同

7348 雪のうちに雲のうへ人たちまひてめぐらす庭の袖ぞゆかしき

（『夫木和歌抄』十八）

245 こよひこそ雲井はるかにのぼるなれゆきをめぐらす天津をとめ子

（『文治六年女御入内和歌』十一月　五節参入　宮）

343 をとめ子が雪をめぐらす袖のしもふりにし代代のあとぞおぼゆる

（尭孝『慕風愚吟集』豊明節会）▼注(10)

舞う袖を雪の白い色になぞらえるのも、格別珍しい趣向ではない。

685 さもこそは雪をめぐらす色ならめおもかげに見ゆるうす物の袖

（『正治後度百首』（正治二年（一二〇〇）宴遊）

それもまた「廻雪」に関わる趣向であった。

（『夫木和歌抄』（禁中／寛喜元年女御入内御屏風、石清水臨時祭）正三位知家卿）ただし知家の和歌は先引の「ゆきをめぐらす天津をとめ子」（『文治六年女御入内和歌』）という入内屏風和歌先蹤を承け、「舞」に連なる。

(10) この他、正徹『草根集』に数首が集中的に詠まれている点が注意されるが、これについては「行雲廻雪体」という歌論用語と関係がある。稲田利徳「正徹の歌論と和歌―行雲廻雪体とその周辺」（『国文学解釈と鑑賞』七二―五、二〇〇七年五月）参照。

2019　あまつそでふるしらゆきにをとめごが雲のかよひぢ花ぞちりける

…右歌、まつ袖こそおぼつかなく侍れ、天をばあまつそらと申す、天衣の儀にいひならへる事こそ、よく侍れ。ふるしらゆきは、廻雪の曲ときこえはべり。（『千五百番歌合』千十番右・家隆朝臣▼注(11)）

ここで「廻雪」（及び「回雪」▼注(12)）について、本邦の用例を見ておく必要がある。その語誌については、『角川古語大辞典』及び『日本国語大辞典　第二版』の解説が相補して概観に適しているので、併せ掲載する。

風に翻って舞い散る雪の舞。美しい舞姿の形容として「廻雪の袖」という例が多く、また、「行雲廻雪」と連ねて用いることが多い。『文選・洛神賦』に「飄颻として流風の雪を廻らすが如し」とあるのから出て、謡曲にも「雪を廻らす舞の袖（謡・胡蝶）」とか、「雪を廻らす白雲の袖（謡・羽衣）」などとも使われる。「先ず万歳楽、次いで賀殿、次いで陵王、廻雪之袖夏に当つて頻りに翻る」〔長元八年関白家歌合〕「廻雪之袖暗（そら）に薫ず」〔新撰朗詠・上〕「神女空より降り下り、清見原の庭にて廻雪の袖を翻し」〔源平盛衰記・一〕「伶倫遏雲の曲を奏し、舞童回雪の袖を翻せば」〔太平記・二〕（『角川古語大辞典』）

①風に吹きまわされる雪。また、風が雪を吹きまわすこと。＊曹植‐洛神賦「髣髴兮若二軽雲之蔽一レ月、飄颻乎若二流風之回一レ雪」②風に舞う雪のように、巧みに袖をひるがえして舞う舞姿をたとえていう。↓回雪の袖（そで）。＊玉造小町子壮衰書〔10C後〕「洛川廻

(11) ここは「廻雪」をフル（振る・降る）「白雪」と詠んでいる点で、「廻雪曲」「白雪曲」をめぐる『和漢朗詠集』注釈史上の混乱と関わって興味深い。「廻雪曲」と「白雪曲」をめぐる『朗詠』注の混乱については、河村奈穂子「『源氏物語』東屋巻「楚王の台の上の夜の琴の声」―白雪曲・廻雪曲との関連について―」『甲南大学紀要（文学編）』一四三、二〇〇六年三月）に詳論がある。

(12)『日本国語大辞典　第二版』は見出し語として「回」と「廻」の両形を挙げる。『大漢和辞典』は「洛神賦」を「回雪」として立項するが、本稿では原文通り「廻雪」と引用した。本邦での用例も『太平記』（日本古典文学大系）巻二の「伶倫遏雲ノ曲ヲ奏シ、舞童回雪ノ袖ヲ翻セバ」とあるのが目立つぐらいで、「廻雪」の表記が一般的である。

雪常処二袖中一」＊明衡往来〔11C中か〕上末「人長某。舞躰雖無二廻雪之曲一。口伝猶承二家風之塵一」＊海道記〔1223頃〕手越より蒲原「その後、天人かへり、廻雪は春の花の色、峯にとどまる。曲風は歳月の声」＊名語記〔1275〕五「舞には廻雪の異名あり。めぐるはまはる、同心也」＊伊呂波字類抄〔鎌倉〕「廻雪 クハイセツ 舞曲也。翻廻雪之袖」＊張衡-観舞賦「裾似二飛鸞一、袖如二廻雪一」③「かいせつたい（回雪体）」の略。＊所々返答〔1466～70〕（引用略）…

かいせつの=袖（そで）〔=袂（たもと）〕巧みに舞って、風に舞う雪のようにひらひらと翻す袖。また、そのような舞いぶり。＊中右記-寛治二年〔1088〕一〇月二八日「今日依二大乗会結願一、院御二幸法勝寺一、多佐忠初舞二採桑老一、廻雪之袖、神也妙也」＊源平盛衰記〔14C前〕一・五節夜闇打「琴を弾じ給ひしに、神女空より降り下だり、清見原の庭にて廻雪（クヮイセツ）の袖を翻し」＊太平記〔14C後〕二・南都北嶺行幸事（引用略）（『日本国語大辞典 第二版』）

右にも引くように、早くは『賀陽院水閣歌合《かやのいんすいかくうたあわせ》』（長元八年（一〇三七））に、

…其後奏二音楽一、先万歳楽、次賀殿、次陵王、廻雪之袖当レ夏頻翻…

と舞楽を評する。中世になると、

糸竹はみみをよろこばしむる物なれども、其こゑ風をつながぬがごとし、廻雪は目を驚かす物なれども、その姿影をとどめぬににたり（『新三十六人撰　正元二年（＝一二六〇）』序）

如上、「糸竹」と対にされる。それほどに、譬喩の域を超えて「廻雪」は、舞の代名詞として定着していたようである。

## 3　「廻雪」の典拠

こうした「廻雪」自体のイメージ展開の典拠として、辞書解説にも引用されるように、漢籍の『文選《もんぜん》』巻十九『洛神賦《らくしんふ》』と、張衡《ちょうこう》の『(観)舞賦』（『初学記』他に逸文として所引）▼注(13)の存在がある。そして両賦は、イメージを補い合いながら、混淆的に享受されたと覚しい。

『初学記《しょがくき》』巻第二、天部下、雪第二をみると、「廻雪」は「洛渚宓妃」の項目にあり…『文選』にある曹子建の「洛神賦」から引用があり、風に吹き廻る雪のような洛水《らくすい》の女神の姿を形容した語とある。（中略）これは『初学記』「雪」…に引かれており、雪を連想させる語でもある。そこには音楽との関わりがない…『和漢朗詠集』の諸注釈には「廻雪曲」をいうものがみえる。（中略）「廻雪曲」は舞に関係する曲である。それは『初学記』巻第十五、楽部上、舞第五に、「張衡「舞賦」、（中略）裾似㆓飛燕㆒、袖如㆓廻雪㆒。」とあるように、袖を翻し舞う姿を表現している。また、菅原道真の『菅家文草』巻第二〈一四八〉「早

(13)『文選』李善注本は『文選附校異』（藝文印書館）、同六臣注は『宋本六臣註文選』（廣文書局）によった。なお『洛神賦』の享受については、渡辺滋「古代日本における「洛神賦」受容―秋田城出土木簡の性格を中心として―」（『文学・語学』二〇七、二〇一三年十一月）など参照。張衡の詩文については、張震澤校注『張衡詩文集校注』上海古籍出版社、一九八六年を参照した。同書には逸文とその所在、また本文の相違に関する注記もなされており有益であるが、引用に際しては、同書に指示された原典によった。

春内宴、侍二仁寿殿一、同賦三春娃無二気力一、応製一首。」に、「舞身廻レ雪霽猶飛」と内宴での舞姫の舞い姿は「舞身」と表現され、それを「廻雪」のようであるとしている。また白楽天の新楽府、「胡旋女」にも、「絃鼓一声双袖挙、廻雪飄颻転蓬舞」と舞を舞う姿を「廻雪」と表現している。そして「飄颻」の語であるが、これは「廻雪」の語と共に「飄颻兮若二流風之廻一レ雪」と曹子建の「洛神賦」にもみえる語である。白楽天の詩には、舞姫の舞い姿を表現しながら、その舞姫の姿に洛水の女神の姿を重ねて詠んでいる。（河村奈穂子「『源氏物語』東屋巻「楚王の台の上の夜の琴の声」―白雪曲・廻雪曲との関連について―」）▼注(14)

右に若干補足すれば、『懐風藻《かいふうそう》』34「正六位上左大史荊助仁。一首。年三十七」の「五言。詠美人。一首」に「巫山行雨下。洛浦廻雪霏。」とあるように、「廻雪」の句には『文選』巻十九「宋玉高唐賦」の一節「妾在二巫山之陽、高丘之岨一…旦為二朝雲一、暮為二行雨一」が（隣接する「神女賦」のイメージも重ねつつ）対として合わされて、「洛雪廻レ光罷。巫雲行レ影空」（『文華秀麗集』九二、「奉和侍中翁主挽歌詞。二首。巨識人」の内）のような表現を形成する。同時に「洛神賦」「舞賦」「高唐賦」の三者が渾然と一体化して、「楚澤行雲無復有　洛川廻雪重還軽」という、空海の句（『続遍照発揮性霊集補闕抄』巻十・110「詠十喩詩」詠如幻喩）を生む。この句は『別本和漢兼作集』566に所引するが、空海撰述の伝承を有する『玉造小町子壮衰書』の一節「巫峡行雲常在二襟上一　洛川廻雪処二袖中一」はその流れを直接的に承けている。▼注(15)

一方で、その『玉造小町子壮衰書』の句が「○洛川廻雪―洛陽をながれる洛水の神女を宓妃《ふくひ》といい、その舞う姿は雪が風に吹かれて廻るように軽やかであったという。○処袖中―洛川の

（14）『甲南大学紀要（文学編）』一四三、二〇〇六年三月。

（15）引用は岩波文庫。この句は後世の「行雲廻雪体」という用語に連なる対句である点に注目される。ただし正徹の「行雲廻雪体」には舞の要素が欠落している点も興味深い。なお「洛水」「洛川」については、原卓志「本邦における漢語の意味用法の変化―固有名詞出自漢語を例として―」（『国文学攷』百十二、一九八六年十二月）参照。「疑秋雪之廻洛川」（『和漢朗詠集』菊・263）は、酒杯に揺ぐ菊花を詠む（紀納言）。

神女の風姿が女人の袖振る姿を彷彿するをいう」（岩波文庫・杤尾武脚注）と釈されるような表現を形成するためには、「音楽との関わりがない」『洛神賦』が「廻雪」という語を共有する張衡の『舞賦』と結びつき、「廻雪」をめぐる袖と舞（音楽）のイメージの拡がりを構成することが必要なのである。

菅原道真もまた「若化二廻雪於洛水一、則照二恵日一以導二西方一。若伴二行雨於巫山一、則載二慈雲以接二天衆一。」（『菅家文草』巻十一・646「為源大夫〔源湛〕、亡室藤氏七々日、修功徳願文。〈貞観十六年十一月十日〉」）と詠み、先蹤《せんしょう》を踏まえて「洛水」と「巫山」とを番《つが》えている。一方で道真は、河村も引くように「舞身廻雪霽猶飛」（『菅家文草』巻二・148「早春内宴、侍仁寿殿、同賦春娃無気力、応製一首」）という詩句も制作している。だがこちらのほうは、道真の『白氏文集』愛好を勘合《かんごう》すれば、日本古典文学大系の頭注（川口久雄）が指摘する如く、『洛神賦』と『舞賦』の二賦に加えて、『胡旋女』をより意識した句と見るべきであろう。

同『菅家文草』巻二・148の詩には序がある。そのなかに、

韶光入レ骨、飛二紅袖一以羸形。彼羅綺之為二重衣一、妬二無レ情於機婦一、管絃之在二長曲一、怒二不レ関於伶人一。変態繽紛、神也又神也。新声婉転、夢哉非レ夢哉。

という一節がある。藤原基俊《もととし》『新撰朗詠集《しんせんろうえいしゅう》』下「妓女」には、以下のように「廻雪」の当該句ではないものの、『胡旋女』の一節を引く。そして、「廻雪」の語を詠む道真の「春娃無気力」詩序の一文と、一句を隔てて並べ挙げている。

妓女

660　玉容寂寞涙欄干　梨花一枝春帯雨　〈長恨歌　白〉
661　梨花園中冊為妃　金雞障下養為児　〈胡旋女　白〉
662　玉貌自宜双黛翠　桃李独咲一枝春　〈贈妓女　賀蘭遂〉
663　陽気陶神　望玉階而余喘　韶光入骨　飛紅袖以羸形　〈春娃無気力　菅〉
664　鴛鸞連袂謳吟　窈窕隔簾談咲　不知陽台朝雲之未帰歟　亦不知洛浦神皇之交会歟　〈第一皇女着袴翌日藤民部卿〉
665　綺羅脂粉粧無暇　不謝巫山一片雲　〈貧女吟　紀家〉
665　若非宋玉家辺女　疑是襄王夢裏人　〈豊楽宮舞姫　江相公〉（下略）

『胡旋女』の前句には『長恨歌』を引いて、楊貴妃になぞらえている。さらにそれが、「宋玉」「襄王」という『洛神賦』的世界に続いていることも注意すべきことである。

「廻雪」句表現へ『胡旋女』が与えた影響は、同じ『新撰朗詠集』上・落花の冒頭・116に、

遮沙風而宛転　廻雪之袖暗薫（渡水落花舞　匡衡）

という句が引かれることからも傍証される。「宛転」という表現（前掲の道真の詩序にも見えていた）と連続して用いられる「廻雪之袖」の句は、『胡旋女』依拠をより明確に示す。後掲するように、『胡

旋女』には「臣妾人学円転」とあって、類音で類似句の「円転」という語が用いられていたのである。

釈信救（覚明）の『新楽府略意』もまた、『胡旋女』の「廻雪」の句を「舞」とことわって次のように注釈している。

廻雪者、文選注云、舞二有廻雪之曲一…

右の注は、曖昧な表現であるために、出典の認定には慎重な判断が必要である。▼注(16) しかし少なくとも『文選』巻二十五、陸士龍の詩「為二顧彦先一贈レ婦二首」の一節、

軽裾猶二電揮一双袂如二霧散一　華容溢二藻幄一哀響入二雲漢一

についての李善注に関連があることは間違いない。『文選』原文の前句「軽裾猶《な》ほ電《いなづま》の揮《ふるふ》がごとく、双袂霧の散ずるが如し」について、李善注は「張衡舞賦曰、裾若二飛燕一袖如二廻雪一徘徊、相侔瞥若二電伐一」と所引するからである。▼注(17) この注がより重要なのは、「華容溢藻…」の後句について「洛神賦曰華容阿那…」と注を始め、さらに右の二句の直前にある「鳴簧発二丹脣一朱絃繞二素腕一」句の注の末尾には「洛神賦曰攘二皓腕一」と引く点である。この詩の注釈において、『洛神賦』・『舞賦』両賦接触の場が用意されている。これもまた、『洛神賦』・『舞賦』と『胡旋女』とが連続して理解されたことを示している。

(16)「班女閨中秋扇色　楚王台上夜琴声　尊敬」（『和漢朗詠集』雪）という句に、やはり覚明が「文選注曰、琴有二廻雪曲一」（『和漢朗詠集私注』）と注している（『和漢朗詠集古注釈集成』第一巻）。これは下句の典拠が「高唐賦」「神女賦」と同じく楚の襄王と宋玉をめぐる賦、『文選』巻十三『宋玉風賦』であることと関連するだろう。ただし「廻雪曲」という表現と「琴」との関わりは、杤尾武「和漢朗詠集私注引用漢籍考」（『成城国文学論集』一四、一九八二年三月）が未詳とするように、不明である。杤尾は「白雪曲をいうか」として、『文選』及び同李善注に見える「白雪」句を参考として所引する。この問題を『源氏物語』と関連させて詳論したのが河村奈穂子前掲論文である。ただし両論文とも「舞」とある『新楽府略意』には言及していない。

(17) この部分、引用の『張衡舞賦』本文に疑義があるが、原文のまま示す。なお『洛神賦』の「廻雪」の部分については、李善注も六臣注本にも注を施さない。

なお『胡旋女』依拠と覚しい『新撰朗詠集』「廻雪之袖暗薫」句には、袖の「薫」が詠み込まれていた。それはまた、鎌倉期和歌の「雪をめぐらす」という表現にも波及する。

247　めであかぬ雪をめぐらすそでの香にうつる心やおもかげにたつ
（『為忠集』、鎌倉中期頃）

548　をとめごがゆきをめぐらす袖のかにうつりはてにしわがこころかな
（『光経集』「前伊勢守清定、舞女いざなひて吉田にまうできてあそび侍りてのち、二、三日ばかりありてつかはし侍りし」と詞書）

こうして問題は、『胡旋女』の潜在的享受の相をも捉える。『政範集』の『胡旋女』詠が「雪をめぐらす」と詠まれることの背景には、少なくとも如上の脈絡が存していたのである。

## 4　『胡旋女』の寓意と青海波

『源氏物語』を愛好し、その世界を「新楽府」と交錯させて和歌を詠む人であった『政範集』作者は、結果的に歌題としては珍しい『胡旋女』を対象として詠じた。その選択には、また示唆的なものがある。すでに本書前章で述べたように、この『胡旋女』は、『源氏物語』に、潜在的な〈秘められた寓意〉として響いている、とおぼしいからである。以下、前章を振り返りながら摘記して、問題点を確認しておこう。

中原自有二胡旋者一　　中原に自ずから胡旋する者有り。

（中略）

天寶季年時欲レ變　　天宝の季年、時変ぜんと欲す。

臣妾人人學二圓轉一　　臣妾の人人、円転を学ぶ。

中有二太眞一外祿山　　中に太真有り、外に禄山あり。

二人最道能胡旋　　二人最も道《い》ふらく　能く胡旋すと。

梨花園中册作レ妃　　（＝楊貴妃は）梨花園の中に册して妃と作す。

金雞障下養爲兒レ児　　（＝安禄山は）金鶏障の下に養はれて児為り。

祿山胡旋迷二君眼一　　禄山の胡旋は君（＝玄宗）の眼を迷はし、

兵過二黄河一疑レ未レ反　　兵黄河を過ぎて未だ反せずと疑ふ。

貴妃胡旋惑二君心一　　貴妃の胡旋は君の心を惑はし、

死棄二馬嵬一念更深　　死して馬嵬に棄てられて念ひ更に深し。

右のように『胡旋女』は、「中に太真有り、外に禄山あり」と叙述して、養母と義子の関係にあった安禄山と楊貴妃の二人が、心を通じ合わせて、玄宗に背信したことを諷諭する。それは、『長恨歌』における玄宗と楊貴妃の純愛について、作者白居易自らが、裏面を暴露するかのように形象した。この印象的な描写は、安禄山・楊貴妃密通説の起源となったとも考えられている。

そして、第一章で詳述したように、玄宗皇帝・楊貴妃・安禄山と桐壺帝・藤壺・光源氏というそれぞれの愛情の三角形は、いずれも無知で善意の帝からのひたすらに等値の寵愛を前提にした、義母と義子との不倫の密通という構造を類似させる。『胡旋女』の表徴する世界には、『源氏物語』を理解する上で、きわめて本質的な要素が含まれているのである。

逆に、『源氏物語』から『胡旋女』の構図が彷彿とされる場面があった。紅葉賀巻の青海波《せいがいは》試楽の場面である。「神無月の十日あまり」、桐壺帝は、朱雀院に行幸して算賀し、その場で青海波を所演させることになった。舞人は、光源氏と頭中将である。「世の常ならず、おもしろかるべきたびのことなりければ、御方々、物見たまはぬことを、くちをしがりたまふ。上も、藤壺の見たまはざらむを、飽かずおぼさるれば、試楽を御前《ごぜん》にてせさせたまふ」(紅葉賀巻・冒頭)。帝は、その華麗さを藤壺にも見せたくて、清涼殿東庭での試楽《しがく》を命じた。

源氏の中将は、青海波をぞ舞ひたまひける。片手には大殿《おほいとの》の頭の中将、容貌《かたち》、用意、人にはことなるを、立ち並びては、なほ花のかたはらの深山木《みやまぎ》なり。入りかたの日かげ、さやかにさしたるに、楽《がく》の声まさり、もののおもしろきほどに、同じ舞の足踏み、おももち、世に見えぬさまなり。詠《えい》などしたまへるは、これや、仏の御迦陵頻伽《かりょうびんが》の声ならむと聞ゆ。おもしろくあはれなるに、帝、涙をのごひたまひ、上達部、親王たちも、みな泣きたまひぬ。詠果てて、袖うちなほしたまへるに、待ちとりたる楽のにぎははしきに、顔の色あひまさりて、常よりも光ると見えたまふ。春宮の女御、かくめでたきにつけても、ただならず思して、「神など、空にめでつべき容貌かな。うたてゆゆし」とのたまふを、若き女房などは、心憂しと耳とどめけり。藤壺は、おほけなき心のなからましかば、ましてめでたく見えまし」と思すに、夢のここちなむしたまひける。

藤壺は、光源氏の自らに向けられた「おほけなき」思慕に困惑し、そんな心をお持ちでなかったら、このすばらしい舞を私ももっと堪能できたのに、と嘆く。なのに帝は、驚くほど無邪気に、光源氏の舞がすぐれていることを藤壺と語り合おうとする。

（帝）「今日の試楽は、青海波に、事みな尽きぬな。いかが見たまひつる」と聞えたまへば、あいなう、御いらへ聞えにくくて、（藤壺）「異《こと》にはべりつ」とばかり聞えたまふ。（帝）「片手（＝頭中将）もけしうはあらずこそ見えつれ。舞のさま手づかひなむ、家の子は異なる。この世に名を得たる舞の男《をのこ》どもも、げにいとかしこけれど、ここしうなまめいたる筋を、えなむ見せぬ。こころみの日かく尽くしつれば、紅葉の蔭やさうざうしくと思へど、見せたてまつらむの心にて、用意せさせつる」など聞こえたまふ。

一方、光源氏はしたたかに、翌日、求愛を含意する〈袖振り〉の歌語を交えて、昨日の自分の思いをあからさまに伝えようとした。

つとめて、中将の君（＝光源氏）、
いかに御覧じけむ。世に知らぬ乱りごこちながらこそ。

もの思ふに立ち舞ふべくもあらぬ身の袖うち振りし心知りきや

あなかしこ。

とある御返り、目もあやなりし御さま、容貌《かたち》に、見たまひ忍ばれずやありけむ、

唐人の袖振ることは遠けれど立居につけてあはれとは見き

おほかたには。

とあるを、限りなうめづらしう、かやうのかたさへたどたどしからず、ひとのみかどまで思ほしやれる御后《きさき》言葉の、かねても、と、ほほゑまれて、持経《ぢきやう》のやうにひき広げて見ゐたまへり。

右には、「唐人」、「ひとのみかど」や「舞」、「袖（振り）」というキーワードが目に付く。▼注(18) それは、これまで見て来たように、『胡旋女』と「廻雪」が織りなすイメージにぴったりと適合するのである。そしてこの試楽の叙述は、すぐさま本番の朱雀院行幸での青海波演舞へと続く。そこではまた「一日の、源氏の御夕影《ゆふかげ》、ゆゆしうおぼされ」と確認される。舞の様子は、雪ならぬ「色々に散り交《か》ふ木《こ》の葉のなかより、青海波のかかやき出でたるさま、いと恐ろしきまで見ゆ」るものであり、「そぞろ寒く、この世のこととおぼえず」という。目立つのは、めでたさと同時に、奇妙に強調される「ゆゆしさ」「恐ろしさ」という不吉な形容語であった。

たとえば三田村雅子は、当該部を「舞人光源氏が藤壺に寄せる不逞な思いを込めて舞を舞い、藤壺の腹の子を我が子だと確信する」、「青海波は、光源氏の禁断の野望の実現に向けての輝かしい予祝に変貌しているのである。光源氏と藤壺のひそやかな胸の中だけでは……」と読む。▼注(19)

(18) こうした表現は『源氏物語』の一つの特質でもある。「源語に見える「人の朝」「人の国」「唐土」「唐」等の目ぼしい語例」については、古沢美知男『漢詩文引用より見た源氏物語の研究』第二章、桜楓社、一九六四年参照。

(19) 三田村雅子「青海波再演—「記憶」の中の源氏物語—」『源氏研究』五、二〇〇〇年)。また三田村雅子『記憶の中の源氏物語』新潮社、二〇〇八年参照。

私見によれば、それはまさしく『胡旋女』の世界に他ならない。前章に書いたように、「新楽府」の知識とは、いずれ『源氏物語』作者（紫式部）と第一義的読者（中宮彰子）にあたる二人が、根気強く、そして深く共有しようとしてたものである（前章所引『紫式部日記』参照）。『源氏物語』が、この青海波の場面に、描かれざる『胡旋女』の世界を彷彿とさせ、藤壺と光源氏との、音楽を通じた心の通い合いとして表象するのは、むしろ必然であった。この場面はまた、作品内で繰り返し語られて想起される、『源氏物語』の最も重要な場面の一つだったのである。

にもかかわらず『源氏物語』には、明示的に『胡旋女』を引用する箇所が見出せない。『政範集』の『李夫人』題詠歌が『源氏物語』の世界を巻き込んではじめて「新楽府」世界を詠みおおせたように、『源氏物語』のうちなる『胡旋女』は、作者と読者に共有される「新楽府」愛好の磁場の力学を媒介とした〈発見〉のなかにのみ、現前する意味空間なのである。

## 5　『胡旋女』から彷彿する青海波の形象

青海波では、波の模様の装束を用いる（青海波紋）。▼注(20) それは時に、輪のようにも見える。▼注(21) また この舞は、演出上「大輪」▼注(22)また「小輪」▼注(23)を作る構成をとる。そもそも日本の「まい」は旋回運動をさ」す（『小学館国語大辞典』）ものである。「胡旋舞」という舞もまた、「廻雪」に表象される旋回のイメージを反復するだろう。暮春三月下旬、波音近き海辺で舞われた「さまざま」な「舞」に『胡旋女』がなぞらえれた次の例は、ごく自然に、描かれざる青海波を喚起する。

(20)『舞楽図説』（新訂増補故実叢書）など参照。

(21)『舞楽図説』、また個人蔵「伝土佐光則筆源氏物語色紙貼付屏風」『豪華［源氏絵］の世界　源氏物語』31図、集英社、一九九七年新装版など。

(22)『教訓抄』、山田孝雄『源氏物語の音楽』宝文館、一九三四年など参照。

(23)三島暁子「御賀の故実継承と「青海波小輪」について―附早稲田大学図書館蔵『青海波垣代之図』翻刻―」（田島公編『禁裏・公家文庫研究　第三輯』二〇〇九年三月）。

生田の森などうち過ぎて、申の下りに、福原に着かせ給。入道大きおほいまうち君（＝清盛）心を尽して、御まうけども、心言葉も及ばず。天《あめ》の下を心に任せたるよそをい《（ほひ）》の程、営《いとな》まれたる有様《ありさま》、思ひやるべし。（中略）着かせ給《（たまひ）》てのち、いつしか厳島《いつくしま》の内侍どもまいりて、遊びあいたり。御所の南面《みなみをもて》に錦《にしき》の絹屋《きぬや》打ちて、狛鉾《こまぼこ》の棹《さほ》立て渡したり。内侍八人ぞある。皆唐《から》の女の装《よそほ》ひぞしたる。花蔓《はなかづら》の色よりはじめて、天人の降《お》り下《くだ》りたらんもかくやとぞ見ゆる。万歳楽など、さま〴〵舞ひたり。左右に廻りて疲るゝことを知らず。朝夕《あさゆふ》しつきたる舞《まい》人にはまさりてぞ見ゆる。利曾（＝梨園の誤り）の楽の声も限りあれば、これにはいかでかとぞ覚ゆる。舞いはてぬれば、上に召し上げて、御前《まへ》にて神楽《かぐら》をぞ歌はせらるゝ。近く候上達部殿上人もてなしあいたり。山蔭《かげくら》暗う、日も暮れしかば、庭に篝《かゞり》をともして、もろこしの魯陽入日を返しけん鉾もかくやとぞ覚ゆる。夜もふけしかば、入らせ給ぬ。何のなごりもなくぞ、うち〳〵はおぼしめしける。世の有様にだにもてなしまいらせば、堯舜の聖の御代には劣らせ給はじとぞ見ゆる。あの天宝の末に、時変《ときかは》らむとて、時の人この舞を学びけり。太真といふ物、ほかにはあり、禄山といふ物、うちに思ふ所ありけん、その心には似給はざりけむ君の御心に変《かは》りたれど、いかにと申《（まうす）》人もなし。げにぞ思ふにかひなき。（『高倉院厳島御幸記』）

これは源通親作とされる『高倉院厳島御幸記《たかくらいんいつくしまごこうき》』の一節である。高倉院は、治承四年（一一八〇）二月二十一日、後白河院と平清盛との軋轢の中で安徳《あんとく》帝への譲位を余儀なくされ、ほぼ一月後の「三月十九日京都を出発し、陸路と海路とによって安芸国宮島の厳島神社に参詣、四月九日帰京する」。『高倉院厳島御幸記』は、そうした「旅の模様を、随行した近臣の視点から記した紀行文」▼注(24)である。出発の翌日、院の一行は西宮を過ぎ、生田から福原に入って、清盛と面謁《めんえつ》する。右はちょうどその場面である。

清盛の設定した歓待によって、「天人の降り下りたらんもかくやと」見える「唐の女の装ひぞし」て「さまざま舞ひた」る内侍たちの姿が、『胡旋女』の「左旋右転不レ知レ疲」の様子になぞらえて描写されている。後半の傍線部もまた、本文の異同を定めがたい憾みはあるものの、▼注(25)「天宝季年時欲レ変　臣妾人人学二円転一　中有二太真一外禄山　二人最道能胡旋」という部分を踏まえていることは確実である。

直前に『御幸記』は「聞きもならはぬ波の音、磯辺《いそべ》近く」や「よもの海を池に見なして」などと今日の阪神間を描き、引用した一夜の翌日未明に福原を出て、須磨明石の海の「浪」を見やりながら、陸路を進む。そうした舞台設定と相俟って、舞と旋回のイメージは、青海波の連想を誘う。ここでの舞は女舞。青海波は男舞だが、その違いは、楊貴妃と安禄山とが、男女心を通わせて相比的な舞を謡う『胡旋女』を介在させることで、むしろ不思議なシンメトリを生じさせる。「入日《いりひ》」の強調も、『源氏物語』紅葉賀巻の青海波舞演の肝要な場面であった。

そうした連想は、偶然ではない。この四年前の安元二年（一一七六）、高倉天皇の父で、治天の君として院政を行っていた後白河が、法住寺殿で五十賀を行う。その「フィナーレ」に、「花の白雪空にしぐれて散まがふほど」と「廻雪」の風情をまといつつ、光源氏を想起させる青海波を、清盛の孫に演じさせていたのである。

（24）大曾根章介・久保田淳校注『高倉院厳島御幸記』（『新日本古典文学大系　中世日記紀行集』岩波書店、一九九〇年）「解題」参照。

（25）新大系は「東京国立博物館蔵（梅沢記念館旧蔵）」本を底本とする。伝阿仏尼筆の「鎌倉中期頃の写本一帖」であるが、当該部「大真」を「大魚」と誤写するなどの瑕瑾もある。因幡堂蔵本（影印は勉誠社文庫、翻刻は『源通親日記　本文及び語彙索引』笠間索引叢刊）は、ここを「太真といふもの外にはあんろく山といふものうちにおもふところありけん」とする。対句の理解を『胡旋女』と対比しても一長一短の面があり、いずれを是とするか、にわかには定めがたい。

後白河法皇の五十賀のフィナーレを飾るのは、維盛の青海波の舞のすばらしさに尽きるようで、左右の春鶯囀《しゅんのうでん》・古鳥蘇《ことりそ》の舞の後、(『安元御賀記』の、引用者注) 類従本に次のように描写される。

山端近き入日の影に、御前の庭のすなごども白く、心地よげなるうへに、花の白雪空にしぐれて散まがふほど、物の音もいとゞもてはやされたるに、青海波の花やかに舞出たるさま、維盛の朝臣の足ぶみ、袖ふる程、世のけいき、入日の影にもてはやされたる、似る物なく清ら也。おなじ舞なれど、目馴ぬさまなるを内院を始奉りいみじくめでさせ給ふ。父大将事忌もし給はず、おしのごひ給。ことはりと覚ゆ。片手は源氏の頭の中将ばかりだになければ、中々に人かたはらいたくなんおぼえけるとぞ。

…定家本には全く記述がないところをみると、これは後に増補された部分だったらしく、類従本系の性格でもある平家一門の栄花の記録としての目的に添ってのいとなみであったといえよう。……『平家公達草紙』には右の類従本に加えられた維盛の青海波の姿はそのまま継承され、佐藤本にはその絵画化された場面を見いだす。…

『平家物語』(巻十) にもそのはなやかな盛事は記されており、覚一本から引用すると、

あの殿のいまだ四位少将ときこえ給ひし安元の春比、法住寺殿にて五十御賀ありしに、父小松殿は内大臣の左大将にてましします、伯父宗盛卿は大納言の右大将にて、階下に着座せられたり。其外三位中将知盛・頭中将重衡以下の一門の人々、けふを晴とときめき給ひて、垣代に立給ひしなかより、此三位中将、桜の花をかざして青海波をまうで出られたりしかば、露の媚たる花の御姿、風に翻る舞の袖、地をてらし天もかゝやくばかり

也。（伊井春樹「『安元御賀記』の成立―定家本から類従本・『平家公達草紙』へ―」）▼注(26)

厳島御幸記の翌年、治承五年（一一八一）初頭の一月十四日に、わずか二十一の若さで高倉は崩御する。まもなく閏二月四日には、清盛も没してしまった。その後、源平の騒乱は次第に平家を追い詰め、あの維盛もまた、かつて自らが演じた青海波の幻想的な美とその舞の文字の意味を重奏するかのように、入水して果てていく。

平家物語では熊野沖での維盛入水の直前に、この維盛の青海波の場面を再現している。（中略）その鮮やかな回想シーンに引き続いて、「万里の青海」に浮かび、「海路はるかに」漕ぎ出でて、入水する維盛のあわれに心細い姿が描かれる。まさに「青海波」の舞が、維盛の運命を予告するように、波がわずか二十三才の若き貴公子を呑み込んでいく。そしてこの維盛の入水こそ、平家一門の入水・滅亡の前段となっていくという意味でも、一門の運命を先取りする入水として位置づけられているのである。（三田村雅子前掲論文）

又、維盛の三位中将、熊野にて身を投げてとて、人のいひあはれがりし。いづれも、いまのちをみきくにも、げにすぐれたりしなど思ひいでらるゝあたりなれど、きはことにありがたかりしかたちようい《ゐ》、まことに昔《むかし》今みる中に、ためしもなかりしぞかし。さればをり〳〵には、めでぬ人やはありし。法住寺殿の御賀（＝後白河五十の御賀）に、青海波舞ひてのをりなどは、光源氏のためしも思ひいでらるゝなどこそ、人〴〵いひしか。花のにほひもげにけおされぬべくなど、きこえしぞかし。そのおもかげはさることにて、みなれしあ

（26）伊井春樹『物語の展開と和歌資料』風間書房、二〇〇三年所収。なおこの記述については、櫻井陽子『平家物語本文考』第五部第一章、汲古書院、二〇一三年参照。

はれ、いづれかといひながら、なほことにおぼゆ。(『建礼門院右京大夫集』岩波文庫)

『厳島御幸記』のあの描写も、平家滅亡の物語的世界を織り込みながら補筆改訂がなされ、諷諭性を盛り込んで美しく飾られたものであった。

ここは『白氏文集』巻三・新楽府「胡旋女」を典拠とする。(中略)久保田氏が指摘するように、徳子が大真(楊貴妃)に、平家一門が楊氏の一族に、そして高倉院が玄宗によそえられている。もちろん安禄山は後白河を幽閉する暴虐を敢えてした清盛である。ここは白詩の諷諭の精神を汲み、院の治世を脅かす存在を示し、破局の遠からぬことを警告したのである。

久保田氏は「平家への反感を朧化した形でしか述べていない」とするが、むしろかなり思い切った批判であろう。通親には間近に迫った大乱の予兆も見えていたことになる。その時、この箇所が果たして彼の筆になるものか、かえって疑わしく思われるのである。

平教盛の女を室とし朝廷でも平家よりの姿勢露わであったという伝記的事実と矛盾する、そのことばかりではない。新楽府を引用して現在の時勢粧《いまようすがた》を批判することは、たとえば『明月記』などの公家日記にもごく普通に見られることである。しかし、それはあくまで個人的な営為にとどまる。高倉院を近臣の立場からひたすら賛美し、またただちに他人に読まれる運命にあった『御幸記』のあり方から、右のような諷諭は逸脱するものを感ずる。やはりこれは鑑戒《かんかい》を目的とする史書の筆致であり、その後の歴史の展開を知っている者の業と考えるのが自然である。『御幸記』という作品は、考える以上に、『平家物語』から得られた知識により染め上げられているのではないか。そして『御幸記』は、供奉《ぐぶ》の廷臣による仮名日記という姿に偽装された、ある種の歴史語りに近づいているように思われる。（中略）

源通親が治承四年厳島御幸に関する記録を仮名文で著し……鎌倉後期、遅くとも嘉元年間（一三〇三頃）までに、後人がそれに大幅な改修の手を加え、梅沢本が成立した。それは当時読まれていた『平家物語』と相補う形であり、平家の時代への関心が高まっていた背景を受け、『平家物語』から得られる知識に基づく改変がなされ、高倉院を主人公とする物語というべきものとなった。（小川剛生「『高倉院厳島御幸記』をめぐって」）▼注(27)

(27)『明月記研究』九、二〇〇四年十二月。

『御幸記』の後半には、「まことに高唐の神女、巫の陽台に降りて、帝の夢に入りて、「朝《あした》に雲となり、暮《ゆふべ》には雨とならん」と契たてまつりけん跡もかくやとぞおぼゆる」という『高唐賦』と『神女賦』を踏まえた一節が綴られている（新大系脚注参照）ことも、付記しておこう。

## 6　清盛と光源氏の重なりと両義性

『御幸記』がなぞらえる『胡旋女』のほうには、「天宝季年時欲レ変　臣妾人人学二円転一　中有二太真一外禄山　二人最道能胡旋」とある。その意図するところは、「天宝…の末年、世のありさまが大きく変わろうとした時、男も女も、みんなくるくる舞うことを学んだということであるが、円転は、くるくるまわって舞うことのほか、めだたずになめらかな態度をとる意にも用いられている。従って後出の太真や禄山が胡旋をよくしたということには、またそのうまく玄宗にとりいったことをも含めていて」、「宮中には楊太真、即ち楊貴妃があり、外には安禄山があって、二人がとりわけ胡旋が上手といわれたというの」は、「二人がとりわけ天子にうまくとりいったことを表している▼注(28)」のである。

伝えられるとおりなら、楊貴妃と安禄山の二人が悪いのは自明であるが、玄宗皇帝にも責任がある。「禄山の胡旋は君（＝玄宗）の眼を迷はし」、帝はその叛意と裏切りに気付かない。反乱を目の当たりにしても、「兵黄河を過ぎて未だ反せずと疑」う。「貴妃の胡旋」が「君の心を惑は」し、帝はいつまでも「馬嵬」に死んだ彼女を思い、「棄てられて念ひ更に深し」。寵愛ばかり深く、楊貴妃への疑いをつゆほども持たなかった、というのだから。

開元《かいげん》の治《ち》の時代とは打って変わって、天宝の末年の玄宗は、そうした愚かな心に囚われた黄昏の帝王である。高倉院の「御心」とは違う。高倉は、清盛の圧力に負けず、在位を全うして治世していたら、堯舜《ぎょうしゅん》の聖代に比肩《ひけん》するほどの聖帝であったはずなのである。ところがいまや、目の前の清盛が「胡旋舞」の寓意そのものの行為で帝を歓待することに対して、「何のなごりもなくぞ、うちうちはおぼしめ」しながら、なすこともなく退去して、「入らせ給」うたという。帝の本心と行動の乖離とが、記主通親の（もしくは彼になぞらえてなされる）驚きと深いなげきであった。ところが誰も、諷諭したり諫言することなく、不審に申すこともない。記主の自分が一人だけ、そのことに歯ぎしりして悔やんでも、退位を受け入れた高倉院にとって、今は詮ないことだ。福原の一夜を評する一文は、読みにくいテクストであるが、『胡旋女』と対比すれば、そう叙述しているように読める。▼注(29)

(28) 近藤春雄『白氏文集と国文学　新楽府・秦中吟の研究』明治書院、一九九〇年。

(29) 冒頭近くにも、厳島御幸の決定に対して「位降りさせ給ては、加茂、八幡などへこそいつしか御幸有に、思ひもかけぬ海のはてへ浪を凌《しの》ぎて、いかなるべき御幸ぞと歎き思へども、荒き浪の気色、風もやまねば、口より外に出す人もなし」とする類似した描写姿勢がある。本書総体のスタンスでもあった。

そうして、小川が説くように、「徳子が大真（楊貴妃）に、平家一門が楊氏の一族に、そして高倉院が玄宗によそえられ」、「安禄山は後白河を幽閉する暴虐を敢えてした清盛」に比定される。『胡旋女』には描かれない「楊氏の一族」などを含めたこのなぞらえが成り立つのは、久保田淳がいうように、「明らかに「長恨歌」及び『長恨歌伝』の世界」が支えているからである。『長恨歌伝』には…「天宝末、兄国忠盗二丞相位一、愚二弄国柄一、及下安禄山引レ兵向レ関、以討二楊氏一為上レ辞、潼関不レ守、翠華南幸。」という句も」含まれている。▼注(30)

また清盛が、高倉院のために厳島の巫女に舞わせた舞は、「雑種胡人」として「胡旋舞」を得意とした安禄山（『旧唐書』など）にちなむ「胡」＝胡旋女の舞になぞらえられた。そのように、平氏の一族もまた、「ゐびす」と評されている。▼注(31)

二十三日…備前国児島の泊《とまり》に着かせ給。…「この向ひなる山のあなたに、入道大殿《おとゞ》▼注(32)はおはする」と申に、きこしめして御気色うち変りにしかば、人〳〵までもあはれに思心《(おもふ)》の中とも見えたり。あからさまと思ふ泊だにもものあはれなるに、ましてゐびすがたちに入りぬらん気色、いかばかりかとおぼゆ。（『高倉院厳島御幸記』）

これらが、高倉院に対する深い同情と平氏の専横に対する強い反感を示していることは確かである。（中略）児島の泊りでの叙述は、「ゐびすがたちにいりぬらん気色」という部分がややわかりにくいが、やはり中国故実を踏まえた表現であろう。▼注(33)

日宋貿易に彩られた当時の時代風景の中で、『高倉院厳島御幸記』においては、清盛と「唐」

(30) 引用は、久保田淳『藤原定家とその時代』一平家文化の諸相「3 源通親の文学（一）―散文」、岩波書店、一九九四年、初出一九七八年。

(31)『白氏文集』新楽府には「えびす」（胡・戎）を詠んだ詩、音楽を素材とした詩、また楊貴妃に関わる詩が散見することにも留意したい。

(32)「藤原（松殿）基房。…前年十一月十七日清盛の奏請により関白を罷免され、備前国に配流された」（新大系脚注）。

(33) 久保田淳前掲「『土御門内大臣日記』―船足重き旅と先帝哀慕と―」。

のイメージが強調される。『胡旋女』を引用して、清盛を安禄山に比定することは、『御幸記』記主の信念であった。「唐」の要素の強調はその後も続く。清盛は福原から、「川尻の寺江」に着いた高倉院に「けふよき日とて、船に召しそむべし」とて、「まことにおどろ〳〵しく、絵に描《か》きたるに違は」ぬ「唐《から》の船まいらせ」る。そこに「唐人《たうじん》ぞ付きてまいりたる」ことを、「高麗人《こまうど》にはあだにには見えさせ給まじ」とかや、なにがしの御時沙汰ありけんに、むげに近く候はんまでぞ、かはゆく覚ゆる」▼注(34)と叙述して、『寛平御遺誡《かんぴょうのごゆいかい》』と、それを踏まえる『源氏』桐壺の高麗人とを響かせて、清盛の処遇を諷喩する。また翌々日の三月二十一日、「夜をこめて」福原を出た一行は、「唐《から》の船」で海路から見送る清盛や「浦づたひはるばるあらき磯辺を漕ぎ行く船」が「帆うちひきて、浪の上に走りあひた」る様子を後目に、陸路、須磨明石をたどって、「なにがしの昔しほたれけん」と在原行平を思い出す。そして院は、西行してたどりついた高砂の地で、「思ひやれ心もすまに寝覚めしてあかしかねたる夜ゝ《よ》のうらみを」などと詠んでいる。こちらはいずれも『源氏物語』の須磨・明石の巻の世界を踏まえており、高倉院は、光源氏の須磨謫居に擬えられているようだ。すると清盛は、『源氏物語』の明石の入道に、徳子は明石の君に配当されていることになるだろうか。

　このように、清盛のまわりには、『源氏物語』の風情が充満していた。高橋昌明は、後白河の『彦火々出見尊《ひこほほでみのみこと》絵巻』の制作をめぐって、そのことを確認しながら、清盛がじつは、自らを光源氏になぞらえようとしてた気味があるとして、次のような比定を試みる。

『源氏物語』と海幸《うみさち》・山幸《やまさち》説話の重なりを念頭に置くと、後白河が後者を通して自らを光

（34）新日本古典文学大系脚注参照。

源氏、平清盛を明石入道、徳子を明石の君になぞらえていた可能性が高い。（…以下高橋は両者の類似点を具体的に対比するが引用を略する）…以上の諸点から偶然の一致以上の確率で、現実の清盛・平家のありようと、『源氏物語』ストーリーの相似性を確認できる。（中略）清盛自身が自らを光源氏に擬していた、との想定すらあり得るだろう。ともに皇胤《こういん》で太政大臣の経験者であるし、清盛も須磨にほど近い福原に自発的意志で移った。光源氏は琴《きん》（中国渡来の七絃、無柱の琴）を須磨・明石に携えたが、清盛は箏《そう》の琴《こと》（中国渡来の十三絃）を愛好したなどなど。▼注[35]

　こうして、いくつかの文脈から、清盛は、安禄山から、光源氏へと重ねられていく可能性があった。それが歴史的事実であったかどうかは検証が必要であるが、イメージとしてのこの連想は、『源氏物語』の視界の中に、重要な一隅を照らし出す。「玄宗が求めた楊貴妃の霊魂に代わるものは生きた藤壺であり、また、更衣の忘れ形見である光源氏である」▼注[36]。藤壺は楊貴妃になぞらえられ、養母である彼女を真の恋人と慕う義子光源氏は、『胡旋女』の世界で密通する、安禄山なのであった。『源氏物語』の側からも、安禄山を介して、光源氏と清盛とは、密かに通じ合っていた。

　高橋昌明が繰り返し述べるように、清盛にはつとに根強い「皇胤説」がある。そして極官《きょっかん》として、太政大臣に登り詰める。ところが清盛の上昇は、皮肉なことに、国家を危うくするものであった。対する光源氏は、皇胤として生まれながら、賜姓の源氏へと降る。その根拠に、高麗の相人《そうにん》から受けたネガティブな予言が存在した。彼の優れすぎた人生に待ち受ける上昇もま

（35）高橋昌明『平清盛　福原の夢』講談社選書メチエ、二〇〇七年。高橋昌明『平家の群像　物語から史実へ』岩波新書、二〇〇九年にも関連する分析がある。その詳細と独自の意味づけは、高橋の論著に譲る。

（36）田中隆昭『源氏物語　引用の研究』序章。

た、国家の危難に直結するものであった。

国の親となりて、帝王の上《かみ》なき位にのぼるべき相おはします人の、そなたにて見れば、乱れ憂ふることやあらむ。おほやけのかためとなりて、天下を輔《たす》くるかたにて見れば、またその相違《たが》ふべし。（『源氏物語』桐壺）

この予言の構造については、次の第六章で詳述しよう。ともかく光源氏は、その困難を避けるため、いったん、下降のベクトルに乗って、ダブルバインドの桎梏をくぐり抜ける。光源氏も清盛も、皇胤であることを、自らの即位という形では実現できない、という制約を背負って、王権の頂点を志向する。立ちふさがる複雑な障害こそが、彼らの物語の心髄である。

清盛は、覆われた皇胤性を最大限に活用して権力を握る。後白河院を圧迫し、高倉天皇を操作して譲位に追い込み、外戚として安徳を即位させることにも成功した。しかし重盛が見た首級の夢（『平家物語』巻三・無文）に象徴されるように、その果ては、一族の滅亡を先導する。

光源氏の方は、賜姓降下というかたちで、皇胤性をはやばやと脱ぎ捨てて、逆にその可能性を開花させる。父の後妻で義母である藤壺との密通という、もっとも堕落した行為にまみれつつ、そのことが結果的には上昇のカギとなるべく、冷泉という皇胤をなす。母の死後、事実を知った冷泉は、実父の光源氏に譲位を提案する（薄雲巻）。そのプロットは、光源氏自らが即位する可能性の内在を、読者に刻印するための、物語の必然であった。彼はそれを断って、准太上天皇という、想像しうる人臣最上の地位を得て、六条院に退隠する（少女巻）。予言は、少し十全すぎるほど完璧に呼応して、実現した。もっともそれは、藤裏葉巻までのトレースである。より深刻な新しい物語が、若菜以降に待っている。▼注(37)

清盛は、どこまでを理解して光源氏になろうとしたのだろうか。

(37) 秋山虔『源氏物語の世界』東京大学出版会、一九六四年など参照。

# II

不在の人にむけて、その不在にまつわるディスクールを果てどなくくりかえす。これはまことに不思議な状況である。あの人は、指示対象としては不在でありながら、発話の受け手としては現前しているのだ。この奇妙なねじれから、一種の耐えがたい現在が生じる。……不在が続く。耐えねばならない。そこでわたしは不在を操作するだろう。つまり、そうした時間のねじれを往復運動へと変形し、律動を生み出し、言語活動の舞台を開くのだ……。不在が能動的実践となる。……数多くの役割（懐疑、非難、欲望、憂鬱）をそなえたフィクションが創り出されるのだ。

（ロラン・バルト『恋愛のディスクール・断章』▼注(1)）

†第六章

# 〈非在〉する仏伝——光源氏物語の構造

扉（1）三好郁郎訳、みすず書房、一九八〇年。

## 1　桐壺巻の予言

前章を承けて、『源氏物語』の結構を規定する、あの予言から議論を始めよう。桐壺の巻で、母を亡くした光源氏は、帝の希望で里方から引き取られて、参内する。情愛の深さを思えば、立太子をめぐる争いも起こりかねない状況だったが、帝は、さすがに賢明だった。

坊さだまりたまふにも、いと引き越さまほしうおぼせど、御後見《うしろみ》すべき人もなく、また世のうけひくまじきことなりければ、危《あやふ》くおぼし憚りて、色にもいださせたまはずなりぬるを、さばかりおぼしたれど、限りこそありけれと、世人《よひと》も聞こえ、女御も御心おちゐたまひぬ。

その気遣いを、物語は丁寧に叙述する。本当はこの子に…。愛着に揺れる心を胸に秘め、帝はすでに苦渋の決断を終えていた。弘徽殿女御所生の第一皇子が皇太子となる。折しも、母桐壺更衣の死を悼んで沈み込んでいた、里の祖母も亡くなって、光源氏は、「今は内裏《うち》にのみさぶらひたまふ」。いずれ藤壺が入内して「内裏《うち》住み」をする。本書の前半で論じたように、このことは、物語の重要な伏線である。

さて彼は、「七つになりたまへば、読書《ふみ》始めなどせさせたまひて、世に知らずさとうかしくおはすれば、あまり恐ろしきまで御覧ず」。幼くして人並み外れ、才気横溢の若君であった。当時、高麗人《こまうど》▼注(2)が来訪していた。帝は、その中に優れた相人がいると知り、光源氏を鴻臚館《こうろかん》に派遣する。素性を明かさず、右大弁の子のように振る舞わせて、その将来を占わせようというのだ。相人《そうにん》は、一目見て、光源氏の人相があまりにも特殊であることに驚き、不思議な言説構造の占いを発するのである。

そのころ、こまうどの参れるなかに、かしこき相人ありけるをきこしめして、宮の内に召さむことは、宇多の帝の御誡《いまし》めあれば、いみじう忍びて、この御子《みこ》を鴻臚館《こうろくわん》につかはしたり。御後見だちてつかうまつる右大弁《うだいべん》の子のやうに思はせて率《ゐ》てたてまつるに、相人おど

(2) この意味の同定については、次節で考察する。

ろきて、あまたたび傾《かたぶ》きあやしぶ。「国の親となりて、帝王の上《かみ》なき位にのぼるべき相おはします人の、そなたにて見れば、乱れ憂ふることやあらむ。おほやけのかためとなりて、天下を輔《たす》くる方にて見れば、またその相違ふべし」と言ふ。

この占相に関する私見は、後で詳述しよう。ここでは、予言の言述が、二つの道を示しているようで、じつはそうではない、という点を確認しておきたい。光源氏の一つの将来を確言しようとして、結果的に見出された二つの選択肢は、ともにネガティブな語り方で提出されている。国の親・帝王の上なき位と、朝廷の固め・天下を補佐する方と、二つの未来の相を想定して、いずれにおいてもうまくいかないという、ダブルバインドの論法である。その相が不可思議で、相人の能力を超えていたのである。

続いて鴻臚館では、右大弁も交え、作文の応酬など、風情ある交流が行われた。帰国が迫っていた高麗の相人は、遠く海を越えて、光源氏という「かくありがたき」人物に遭遇した喜悦と、それ故に、そんなに素晴らしい人と、出会ってすぐさま別れなければならない悲哀の切実さを、「おもしろく」作文する。光源氏もその意を汲んで見事に応答し、「いとあはれなる句を作りたまへるを」、相人は「限りなうめでたてまつり」、贈り物を捧げた。

弁《べん》もいと才《ざえ》かしこき博士にて、言ひかはしたることどもなむ、いと興ありける。文《ふみ》など作りかはして、今日明日《あす》帰り去りなむとするに、かくありがたき人に対面したるよろこび、かへりては悲しかるべき心ばへを、おもしろく作りたるに、御子《みこ》もいとあはれなる句を作りたまへるを、限りなうめでたてまつりて、いみじき贈り物どもを捧げたてまつる。朝廷《おほやけ》よりも、多くの物賜はす。おのづからことひろごりて、漏らさせたまはねど、春宮の祖父大臣など、いかなることにかとおぼし疑ひてなむありける。

帝から相人への褒賞は、事情を知らない皇太子の祖父の大臣が驚くほど、盛大であった。それほど慶《よろこ》んだのには理由がある。明主であった桐壺帝は、光源氏の特異な人品に気付いており、すでに倭相を行わせていた。高麗の相は、その思惑と符合したのである。

帝、かしこき御心に、倭相《やまとさう》をおほせて、おぼしよりにける筋なれば、今までこの君を、親王《みこ》にもなさせたまはざりけるを、相人はまことにかしこかりけり、とおぼして、無品《むほん》の親王《しんわう》の外戚《げさく》の寄せなきにてはただよはさじ、わが御世もいと定めなきを、ただ人にて朝廷《おほやけ》の御後見《うしろみ》をするなむ、行く先も頼もしげなめることとおぼし定めて、いよいよ道々《みちみち》の才《ざえ》をならはさせたまふ。

母方の外戚の後ろ盾がない光源氏を、無品の親王などにして、不安定な状態におくのはしのびない。「わが御世」とて、「いつまでとも分からぬことだから」、いっそ「臣下として天皇の補佐役をするのが」よいだろう▼注(3)と帝は考え、光源氏に才芸の取得を勧める。

それでも、「ただ人」では、いかにも惜しい。かといって、親王にすれば、いずれまた皇位継承をめぐって人々の疑いをまねき、彼を苦しめることだろう。未練と逡巡に停滞する帝は、

(3) カッコ内の訳文は、日本古典集成の傍注および頭註。

さらに宿曜道《すくようどう》の賢人の占いを仰いだ。

きはことにかしこくて、ただ人にはいとあたらしけれど、親王《みこ》となりたまひなば、世の疑ひ負ひたまひぬべくものしたまへば、宿曜《すくえう》のかしこき道の人に、勘《かんが》へさせたまふにも、同じさまに申せば、源氏になしたてまつるべくおぼしおきてたり。（以上『源氏物語』桐壺巻）

その結果、宿曜でも、やはり「同じさまに申せば」、帝はようやく賜姓《しせい》源氏という処遇を決断した。▼注(4)

ひとり光源氏の将来にとどまらず、長編物語の仕組みを様々に問いかけるこの一連は、『源氏物語』研究史の中でも、とびきり重要な場面である。

## 2　予言の「三国」的仕組み――高麗人をめぐって

この予言叙述の前提には、つとに『紫明抄《しめいしょう》』が引用し、『河海抄《かかいしょう》』がその出典を明示するように、『日本三代実録』所掲の光孝《こうこう》天皇の逸話が、准拠として存在する。▼注(5)

天皇諱時康。仁明天皇之第三子也。……仁明天皇之為㆓儲弐㆒也。選㆓入東宮㆒。（中略）嘉祥二年、渤海国入覲。大使王文矩望㆘見天皇在㆓諸親王中㆒拝起之儀㆖。謂㆓所親㆒曰、此公子有㆓至貴之相㆒。其登㆓天位㆒必矣。復有㆓善相者藤原中直㆒。其弟棟直侍㆓奉藩宮㆒。中直

（4）賢木巻に、桐壺院の朱雀帝に対する遺言として、「かならず世の中たもつべき相ある人なり。さるによりて、わづらはしさに、親王《みこ》にもなさず、ただ人にて、おほやけの御後見をせさせむと思ひたまへりしなり」と確認される。

（5）日向一雅『源氏物語の世界』岩波新書、二〇〇四年ほか参照。

戒レ之曰、君主骨法当レ為二天子一。汝勉事二君王一焉。（『日本三代実録』巻四十五、光孝天皇即位前紀）

渤海《ぼっかい》国大使・王文矩《おうぶんく》が、多くの親王の中から、拝起の礼儀をする光孝を見出し、その相の高貴さを見抜いて、「天位に登る」と予言する。『源氏物語』の「こまうど」の同定については歴史的な議論があるが、この准拠を参照して、渤海のことを指すと解するのが通説である。

このこま人についてであるが、これを鴻臚館と結びつけて、渤海人と解釈する説が普通である。河海抄に「古来於此所、渤客に餞する詩句多し」とあることをはじめとして、源氏物語玉《たま》の小櫛《おぐし》にも、「延喜のころ参れるは、みな渤海国の使にて、高麗にはあらざれども、渤海も高麗の末なれば、皇国《ミクニ》にては、もといひなれたるままに、こまといへりし也……」とあって、これを渤海人と認めている。（山中裕「源氏物語とこま人」▼注(6)）

「高麗」は、平安中期からの、朝鮮半島を統一した「高麗」ではなく、六九八年から九二六年まで存在した「渤海国」である。その間、おおよそ三十四回の使節が渤海から日本へ派遣された。初めの五回は大使に武人が任命されたが、それ以後は文人が大使に任ぜられ、随員にもすぐれた学者詩人が選ばれ、日本側の接待役にも、すぐれた学者・文人が選ばれている。菅原道真・紀長谷雄《きのはせお》・島田忠臣《ただおみ》などのその時の作品が残されている。……物語の中で、源氏とともに高麗の相人と対面し、「文など作りかはし」た右大弁には菅原道真の面影がある。（中略）源氏物語は遣唐使廃止時代の渤海使の重要な役割を、あるいは

（6）山中裕『平安朝文学の史的研究』第二章第三節三、吉川弘文館、一九七四年、初出一九六八年。

その忘れがたい記憶を語る物語である。「高麗の相人」はその象徴的存在である。（田中隆昭「渤海使と日本古代文学――『宇津保物語』と『源氏物語』を中心に[注(7)]――」）

渤海側が、国書で高句麗の末裔を名告《なの》った[注(8)]ことから、日本でも、渤海を「高麗」と呼ぶことになる。したがって、「高麗」や「こま」という呼称は、古代の高句麗と、渤海国と、後代の高麗国と、さらに総称としての朝鮮半島を指し示す場合と、いささか混同して理解されがちであった。[注(9)]池田亀鑑《きかん》編『源氏物語事典』[注(10)]は、「こま」の項目に「十二例。古代朝鮮にて百済、新羅と鼎立した国の名。『源氏物語』の例では九一八年（延喜十八年）に新羅を滅ぼして半島を統一した高麗国ではない」と述べつつも、「本文の「こまうど」は渤海国人を指す」と付記している。そして同「こまうど」の項目では、四例ある『源氏』の用例（桐壺二例、花宴、梅枝）を解説して、催馬楽《さいばら》の「石川」を引く花宴巻は「三韓の一なる高麗《こま》の帰化人のことである」が、それ以外は桐壺巻と「故院」桐壺帝に関わる用例として、「渤海国人である」と断定している。両項目の執筆者奥村恒哉《つねや》は、「こまうど」の項で、『宋史《そうし》』外国列伝・渤海国の条、『続日本紀《しょくにほんぎ》』の神亀四年十二月条、同五年正月条所引の国書、天平宝字三年正月条などを引いて、「渤海王の正式の称号は高麗王であった、ないし日本では高麗王を正式の称号と考えていた。故に『源氏物語』において「こまうど」が渤海人を指しているのは妥当かつ正式のいい方で、これ以外のいいようはない。「もといひなれたるまま」でもなく、まして「混同」ではない」と、宣長《のりなが》以来の説を痛烈に批判する。

『うつほ物語』俊蔭に、「七歳になる年、父が高麗人《こまうど》にあふに、この七歳なる子（＝俊蔭）、父

(7) 田中隆昭監修『アジア遊学別冊No. 2 渤海使と日本古代文学』勉誠出版、二〇〇三年十月。

(8) 石井正敏『日本渤海関係史の研究』第三部第二章、吉川弘文館、二〇〇一年参照。石井は「渤海高句麗継承国意識」と称する。

(9) 渤海国の歴史と日本の古代史との関係については、多くの業績が積み重ねられているが、ここでは、本章に関わる研究として、石井正敏前掲『日本渤海関係史の研究』と浜田久美子『日本古代の外交儀礼と渤海』同成社古代史選書8、二〇一一年を挙げておく。一般書としては、上田雄『渤海国の謎』講談社現代新書、一九九二年がある。

(10) 上巻語彙篇、東京堂出版、一九六〇年。

をもどきて、高麗人と詩《ふみ》を作り交《か》はしければ、おほやけ聞こしめして、あやしうめづらしきことなり。いかで試みむと思《おぼ》すほどに」という『源氏物語』とよく似た場面がある。ほかにも『うつほ物語』では「高麗人」の用例が見え、いずれも渤海使を指している、というのも重要な傍証である。▼注(11)

だが、渤海説に立つ河添房江《かわぞえふさえ》は、

> 「高麗人」という表記からは、九三五年に新羅を滅ぼし、朝鮮を統一した高麗国《こうらい》からの来訪者をイメージさせるし、実際そのような説が有望視された時期もあった。『源氏物語』が成立した一条天皇の時代、朝鮮半島を支配していたのは、まぎれもなく高麗であったからである。しかし、『源氏物語』の始発の桐壺巻は……作者紫式部が生きた一条朝ではなく、それよりもほぼ百年前の時代の雰囲気をイメージさせるように語り進められている。だとすれば、この高麗人は、高麗国が新羅を滅ぼす以前の使節と見るのが穏当であろう。高麗と日本の間ではついに正式な国交は開かれず、鴻臚館に使者が滞在したこともなかった。▼注(12)

という表現でこの問題を概観しており、示唆されるところが多い。たとえば、「「高麗人」という表記からは」、「高麗国《こうらい》からの来訪者をイメージさせる」という物語本文の「イメージ」と、「『源氏物語』が成立した一条天皇の時代、朝鮮半島を支配していたのは、まぎれもなく高麗であった」という同時代認識が提示されていることは看過できない。そして「高麗人」＝「渤海国使」と直結して断定的に理解する通説には、「しかし、『源氏物語』の始発の桐壺巻は……作者紫式

(11) 田中隆昭前掲論文参照。河添房江も「『宇津保物語』では、このほかにも「高麗人」に言及した例が三例あり、内侍のかみ、蔵開上、国譲上といった巻々にある。いずれも、渤海国使のことをさしている例」だと述べる（『源氏物語と東アジア世界』ＮＨＫブックス、二〇〇七年）。

(12) 前掲『源氏物語と東アジア世界』。河添の論については、他に『源氏物語時空論』第一章、東京大学出版会、二〇〇五年参照。また関連する論集に、仁平道明編『源氏物語の始発―桐壺論集』竹林舎、二〇〇六年がある。

部が生きた一条朝ではなく、それよりもほぼ百年前の時代の雰囲気をイメージさせるように語り進められている。だとすれば」という二つのジャンプがある点を、河添論が、明確に示しているからである。

「こまうど」から朝鮮半島のイメージを打ち消して、「高麗人」を渤海国使であると一面的に読解する最終的根拠は、「ほぼ百年前の時代の雰囲気」という『源氏物語』の「時代物」性であった。ならば慎重な扱いが必要である。山本利達《りたつ》は、その「時代物の物語や劇作が、舞台背景を過去の中にとりながら、登場する人物の心理、あるいは人物像は、作者の時代のものと考えられるのが普通」であり、「物語全体が、村上朝以前を背景にしながら、当時の史実や故実にかなり配慮をした書き方をしている」側面がある、と指摘している。▼注(13) 山中裕は、先行文献と史料の分析を行い、通説に言う高麗＝渤海説を批判して次のように論じていた。

(…続日本紀以下を挙げて) 大体奈良時代の高麗は渤海国を指しているとみてよかろう。また同時に、この場合の高麗は、いわゆる高句麗であることはいうまでもない。(…宋史外国列伝渤海国条を引き) 高麗が渤海であったことが知られる。(…鴻臚館の史実などにも触れて) 以上のような事実から源氏物語桐壺巻の準拠は、渤海使節の入京、鴻臚館の全盛時代および天皇が御簾《みす》の中へ外国使節を入れなかったということ等から、延喜・延長年間以前であるという説が多い。成程、こま人を渤海人と考えた場合は延長年間以後の事実を準拠にしているとは絶対に考えられない。また鴻臚館全盛時代という点に重きを置けば、これまた延長以前とみた方が妥当であろう。しかし、この桐壺巻でいう「こま人の相人」というのは、

(13) 山本利達『源氏物語攷』Ⅲ准拠「書の時代」、塙書房、一九九五年。

特に使節というのではないから、必ずしも渤海国の使節とのみ考えなくともよいのではないか。（中略）池田氏は、[注14]「桐壺の巻において来朝しているのは高麗人であって史実に記録されているような渤海国の使節ではない。」と、一応こま人と渤海使節とは異なることに注目されているが、更につづいて「しかし来朝の人々に対する一般の呼称は当時はおおまかなもので、国名を厳密に分別するものでもなかったらしい。（中略）延喜二十年来朝の使節たちが、事実においては渤海国であったものを、当時の一般の呼称にもとづいて、これを物語の中で高麗人と呼んだとしても、それは必ずしも誤りではないということになるだろう」としておられる。一応、このように見るのが妥当と思われるが……文字通り「こま人」というのを渤海人のみと解釈せずに、そのほかの場合も考えると如何となろうか。……当時の高麗人の渡来の状況についてみてみよう。…（…以下詳細に史実を検討して）このようにして、いわゆる渤海国がほろびた延長五年後、承平・天慶頃より紫式部の源氏物語執筆の時代にかけて公的ではなく、主に私的ではあるが高麗人《こうらい》が盛んに来朝している。これらの高麗人を「こま人」とよばなかったであろうか。ここに私は疑問をもつのである。こま人というのは延長五年より来朝しなくなった渤海人、すなわち、こうくり人とのみ考えてしまうのは如何であろうか、まして、そこから桐壺巻の準拠は、延喜年間を準拠としているという風に割り切ってしまうことはいかがであろうか。……先程から度々述べているようにこの高麗人を渤海人と考えて、これの準拠は、延喜・延長以前であるということにせねばならぬという根拠は薄弱である。……鴻臚館は先述のように渤海国使のためのものであったとしても、なお式部の時代にその跡方はのこっていたであろうし、式部時代に渡来

（14）池田勉「源氏物語「桐壺」巻の作品構造をめぐって」（『成城大学文芸学部短期大学部創立十周年記念論文集』一九六五年）を指す。池田勉『源氏物語試論』古川書房、一九七四年所収。

した「こま人」が鴻臚館に接待を受けたとしても、それは小説の世界では、差支えないのではなかろうか。▼注(15)

硬直しがちな『源氏物語』理解を相対化する観点として、山中の論述は、むしろ今日において、着目すべき見解である。このように柔軟に捉えることで、渤海と高麗とがゆるやかに連続して、史的准拠の『三代実録』と『源氏物語』とを、より確実につなぐのではないだろうか。高麗は、朝鮮ではない。渤海だ、ということを繰り返し主張する論述は、裏返せば、『源氏物語』の本文から朝鮮半島のイメージをぬぐうのがいかに難しいか、ということの証左でもある。

一つの例を追加しよう。伝承確立の時期は不明であるが、『河海抄』が「大鏡勘文云」の名前で引く『大鏡』裏書(左大臣時平)には、「古人口伝云、延喜御時、相者狛人参来。天皇御㆓于簾中㆒…」で始まる観相譚がある。

…延喜御時、相者狛人参り来たる。天皇簾中に御はす。御声を聞きて云はく、「此《こ》の人国主為《た》るか。多上少下の声なり。国躰に叶ふ」と云々。天皇恥ぢ給ひて、出御せず。次に先坊〈保明太子〉、左大臣時平、右大臣菅家、三人列座す。勅に依りて相さしめて云はく、「第一人〈先坊〉、容皃国に過ぐ。第二人〈時平〉、賢慮国に過ぐ。第三人〈菅家〉、才能国に過ぐ。各《おのおの》の此の国に叶はず。久しかるべからざるか」と云々。爰《ここ》に貞信公は浅膓《せんらふ》の公卿為《た》り。遙かに列を離れて候ひ給ふ。相者遮《さえぎ》り申して云はく、「彼《かし》こに候ふ人、才能・心操・形容旁《かたが》た国に叶ふ。定めて久しく奉公せむか」と。寛平法皇、此の事を聞こし食《め》して仰せられて

(15) 山中裕前掲論文。カッコ付けをして、私に省略と解説を付した。

云はく、「三人の事、吾は見及ばず。貞信公に於いては、向後《きやうこう》、必ず善《よ》ろしかるべき由の所見なり」と。之れに因りて、第一女の源氏、朱雀院の西の対に於いて、嫁娶《かしゅ》の儀有り。時に貞信公は大弁参議、と云々。法皇は同じく東の対に御はす。又た貞信公云はく、「吾が賢慮の条、兄と雖も左大臣に劣り申すべからず。年来相存ずる所なり。他事に於いては、更に申すに及ぶべからず。今の相者の所見は、尤も恥と為す所なり」と云々。▼注(16)

古代日本の対外意識を屈折したかたちで示すこの説話は、帝の観相とともに、公卿の末席にいた時平の優相を見出したという点でも注意される。多数の人々の中に紛れて埋没していた貴人を発見する、という説話構造を、『源氏物語』と『三代実録』とが共有するからである。

この相者は、『大鏡《おおかがみ》』の語り手の一人である夏山重木《なつやまのしげき》が、妻と連れだって▼注(17)観相に訪れたところ、「二人長命」と占ってくれた狛人と同じ相人だと重木はいう。もっと占ってもらいたいこともあったが、昭宣公基経の君達三人――時平、仲平、忠平――がやってきたのでそのままになったという。「それぞかし」と重木は述べ、右の『大鏡』裏書の異伝を挙げて、時平・仲平・忠平の占相を語る(『大鏡』道長(雑々物語))。重木のいう通りなら、十三で貞信公忠平の家司となったという彼を、心やすく占ったらしいこの狛人は、渤海使の相人ではあり得ないだろう。新編日本古典文学全集頭注は、『源氏物語』桐壺の予言を引例して、「ここは高麗の相人を意味する」と付注する。

それはともかく、この逸話には、『三代実録』にはない重要な要素がいくつかある。たとえば、狛人の相人に対して、天皇は「簾中に御はす」。そして占相《せんそう》の結果を恥じて、帝はついに御簾

(16) この『大鏡』裏書は蓬左本による(新訂増補国史大系・角川文庫)。原文を訓読して示した。この逸話は『古事談』六―四八に引用されるが、『古事談』は、「相人相者参来」として「狛人」の語を「相人」と誤写したとおぼしき本文であり、『河海抄』は「異国相者」とする。

(17) この読解は、角川文庫や日本古典集成の石川徹頭注などに従う。世次と夏木の二人とする解釈もある。

を出て直面することがなかったことである。

『源氏物語』には、「宇多の帝の御誡めあれば、いみじう忍びて、この御子を鴻臚館につかはしたり」とある。藤原定家の『奥入《おくいり》』以来、この記述は、宇多天皇が譲位にあたり、後掲の皇太子敦仁＝醍醐天皇に示し与えた『寛平《かんぴょうの》御《ご》遺誡《ゆいかい》』の「外蕃《ぐわいばん》の人必ずしも召し見るべき者は、簾中にありて見よ。直《ただ》に対《むか》ふべからざらくのみ。李環《りくわん》すでに失《あやま》てり。新君慎め」という記述を踏まえると考えられている。▼注(18)

しかし『寛平御遺誡』と『源氏物語』の本文には、興味深いズレがある。『河海抄』の読解が意を尽くしているので、釈文のかたちで提示しておく。

> 之《これ》を案ずるに、遺誡の如くんば、蕃客に直に対し給ふまじきよしを載せらるるといへども、宮中にめす事をば誡められざるか。而るにいまの詞、本文に違ふか。若しは又、此《こ》の外に別の勅制有るか〈如何〉。倩《つらつ》ら之を思ふに、此の文、指して召覧すべき故なくは、輒《たやす》く宮中に召すべからず、といふ心を含むか。作者の料簡、意を取りて、文に依らざるか。

『遺誡』は、帝が来訪外国人に対して、直面しないことのみを誡めており、宮中に召すことを禁じていない、という。それはまさしく『大鏡』裏書の逸話の方に適応する。准拠の視点を遵守して『源氏物語』の「こまうど」を渤海使と捉えるべきだというのなら、『大鏡』裏書の説話をもって、この「こまうど」は、朝鮮半島の高麗だと、等価値的に主張することができるだろう。『大鏡』裏書の史料性には検証が必要だが、▼注(19)『うつほ物語』俊蔭についても「続紀に渤

(18) 引用は日本思想大系の大曾根章介訓読による。佚文としても『奥入』と『明文抄』が典拠となっている。

(19) 「確かな記録に基づいているとみられるが、なかには「古老伝云」といった、筆者の聞書風なものもある」（『平安時代史事典』「大鏡裏書」）。先引の条文は尾張・蓬左文庫本所掲だが、『古事談』が引用し、『河海抄』も別系統の本文を引くので、鎌倉時代以前に遡る「裏書」である。

海国を高麗と記した例もあり、ひろく朝鮮をこまと称した」という理解が、かつてはなされていたのである。[注20]

『三代実録』の記事でもう一つ注意されるのは、渤海の占相に加えて、「復」、日本の「善相者藤原中直」によって、予言の重層的確認がなされた、というプロットである。「これは源氏物語にいう「倭相」である」[注21]と田中隆昭がいうように、『源氏物語』の「三段構え」[注22]の占相構造を考える上で、不可欠な先蹤《せんしょう》である。

しかし同時に、比較することで明確になる、決定的な違いもある。『三代実録』に誌された占相は、天武系皇統最後の称徳天皇の伝説に満ちた死[注23]を受けて、高齢になってから即位した、光孝天皇の即位前紀を意義づけるものとして存在する。光孝が皇位に就くことの正統化のために、この二つの予言は掲載されているのである。ところが『源氏物語』の予言は、むしろその対極にある。あの言述をよく読めば、光源氏は、天皇とも臣下ともなりがたしという、「二者択一に見えて、共に否定的内容を持った推量で終わるという厄介な」[注24]ダブルバインドが示されていることがわかる。しかもそれは、いずれもネガティブな叙法の予言として、示されているのである。

具体的な分析に入る前に、もう一点だけ、注意しておきたい。それは、占いの国際的構図である。『三代実録』では、渤海から来日した大使と、日本の相人という二国の観相で、光孝天皇の将来が確認された。『源氏物語』で桐壺帝が試みた三重構造の占いは、倭相—高麗人—宿曜道と展開し、「なんとか三国世界的な配置となっている」[注25]。ただし、高麗とは別の意味で、宿曜の立脚点を定めるのは難しい。遠くインド占星術に起源を持つ宿曜道は、「空海や円仁・円

(20) 引用は、角川文庫、原田芳起脚注。

(21) 前掲「渤海使と日本古代文学—『宇津保物語』と『源氏物語』を中心に—」。

(22) 河添房江『源氏物語の喩と王権』Ⅳ2、有精堂出版、一九九二年。

(23) 『古事談』巻一—一など参照。

(24) 引用は、前田雅之「高麗・倭相・宿曜—相対化される観相—」(小峯和明編『東アジアの今昔物語集 翻訳・変成・予言』勉誠出版、二〇一二年)。

(25) 前掲前田雅之「高麗人・倭相・宿曜—相対化される観相—」参照。前田は、『源氏物語』の観相が「時系列上に並べてみると」、「日本・高麗・宿曜(密教)の観相の順序となる。注意すべきは、なんとか三国世界的な配置となっているということだ。和・漢(高麗)・梵(宿曜)と読めるからである」と論じている。前田が「漢(高麗)」とするのは、河添の渤海説を前提としているからである。

珍らの入唐僧により請来された『宿曜経』を典拠とし、また漠然と二十八宿・十二宮と九曜…の運行により人の運命を占い、吉凶禍福を判ずる仏教天文学・占星術とするのが一般的で、宿曜道の実態や『宿曜経』がどのような形で用いられていたかについては殆ど考察されることはなかった。このような宿曜道観に反省を加え」たのが桃裕行《ももひろゆき》である。▼注(26) 桃は、宿曜道が「宿曜経が入ってきた平安初頭以来のもの」であるとする通説を疑い、唐の「符天暦《ふてんれき》と同時にその術をも合せたものを日延が村上天皇の天徳元年にもって来た、これを学んで受け継いだグループ、それが宿曜道であり、宿曜師であったと考えていいのではあるまいか」と述べている。▼注(27)「宿曜のかしこき道の人」とは、インドと中国という両様の起源と、そしてまた、日本化された宿曜道と、そのいずれの視点でも捉えることができるのである。

一方、平安時代の〈三国〉は、仏教的な世界観として、ほぼ一義的に、天竺・震旦・本朝と連想される。ところがそれは、朝鮮半島の要素を欠落して成り立つ三国であった。田村圓澄《えんちょう》は、古代から中世にかけての日本仏法史の認識において、朝鮮半島を通じてなされた仏法東流が事実上無化され、天竺・震旦・朝鮮・日本の「四国仏教」史から、朝鮮を欠いた「三国仏教」史へと短絡される構図を指摘する。▼注(28) 一方、高木豊は、天竺・震旦・本朝の三国仏法史観の形成と平行して「朝鮮半島という」「地域とそこでの仏教」が「欠落」していき、それと裏腹に中世の日本仏教は、「仏教の創唱者である釈尊への追慕を深め」、中国を超えて、仏生国としてのインドへ、格別の強い思慕を向けるようになる、と指摘している。▼注(29)

ところが、『源氏物語』でなされた占相の「三国」で、もっとも前景化しているのは〈高麗〉であった。対して、三国目の宿曜には、インドと中国と日本とが、凝縮して同居している。あ

(26) 引用は、山下克明『平安時代の宗教文化と陰陽道』第三部「星辰信仰と宿曜道」の第二章「宿曜道の形成と展開」、岩田書店、一九九六年。

(27) 引用は「宿曜道と宿曜勘文」。同論文をはじめ、『符天暦』を始めとする諸論考が、桃裕行『暦法の研究〔下〕』(桃裕行著作集8、思文閣出版、一九九〇年)に収録される。

(28) 田村圓澄『古代朝鮮仏教と日本仏教』吉川弘文館、一九八〇年。

(29) 高木豊「鎌倉仏教における歴史の構想」(『鎌倉仏教史研究』岩波書店、一九八二年、初出一九七六年)。

たかもそれは、仏教史的な〈三国〉を反転したネガのようではないか。

　次節以下で論ずるように、『源氏物語』の予言の背景には、かなり明確に、朝鮮半島からの来訪者により、予言と見顕《みあらわ》しを受ける、聖徳太子伝の存在が透けて見えている。そしてさらにその奥には、〈仏生国としてのインドへ〉の〈思慕〉の根源である、釈迦の伝記——仏伝が、裏返しに潜在する、という重大な問題が隠れている。『源氏物語』において、釈迦を起点とし、朝鮮半島を欠落することで成り立つという三国仏法史観に対する〈反転するネガ〉の構造は、かなり明確なのである。

## 3　『源氏物語』の内なる仏伝

　今井源衛は、『源氏物語』の予言の背景に存する仏伝の影響を、次のように測定している。

> 第一部内部における宿世の思想は、主として、予言とその適中という形であらわれる。「桐壺」巻における高麗の相人の言や、「澪標」巻の宿曜の「みこ三人、帝后必ず並び生れたまふべし。中の劣りは太政大臣にて、位を極むべし」という言、あるいはこれは第二部にまたがるが、明石入道にまつわる住吉明神の夢告など。「藤裏葉」の大団円はいうまでもなく、それらの目出度い実現である。しかしこれらを、すべて作者の思想や世界観の直接的な現れと受けとることはできないであろう。いったい、未来記風の予言は、釈尊伝に早くから見られるもので、阿私陀《あしだ》仙は釈迦の人相を見て、その成仏を予言したことが、『仏《ぶつ》

所行讃《しょぎょうさん》』第一、『過去現在因果経《かこげんざいいんがきょう》』第一などに見られる。おそらくはそれらの日本版とも見られるものが、『聖徳太子伝補闕記《ほけつき》』や『上宮皇太子菩薩伝』などに始まる聖徳太子の未来記であり、紫式部の曽祖父藤原兼輔（元慶元年―承平三年 八七七―九三三）の作という『聖徳太子伝暦』において一挙にひどく膨れ上ったまま、中世に至り、『古今目録抄』の集成をみるまで、花々しい予言譚を形成している。▼注(30)

今井論文の初出は、一九五八年刊行の『日本文学史講座』第一巻（岩波書店）であるという。一般的な読者に向けて、早い時期になされた貴重な指摘であった。だが次に示すように、今井の提案は、聖徳太子伝と『源氏物語』との関係を強調する研究史の中に受容されて吸収された。今井の書きぶりからも、仏伝との類似は、太子伝における原典的なものとして埋没する。

田中重久氏…今井源衛氏…松本三枝子氏…の三氏が共通して指摘するのが、この高麗人観相の条（桐壺等）と『伝暦』との近似性である。いま、長くなるが『伝暦』の敏達《びだつ》天皇一二（五八三）年秋七月の条を抄出しておく。

百済の賢者、葦北《あしきた》の達率《だちそち》日羅、我が朝の召の使、吉備海部羽嶋《きびのあまのはしま》に随ひて来朝す。此《こ》の人勇《たけ》くして計《はかりごと》あり。身に光明ありて火焔の如し。……太子、日羅の異相ある者なることを聞かして、天皇に奏して曰く。児、望むらくは使臣等に随ひて難波の館に往き、彼《か》の人となりを視《み》むと。天皇許したまはず。太子密《ひそ》かに皇子と諮《はか》り、微服を御《め》し、諸の童子に従ひて館《たち》に入りて見《まみ》えたまふ。日羅床にあり、四《よも》の観《み》る者を望み、太子を指して曰く、

（30）今井源衛『源氏物語の研究』一「源氏物語概説」、未来社、一九六二年。

那《か》の童子は是れ神人《じんにん》なりと。時に太子、麁《あら》き布衣を服、面を垢《けが》し縄を帯とし、馬飼の児と肩を連ねて居たまへり。……太子隠れ坐して、衣を易《か》へて出でたまへり。日羅迎へて再拝両段す。……太子辞譲して直《ただ》ちに日羅の坊に入りたまふ。日羅地に跪《ひざまづ》き、掌を合せて白《まう》して曰く、敬礼《きやうらい》救世《くせ》観世《くわんぜ》音大《おんだい》菩薩《ぼさち》、伝燈東方粟散王《でんとうとうはうぞくさんわう》と云々。人聞くことを得ず。太子容《かたち》を修め、折磬《せつけい》して謝す。日羅大いに身の光を放ち、火の熾《さか》りに炎《も》ゆるが如し。太子眉間より光を放つ。日の暉《ひかり》の枝の如し。須臾《しゆゆ》にして止む。（『大日本仏教全書』一一二七頁）

……高麗人の観相も…屈折していて難解で、崇峻天皇の暗殺後、蘇我氏との困難な関係を背景に、始めて女帝推古天皇を立て、聖徳太子を皇太子として政治を委ねるという極めて高度な政治的選択をし、かつ帝位に即くことなく生涯を終えた聖徳太子の情況と一脈通じるものがある。予言という未来記的性格は、今井源衛氏も指摘するように（前掲論文）、▼注（31）太子伝が参考にした釈尊伝までも視野に入れて考量しなければならないが、今は触れない。

「釈尊伝」は、聖徳太子伝の「参考」資料…。仏伝との関係をひとまず棚上げして「触れない」とすると、皮肉なことに、『源氏物語』の高麗人は、朝鮮半島のイメージで覆われる。百済の日羅など、太子伝の予言者と直接的に呼応するからである。

しかし、仏伝という天竺的コンテクストを、この物語から払拭して論じることは可能だろうか。確かに、『源氏物語』には、「天竺」という語は一例もない。その一方で、独自の分析から『釈尊伝』に終始準拠している『源氏物語』とまで断定する、高木宗鑑のような視点もある。高木は、『過去現在因果経』巻一・占相品と『源氏物語』を対比して、

（31）堀内秀晃「光源氏と聖徳太子信仰」（『講座源氏物語の世界』第二集、有斐閣、一九八〇年十月）。

「桐壺」の巻は「光源氏」の誕生を、この「悉多太子」の誕生に似せて、書かれたもののごとくである。これは、式部が明らかに「悉多太子」の「生誕説話」を、「光源氏」の「生誕説話」として、換骨奪胎して、援用創作しているものと言うべきであろう。別言すれば、式部は、『源氏物語』起筆の劈頭に、『釈尊伝』を取り入れていたことがわかるのである。

と言い切った。▼注(32) しかし高木は、今度は逆に、『三代実録』や聖徳太子伝などに顧慮せず、単線的に仏伝と直結して、その世界を論じようとしたために、「しかし、その指摘はいたって外面的な類似にとどまる」と批判を受けることになる。▼注(33) だが、予言の構造に着目して仏伝との類似に注意を喚起した今井論の指摘に戻れば、それは依然として今日でも、再読すべき重要な意味合いを失っていない。▼注(34)

このように研究史的基盤を振り返って整理してみると、天竺と高麗、仏伝と太子伝、そして『源氏物語』の形象との間に、あらためて細かな対比的分析を試みる余地は多分にある、と私には思える。

## 4　仏伝の予言と文脈

釈迦の伝記において、問題となった予言は、どのようなコンテクストで現れているのだろうか。原点に立ち返って本文を対比し、確認しつつ論じてみたい。仏伝をめぐる、諸経典の関係

(32) 高木宗鑑『源氏物語と仏教』第十章第一節、桜楓社、一九九一年、初出一九八八年三月。

(33) 日向一雅「幻巻の光源氏とその出家―仏伝を媒介として」(永井和子編『源氏物語へ　源氏物語から　中古文学研究24の証言』(笠間書院、二〇〇七年)。高木論については、三角洋一の批判的修正(『源氏物語と天台浄土教』若草書房、一九九七年)参照。

(34) 近年の関連する研究として、日向一雅「光源氏の出家と『過去現在因果経』」(『源氏物語　東アジア文化の受容から創造へ』笠間書院、二〇一二年所収)など参照。三角洋一には「浮舟の出家と『過去現在因果経』」(三角著『中古文学研究叢書8　宇治十帖と仏教』若草書房、二〇一一年所収という『過去現在因果経』との対比論がある。

とその伝承展開の様相は複雑であるが、釈迦の誕生をめぐって、次のように要約されるプロットがある。

お産が無事に終わると、一行はそのまま王宮に引返した。王子の誕生を喜んだ父王はインドの風習に従って、すぐれたバラモンたちに、この子の将来を予見するために、その人相を占わせた。（水野弘元『釈迦の生涯』▼注(35)）

日本でよく読まれた『過去現在因果経▼注(36)』について詳細を見れば、『源氏』との類似性は明らかである。

バラモンがやってきたことを聞くと王は悦び、宮殿に招き、供養を尽くした。バラモンは、噂の優れた太子をよく観たいといい、王が見せると、太子の相好が余りに整っていることに驚く。バラモンは、この太子の卓越した様子を述べ、安心するように告げた後、この太子の体の色は光り輝く炎のようで、まるで真の黄金の如くであり（身色光焔。猶如真金）、すべての相好を兼ね備え、極めてあきらけく澄み切っているとした上で、〈もし家を出るならば、仏の最高の智を成し遂げるであろう。またもし家に在るならば正法をもって四天下を統治する転輪聖王となるであろう〉（若当出家。成一切種智。若在家者。為転輪聖王領四天下）と予言した。▼注(37)

(35) 春秋社、一九八五年。

(36)『今昔物語集』の仏伝の輪郭となった、僧祐の十巻本『釈迦譜』などの受容資料も重要である。本田義憲『今昔物語集仏伝の研究』（奈良女子大学『叙説』一〇号、一九八五年三月）など参照。

(37) 漢訳仏典の引用は、特にことわらない限り、大正新修大蔵経とその校異によるが、『過去現在因果経』については、文脈の把握をしやすくするために、適宜、私の大意と現代語訳で引用した。カッコ内が『過去現在因果経』原文である。以下の二字下げ引用等も同じ。この予言の前提に、摩耶夫人が得た釈迦托胎の夢想を占い、同趣の予言を行う婆羅門（「善相婆羅門」。『今昔』巻一―一など参照）の存在がある。

父王のもとめによって、宮殿での予言が行われ、その中に、光る王子の描写もある。以下『過去現在因果経』のストーリーは、次のように展開する。

王は、バラモンの言葉を聞いて悦び、不安を拭い去った。だがバラモンは、阿私陀という仙人がいる。「香山」という山に棲んでいるが、▼注(38) 彼ならば、王の疑惑をすべて晴らしてくれるであろう、といって辞去した。王はまた、阿私陀の棲む山が、遙かに遠く懸絶された地であることを思い、どうしたらこの地に招き寄せることが出来るだろう、と心に思惟した。悩む王の意を予め慮って、阿私陀仙人は、遠路を超え、神通力で空を飛び、突然、やって来た。喜ぶ王に、仙人は、自らの神通力で空を飛び、この地にやって来たことを告げた。諸天が語るのを聞いて、王の太子が、極めて優れた相好を有していることを知った、という。

ところが仙人は、太子を拝見し占相するや、突然泣き出してしまう。何か不祥なことでもあるのかと聞く王に、仙人は、「太子には相好が具足しており、不祥の所はない」と答えた。王はさらに、太子が長寿かどうか、四天下を統一する「転輪聖王」となれるかどうかを尋ねる。自分も年を取り、この国をすっかり彼に譲って、山林に隠遁し、出家学道しようと思っているから、と。

すると仙人は、「太子は、三十二相を備えております。こういう相好を備えているものは、在家であれば、年二十九で転輪聖王となるでしょう。出家すれば、一切種智を成じて、広く天・人を済うことでしょう。したがって王の太子は、必ずや道を学び、阿耨多羅三藐三菩提という最高の悟りを得、遠からぬ将来に、教えを広め、天下を救い導くことでしょう。

(38) 「アシタは南方のヴィンディヤ山脈」もしくは「北方のヒマーラヤ山脈」の「とにかく山の中で世事を忘れて暮らしていました」(渡辺照宏『新釈尊伝』大法輪閣、一九六六年、ちくま学芸文庫に再収)。

私は、いますでに百二十歳。久しからずして死んでしまい、無想天に生まれて、仏の興りを見る事も出来ず、経法を聞く事も出来ないのです。それで悲しんでいるのです」と答えた。王はまた仙人に問う。「尊者よ、あなたの占いは、二種有ったではないか。一つは、王となるだろう、といい、一つは、正覚を成じるだろうという。しかし、いまなぜ、必ず一切種智を成じると言ったのか」。仙人は、「三十二相が是処ではなく非処にあってしかも明顕でないならば、その人はきっと転輪聖王になります。しかしこのひとは三十二相を備え、しかも適切な場所にくっきりと出現していますから、必ず仏陀になるでしょう（我相之法。若有衆生。具三十二相。或生非処。又不明顕。此人必為転輪聖王。若三十二相。皆得其処。又復明顕。此人必成一切種智。我観大王太子諸相。皆得其所。又極明顕。是以決定知成正覚）…」、そう言って辞去した。

以上の文脈を一覧すれば、これまで注意されてこなかった、抽出すべき多くの要素が見出される。そこで、仏伝、太子伝、『源氏物語』の三種の記述について、あらためて対比的に再確認を行う必要がある。まずは、予言の構造を概観しておこう。

【仏伝】…基本的に、未来への予言である。

- 占われるのは王子であり、太子と称ばれる人。
- 在家であれば――「転輪聖王」に、出家すれば――仏陀になる。
- 予言は父からの依頼でなされる。
- 父王は、釈迦を出家させず、自らの跡継ぎにしたいと願うが、阿私陀仙人の占いは、「皆得二其処一。又復明顕」なる相によって、最終的に出家して仏陀となる道に特定されている。

・予言者は、「香山」という遠方の地から来る。

・バラモンの占いの言説には、釈迦が光る王子であることが含まれる。

**【聖徳太子伝】**…正体の見顕しが主であり、未来への予言は付随的である。

・相を見顕されるのは皇子であり、「太子」と称ばれる人。

・太子は自分で「異相」の日羅に拝謁する。

・日羅の方も太子を見いだし、「跪《ひざまづき》テ掌ヲ合《あはせ》テ、太子ニ向テ云ク、「敬礼救世観世音《きやうらいくせくわんぜおん》　伝灯《でんとう》東方粟散王《とうばうぞくさんわう》」ト申ス間、日羅、身《み》ヨリ光ヲ放《はな》ツ。其ノ時ニ、太子、亦、眉《まゆ》ノ間ヨリ光ヲ放《はなち》給フ事、日ノ光ノ如ク也」とある。

・また「百済国ノ使、阿佐《あさ》ト云フ皇子来《きた》レリ。太子ヲ拝シテ申サク、「敬礼救世大悲観世音《きやうらいくせだいひくわんぜおん》菩薩《ぼさつ》　妙教々流通東方日国《めうけうけうるつうとうばうにちこく》　四十九歳伝灯演説《しじふくさいでんとうえんぜつ》」トゾ申シケル。其《その》間、太子ノ眉ノ間ヨリ白キ光ヲ放《はなち》給フ」▼注(39)というエピソードも存し、自ら放つ光で、阿佐の偈頌との応答が示される。

・日羅の偈頌には「観世音」と「王」とが対照され、仏伝の仏陀への予言―王と仏陀―と類比的である。

・日羅と阿佐のいずれの偈頌でも、アクセントは、聖徳太子が「観世音」菩薩であるという正体の見顕しにある。しかし同時に、太子が未来に「東方」の「王」になり、「伝灯」者になる、という予言が含まれている。

・諸人の中から太子を見出す。

(39) ここでの太子伝の引用は、参照の便宜を考えて、『三宝絵』『日本往生極楽記』などを直接的典拠とする『今昔物語集』巻十一―一による。その中心的な原典には『聖徳太子伝暦』がある。なお以下に仏伝と太子伝を時に『今昔物語集』の引用で代替したのは、日本での受容の確認であるとともに、私の研究文脈の中での同書の資料性の認識（拙著『説話集の構想と意匠　今昔物語集の成立と前後』勉誠出版、二〇一二年参照）を前提にする。

・予言的言説を吐く人々は、百済という遠方から来る。
・太子は白い光を放つ。

**【源氏物語】**…未来への予言であるが、見顕しの要素も含まれる。
・占われるのは皇子であるが、親王とならず、源氏となるべき人。
・予言は父天皇の意志によりもたらされる。天皇は光源氏の正体を隠し、右大弁の子のようにして使いとし、占わせる。ただし、「漏らさせたまはねど」とあるので、その秘密は守られている。
・「国の親」／「帝王の上なき位」と「王」になる可能性が示されながら、「そなたにて見れば、乱れ憂ふることやあらむ」と否定される。
・「朝廷のかためとなりて、天下助くる方にてみれば」、という王の臣下になる可能性を想定して、「またその相違ふべし」と否定される。
・出家成仏は占いの未来には含まれない。
・諸人の中から光源氏の貴相を見出す。
・予言者は高麗という遠方から来た人である。
・「光る君」という名前は「世の人」からの呼称であり、「高麗人」が付けた、ともいう。

以上の分析を踏まえて、三者の類似と相違の諸相を、『源氏物語』を中心に、横断的に再整理してみよう。

**(一)王子に対し、予言が行われるが、それは二者択一的(alterative)あるいは二重拘束的(double bind)な提起である。**

仏伝は「出家」か「在家」か、という二つの選択を示し、『源氏』は帝王か帝王の補助者か、と示される。出家と在家、王と王の補助者とは、いずれも決して両立しない設定という点で共通する。仏伝の場合は、占いの根拠に明確な分岐があり、かつそれぞれは肯定的な未来として示される。対して『源氏物語』は、それぞれがいずれも、実現しえない否定的な可能態として提示される。

聖徳太子伝の予言は、年令や立場、占いの状況において『源氏物語』にやや近いが、そうした二者択一を含まない点で大きく異なっている。その代わりに太子は、「粟散王《ぞくさんわう》」と呼称されながら、実際には王にはならず、「太子」として、出家せずに俗人として仏教的行為を極め、しかも摂政として「おほやけのかためとなりて、天下を輔くる方」となっている。結果論としては、『源氏物語』に重なりうる。

**(二)予言は二段階以上で行われる。**

『源氏』の予言は倭相、高麗、宿曜によってなされる。仏伝では、バラモンと阿私陀《あしだ》が占う。▼注(40)聖徳太子伝では、百済の日羅と阿佐が予言的言説を吐く。

**(三)遠方から来た予言者は、奇跡の対面を喜びつつ、もはや再会できない別れを悲しむ。**

『源氏』では、「今日明日帰り去りなむとするに、かくありがたき人に対面したるよろこび、かへりては悲しかるべき」と高麗人は語っている。仏伝の阿私陀は、「即便占相。具㆓見相㆒已。

(40) バラモンの占いは、托胎時と併せると二度になる。注(37)参照。

忽然悲泣。不レ能二自勝一」と泣き出す。その理由は、「我今年寿。已百二十。不レ久命終。生二無想天一。不レ覩二仏興一。不レ聞二経法一。故自悲耳」とあって、いますでに百二十歳の私は、久しからずして死ぬ。仏の興起を見る事も出来ず、経法を聞く事も出来ない悲しみの故である、という。聖徳太子伝には、明示的にはそうした要素が見えない。

このように比較してみると、三者の位置づけは明瞭である。

光源氏の未来には「在家」のみが示され、そのいずれもが、来るべき運命へのネガティブな予言となっている。しかもその予言には、「王」となる仮定、また「天下」という語が含まれて、「若在家者。為二転輪聖王一領二四天下一」という、仏伝の予言を直接的に想起させる。ところが物語の予言は、「国の親」・「帝王の上なき位」にも、「おほやけのかためとなりて、天下輔くる方」の展望にも、ともに否定的である。その二重否定の答えとして、天皇は「源氏になしたてまつるべくおぼ」すのである。

こうした奇妙なダブルバインド＝二重拘束が発生する所以は、この予言設定が、あるオルターナティブ＝絶対的二者択一の裏返しの言述であることを明確に語っている。それは、釈迦に対してなされた予言の反転である。

二つの道を示されながら、結局は選択の余地なく「出家」を宿命付けられたのが釈迦であった。それはむろん、仏伝の必然である。しかし、もし彼が王にもならず、しかも出家を妨げられ続け、成就できなかったとしたら…。その時、王家の貴公子には、どんな運命が待ち受けているのだろうか。そうした未知の未来へのスリリングな問いとして、読者に突きつけられる魅

力的な謎。しかも仏伝は、平安貴族にとって、もっともよく知られた伝記物語の一つであったはずだ。▼注(41)

物語を領導する創造の契機としての仏伝。物語の本質に関わるそうした実験的設定が、光源氏の造形の根幹にある。そのことを、バルトにならって、〈非在する仏伝〉と呼んでみよう。「あの人は、指示対象としては不在でありながら、発話の受け手としては現前しているのだ」。仏伝の「不在」が、『源氏物語』という作品の「能動的実践」となり、「数多くの役割をそなえたフィクションが創り出される」。

## 5 予言に続く仏伝の要素と『源氏物語』の類似点

仏伝の中で、阿私陀の予言を受けて繰り広げられる一連のプロットは、次のように展開する。『源氏物語』を想起させる細部が、そこにもいくつか見出される。

(1) 王は仙人の説を聞いて心に憂愁を抱き、釈迦の出家を懼《おそ》れ、五百人を選んで母代わりとして太子を養育する。

(2) 次に「三時殿」を建て、「温涼寒暑。各自異処」(『過去現在因果経』一)という状態にする。これは、温=春、涼=秋、寒=冬、暑=夏、と日本の四季にあてて読み取ることができる。ただし、日本流の春夏秋冬という順序とは異なることに留意が必要である。

(3) 釈迦の出家を懼れ、王は城門を閉じる。

(41)「およそ、仏教徒にとって、釈尊の一代記ほど重要なものはないだろう」と益田勝実『説話文学と絵巻』三一書房、一九六〇年が述べるように、平安時代の仏伝の影響力は大きく、聖徳太子の伝記ほか、高僧伝をはじめとする多くの伝記や文学に影響を与えている(たとえばその通史的概観として、黒部通善『日本仏伝文学の研究』和泉書院、一九八九年参照)。本邦初のまとまった「仏伝」は『今昔物語集』(十二世紀成立か)の天竺部とされるが、同書の仏伝は、『過去現在因果経』を骨格に構成された仏伝『釈迦譜』を原典として作られている(前掲本田義憲『今昔物語集仏伝の研究』)。

太子は王城のうちに住む、という解釈ができる。それは光源氏を手放したくない帝が、特例的に彼を「内裏住み」（内裏という王宮に住む）させることを連想させる。

（4）美しい五百人の妓女を選び、太子に交替で侍らせる。殿舎とその回りを飾り立てる。

（5）「釈尊誕生ののち七日で母マーヤー夫人は亡くなり」（中村元『ゴータマ・ブッダ　釈尊伝』）▼注(42)、母は釈迦の功徳で忉利天《とうりてん》に生れる。『源氏』の母は、光源氏が三歳の夏に没する。

（6）摩耶夫人という「生母に代って、やがてその末妹のマハーパジャーパティー（摩訶波闍波提《まかはじゃはだい》）が継母となり、王子を養育することになった。新しい夫人は、おそらくまだ二十歳ころの若さであったであろう」、「したがって王子は実子のごとく、若い叔母に育てられ」る（前掲水野『釈迦の生涯』）。摩訶波闍波提は乳を含ませ、母に変わらず養育したと『過去現在因果経』は伝える（爾時太子姨母摩訶波闍波提。乳二養太子一。如レ母無レ異）。母を亡くした光源氏は、五歳年上の後妻藤壺を母のように慕い、深く愛する。そして、いずれ藤壺も摩訶波闍波提も、光源氏や釈迦の反対を押し切ってその道心を認めさせ、ついには出家する。

（7）釈迦の父の年齢は明確ではないが、相応の年を取ってから釈迦を儲け、さらに後妻の摩訶波闍波提との間「にはナンダ」「という男子が生まれたという。これは釈尊にとっては異母弟」にあたる（前掲中村『ゴータマ・ブッダ　釈尊伝』）。難陀は、釈迦より少なくとも二十歳は年少らしい。▼注(43)光源氏の父の年齢は明確ではないが、なぞらえられる玄宗皇帝が楊貴妃を冊立したとき、玄宗は六十を過ぎており、貴妃とは三十以上の年齢差があった。光源氏が十九歳の時、系譜上は弟だが本当は実子の冷泉帝が生まれる。

（8）釈迦は、出家を思いとどまらせたい父の顧慮で、十代後半（「年十七」『過去現在因果経』）で

(42)法蔵館東方双書、一九五八年。

(43)「近代の佛伝では、南方の新しい説によってか、釈迦の誕生は父王の四十五歳の時であったとせられているが、原始聖典や注釈書などの古い資料には、父王の年齢を述べたものはない。この王には釈尊以後に、少なくとも釈尊より二十歳年少の弟ナンダ（釈尊の成道五年のころ、すなわち釈尊の四十歳のころ、ナンダは結婚式直前に出家したから、その時ナンダは二十歳ころと見られる）が生まれたのであるから、ナンダは父王の五十五歳ころの子とすれば、釈尊は父王の三十五歳ころに生まれたことになる。また父王は佛の成道第十年ころに亡くなられたとすれば、その時彼は約八十歳となり、年齢的に無理はない」（水野前掲書）。

結婚する。[注44] 光源氏も父の顧慮で、十二歳で葵の上と結婚させられる。

(9) 妻をもうけて環境を整え、楽しみを極めさせて、出家の想いを放擲させようとする父の意図に背き、釈迦は独りの妻さえも遠ざけて親しまず、父の心配を募らせる。『源氏』では、光源氏は葵の上と距離があり、不和の様子である。

(10)〈四門出遊〉を経て出家することになる釈迦は、せめて跡継ぎをという希望を持つ父の心を密かに悟り、妻との間に一子羅睺羅《らごら》をなす。だがその子供さえ、「即ち左手を以て其の妃の腹を指す。時に耶輸陀羅、便ち体の異なるを覚ゆ。自ら娠めること有るを知りぬ」(『過去現在因果経』二を訓読)として身籠もり、処女懐胎のような伝承を持つ。故に、その子は釈迦の子ではなく、耶輸陀羅《やしゅだら》が不貞を犯して拵えた子ではないかと疑われる(『雑宝蔵経』巻十「羅睺羅因縁」など)[注45]。光源氏は、義母と密通して、実子(後の冷泉帝)を父の子として生む。父は兄光源氏と弟がよく似ていることを喜ぶが、我が子であることは疑わない。

以上を踏まえて、新たに導き出される仏伝と『源氏物語』との横断的な類似性を、整理して追加しよう。前節の分類と連関を持たせるために、漢数字の連番で表示する。

**(四) 母がはやく亡くなり、父の後妻が養育する。母と義母とはよく似ており、義子は深い愛情をそそぐ。**

『源氏物語』では、血縁に支えられた相似性と愛情が重要なテーマである。ところが、母にそっくりだと信じられて後宮に迎えられた、帝の後妻藤壺だけは、光源氏の母桐壺更衣とは血がつ

(44)「今昔浄飯王ノ御子、悉達太子、年十七ニ成給ヌレバ、父ノ大王、諸ノ大臣ヲ集メテ共ニ議シテ宣ハク、「太子、年已ニ長大ニ成給ヌ。今ハ妃ヲ奉ベシ。但シ思ノ如ナラム妃、誰人カ可有キ」ト宣フ…」(『今昔』一―三)。「太子の結婚の時期については、原始聖典には述べられていないが、佛伝では、十八歳の時としたもの、二十歳としたものがあり、中には十六歳とか十七歳の時としたものもある。インドの風習として、七、八歳から十二年間が学問技芸を研究習学する学生時代であるから、正規のコースを進んだ青年としては、結婚するのはどうしても十八歳か二十歳ころとなるであろう。それから太子には、久しく子がなかったらしい。出家直前にやっと一子ラーフラが生まれたのであり、出家の時期については、原始聖典の中に、佛自身の説として、はっきりと二十九歳とせられている。ところが後の佛伝には、十九歳出家の説があって、シナ、日本では古来この説が一般に行われていた」(水野前掲書)。「かれが結婚したときは、南方の伝説によると十六歳であった」(中村前掲書)。「学業を終えて、二十歳前後にな

ながっていない。彼女は、いつも帝に連れられて部屋までやってくる光源氏の養母的存在として、重要な役割をする。光源氏は、母の容貌に記憶がないが、周囲の人々が、藤壺と桐壺更衣は本当によく似ている、そっくりだと繰り返すことに誘導されてそう思い込み、自然と思慕から愛へと想いを深める。▼注(46) 仏伝の摩訶波闍波提《まかはじゃはだい》（喬答弥《きょうどんみ》・瞿曇弥《くどんみ》）は母の妹で、父の「夫人」（『今昔』一―一七など参照）と呼ばれる後妻である。姉の摩耶夫人の代わりに、義母として、実の母のように、釈迦を養育する（「夫人ノ父善覚長者、八人ノ娘有。其第八ノ娘摩迦波闍ト云フ。其人ヲ以テ太子ヲ養ヒ給フ。実ノ母ニ不異《ことなら》ズ。太子ノ御夷母《いも》ニ御ス」『今昔』一―二）。姉妹という血縁性は、摩耶夫人と摩訶波闍波提とが似ていることを保証するが、生後七日で母を喪った少年時代の悉達太子《しったたいし》（釈迦）は、もとより記憶がないはずだ。そして摩訶波闍波提は、妻の耶輸陀羅に先行する、悉達太子の深い「恩愛」の対象であった。▼注(47)

**（五）母にとって、一人子である。**

『源氏物語』において、光源氏は母・桐壺更衣にとって、冷泉院は藤壺にとって、それぞれ一人子である。釈迦は「白浄王有二二子一。其大名悉達、其小子名難陀。菩薩母名摩耶、難陀母名瞿曇彌」（『十二遊経』）とされる長男であり、母摩耶の一人子である。一方、弟難陀は、摩訶波闍波提（瞿曇彌）の一人子なのである。

**（六）夫妻は、夫の努力にも拘わらず、因縁を背負った不仲である。**

光源氏は葵の上と不仲であった。葵の上はつれなく、光源氏の表面上の愛情は通じない。しかし葵巻になって、「そういう葵の上が懐妊して、しかも物の怪に悩んでいる、となると、やはり目にみえぬ宿世の糸で結ばれている夫と妻とであることを改めて思う」（阿部秋生《あきお》『光源氏

ると、王子は結婚することとなった。……また生母がいないということも、沈みがちな王子の性格を助長したであろう。父母はそのような王子を見ると、一方ではいじらしく、他方では生誕時の占相の予言にしたがって、王子が世をはかなんで出家するかもしれないと思い、むしろ家にあって幸福な生活を営み、世俗的に偉大な国王となってもらうことを願い、出家の気持ちを起こさせないためにも、王子を結婚させることにした」（水野前掲書）。

(45) 羅睺羅の母の「貞潔」と羅睺羅が「仏の真の子であることのしるしに関する物語」については、本田義憲『今昔物語集仏伝の研究』など参照。中世の唱導資料『金玉要集』や室町時代物語『釈迦の本地』などもこの疑いをめぐって詳述する。小峯和明「『釈迦の本地』と仏伝の世界」（小林保治監修『中世文学の回廊』勉誠出版、二〇〇八年）参照。

(46) 拙著『日本文学二重の顔』第二章、大阪大学出版会、二〇〇七年に、関連のことを記したので、参照を乞う。

(47)『今昔』一―四では、「太子、誓ヲ発テ宣ハク、「我レ若シ生老

論　発心と出家』)。[48]釈迦も正妻・耶輸陀羅とは『過去現在因果経』の巻頭に誌される遠い「過去世」以来、『源氏』の光源氏と葵の上のように「宿世の糸で結ばれている夫と妻とである」。だが出家前の釈迦には、「悉達太子《しつだたいし》ト申《まうし》シ時ニ、三人ノ妻御《おは》シテ、其ノ中ニ耶輸多羅《やしゅだら》ト申ス人有リ。其ノ人ノ為《ため》ニ太子、懃《ねむごろ》ニ当《あた》リ給フ事有レドモ、思知《おもひしり》タル心無シ。太子無量《むりやう》ノ珍宝ヲ与ヘ給フト云ヘドモ、更《さら》ニ不喜《よろこば》ズ」という不和と距離感があった。成道後の釈迦が語ったことによれば、それは、とある出来事による「宿業」で、「此ノ事ニ依《より》テ、世々《せぜ》ニ夫妻ト成ルト云ヘド、如此《かくのごと》ク不快《こころよから》ザル也」(『今昔』三―十三)[49]と説明される。

## (七)　義子は、妻よりも義母を深く愛している。

釈迦の「恩愛」の対象は、まず義母摩訶波闍《まかはじゃ》であり、続いて妻・耶輸陀羅であったという。[50]『源氏物語』の藤壺と葵上の愛情の階層と対置される。

この他にも、予言の前後に、道々の才芸を磨く、という要素(「釈迦太子才芸過レ人」『釈迦譜』巻七)など、仏伝との多くの類似性に支えられる『源氏物語』は、仏伝の根本の設定を裏返し、きわどい拘束をみずからの物語の設定に課すことで、逆転的に、すぐれた「能動的実践」を導く。仏伝の裏返しという構造の発見は、『源氏物語』を貫く物語の本性として、そしてもっとも大きな主題――出家しない男たちの問題と直結することで、より大きな意味を顕現するだろう。「『源氏物語』では多くの登場人物がそれぞれ出家する」が、そこには男女の差異が明確にあった。出家するあまたの女性たちに対して、「男性の方は厭世的感情を持ち出家を願う者が多いが、結局出家にいたる者はほとんどいない」[51]のである。この『源氏物語』の不自然な基調の中心にあるのが、「一貫して「懺悔」の欠落を見せてきた」[52]光源氏物語である。この程度の追跡でも、

病死・憂悲苦悩ヲ不断ズハ、終ニ宮ニ不返ジ。我レ菩提ヲ不得又法輪ヲ不転ズハ、返テ父ノ王ト不相見ジ。我レ若シ恩愛ノ心ヲ不尽ズハ、返テ摩訶波闍及ビ耶輸陀羅ヲ不見ジ」ト誓ヒテ」出家し、最後に車匿と別れる時、「車匿ニ向テ誓テ宣ハク、「過去ノ諸佛モ、菩提ヲ成ムガ為メニ、餝ヲ弃テ髪ヲ剃給フ、今我モ又可然」ト宣テ、宝冠ノ髻ノ中ノ明珠ヲ抜テ、車匿ニ与テ、「此ノ宝冠明珠ヲバ、父ノ王ニ可奉シ」、身ノ瓔珞ヲ脱テ、「此ヲ摩訶波闍ニ可奉シ」、「身ノ上ノ荘厳ノ具ヲバ、耶輸陀羅ニ可与シ…」」と描かれる。なお仏典における摩訶波闍波提伝については、Shobha Rani Dash. *Mahāpajāpati: The First Bhikkhuni:* Seul:Blue Lotus Books, 2008 など参照。

(48)東京大学出版会、一九八九年。

(49)この逸話の異伝と意味については、『今昔』本文及び渡辺前掲『新釈尊伝』など参照。

(50)注(47)所掲の『今昔』一―四で「我レ若シ恩愛ノ心ヲ不尽ズハ、返テ摩訶波闍及ビ耶輸陀羅ヲ不見ジ」「ト誓」う釈迦は、以下同話でこの序列を繰り返す。

(51)チョーティカプラカーイ・

裏返しの、非在する仏伝という問題性の内在が、かなりはっきりと見えてくるだろう。

## 6　釈迦の多妻（polygamy）伝承と三時殿

出家の問題を考える前に、非在し、反転するブッダ、としての光源氏物語の重要な結節点となる要素が、三時殿と六条院の関係である、と思う。『過去現在因果経』にも見える四季の館・三時殿には、多層の裡面が潜在し、『源氏物語』と交叉する。それは釈迦の多妻伝承と関わっていた。

仏伝には、女性を避け、処女懐胎のように子をなしたイメージ――仮にモノガミー型と称ぶ――がある一方で、それと全く相反するように、釈迦には三人の妻がいた、という矛盾を内在する異伝――仮にポリガミー型と称ぶ――が、対位法のように、併せ語られることがある。『今昔物語集』でいえば、前掲の不仲の因果譚（三―十三）や、出家前夜の釈迦と妻の描写（一―四）▼注(53)に併せて描かれる。信徒からは歓迎されない矛盾的別伝である。

太子ノ御妻、耶輸陀羅《やしゆだら》、寝タル間ニ三ノ夢ヲ見ル、「一ニハ月地ニ堕《おち》ヌ、二ニハ牙《が》歯《し》落《おち》ヌ、三ニハ右ノ臂《ひぢ》ヲ失ヒツ」ト。夢覚《さめ》テ太子ニ此ノ三ノ夢ヲ語テ、「此レ何ナル相ゾ」ト。太子ノ宣ハク、「月ハ猶、天ニ有リ、歯ハ又不落《おち》ズ、臂、尚、身ニ付《つけ》リ。此ノ三ノ夢、虚クシテ実ニ非《あらず》。汝ヂ不可恐《おそるべから》ズ」ト。太子ニ三人ノ妻有リ。一ヲバ瞿夷《くい》ト云フ、二ヲバ耶輸《やしゆ》ト云フ、三ヲバ鹿野《ろくや》ト云フ。宮ノ内ニ三ノ殿ヲ造テ各二万ノ采女《さいによ》ヲ具セシム。（『今昔物語集』

アッタヤ『源氏物語』の出家の表現―男女の違いをめぐって―」（『詞林』三二、二〇〇二年十月）。

(52) 今西祐一郎「懺悔なき人々」（『源氏物語覚書』岩波書店、一九九八年）。

(53)『今昔』当該話の説話形成については、本田義憲『今昔物語集仏伝の研究』「巻一　悉達太子出城入山語第四」、拙稿「『大和物語』と『今昔物語集』―遍昭出家譚をめぐる時代観とジェンダー―」（小林保治監修『中世文学の回廊』、勉誠出版、二〇〇八年）など参照。

一—四）

シッダールタ太子には三人の妃がありました。そう言うと、まさか、と眉をひそめる人もあるかも知れませんが、古代社会の王国では妃は複数なのが普通なのです。唐の玄宗皇帝の楊貴妃や、『源氏物語』の桐壺の例にもあるように、帝王がただ一人の妃に熱中すると国を危うくすることにもなるので、妃を複数にするのは、国王の威厳を示すのみではなくて、国家の安泰のためにも必要と考えられていたようです。（渡辺照宏『新釈尊伝』▼注(54)）

傍線を付したように、それはどこか『源氏物語』を想起させる。今野達《とおる》は、出典を具体的に示しつつ、より精密に『源氏物語』との相似を看破している。

「以レ有二三婦一故、（太子）父王為立二三時殿一。殿有二二万婇女一」（十二遊経、釈迦譜）。なお三時殿は冬・夏・春秋の居住に適した温（暖）殿・涼殿・不寒不熱の三殿という。また修行本起経には四季に相応した四時殿を造立したとあり、これらの故事は、源氏物語・少女巻に説く六条院の四季の町の造営を想起させるものがある。▼注(55)

光源氏は四季をかたどった「六条院」を作り、それを関係の女性に配する。釈迦は三人の妻を持ち、四季にかなった「三時殿」もしくは「四時殿」を作ってそれぞれを住まわせる。すなわち、仏伝と『源氏物語』には、

(54) 大法輪閣、一九六六年。

(55) 今野達校注『新日本古典文学大系　今昔物語集一』（岩波書店、一九九九年）一—四当該部脚注。

## （八）四季をかたどった家を作り、愛する女性を配する。

という一致点があった。『法苑珠林《ほうおんじゅりん》』（巻九・千佛篇出胎部同応部）にも「以レ有二三婦一故。太子父王為立二三時殿一。殿有二二万婇女一。三殿凡有二六万婇女一」などと記されるこの伝承は、▼注(56)最澄『内証仏法相承血脈』には、それぞれが生んだ子供の名前まで記されており、日本でもよく知られていたことがわかる。

> 悉達太子……有二三夫人一。各領二二万采女一囲繞。第一夫人。名曰二瞿夷一。生二優波摩那一。出家。第二夫人。名曰二耶輸陀羅一。生二羅睺羅一。出家。第三夫人。名曰二鹿野一。生二善星比丘一。出家。委出二十二遊経。瑞応経及大智度論等一矣。▼注(57)

ただし、『源氏』とはポジティブに結び付くこの伝承は、仏伝の一般においてはむしろ逆に、ネガティブな意味合いや位置取りを持つ、という点に注意される。『過去現在因果経』がそうであったように、そもそも三時殿と釈迦の妻帯とは、本来別の話であるらしく、連動していない。

> 太子初生。王令二師相一。師曰。処レ国必為二飛行皇帝一。捐レ国作二沙門一者。当レ為二天人師一也。王興二三時殿一。春夏冬各自異レ殿。殿有二五百妓人一。不レ肥不レ痩。長短無レ呵。顔華鮮明。皆斉二桃李一。各兼二数伎一。姿態傾レ賢。以楽二太子一。殿前列二種甘果一。華香苾芬。清浄浴池。中有二雑華一。異類之鳥。鳴声相和。宮門開閉聞二四十里一。忠臣衛士儆循不レ懈。警二備之一焉。

(56) その詳細は、前掲本田義憲『今昔物語集仏伝の研究』参照。

(57) 引用は、『伝教大師全集』一によるがe国宝で東博本を参照した。このことは『妙法蓮華経玄賛』巻第一に、異説を含めて詳述される。

鵁鶄鴛鴦鷺鳴相属。太子年十七無㆓経不㆒㆑通。師更拝受。王為納㆑妃。妃名裘夷。容色之華。
天女為㆑双。…（『六度集経』巻七・八十七）

『六度集経』によれば、太子の出家を阻もうと、父は三時殿を造り、美しい「五百妓人」を置く。何から何まで理想を極める環境の中で、太子はひたすら経文を読み、十七歳にして「経として通ぜざるは無し」と学問を続ける。父は強く危機感を抱いて、美しい妻を持たす。ここでは「裘夷《くい》」と呼ばれている人である。釈迦の結婚前に父が建てて与えたこの三時殿には、美しく歌舞などの伎芸にたけた女性が五百人ずついる。後に釈迦の弟子になる阿那律《あなりつ》も、母の情愛が深く、やはり三時殿を造って楽しみを極めた。「其ノ母、阿那律《あなりつ》ヲ愛シテ、暫《しばら》クモ前ヲ放ツ事無シ。三時殿ヲ造テ阿那律ニ与ヘテ、采女ト娯楽セサスル事無限《かぎりな》シ」（『今昔物語集』一―二十一）。ただしそれは、三人いる妻を、同時にそれぞれの館に住まわすものではない。三時とは、「本来はインドの暑季・寒季・雨季の三季をさしたが、夏・冬・春秋の三季が配されるようにもなった」もので、三時殿はその厳しいインドの気候を快適に過ごすために、「年間の三つの季節それぞれの居住に適するように造作された三つの殿舎」である（新大系『今昔』一―二十一脚注）。季節ごとに住まいを変え、それぞれの館に美しい女性がいて、歌舞で楽しませてくれる。富豪の理想的イメージである。

しかし阿那律の場合でも「采女ト娯楽セサスル事無限シ」と語られるように、三時殿はポリガミーを連想させやすい居住空間の謂ではあった。モノガミー型の釈迦の伝記でも、三時殿にはそれぞれたくさんの美しい女性が配せられていた。だがそれはあくまで「太子初生」の幼時である。阿那律の場合と同等以上の親の過保護であり、多妻とは別のことである。文脈上、それは容易に読み取れる。阿那律は、その後発心して、三時殿を捨てて出家した。その師の釈迦の場合は、そうした環境でむしろ女性の醜さを観じ、一人の妻耶輸陀羅《やしょだら》さえ捨て去って、出家の旅に出ることになる。

父王が、生まれて間もない釈迦に、この上ない快適さを教え込んで、出家したいなどと思わないように、親心で与えたのが三時殿だ、とする仏伝と、いやそれは、三人の妻を持つ息子のため（以有三婦故）に、それぞれの女性に配当したのだと解説する別系統の仏伝と。『今昔物語集』に見るように、本来異なるそれぞれが、日本では、どこかで融合して受容された。それが『源氏物語』の発想の一つの転機となった、と考えてみよう。すると、先に『過去現在因果経』などの仏伝と『源氏物語』とが類似する点として挙げた、「（2）次に「三時殿」を建て、「温涼寒暑。各自異処」という状態にするというのを、温＝春、涼＝秋、寒＝冬、暑＝夏、と日本の四季にあてて読み取ることができる。ただし、日本流の春夏秋冬という順序とは違うことに留意が必要である」という要素に、新たな符合性が見えてくる。三時殿は、春→秋→冬→夏という、奇妙な四季の循環を内在している、ということである。六条院にも、この春秋冬夏という配列が、重要な意味を持つのである。

## 7　四方四季と六条院

結論へと急ぐ前に、いくつか検討しておくべきことがある。先ず第一に、三時殿から四季の館の六条院へ、という場合の、三時と四季の異なりである。そこには、天竺と、震旦・本朝との間に存する、埋めがたい季節のズレと深く関係する問題がある。天竺の季節を、唐僧玄奘《げんじょう》は次のように把握して、三時と四季とのずれを説明している。

如来の聖教にては歳を三時と為す。正月十六日より五月十五日に至るまでは熱時也。五月十六日より九月十五日に至るまでは雨時也。九月十六日より正月十五日に至るまでは寒時也。或は四時と為す。春・夏・秋・冬也。（『大唐西域記』巻二）▼注(58)

「西方四月為二一時一。但立二春夏冬一故不レ立レ秋。故立二三時殿一也」と『法苑珠林』（巻四・日月篇寒暑部）が説明するように、四ヶ月を一季とする「三時」のままでは、秋を立てられず、春秋の違いを描けない。▼注(59)逆に言えば、天竺の「三時」季節感は、春秋を区分せず、冬・夏と対応する、という興味深い反転が、ここに見出されるのである。

『大唐西域記《だいとうさいいきき》』は右に示したように「或は四時と為す」と付言して、

…春・夏・秋・冬也。春の三月を制呾邏月、吠舍佉月、逝瑟吒月と謂《い》ふ。此《ここ》にては正月十六日従《よ》り四月十五日に至るまでに当たるなり。夏の三月を頞沙茶月、室羅伐拏月、婆羅鉢陀月と謂ふ。此にては四月十六日従《よ》り七月十五日に至るまでに当たるなり。秋の三月を頞濕縛庾闍月、迦剌底迦月、末伽始羅月と謂ふ。此にては七月十六日従《よ》り十月十五日に至るまでに当たるなり。冬の三月を報沙月、磨祛月、頗勒窶拏月と謂ふ。此にては十月十六

(58) この前提に玄奘は、インド総説としての一年を「一歳を分ちて六時と為す。正月十六日より三月十五日に至るまでは漸熱也。三月十六日より五月十五日に至るまでは盛熱也。五月十六日より七月十五日に至るまでは雨時也。七月十六日より九月十五日に至るまでは茂時也。九月十六日より十一月十五日に至るまでは漸寒也。十一月十六日より正月十五日に至るまでは盛寒也」と記述する。国訳一切経の訓読を参照した。

(59) 漢訳の表現としては、「作二三時殿一。暑時居二涼殿一。寒雪時居二温殿一。雨時居二秋殿一」（『太子瑞応本起経』上）、「造二三時殿一。各自異レ処。一者暖殿。以擬二隆冬一。第二殿涼。擬二於夏暑一。其第三殿。用擬二春秋二時寝息一。擬二冬坐一者殿一向煖。擬二於春秋二時坐一者、其殿調適、温和処平、不レ寒不レ熱…」（『仏本行集経』巻十二）などとある。

日従《よ》り正月十五日に至るまでに当たるなり。

と中国的理解（唐暦を指す「此にては」）を介在させて説明する。夏安居の規定に関わる故だが、漢訳仏典の「四時殿」では、次のように描かれている。

（香山の道士「阿夷」の予言を承けて）於レ是王深知二其能相一。為起二四時殿一。春、秋、冬、夏。各自異処。於二其殿前一列二種甘果樹一、樹間七宝浴池。池中奇花。色色各異。譬如二天花一。水類之鳥。数十百種。宮城牢固。七宝楼観懸二鈴幡幢一。門戸開閉。声聞二四十里一。選二五百妓女一。択二取温雅礼儀備者一。供養娯楽。育二養太子一。（『修行本起経』菩薩降身品第二）

ただし、CBETAやSATなど、大蔵経データベースを検しても、仏典の用例は常に「三時殿」であり、「四時殿」はこの一例しか見当たらない。この他、『仏本行経《ぶつほんぎょうきょう》』巻二に、「種種厳飾猶如二天宮一　春秋冬夏　四時各異　応レ節修治…」とある記述が注意される。仏典の「四時」の館は、「春夏秋冬」ではなく、いずれも「春、秋、冬、夏」という順で四季を記しているのである。▼注(60) それは先に見た、『過去現在因果経』の「三時殿」の四季対応「温＝春、涼＝秋、寒＝冬、暑＝夏」と同じである。

ここでようやく『源氏物語』の六条院との対比の基盤が成立する。六条院もまた、ゆかりの女性を集めて配置した、独特な四季の館であった。

(60) なお河野訓『漢訳仏伝研究』皇學館大学出版部、二〇〇七年が『修行本起経』の記述を「中国人向けに改変されている一例」として「中国古来の春夏秋冬という季節区分である四時を用いている」（六八頁）と説明し、四季の順を違えているのは、興味深い合理化もしくは誤読である。『釈迦の本地』でも、このプロットを描いて、東南西北の順に春夏秋冬を配する、常套的な四方四季（四方四面四節）表現に転じてしまっている。徳田和夫によれば、日蓮の『聖愚問答鈔』（文永二年（一二六五）成立）に早くこうした四方四季の形象が見られる（『お伽草子研究』第一篇第二章、三弥井書店、一九九〇年）。四門出遊譚の影響もあるか。

少女巻で、光源氏は三十三歳で臣下として最高位の太政大臣に登り、すでにその前から最高権力者として政治の実権を握っていたが、政治の実務は内大臣に譲り、三十五歳の時、愛する人々を集め風流な生活を営むため、六条院を完成させる。

八月にぞ、六条院造りはてて渡りたまふ。未申の町は、中宮の御旧宮なれば、やがておはしますべし。辰巳は、殿のおはすべき町なり。丑寅は、東の院に住みたまふ対の御方、戌亥の町は、明石の御方と思しおきてさせたまへり。もとありける池山をも、便なき所なるをば崩しかへて、水のおもむき、山のおきてをあらためて、さまざまに、御方々の御願ひの心ばへを造らせたまへり。……

とあるような豪邸である。▼注(61)

一種の「四方四季」▼注(62)性を有した理想的住まいの先蹤に、『うつほ物語』の叙述がある。

紀伊国牟婁郡《むろのこほり》に、神南備種松《かむなびのたねまつ》といふ長者……吹上の浜のわたりに、広くおもしろき所を選び求めて、金銀瑠璃の大殿を造り磨き、四面八町の内に、三重《みへ》の垣をし、三の陣を据ゑたり。宮の内、瑠璃を敷き、おとど十《とを》、廊、楼なんどして、紫檀、蘇芳《すはう》、黒柹《くろがい》、唐桃《からもも》などいふ木どもを材木として、金銀、瑠璃《しやこ》、車渠《しやこ》、瑪瑙《めなう》の大殿を造り重ねて、四面《よおもて》めぐりて、東の陣の外《と》には春の山、南の陣の外には夏の陰、西の陣の外には秋の林、北には松の林、面をめぐりて植ゑたる草木、ただの姿せず、咲き出づる花の色、木の葉、この世の香に似ず。旃檀《せんだう》、優曇《うどう》、まじらぬばかりなり。孔雀、鸚鵡《あうむ》の鳥、遊ばぬばかりなり。（『うつほ物語』吹

(61) 田中隆昭「仙境としての六条院」（『国語と国文学』一九九八年十一月号、『テーマで読む源氏物語論1「主題」論の過去と現在』勉誠出版、二〇〇八年に再収）。

(62) 四方四季の中世文学における様相については前掲徳田和夫『お伽草子研究』など参照。

上）▼注(63)

そしてさらに「『うつほ物語』との関連でいえば」、六条院は、「京内に四町を占めて屋敷を構えた点では源正頼邸とも類似する」（浅尾広良《ひろよし》「『源氏物語』の邸宅と六条院復元の論争点」）▼注(64)。正頼邸は、妻の母である「后の宮」が持っていた「三条大宮のほど」の「四町にていかめしき宮」を改築し、「四町のところを四つに分かちて、町一つに、檜皮のおとど、廊、渡殿、蔵、板屋など、いと多く建て」て造られた。その「四つが中にあたりおもしろき」を「本家の御料」にして、妻の大宮が所住する（『うつほ物語』藤原の君）。正頼は自邸の規模を誇り、「大きなる家なり。わが世の限りは、かく住みたまへ」と命じて、子供たちとその縁者を「さらにほか住み」させず、「四町の殿を、殿一つをば町一つに住ませ」て同居させている。続いて現れる右大将藤原兼雅は、「限りなき色好みにて、広き家に多き屋ども建てて、よき人々の娘、方々に住ませて、住みたまふ」という。こちらは愛人を集めて住まわせるので、六条院により接近する面があろう（同藤原の君）。ただし正頼邸と兼雅邸は、肝心の四方四季の構想を持たない。本章とは別の観点での六条院との対比が必要である。▼注(65)

ところが『源氏』六条院と『うつほ』種松邸の間にも、本質的な齟齬が存する。

しかし、その内実を見ると、六条院との共通点とともに、違いもまた明らかなのである。例えば神奈備種松邸は四面八町の敷地に三重の垣根を設け、その中に三つの陣を造り、それを中心として四方の外側に庭が広がる構造で、六条院のような四方のずれはない。そし

(63)『河海抄』は、六条院の構想について、『うつほ』当該部を引用し、「此事を摸する歟。たね松孫の源氏宮のために造て四面八町のうちに四季をわけてすまひけりといへる、相似たり」と注している。

(64) 倉田実編『王朝文学と建築・庭園』竹林舎、二〇〇七年所収。

(65) 六条院と『うつほ物語』、さらには高陽院の四季の結構については、白幡洋三郎編『作庭記と日本庭園（仮題）』思文閣出版、二〇一四年三月刊行予定に「四方四季と三時殿―日本古典文学の庭と景観をめぐって―」と題して、関連のことを述べた。

て、源正頼邸の方は、京内に四町を占める点では同じであるものの、四方四季の趣向は持たず、さらに自分の妻とその子どもたち、そしてその配偶者までも一堂に集めている。および四町がそれぞれ独立し、廊などによって繋がっていない点で違う。自分の関係した女性たちを集め、その屋敷間を廊で繋ぐという点では、むしろ内裏の発想に近いと言えよう。いわば、六条院はそれらのどれとも同じではない。まさに唯一無二の邸宅であることになる。（浅尾広良「『源氏物語』の邸宅と六条院復元の論争点」）

三谷栄一氏は、六条院の四方四季について、「四方四季の館」の信仰に基づいて説明し…「四方四季の館」というのは、宇津保物語は勿論、お伽草子の浦島太郎その他の説話などにもみえ、それは「祝福されるべき長者の館を意味し、仙境であり、常世の国といってもよい。」と述べておられる。また小林正明氏は「蓬莱の島と六条院の庭園」で、六条院が大枠としては「四神相応の四方四季観」に収まると指摘していて、六条院を四方四季で囲い込まれた神仙の時空として捉えている。（中略）しかし、厳密にいうと、六条院のそれは、『宇津保物語』や『浦島太郎』、仙境のような説話的な空間に見える四方四季とは、構造的な側面において異なっている。神南備種松や龍宮の「四方四季の館」は、その配置が五行説に基ついており、東西南北に春夏秋冬が順序的に配列されている。しかし、六条院はいずれの方向においても春夏秋冬の順序にはなっていない。ここで注目すべき点は、異郷における「その全てが五行説に基づく完全な四方四季構造を持っているのに対し、六条院はずれている」ということである。▼注(66)

●四方四季と六条院の異なり

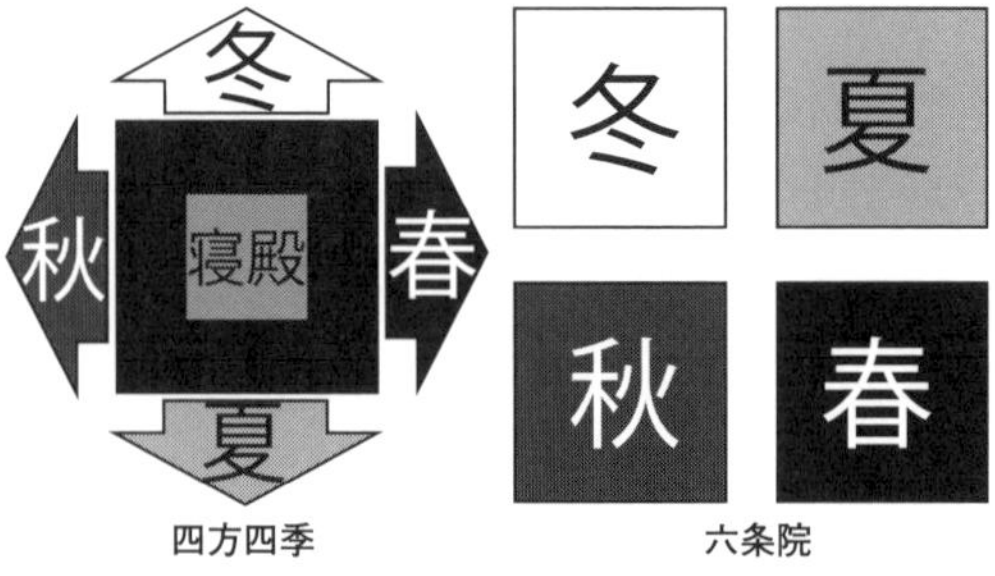


(66) 李興淑「六条院の四方四季―平安貴族の寝殿造を媒介に」(『文学研究論集』二八、明治大学文学部、二〇〇七年)。

こうした六条院の「ずれ」は、四季の順行の異例として現れる。それが「春秋冬夏」の順であった。四町を占めた四季の館は、少女巻の方角表現では、光源氏と紫上が住む「南の東」の春の町を起点として、時計回りに、その左（西）隣の西南には秋好中宮が住む秋の町、その上（北）の北西の「西の町」には明石の君が住む冬の町、そして右（東）隣の「北の東」には、花散里の住む夏の町が展開する。▼注(67)

…辰巳の町は紫上が住む春の町、未申の町は秋好中宮が住む秋の町、戌亥の町は明石御方の住む冬の町、丑寅の町は花散里の住む夏の町とされている。順序では右回りに春、秋、冬、夏という配列に整理される。この配列は『宇津保物語』の吹上の邸の春夏秋冬の順序とは明らかに異なっている。（渡辺仁史「『源氏物語』の六条院について—四季の町の配列—」）▼注(68)

このように問題を整理する渡辺仁史は、『荘子』『礼記《らいき》』『管子《かんし》』に「春秋冬夏」の順になっている同様の例があることを指摘する。そして「冷暖調和、無レ有二春秋冬夏一」と叙する『往生要集』大文二にふれ、「冷暖による外界の人間に与える苦を調和させる世界が極楽浄土である」こと、そして『無量寿経《むりょうじゅきょう》』の「仏国土」の四季の描写も「春秋冬夏」の順であるとして、次のように述べている。

…『無量寿経』をここに示すのは、六条院が老荘思想を摂取した道教と浸透し合って、理念的背景となっていると考えられるからである。……「野分」巻における光源氏の各町へ

(67) 後の野分巻では、花散里の夏の町が「東の御方」、光源氏と紫の上の春の町が「南の御殿（おとど）」、明石の御方の冬の町が「北の御殿」といわれ、梅枝で、秋好中宮の秋の町が「西の御殿」と呼称されて、方角のズレに若干のすりあわせが見られることにも留意しておきたい。

(68)『中古文学』五三号、一九九四年五月。

> の訪問の順序も「春秋冬夏」であるが、ただしその町の位置は四方四季と四十五度相違している。これは「六条」という言葉が示す通り、現実的な条里制に即しているからであろう。（中略）紫上の「みなみひんがし」と花散里の「北のひんがし」に対し、秋好中宮の「西の御殿」、そして明石御方の「にしの町」が紫上を中心として、その助力者としての花散里、春秋争いの対立者としての秋好中宮、光源氏の寵愛を紫上と競う明石御方が東西に並んでいる。それは竜宮の四方四季の町とは矛盾することなく重ね合わされうる。道教の影響の濃厚な『浦嶋子伝』を継承した御伽草子『浦島太郎』の南葵文庫の本文と霞亭文庫の絵の関係において、本文は四方四季の竜宮でありながら、絵は「春秋」そして「冬夏」の対比的配列となっている。つまり、絵の構図における四季の配列は六条院と同じなのである。（渡辺仁史前掲論文）

渡辺論文は、多くの示唆的な要素を剔抉し、『源氏物語』の叙述の多層を示す重要な指摘を多く含んでいる。だが、右の理解では、四季の館に女性を配当するという、肝心の根拠の説明が十全ではない。前節で確認したように、四季の館をめぐって、「春、秋、冬、夏という配列」と女性の配当が一体的に顕現するのは、『源氏物語』に〈非在〉する、仏伝においてのみである。そこで『うつほ』・『源氏』・仏伝の類似と相違を、このあたりで対比的に整理しておこう。

（1）四季（時）であること——うつほ・源氏↑↓仏伝（三時が通例、四時は少数例）
（2）父からの愛情によるものである——うつほ・仏伝（阿那律は母）↑↓源氏（自らの意志）

（3）季節の同時的顕現の強調――うつほ・源氏・仏伝（ポリガミー型）↑↓仏伝（モノガミー型は季節の推移とともに住まいを変える）

（4）四季は殿舎で表象され、各殿舎には、関係する女性が配置される。――源氏・仏伝（ポリガミー型）↑↓うつほ（四季は庭と景観で表象される）・仏伝（モノガミー型は妓女などを配す）

（5）割り当てられる四季の順――源氏・仏伝〈春秋冬夏〉↑↓うつほ〈春夏秋冬〉

仏伝では、これらのプロットは、釈迦誕生後の予言と、出家までの間に挿まれた短い在家時代の伝記の中で完結する。対して、「出家」という予言の要素と選択を非在として出発した『源氏物語』において、六条院の四季の館は、現世の栄達を極める第一部のゴールの一つに位置している。仏伝と並べて読めば、『源氏物語』第二部以降の主題とは、光源氏の栄華を反転し、叶えられない宿命の出家と悟りに向かって、永遠の希求として展開することである、という予想が、自ずと提出される。

光源氏の道心が…現世の栄華のために蔽われて、遅々として進まなかったということは、「少女」から「藤裏葉」に至る巻々において、ほとんど宗教的要求がその心に影をひそめたことによって、最も著しいと思われる。この時期に源氏は太政大臣となり、栄華の極に達し、浄土の如き六条院に、菩薩の如き諸女を集めて、「生ける仏の御国」を実現するのである。それ故、もはや現世のほかに、浄土を求める必要もなくなつたかのようである。（中略）「若菜」以後、「幻」に至るまでは、光源氏の菩提に進む行路が、絶えずその反対力に

引かれながらも、歩一歩遂げられて行く有様を示している。（岡崎義恵《よしえ》「光源氏の道心」▼注(69)）

「生ける仏の御国」(初音巻)とは、六条院の中で「殿のおはすべき町」の「春の町」をいう。「四町」を「四分割」した六条院（小林正明「蓬莱の島と六条院の庭園」▼注(70)）には、四方四季の中心地点がない。中心は、「生ける仏の御国」の春の町から、六条院全体を統括し、巡り回る光源氏その人である。

少女巻において、六条院各町の紹介は、最初、秋・春・夏・冬の順でなされている。秋が筆頭に来ているのは、秋好中宮に敬意を表してのことである。続いて、庭の説明は、春・秋・夏・冬の順番でなされている。春と秋とが対になって並ぶこと、そしてそれが入れ替わって示されることには、少なくとも二つの意味があると思う。

一つは、六条院をめぐって、中宮と紫の上との間で、春秋の優劣論が展開したことである。薄雲巻において、光源氏は、女御（秋好中宮）に向かって次のように問いかける。「春の花の林、秋の野の盛りを、とりどりに人あらそひはべりける」が、「唐土《もろこし》には、春の花の錦《にしき》に如《し》くものなしと言ひはべるめり、大和《やまと》言の葉には、秋のあはれを取り立てて思へる」。そこで、自分の邸宅にも、「そのをりをりの心見知るばかり、春の木の花をも植ゑわたし、秋の草をも掘り移して、いたづらなる野辺の虫をも住ませて」、皆に見せようと思うのだが、「いづかたにか御心寄せはべるべからむ」と。

春秋のどちらがよいかと聞かれて、「秋のあはれ」をほのめかす彼女に、光源氏は、春に心を寄せる紫の上への共感をにじませて、「女御の秋に心を寄せたまへりしもあはれに、君の春の曙《あけぼの》に心しみたまへるもことわりにこそあれ。時々につけたる木草の花によせても、御心とま

(69) 岡崎義恵『源氏物語の美』所収（『岡崎義恵著作集5 源氏物語の美』宝文館、一九六〇年）。

(70) 『鶴見大学紀要』第二四号、第一部 国語国文篇、一九八七年三月所載。

るばかりの遊びなどしてしがな」と、今度は、紫の上（君）に語っている。これを契機とする春秋優劣をめぐる応酬は、中宮と紫上との交情を示すエピソードとして、少女や胡蝶の巻を通して展開する。紫の上が亡くなると、御法の巻で中宮は、「枯れはつる野辺を憂《う》しとや亡き人の秋に心をとどめざりけむ」と哀傷の和歌を詠み、「今なむことわり知られはべりぬる」と、春を愛した紫の上を思いやって偲んでいる。『萬葉集』以来の春秋論だが、『源氏』では秋に始発し、春を基軸として、春秋を相互に揺れている。

もう一つは、仏伝の裏返し、という意味である。先にも述べたように、仏伝の「三時殿」には「春秋」が「一時」の中に同居しており、肝心の二つが分節されておらず、冬・夏と春秋の価値が逆転している。中国や日本における四季観では考えられないことだが、しかしまたそれ故に、三時を四季に展開すると、「春秋（秋春）・冬・夏」という、奇妙な順序が顕然した。春秋論で見たように、『源氏』の春秋互換は、六条院の春秋中心主義の言い換えであった。それはあたかも仏伝を反転して、仏伝では劣勢で曖昧だった春・秋を前景化して中心に置き、六条院の主題に据えた構造の残光と見ることもできる。

ただし裏舞台での輻輳を、作者は涼しい顔で通り抜け、六条院は、ごく自然な日本邸宅・庭園として姿を現す。それは、「当代における理想的の家居で」あり、「平安朝の理想的庭園を描写せるもの」▼注(71) として表象されているのである。

『源氏物語』巻序の展開が、以上のことを傍証する。薄雲に始発して強調された春秋の競いは、次巻朝顔では、印象的な冬の雪の風景に引き継がれる（第二章冒頭参照）。そして、いよいよ六条院が構築される少女の巻は、夏の風景で開巻していた。

（71）外山英策『源氏物語の自然描写と庭園』丁字屋書店、一九四三年。

年かはりて、宮の御果ても過ぎぬれば、世の中色あらたまりて、更衣《ころもがへ》のほどなども今めかしきを、まして祭のころは、おほかたのけしきもここちよげなるに…

春・秋・冬・夏の循環は、このようなかたちで予告され、六条院へと集約される。だが、春と秋との対比でいえば、六条院では、畢竟《ひっきょう》、「殿のおはす」春の町が別格である。庭にも特別のしつらいがなされていた。「春の庭こそ前栽の植物によって構成されているが、夏・秋・冬はいずれも京外の風景を移築して造られている」（浅尾前掲論文）。

なにより重要なのは、野分の巻で、大風の見舞いをする光源氏の行為である。彼は、自らが所在する原点の「仏の御国」春の町を出て、中宮の秋の町、明石の君の冬の町、玉鬘の夏の町と巡行し、「春秋冬夏」という四季の配当が、光源氏自らの訪問で確認される。それは、この構造が仏伝に倣うことを、物語の側から、あからさまに告白するものではなかったか。

## 8　仏陀の反転としての光源氏

光源氏の後半生に、基調として響くテーマは、道心である。葵の上の死できざした出家への思いは、続く賢木の巻で、父桐壺院を失い、藤壺も出家して、以後、とりとめもなく増幅し、くどいほどに繰り返される。道心は、じりじりと希求する出家への意志でありつつ、相反転して、何より、その不成就の苦しみの謂いであった。

…光源氏の胸に生じた道心が、出家の実行にまで熟するには、非常に長い年月――ほとんどその全生涯を要したのである。（中略）このように現世の本体を諦観して、生の結論的位置に到達した者が、仏の導によつて、現世を挙げて来世のために捧げるべく、重大なる最後の営みを成し遂げなければならない場合において、なおかつ暫くでも躊躇するのは何故であろうか。……もし「雲隠」が存在していたならば、源氏の出家は描かれている筈であるが、我々の見得る限りでは、完全な聖としての源氏は物語られていない。聖としての源氏はすでに物語の世界の人ではない。（岡崎義恵「光源氏の道心」）

阿部秋生は、この光源氏が、『源氏物語』第一部から積極的に「仏・菩薩」として形象されており、それがこの物語の「主題」ではなかったか、と説く。

（若紫巻を踏まえて）源氏という人は、その仏国土にこそ生まれて然るべき人である。もう一ついいかえれば源氏とは仏・菩薩ともいうべき人であるとみていることになる。

（紅葉賀巻を踏まえて）詠をする源氏の声は仏の御声・迦陵頻伽《かりょうびんが》の極楽世界になく声であるといい……何か超現実的な存在、たとえば極楽浄土から脱け出して来て、しかもその仏・菩薩としての超越的な資質はそのまま身につけている人が動いているようにみえて来るということらしい。……むしろ作者は、作中の人物と一枚になって、源氏がこうして仏・菩薩というような、いわゆる変化のものめいた人物であることを、最も鮮かに、しかも華麗極まる舞台の上でみせることにその主題の一つをおいているのと考えていいのではないか。
(阿部秋生『光源氏論　発心と出家』)

岡崎義恵は「光源氏の道心」の中で、『源氏物語』を道心の側から観ることは、いくらかこの物語を逆にしたり、裏がえしたりして眺めるもののようにも思われる」と発言している。それはいかにも炯眼であった。ただし本当は、その「逆」である。『源氏物語』の成り立ちこそが「裏がえし」と理解されなければならないのだ。

仏伝を反転させて生まれたのが『源氏物語』であった。たとえば若菜下や御法巻の叙述にも、「王宮を捨てて出家した悉達太子を一面において髣髴とさせる」「光源氏の述懐」がある。[注(72)] 釈迦と同じく、高貴な王子に生まれた自らが、どこかで道を践み間違って、いまここで苦しんでいる。なぜ釈迦のように生きられないのか。それは、仏のように決断できない、私の数奇な宿命と、境遇の不幸である…。何もかもよくご存じの、仏がお示し置いたことなのだろう。紫の上を亡くして、哀しみに沈む光源氏の回顧には、そうした我が身の運命と仏、そして仏伝との距離感が、十全に表現されて余りない。

この世につけては、飽《あ》かず思ふべきことをさをさあるまじく、高き身には生まれながら、また人よりことに、くちをしき契りにもありけるかな、と思ふこと絶えず。世のはかなく憂きを知らすべく、仏などのおきてたまへる身なるべし。(幻巻)

(72) 今西祐一郎「因果応報」(『源氏物語覚書』)。

太子だった釈迦が、もし出家出来なかったとしたら…。しかも王になる道さえも阻まれたとしたら？　彼はどこへ向かったのだろう。そしてどんな物語を紡ぎ出していただろうか。そういう大きなIF〈もしも〉が、光源氏を発想し、誕生させる。もう一人の、パラレルワールドとしての釈迦が、光源氏であった。〈もしも〉とは、物語の成り立ちを領導する、もっとも根源的な希求と欲望であろう。出家して、仏陀となることを封じられた男が、裏返しのネガティブな予言を背負い、出家に限りなく近づきながら、しかも永遠に、それを具現し、表出することが出来ない物語…。それが、光源氏物語のフレームワークである。非在する仏伝が、光源氏物語根幹の寓意を穿《うが》つ。

## 9　光源氏物語とその後——不在の人

光源氏は、御法の巻で、最愛の紫の上を失った。そして幻巻で、正月から十二月まで、歳時の推移を美しく描き、彼女の死を哀傷して、舞台から、その姿を消すのである。

年暮れぬとおぼすも心細きに、若宮の、「儺《な》やらはむに、音高《おと》かるべきこと、何わざをせむ」と、走りありきたまふも、をかしき御ありさまを見ざらむことと、よろづ忍びがたし。
もの思ふと過ぐる月日も知らぬまに年もわが世もけふや尽きぬる

この和歌には、年が明ければ出家することがほのめかされてはいるが、続いて、ついたちのほどのこと、常よりことなるべくと、おきてさせたまふ。親王《みこ》たち大臣の御引《ひき》出物《いでもの》、品々《しなじな》の禄《ろく》どもなど、二《に》なうおぼしまうけてぞ。

とあって、ひとまずは、変わらぬ新年の日常が準備され、幻巻は終わる。光源氏は、いつもこうやって、出家を先延ばしにしてきた。今度こそ本当だろうか。しかし光源氏の物語は、彼の最晩年と死を明示的には語らず、雲隠という名ばかりの、非在する巻が劃《かく》して閉じられる。岡崎義恵が説くように、光源氏の出家は、結局のところ、その生前には描かれることがなかった。物語がそのことを伝えるのは、遙か後のことだ。宇治の大君が亡くなって、悲しみに暮れる、薫の言葉の中である。

薫は、中の君に対し、主なき宇治の邸宅が、すっかり荒れ果ててしまったことを憂え、その頽廃にこと寄せて、同じく主が不在となった、六条院の転変を語り始める。光源氏の出家は、次のように短く触れられるばかり。詳細はよくわからない。

先《さい》つころ宇治にものしてはべりき。庭も籬《まがき》もことにいとど荒れ果ててはべりしに、堪へがたきこと多くなむ。故院（=光源氏）の亡《う》せたまひてのち、二三年ばかりの末に世を背《そむ》きたまひし嵯峨《さが》の院にも、六条の院にも、さしのぞく人の、心をさめむかたもなくなむはべりける。木草《きくさ》の色につけても、涙にくれてのみなむ帰りはべりける。（宿木巻）

ここでの薫の関心は、光源氏の出家ではない。その死と不在である。光源氏の死は、人々をおしなべて深い悲嘆の淵に沈めた。六条院に集っていた夫人たちも、やがて「皆所々《ところどころ》あかれ散りつつ、おのおの思ひ離るる住《す》まひをしたまふめりしに、はかなきほどの女房などは、まして心をおさめむかたなくおぼえけるままに、ものおぼえぬ心にまかせつつ、山林《やまはやし》に入りまじり、すずろなる田舎人《ゐなかびと》になりなど、あはれにまどひ散るこそ多くはべれ」。身分の劣る女房達は、ことさら哀れな離散を繰り返し、六条院は、すっかり面影を失ってしまった。だがいっそ、そうやって荒れ果てて、すっかり白紙に戻してやり直すほうがよいのではないか。そうでないと、残された人々は、光源氏の残影にいつまでも引きずられて、かえってつらいことだろう…。

だから夕霧は、光源氏の栄光に忘れ草を生やし、人々の思いを冷ましてから、あらためて六条院を再生して移り住んだのだ。そのように薫は語る。

さてなかなか皆荒らし果てて、忘れ草生《ぐさお》ほしてのちなむ、この右の大臣《おとど》（＝夕霧）もわたり住み、宮たちなども方々《かたがた》ものしたまへば、昔に返りたるやうにはべめる。さる世にたぐひなき悲しさと見たまへしことも、年月経《ふ》れば、思ひさますをりの出で来るにこそは…

「げに限りあるわざなりけり」（「なるほど、人の死を悲しむ気持もいつかはきっとさめるものだ」古典集成頭注）というアフォリズムで、薫は一連を嘆じている。

『源氏物語』の読者にも、同じような浄化作用が必要だ。御法・幻から雲隠を経て、光源氏は、「故院」とばれる〈不在の人〉となった。そして八年ほどの時が流れ、ようやく新たな物語世界が開始される。『源氏物語』作者の課題は、光源氏の読者をつなぎ止めつつ、その威光を静かに和らげ、「忘れ草生ほしてのちなむ」、「昔に返りたるやうに」、物語を再生することだ。「さる世にたぐひなき悲しさと見たまへしことも、年月経れば、思ひさますをりの出で来るにこそは」。そんなふうに読者を誘う道程がもとめられる。

光源氏を失って、しかも続けられる『源氏物語』は、愛着する読者に、その「光」を示して歎じ、光源氏の不在を問いかけながら、新たな主人公の登場を紹介する。

光《ひかり》かくれたまひにしのち、かの御影《かげ》に立ちつぎたまふべき人、そこらの御末々《すゑずゑ》にありがたかりけり。おりゐの帝（＝冷泉院）をかけたてまつらむはかたじけなし。当帝《たうだい》の三の宮、その同じ御殿《おとど》にて生《お》ひ出でたまひし宮の若君《わかぎみ》（＝薫）と、この二所《ふたところ》なむ、とりどりにきよらなる御名取りたまひて、げにいとなべてならぬ御ありさまどもなれど、いとまばゆき際《きは》にはおはせざるべし。

「幻」に続く新しい物語・匂兵部卿巻の冒頭である。光源氏の末裔である三人のうち、「匂《にほ》ふ兵部卿、薫《かを》る中将と」、「世人《よひと》」が「聞きにくく言ひ続ける」同世代の二人を、物語は中心に据えようとする。だが、作者は慎重だ。新しい二人に、すぐさまこの世界のすべてを任せたりはしない。失われたものが大きすぎて、世の人々の嘆きは尽きることがないと、物語は語り続ける。

天《あめ》の下《した》の人、院を恋ひきこえぬなく、とにかくにつけても、世はただ火を消《け》ちたるやうに、

（73）日本古典集成頭注は、「善巧

何ごとも栄《はえ》なき嘆きをせぬをりなかりけり。……またかの紫の御ありさまを心にしめつつ、よろづのことにつけて、思ひ出きこえたまはぬ時の間《ま》なし。（匂兵部卿巻）

この方法は、『源氏物語』の常套ではないか。対象の喪失を嘆き、深く恨み惜しんで、よく似た形代を、どこまでも求め続ける。そしてその人が見出されて…。あの形の継承だ。桐壺更衣以来の、『源氏物語』の基調である。あの時は、藤壺が見出され、紫の上がはぐくまれた。ただしこの度の重さは、比較にならない。対偶や周辺の損失ではない。その死は、中心の消滅であった。『源氏物語』は、その構造をかけて、形代の物語を織り直さなければならないのだ。光源氏は、非在する仏伝として生きた。薫と匂宮もまた、それぞれのかたちで、仏伝を背負う。

幼《おさな》ごこちにほの聞きたまひしことの、をりをりいぶかしう、おぼつかなう思ひわたれど、問ふべき人もなし。宮には、ことのけしきにても、知りけりとおぼされむ、かたはらいたき筋《すぢ》なれば、世とともの心にかけて、「いかなりけることにかは。何の契りにて、かうやすからぬ思ひ添ひたる身にしもなり出でけむ。善巧太子《ぜんげうたいし》の、わが身に問ひけむ悟《さと》りをも得てしがな」とぞ、ひとりごたれたまひける。▼注(73)（中略）

昔、光君《ひかるぎみ》と聞こえしは、さるまたなき御おぼえながら、そねみたまふ人うち添ひ、母方の御後見《うしろみ》などなくありしに、御心ざまもの深く、世の中をおぼしなだらめしほどに、並びなき御光を、まばゆからずもてしづめたまひ、つひにさるいみじき世の乱れも出で来《き》ぬべかりしことを、ことなく過ぐしたまひて、後《のち》の世の御勤めも後《おく》らしたまはず、よろづにさ

太子がわれとわが身に問うて得た悟りでもわがものとしたいものだ。青表紙本の「せんけうたいし」は明らかでないが、悉多太子（釈尊）の前身「善行太子」にヒントを得た創作であろうとする説がある。河内本「くいたいし」（瞿夷太子）。瞿夷は、釈尊の妃耶輸陀羅の子羅睺羅は母の胎内に六年在って生れたので釈尊の実子であるか否かを疑われた。河内本によって、この羅睺羅のこととするのが旧注の大勢であるが、瞿夷が産んだから瞿夷太子とするのは、命名にも不審があり、仏典に所見もない」とする。しかし本田義憲は、仏と耶輸陀羅、また瞿夷・耶輸・鹿野という三人の妻の存在の逸話（『法華文句』二上）、さらに「問。文中何故不云瞿姨。但云耶輸。答。昔時瞿姨是今日耶輸。今日瞿姨乃是天女。故羅云（＝羅睺羅）以沙彌之年者」（『法華文句記』巻二上）などの記述に関説して、「あるいは『源氏物語』匂宮巻の「せんけうたいし」（青表紙本）・「くいたいし」（河内本）もこれにからむであろう」と発言する。本田義憲『今昔物語集仏伝の研究』（六六頁、前掲「巻一　悉達太子出城入山語第四」）参照。

りげなくて、久しくのどけき御心おきてにこそありしか、この君は、まだしきに世のおぼえいと過ぎて、思ひあがりたること、こよなくなどぞものしたまふ。げに、さるべくて、いとこの世の人とはつくり出でざりける、仮《かり》に宿れるかとも見ゆること添ひたまへり。（匂兵部卿巻）

これは、主人公の薫の形象である。光源氏の長男・夕霧は、正月の賭弓《のりゆみ》の還饗《かえりあるじ》を六条院に整え、負け方で帰ろうとする薫を誘って、「六条の院へおはす。道のややほど経《ふ》るに、雪いささか散りて、艶《えん》なるたそかれ時なり。ものの音《ね》をかしきほどに吹き立て遊びて入りたまふを、げにここをおきて、いかならむ仏の国にかは、かやうのをりふしの心やり所をもとめむ、と見えたり」。併せて、このように、光源氏不在の館・六条院の仏国土性が、あらためて確認される。

釈迦は、耶輪陀羅一人の愛をもてあましつつ、一方で、三人の妻を持って三時殿を設えたと伝承される。薫は、それをもなぞるかのようだ。

この世の人とも見えない道心を先天的に持ち、「世の中を、深くあぢきなきものに思ひすましたる心なれば、なかなか心とどめて、行き離れがたき思ひや残らむ、など思ふに、わづらはしき思ひあらむあたりにかかづらはむは、つつましく、など思ひ捨てたまふ」（匂兵部卿巻）と結婚にさえ執着していなかったのが薫である。ところが彼は、「心はづかしげなる法《のり》の友」（橋姫巻）と接してくれる八の宮の道心に引かれて、宇治の邸宅に通い始める。その邸宅で、姫君を垣間見て、薫は、いつしか心が逆転し、その「ゆかり」である、大君、中君、そしてさらに浮舟という三人の女性をめぐって、愛執の道に引かれていくのだ。

いかなる契りにて、この父親王《みこ》の御もとに来そめけむ、かく思ひかけぬ果てまで思ひあつかひ、このゆかりにつけては、ものをのみ思ふよ、いと尊《たふと》くおはせしあたりに、仏をしるべにて、後《のち》の世をのみ契りしに、心きたなき末《すゑ》の違《たが》ひめに、思い知らするなめり、とぞおぼゆる。（蜻蛉巻）

大君を失い、中の君を自らのたばかりで匂宮に譲ってしまい、そしてようやく得た形代の浮舟までが突然亡くなったと聞いて、事情も分からず、「なほいとおぼつかなきに、おぼしあまりて」宇治に向かう薫は、このように内省している。

道心が、女性への愛着を契機に崩れた薫は、かつての光源氏と逆転した思考形成のようだ。光源氏は、愛着する女性を失って、道心を萌芽する。

「すきがまし」き心を持ち、六条御息所との交際を桐壺院にとがめられて、「心のすさびにまかせて、かくすきわざするは、いと世のもどき負ひぬべきことなり」と訓戒された光源氏は、叱られながら、内心では、帝がもし「けしからぬ心のおほけなさをきこしめしつけたらむ時」どうしたらいいのか、と悩んでいる。彼が本当に恐れていたのは、御子までなした、藤壺との密通が露見することであった。光源氏は、自らの「心のすさび」が招いたその因果で、六条御息所の生霊を招き、正妻葵の上を失って、ようやく「（六条御息所のことで）憂《う》しと思ひしみにし世も、なべていとはしうなりたまひて、かかるほだし（＝幼い夕霧）だに添はざらましかば、願はしきさまにもなりなましとおぼす」（葵巻）と出家が念頭に萌し始める。道心を深めるのは、もう少し先のことだ。
匂宮はどうか。彼もたしかに光源氏に似ていたが、皮相のなぞりに過ぎない。匂宮は、ただあだ人・好きものとしての側面を増幅して継承するばかりで、光源氏にはおよびもつかぬと、語り手は、シビアに叙述する。

（匂宮が）すこしなよびやはらぎて、好《す》いたるかたにひかれたまへりと、世の人は思ひきこえたり。昔の源氏は、すべて、かく立ててそのことと、やうかはり、しみたまへるかたぞなかりしかし。（匂兵部卿巻）

それでも匂宮は、仏としての光源氏を、その美しさにおいて継承しようとする。紅梅巻の按察使大納言は、次女を匂宮に、との思いを抱いていた。その気を引こうと、内裏にいる匂宮に、「いとおもしろくにほひたる」紅梅を一枝折って献上するのだが、その時彼は、童のころに接した、光源氏の素晴らしさを想い出す。

（大納言）「あはれ、光源氏と、いはゆる御盛りの大将などにおはせしころ、童《わらは》にて、かやうにまじらひ馴れきこえしこそ、世とともに恋しうはべれ。この宮たちを、世人《よひと》も、いとことに思ひきこえ、げに人にめでられむとなりたまへる御ありさまなれど、端《はし》が端にもおぼえたまはぬは、なほたぐひあらじと思ひきこえし心のなしにやありけむ。おほかたにて思ひ出でたてまつるに、胸あく世なく悲しきを…」など、聞こえ出でたまひて…

いま想い出しても胸が痛くなるほど優れた光源氏の様子は、いまときめき喝采を浴びる匂宮とはくらべものにならないほどなのだが、それでも、光源氏を嗣ぎうるのは、匂宮しかいない。不在と充足と、さまざまの思いを堰き止められず、大納言は手紙を副えて、匂宮に和歌と紅梅を送った。そこでは、今は亡き光源氏は滅後の仏に、そして匂宮は、弟子達でさえ仏かと見まがう美しい姿で仏典の結集を開始する、阿難になぞらえられている。

ついでの忍びがたきにや、花折らせて、急ぎ参らせたまふ。「いかがはせむ。昔の恋しき御形見《かたみ》には、この宮ばかりこそは。仏のかくれたまひけむ御名残《なごり》には、阿難《あなん》が光り放《はな》ちけむを、二度《ふたたび》出でたまへるかと疑ふさかしき聖のありけるを、闇にまどふはるけ所に、聞こえをかさむかし」とて、

心ありて風のにほはす園《その》の梅にまづうぐひすの訪《と》はずやあるべき

と、紅の紙に若やぎ書きて…（紅梅巻）▼注(74)

こうして物語は、新たな、そして最後の華やぎとして、まもなく舞台を、異空間の山里、宇治に設定する。そこには、桐壺院の第八宮だという光源氏の弟が、二人の美しい姫君をかたわらにして、秘やかに暮らしていたのである。

(74) この逸話の典拠については、高木宗鑑『源氏物語における仏教故事の研究』第十二節、桜楓社、一九八〇年、三角洋一『源氏物語と天台浄土教』若草書房、一九九六年、二四八頁、拙著『説話集の構想と意匠　今昔物語集の成立と前後』第二章第一節注11など参照。

# III

作り物語のならひ、大綱はその人の面影あれども、行迹におきては、あながちに事ごとにかれを摸する事なし。

（四辻善成『河海抄』料簡）

物がたりに書たる人々の事ども、みなことぐ〳〵くなぞらへて、あてたる事あるにはあらず。大かたはつくり事なる中に、いさゝかの事を、より所にして、そのさまをかへなどしてかけることあり。又かならず一人を一人にあてて作れるにもあらず。

（本居宣長『源氏物語玉の小櫛』）、本書第一章注（52）、第八章六節より

菅公の故事が源氏物語の素材となった事情を述べたのであるが……つまりは一人三役という忙しさなのである。このようなことが、はたしてモデル論、準拠論として許されるか、ということが問題になるかもしれない。しかし、実は、であるからこそ、準拠論は特定の一人物に固定して考えてはならない、ともいえるのである。一つの素材が強く作者の発想をとらえた場合、その素材のもつ多面性が、各々の面に分割されて、登場人物や局面に分与されることは当然考えられる。

（今井源衛『紫林照径』）、本書第一章注（52）より

†第七章

# 宇治八の宮再読——敦実《あつみ》親王准拠説とその意義

## 1 宇治八の宮という呼称

周知の如く、その人は、『源氏物語』宇治十帖冒頭に、次のように登場する。

そのころ、世にかずまへられたまはぬ古宮《ふるみや》おはしけり。母方なども、やむごとなくものしたまひて、筋異《すぢこと》なるべきおぼえなどおはしけるを、時移りて、世の中にはしたなめられたまひけるまぎれに、なかなかいと名残《なごり》なく、御後見《うしろみ》などももののうらめしき心々《こころごころ》にて、かたがたにつけて、世を背《そむ》き去りつつ、公《おほやけ》私《わたくし》により所なく、さし放たれたまへるやうなり。北の方も、昔の大臣《だいじん》の御女《むすめ》なりける、あはれに心細く、親たちのおぼしおきてたりしさまなど思ひ出でたまふに、たとしへなきこと多かれど、深き御契りの二つなきばかりを、憂き世のなぐさめにて、かたみにまたなく頼みかはしたまへり。（橋姫巻）

御子であった彼には、「やむごとな」き素性の母があり、格別の「おぼえ」——立太子に関することであると、後の叙述で判る——もあった古宮であった。ところがいまは、零落して、妻とのかけがえのない愛情をたよりに命を長らえていた、という。だが、この部分を読む限りでは、この古宮が一体どのような家系上の位置にいる人物なのか、朧化され、曖昧模糊として捉えきれない。そのように、物語は、あえて書き出されていて、読者はいろいろと思いをめぐらしつつ読み進めて行くことになる。きちんと説明されるのは、彼の二人の娘の誕生と、その産後に訪れる最愛の妻の死、そして成長した娘達の姿の描写が一通り終わり、「父帝《ちちみかど》にも女御にも、疾《と》く後《おく》れ」た彼の人生を語った後のことである。次のような文章で伝えられている。

源氏の大殿《おとど》の御弟におはせしを、冷泉院の春宮におはしましし時、朱雀院の大后《おほきさき》の、横様《よこさま》におぼし構《かま》へて、この宮を、世の中に立ち継《つ》ぎたまふべく、わが御時もてかしづきたてまつりける騒ぎに、あいなく、あなたざまの御仲らひには、さし放たれ給ひにければ、いよいよかの御つぎつぎになり果てぬる世にて、えまじらひたまはず。またこの年ごろ、かかる聖《ひじり》になり果てて、今は限りと、よろづをおぼし捨てたり。かかるほどに、住みたまふ宮焼けにけり。

彼は、光源氏の弟であった。また、光源氏の実子で、系図上は桐壺帝の子である冷泉天皇が皇太子だったとき、かつての弘徽殿の女御（朱雀院母）が、この宮を打ち立てて皇統簒奪《さんだつ》を目論んだという。それは果たせず、あれやこれやの騒ぎを経て、彼は、結句「あいなく」「さし放たれ」、そして世代も遷り行き、政治の表舞台から疎外される。その経緯が、ここに至ってようやく、冒頭の一節の注釈のように語られている。宮は、世を思い捨て、妻の死後は、邸宅に持仏堂を作って籠もっている。その様はまるで「聖」のようだったという。ところがその旧宅（「さすがに広くおもしろき宮」であったという）さえも火事に遭い、宮は宇治に移住することを余儀なくされた。

いとどしき世に、あさましうあへなくて、うつろひ住みたまふべき所の、よろしきもなかりければ、宇治といふ所に、よしある山里持《も》たまへりけるにわたりたまふ。

これが、宇治十帖という物語の基幹となる、著名な舞台設定である。彼は、その妻とともに、これから展開される一連の物語の女主人公たちの親であった。古代の物語文学では、「恋物語の中心人物は男であっても女であっても、その両親の紹介をもって語り出」し、そして「ただちに主人公を語り始めるのを普通とする」▼注(1)。その伝統に則り、ここでも主人公の両親の説明がなされているとおぼしい▼注(2)。この体裁から見ても、宇治十帖は、独立した一つの物語のように――「当時、物語は短編を常とした▼注(3)」――、開始されているのである。

(1) 玉上琢彌「桐壺巻と長恨歌と伊勢の御―源氏物語の本性（その四）―」（『源氏物語研究　源氏物語評釈別巻一』角川書店、一九六六年所収、初出一九五五年）。

(2) 日本古典集成頭注など参照。

このように造形される彼を、私たちはこれから宇治の「八の宮」と呼ぶことになる。しかし、そのことが明記されるのは、いままで所掲してきた『源氏物語』の所謂《いわゆる》青表紙本通行本文によれば、▼注(4)まだ先のことになる。私たちはその位置づけについて、もう少しの曖昧さを我慢しなければならない。

もっとも、「八の宮」という呼称が、物語の中で、これまで全くなされなかったわけではない。橋姫の巻に先立つ紅梅巻の末尾に、すでに「八の宮」という呼称は見えていた。神野藤昭夫《かんのとうあきお》は、古典集成本文に即した分析の中で次の如く論じて、作品内での「八の宮」という呼称の現れ方とその意義について説明している。

> 物語の中で語られる八の宮の最初の情報は次のようなものであった。
>
> (匂宮ハ)いといたう色めきたまうて、通ひたまふ忍び所多く、八の宮の姫君にも、御心ざし浅からで、いとしげうまうでありきたまふ。(紅梅一九六)…
>
> 八の宮は、「紅梅」巻の巻末に、何の紹介もなく、しかしまるで既知のひとであるかのごとく登場する。こうした人物の登場のさせられかたは、この物語の中では必ずしも特異なものではないから深入りすることはしない。
>
> その存在が本格的に明るみに出されるのは、いうまでもなく「橋姫」巻に入ってからである。八の宮というひとは、物語の最初からその存在が予定されていたわけではなく、いわゆる第三部にいたって、過去と齟齬しないように、登場させられてきたのだ。(中略)
>
> …呼称について確認しておこう。私たちは「八の宮」という呼称にすっかり馴染んでいる

(3) 玉上前掲論文。

(4) 本書が依拠する古典集成は、橋姫巻について、明融本を底本とする。

が、じつは「紅梅」巻に謎のように出てきたあとは、宇治に住む阿闍梨が都に出て、

八の宮のいとかしこく、内教の御才悟り深くものしたまひけるかな（橋姫二六五）

と、この宮についてお喋りする、わずか二場面に出てくるだけである。

本文ではここより前に、

源氏の大殿の御弟におはせしを（橋姫二六二）

とある。光源氏の弟であることを語る情報と「八の宮」という呼称を繋ぐことによって、桐壺帝の第八皇子とわかるしかけになっている。重要な関係がまことにさりげない手続きで示されていることになる。ほかには、ずっとあとになって「手習」巻に「故八の宮」という呼称が二例出てくるにとどまる。▼注(5)

神野藤が「謎のように」と評する如く、紅梅の末尾部分にあたる人物紹介を素直に読む限り、まだ何も始まっていない宇治十帖の姫君達と匂宮との交情が、むしろ前提されて語られていたことになってしまう。たとえば「宇治八宮は、（橋姫巻）以下に見える。匂宮が宇治の中君に通う事は、（椎本巻）に見える。故に、ここは（椎本巻）の末に相当する時代である」▼注(6)というふうに、巻序に時系列の逆転を読む他はない。「ここで唐突にも「八の宮の姫君」に匂宮が通う事が記されていることで、当巻の成立・巻序・年立などでさまざまな問題を生む」（新大系脚注）と位置付けられる。紅梅巻の記述をめぐっては、問題を別に立てて考察すべきだろう。▼注(7)

こうして紅梅を除外すると、結局、新しい物語・宇治十帖の主人公の父である彼が、生前に八の宮と呼ばれることの意味を考えるべき箇所は、先述した青表紙本による限り、わずかに一

（5）神野藤昭夫「宇治八の宮論—原点としての過去を探る—」（伊井春樹、高橋文二、廣川勝美編『源氏物語と古代世界』新典社研究叢書、一九九七年所収）。引用された本文は本書と同じ古典集成で、漢数字がページ数を示す。

（6）旧日本古典文学大系補注三〇四（山岸徳平校注）。

（7）この問題については、「この巻の作者がこれまでと同一人物とすれば、ここに匂宮と八の宮の姫君との交渉にふれるのは、後の宇治の物語の予告ともみられよう」、

例。次のところだけ、ということになる。

この阿闍梨は、冷泉院にも親しくさぶらひて、御経など教へきこゆる人なりけり。京に出でたるついでに参りて、例の、さるべき文《ふみ》など御覧じて、問はせたまふこともあるついでに、「八の宮の、いとかしこく、内教《ないけう》の御才《ざえ》悟り深くものしたまひけるかな。さるべきにて生まれたまへる人にやものしたまふらむ。心深く思ひすましたまへるほど、まことの聖《ひじり》のおきてになむ見えたまふ」と聞こゆ。「いまだ容貌《かたち》はかへたまはずや。俗聖《ぞくひじり》とか、この若き人々の付けたなる、あはれなることなり」などのたまはす。宰相の中将も、御前にさぶらひたまひて、われこそ、世の中をばいとすさまじう思ひ知りながら、行ひなど、人に目とどめらるばかりは勤めず、くちをしくて過ぐし来《く》れ、と人知れず思ひつつ、俗ながら聖《ひじり》になりたまふ心のおきてやいかに、と耳とどめて聞きたまふ。

物語の先行部分で、「源氏の大殿《おとど》の御おとうとにおはせしを」とせっかく紹介を進めながら、そこでは彼が、どのような兄弟の順と人数の中にいるのかを、あえて明示しない。物語は、いきなり「八の宮の」と、彼の師であった宇治山の阿闍梨の口から語らせ始める。「光源氏の弟であることを語る情報と「八の宮」という呼称を繋ぐことによって、桐壺帝の第八皇子とわかるしかけ」（前掲神野藤論文）であるのだろうか。それでも、やはり、いささか唐突である。少なくとも、不親切な人物紹介という他はない。阿闍梨と冷泉との間では既知の「八の宮」とは、いったい誰なのか。橋姫から読み始めた読者は、当面、何の説明もなく、ただ阿闍梨の言葉を

「しかしこの巻も、語彙・語法・内容・表現にわたって不審な点が多く、紫式部のいわば監修下に別人が作ったとか、後代の補作であるとか、その他成立に関する見解はさまざまである。」（新全集頭注）と概観される。「ここで、唐突にこう言われても、何だかまるでわからない」（玉上評釈）ことを回避するためか、国冬本には「うちのはみや」（「は」は「八」を仮名表記と誤読した故の本文だろう）と「宇治」を補読した本文が見え、橋姫との連続と人物同定は明確になっている（『源氏物語大成』参照。引用は『源氏物語別本集成』国冬本2）。

追うほかはない。物語は、次のように綴られていく。

「出家の心ざしは、もとよりものしたまへるを、はかなきことに思ひとどこほり、今となりては、心苦しき女子《をんなご》どもの御上《うへ》を、え思ひ捨てぬとなむ、嘆きはべりたうぶ」と奏す。さすがにものの音《ね》めづる阿闍梨にて、「げにはた、この姫君たちの、琴《こと》弾《ひ》き合はせて遊びたまへる、川波《かはなみ》にきほひて聞えはべるは、いとおもしろく、極楽思ひやられはべるや」と、古代にめづれば、帝ほほゑみたまひて、「さる聖《ひじり》のあたりに生《お》ひ出でて、この世のかたざまは、たどたどしからむとおしはからるるを、をかしのことや。うしろめたく、思ひ捨てがたくもてわづらひたまふらむを、もししばしも後《おく》れむほどは、ゆづりやはしたまはぬ」などぞのたまはする。この院の帝《みかど》は、十の御子《みこ》にぞおはしましける。朱雀院の、故六条の院にあづけきこえたまひし、入道の宮の御例《ためし》を思ほし出でて、かの君だちをがな、つれづれなる遊びがたきに、などうちおぼしけり。

このような「しかけ」をとる物語の文脈は、次のように整理されて、読み取られることになる。

この宇治に隠棲した古宮の消息を都に伝えたのが宮の帰依するところの宇治山の阿闍梨であった。冷泉院にも出入りする阿闍梨は宮の精進ぶりを口にする。物語はここで、この古宮が「八の宮」であると読者に知らせ、冷泉院が「十の皇子」であることを明らかにする。かつて東宮位を争った八宮と十宮が、ここに消息を交わすことになる。

さて、この時点で明らかになった桐壺院の皇子達を整理し示しておこう。
第一皇子は朱雀院、第二皇子が光源氏。第四皇子は承香殿腹とあった（「紅葉賀」）。で第八皇子が宇治の八宮、第十皇子が冷泉院（実は光源氏の子）ということになり、他に蛍兵部卿宮（初出「花宴」帥宮）、帥親王《みこ》（「蛍」）があった。あとは弘徽殿女御腹の女一宮と女三宮が知られている。▼注(8)

物語は、かろうじて破綻することはない。冷泉の兄弟順も、あくまで「八の宮」の呼称を承けた上で、「十の御子」と説明されている。しかしそれを「かろうじて」と私にいうのは、こうした文脈設定にいささかの疑念を抱くからである。傍証もある。先引の古宮を紹介する『源氏物語』の当該箇所には、次のような異文が存在するのである。

源氏のおとゞの御おとうと、八の宮とぞ聞えしを、冷泉院の、春宮におはしましゝ時、朱雀院の大ぎさきの、よこざまに思しかまへて…

右の引用は、国文学研究資料館の「大系本文（日本古典文学）データベース」でも簡便に検索できる、旧日本古典文学大系本文に拠っている。同書は、書陵部蔵の三条西家本を底本とする。▼注(9) 傍線部の、先引現行流布本文との大きな違いは、「光源氏の弟であることを語る情報と「八の宮」という呼称」が本文として「繋」がっており、そこに読者のことさらなる読解行為は必要がない、というかたちになっていることだ。このことは、次節で見るように、兄弟順の情報

(8) 鷲山茂雄「宇治の八宮」（森一郎編『源氏物語作中人物論集』勉誠出版、一九九三年所収）。

(9)『源氏物語大成』に採られた三条西家本（現在は日本大学所蔵）とは異なるこの書陵部蔵三条西家本については、加藤洋介「定家本源氏物語の復原とその限界」（『国語と国文学』二〇〇五年五月号）他参照。

の連結のみには留まらない意味を持つ、と思う。これまであまり注意されてはいないようだが、右の本文にはしかるべき有意性があるのである

## 2 『源氏物語』本文と「八の宮」呼称出現箇所の問題——敦実親王准拠説へ

では、この本文を、どのように位置付ければよいのだろうか。まずは、テニヲハ等の微差をひとまず措いて、この箇所に「八の宮（八宮）（は宮）」と提示する本文がどのように存在するか、概観してみよう。『源氏物語大成』によれば、青表紙本では肖柏本、三条西家本の二本が挙がる。河内本には「河」とのみあるが、加藤洋介『源氏物語大成　校異篇　稿（四）（柏木～早蕨）』『河内本源氏物語校異集成』▼注(10)によれば、各筆源氏本、大島本（中京大学本）、七毫源氏本、尾州家本、鳳来寺本、為家本、岩国吉川家本が該当する。また『大成』には別本として、横山家本、麦生本、阿里莫本、保坂本が挙がっているが、加藤洋介『河内本源氏物語の本文成立史に関する基礎的研究　付　源氏物語大成　校異篇　別本校異補遺　稿（下）（匂宮～夢浮橋）』▼注(11)では、高松宮家本が加えられる。『源氏物語別本集成』▼注(12)では、言経本が加えられる。上記を一覧する範囲でも、それはむしろ『源氏物語』の通行本文であった、ともいえるのである。▼注(13)

だが、この本文の重要性は、上記のような本文の優勢的状況や、物語のなかでの合理性にとどまるものではない。そこには、物語構成上の准拠的要素への理解と連動する部分がある。

そのことを考える前に、本文の区切りについて確認しておきたい。従来、ほとんどの注釈書が、「源氏のおとどの御おとうと」という部分から章や段落を変え、本文を作成している。▼注(14)八

(10)『稿』は私家版、一九九六年、『集成』は風間書房、二〇〇一年。

(11)科学研究費補助金（基盤研究（C））研究成果報告書（平成15～18年度、大阪大学文学研究科、二〇〇七年三月）。

(12)おうふう刊。同書が底本とする陽明文庫本には、「源氏のおとゝの御おとうと、八の宮とぞ聞えしを」に相当する箇所を欠き、対校本文である大島本も「八の宮」とここでは言わないので、校異にのみこの異文が現れる。国冬本も該当箇所を欠く。

(13)『源氏物語』の本文研究において、こうした三分類自体を問い直す動きがあり、またこれ以外にも同様の本文の存在が想定される。『源氏物語』本文研究の進展と公開に期待して、いまはあえて、簡便に一覧できる本文校異集を参照して提示するに留める。

の宮と光源氏との兄弟関係を説く部分が、前段から独立しており、後段の皇統にまつわる説明にのみ寄与する記述である、などと理解されているかの如くである。

しかし文脈上、それは、前文とも連続している。八の宮の呼称をこの部分に有する本文を採用した旧日本古典文学大系が、その採択と連動して、戦後の注釈書としては極めて異例に、一連を続けて一段落としていることは、注目に値する。今度は、先引部よりは少し前から、文脈を確認してみよう。父にも母にもはやく先立たれた古宮は、漢文の素養や学問などもあまりなく、財産も失ってしまった。けれど、音楽にだけは優れていた…、などと語り手が説明するところから、旧大系本文で引用する。

ちゝみかどにも、女御にも、疾くおくれ聞え給ひて、はかぐしき御後見の、とりたてたる、おはせざりければ、才など、深くもえ習ひ給はず。まいて、世中に住みつく御心おきては、いかでかは、知り給はむ。高き人ときこゆるなかにも、あさましうあてに、おほどかなる女のやうにおはすれば、古き世の御宝物、祖父おとゞの御処分、なにやかやと、尽きすまじかりけれど、ゆくへもなく、はかなく失せ果てて、御調度などばかりなむ、わざとうるはしくて、多かりける。まゐりとぶらひ聞え、心寄せたてまつる人もなし。つれぐなるまゝに、雅楽寮の、物の師どもなどやうの、すぐれたるを、召し寄せつゝ、はかなき遊びに心を入れ、生ひ出で給へれば、そのかたは、いとをかしく、すぐれ給へり。源氏のおとゞの御おとうと、八の宮とぞ聞えしを、冷泉院の、春宮におはしましゝ時、朱雀院の大ぎさきの、よこざまに思しかまへて…

(14)古典集成の他、日本古典全書、玉上琢彌『源氏物語評釈』、新日本古典文学大系、新旧日本古典文学全集など。

傍線部に注意して読んでみると、八の宮という名称と音楽の脈絡が、明確に連続していることに気付く。『源氏物語』は、音楽に関する彼の親しみと深い造詣、またその卓抜した技術について述べ、そしてそのあとに直続して、初めて、そして注釈的に、彼を「八の宮」と紹介する。この連続性は看過できない。

このように見ることで、音楽に優れた他ならぬ著名な「八の宮」がすぐに想起される。それは、宇多八の宮、敦実《あつみ》親王のことである。

敦実親王　あつみしんのう　（八九三～九六七）宇多天皇第八皇子。母は女御（贈皇太后）藤原胤子。八条宮、仁和寺宮、六条式部卿宮等の通称がある。寛平七年（八九五）親王宣下。延喜七年（九〇七）元服。上野太守、中務卿、式部卿等を経て一品に叙す。天暦四年（九五〇）二月出家、法名覚真。康保四年三月二日薨ずる。子に左大臣源雅信・重信、大僧正寛朝・雅慶があり、宇多源氏のうち最も繁栄した。親王は有職に詳しく、また音曲を好み、笛・琵琶・和琴等をのちに伝えた。（『平安時代史事典』角川書店）

…貞保親王の楽統を継承し、同親王没後は第一人者として重きをなした。宏才博覧の人とたたえられ、音楽のほか有職故実、和歌、鞠、馬、鷹などにも長じていた。音楽は琵琶、箏、和琴、笛などならびに神楽、風俗《ふぞく》、催馬楽《さいばら》などにすぐれ、ことに郢曲《えいきょく》は源家流の始祖とされ、後世に大きな影響を与えた。名高い「南宮琵琶譜」（複製本「伏見宮本琵琶譜」宮内庁書陵部刊）は、宇多法皇の命により貞保親王につき琵琶秘手の伝授を受けた際の伝授譜である。

…（『日本音楽大事典』平凡社）

敦実親王。今日於二宇多院一。加二元服一之由。令レ奏二慶賀一。…後殊叙二三品一。親王〈寛平第八皇子、贈后胤子腹也〉。…（『扶桑略記』延喜七年十一月二十二日条）

『源氏物語』の本文を少し広く見渡して、その文脈に注意し、そして「八の宮」という呼称について勘案するとき、宇治八の宮の准拠として、ごく自然に、宇多の「八宮」（『亭子院歌合《ていじいんうたあわせ》』）、敦実親王の名前が浮かんでくる。ところが『源氏物語』の研究史をたどってみても、一向にそうした比定説に辿《たど》り着かない。宇治八の宮の准拠説として敦実親王の名前が挙げられたことは、どうやら、これまで無いようなのである。

## 3 「八の宮」の准拠説について

「八の宮」に対する准拠論の研究史については、浅尾広良《ひろよし》が簡潔な整理を行っている（「八の宮の准拠」▼注(15)）。それによれば、以下のような先行研究が存在する。浅尾の論述によりながら、私に仮の番号を付して、諸説を参照してみよう。

①『花鳥余情』…准拠論の嚆矢。応神天皇皇子、菟道稚郎子《うじのわきいらつこ》説。…『細流抄』『岷江入楚』が継承。

②宣長『源氏物語玉の小櫛《たまのおぐし》』…惟喬《これたか》親王准拠説。「惟喬親王が小野に籠もったことに准っ

（15）室伏信助監修・上原作和編集『人物で読む源氏物語　匂宮・八宮』勉誠出版、二〇〇六年所収。

て八宮が宇治に籠もる姿が造型されており、さらに薫が訪ねてくることに在原業平の面影があるとして、菟道稚郎子説を否定した。」と浅尾は整理している。

③高橋亨「宇治物語時空論」▼注(16)…浅尾のまとめによると、「新しい物語の始まりには、川の流れる宇治が、神話的な流離の始原的風景として立ち現れる……宇治および八宮の創造に、菟道稚郎子・惟喬親王、さらには大山守命《おおやまもり》（＝菟道稚郎子の兄）と共通する王権喪失と異郷的空間の発想を抽出し、喜撰《きせん》法師の歌や平等院に代表される宗教的な環境とともに遊興の地でもあることを勘案して、都に対する宇治の位置付け、物語における主題的構図を指摘する。」という。

④木船重昭「宇治八宮の創造と造型―源氏物語の表現と方法―」▼注(17)…浅尾によれば、「高橋説を受けながら、さらに准拠の一つ一つを検証する。そして、「冷泉院には、伯夷を偲ばせるような大鷦鷯尊《おほさざきのみこと》的ななにものも認められなかったし、当の八宮にも菟道稚郎子のまさに叔斉その人を思わせる王権神聖の無条件肯定・謙譲美徳の儒教倫理的意識は求められるべくもなかったばかりか、また、まさに荒ぶる神速素戔嗚的な大山守命の叛逆の英雄像の片鱗さえもとどめられてはいなかった」と菟道稚郎子准拠を否定し、惟喬親王に関して、『三代実録』によれば出家は病によるもので、立坊・皇位争いによるものではないとしながらも、「古今和歌集や伊勢物語を共有した当代の作者および享受者が共通して描いた業平と双対される惟喬親王の悲運の抒情的イメージは、立坊・皇位争いに敗れ、風流韻事にはかない慰めを求め、ついに出家隠棲した、摂関政治の犠牲者、淪没の親王のそれにほかならなかったはずである」…として惟喬親王准拠をより明確にした。

(16) 高橋亨『源氏物語の対位法』東京大学出版会、一九八二年所収、初出一九七四年。

(17)『国語と国文学』一九七六年十月号。

ただし、惟喬親王のみに限定するのではなく、冷泉院と八宮の歌の贈答に延喜帝と如覚高光の歌の贈答の借用を認め、さらに喜撰法師の「わが庵は都の辰巳しかぞすむ世をうぢ山と人はいふなり」…が八宮造型に煩悩の自覚による卑下と確乎たる位境への志向と求道の矜持とが、相矛盾し相克しつつ共存する姿を説く。」と整理される。

浅尾は、如上に紹介した木船論を承けて、

このように八宮の造型を先行する文献との関係から分析する木船は、八宮が「惟喬親王の単一のイメージのみには限定されえないで、それは如覚高光のそれでもあり、喜撰法師志向のイメージでもある」とし、「もはやいわゆる准拠論やモデル論の観念的図式的対比あるいは神話論的類型のさらがえりや発想の類似性の範疇をもっては解析しおおせない位相にある」と結論する。しかし、准拠やモデルは観念的図式的対比を形作るためのものではなく、あくまで読みを拡げ、深めるための方法である。そして、物語中の人物が歴史上の特定の人物そのものでもなく、作品内外のコンテクストによって形作られるものであるなら、引用や連想の糸を解きほぐすことによって八宮の人物像やおかれた状況や心境はより鮮明になるものと考える。

と論じている。以下、桓武皇子伊予親王、広平《ひろひら》親王、為平《ためひら》親王などに言及する藤本勝義《かつよし》説、[注(18)]「八宮の造型に『文選《もんぜん》』（詩篇）哀傷にある「幽憤詩」の影響があるとの説」、[注(19)]「八宮の行った仏道修

(18)「霧の世界・八宮・宇治の物語」（『源氏物語の人ことば文化』新典社、一九九九年）。
(19) 日向福「八宮の造型」（『相模国文』第九号、一九八二年三月）。

行を二十五三昧会との関わりから見ると八宮の准拠として花山院を考えるべき」[注20]という説など、広く諸説に言及した上で、浅尾は次のように展望する。

影響関係や准拠を指摘するだけでなく、それのもつ意味は物語との関係からなお検討すべき余地があろう。木船重昭が指摘するように、八宮は摂関体制における立坊争いの犠牲者としての沈淪の姿に他ならず、惟喬親王や如覚高光、加えて喜撰法師の歌のイメージが重ねられていることは間違いない。さらにそれに菟道稚郎子を想起することで父帝の愛とすぐれた容貌と才学を秘めながら、この宇治の地で自ら死を選んだ皇子の矜持と諦念が八宮の精神的基底をなしてもいる。第一部・第二部の光源氏の物語の延長にありながら、第三部の物語の場面設定として、その陰画とも言える物語状況がなぜ必要だったのか、それを語る意味は何なのか、物語全体との関わりから八宮の准拠は追求される必要があろう。

准拠説を俯瞰しながら、モデル論をも含めて、物語読解の有効性について説く浅尾の論述は、十分に説得力がある。しかし、この網羅的な俯瞰を眺めていると、宇治八の宮については、まだ妥当な准拠やモデル説が提示されていないのではないか、との疑念をむしろ捨てきれない。というのは、あげられている准拠説がいずれも、「八の宮」と呼ばれうる御子ではないからである。たとえば、重要な先行研究である木船論文は、「八宮」と、かの宮を呼び続けながらも、彼の排行が八宮でなければならない必然性はかならずしもない。光源氏の弟で、すでに五

(20) 中哲裕「八宮―準拠としての花山院・二十五三昧会―」(『物語を織りなす人々　源氏物語講座2』勉誠社、一九九一年)。

宮までは既往の物語に見えること。冷泉院の兄でなければならないこと。そして、その冷泉院を十皇子としたのは、これまたおそらく作者の十の名数操作…によるものであろうから、残りの六・七・八・九中からあえて「八」を作者が選んだのは、ハヂ＝恥＝八、の同音連想によるであろう。（前掲「宇治八宮の創造と造型」注（5））

このように断じて、その問題を放擲《ほうてき》する。如上のいささか苦しい説明は、想到《そうとう》される准拠説の人物が、いずれも八の宮ではないことの、裏返しの弁明のようにも読めてしまう。

ならば、ここで私が提唱する、敦実親王准拠説にも意味がある。彼はまさしく「八宮」であった。むろんそのことは、浅尾の提言にあったように、単なる類似の指摘にとどまることなく、「作品内外のコンテクスト」を推し量りつつ、「物語全体との関わり」を視野に入れてなされるものでなければならない。そのふくらみを容れて、以下にこの問題を考察していきたい。

## 4　八の宮と音楽および宇治

先に見たように、敦実《あつみ》親王は宇多天皇の第八皇子とされ、八の宮と呼称されるべき存在であった。『大日本史料』康保四年三月二日条を検すれば、すぐに以下の用例などが挙がる。

延喜十三年三月十三日（中略）右頭、女七宮（＝依子内親王）、方のみこ、おほんせうとの上野の八宮…（『亭子院歌合』冒頭仮名日記、新編国歌大観）

「亭子第八親王」（浄蔵の仁和寺桜花会での「唄師」の出来を賞す。『浄蔵法師伝（大法師浄蔵伝）』続々群書類従）

「宇多帝八御子」（『勅撰作者部類』▼注(21)）

もっとも「宇多天皇第九の皇子。敦実親王」（『高雄山神護寺縁起』▼注(22)）のように、彼を第九皇子であるとする伝承もあったが、▼注(23)そうした異伝の存在は、ここでは問題にする必要がない。夙《つと》に広く読まれた同時代資料の『亭子院歌合』に、「八宮」――歌合の主催者が宇多院だから、後代の人にとっては、宇多の八の宮と理解される――と呼称されていることが大事なのである。音楽に優れていることで著聞する、敦実をめぐる伝承を、『河海抄《かかいしょう》』が准拠の一つに挙げたことがある。源氏が四十の賀を迎えた、若菜上の巻の次の一節についてである。

朱雀院の御薬《くすり》のこと、なほたひらぎ果てたまはぬにより、楽人《がくにん》などは召さず。御笛など、太政大臣《おほきおとど》（＝柏木の父。かつての頭中将）の、そのかたはととのへたまひて、「世の中に、この御賀より、またためづらしくきよら尽くすべきことあらじ」とのたまひて、すぐれたる音《ね》の限りを、かねてよりおぼしまうけたりければ、忍びやかに御遊びあり。とりどりにたてまつるなかに、和琴《わごん》は、かの大臣《おとど》（＝太政大臣）の第一に秘したまひける御琴なり。さるもののの上手《じやうず》の、心をとどめて弾き馴らしたまへる音《ね》、いと並びなきを、異人《ことひと》は搔きたてにくくしたまへば、衛門《ゑもん》の督《かみ》（＝柏木）のかたくいなぶるを責めたまへば、げにいとおもしろく、をさをさ劣るまじく弾く。何ごとも、上手の嗣《つぎ》といひながら、かくしもえ継がぬわざぞか

(21)『和歌文学大辞典』（明治書院）ほか所収。
(22) 大日本仏教全書所収。
(23)『尊卑分脈』、『本朝皇胤紹運録』など参照。

しと、心にくくあはれに人々おぼす。調べに従ひてあとある手ども、定まれる唐土《もろこし》の伝へどもは、なかなか尋ね知るべきかたあらはなるを、心にまかせてただ掻き合はせたるすががきに、よろづのものの音《ね》ととのへられたるは、妙《たへ》におもしろく、あやしきまで響く。（『源氏』若菜上巻）

『河海抄』は、次のように挙例する。

わこんはかのおとゝのたい一にひし給ひける御こと也……心にまかせてたゝかきあはせたるすかゝきに

…（譜序）夫倭琴者、依レ為二本朝之哥器一……又嵯峨天皇別尽二此曲一伝レ之…、延喜聖主、極二絃管之妙一、其中倭琴尤長。更伝二賜左兵衛佐藤敦忠一、即習得二其名一。朝臣薨後、天慶聖主勅命云、詣二式部卿敦実親王許一可レ習。兼又左大臣雅信卿、為二彼親王家督一。深伝二此曲一以降、大納言時仲・参河守経《ノリ》相・越前守経宗・筑前守兼俊・兵庫頭邦家・雅楽頭範基等朝臣、皆相継倫々不レ絶矣〈已上右兵衛尉経尚注二進公家一〉（『河海抄』十三・若菜上）

柏木の父、太政大臣になぞらえて、「譜序」からの引用として、和琴の伝承を、醍醐から敦実、そして彼の子孫雅信以下への系譜が引用されている。この系譜は、『和琴血脈』の、「醍醐―敦実―雅信…」という伝受血脈▼注(24)と同じ。そして太政大臣の父は、葵の上の父として光源氏の

(24) 大日本史料、続群書類従など所収。

舅であったが、彼もまた笛の名手。和琴とは、太政大臣が「第一に秘し給ひける御琴なり」と『源氏物語』は叙述する。息男の柏木がそれをまねぶように、ここでは強いられる。三代の音楽一族である。どうやら物語の作り手は、敦実の伝受系譜上の位置づけとその能力について、熟知しつつ物語を綴っている。そして『源氏』の作者と読者を考えるとき、著名だった敦実への知識はむろんのこと、伝受系譜にも現れる敦実親王男雅信が、藤原道長の正妻倫子の父であることに、とりわけ留意して置かなければならない。藤原氏の太政大臣家・その娘葵の上の系譜と、光源氏との姻戚と。音楽の相承をめぐって、それは藤原道長の妻の系図と、背中合わせで表裏する。その重要性は自明であろう。よく知られるように、『源氏物語』の本来的な読者には、倫子と道長の娘である彰子がおり、また経済的なパトロンであったという道長その人も含まれるからである。

源氏の物語、御前（＝中宮彰子）にあるを、殿（＝藤原道長）の御覧じて、例のすずろ言ども出できたるついでに、梅の下に敷かれたる紙に書かせたまへる、

すきものと名にし立てれば見る人のをらで過ぐるはあらじとぞ思ふ

たまはせたれば、

「人にまだをられぬものを誰かこのすきものぞとは口ならしけむ

めざましう」と聞こゆ。（『紫式部日記』）

敦実は、宇多の八の宮という排行を確認しつつ音楽相承を称揚され、また雅信へと続く源氏

の祖として伝承された。そのことも、『源氏物語』理解にとっては重要である。

式部卿敦実親王〈宇多第八御子、源家音曲元祖也〉。師匠未レ詳。若藤原千魚朝臣弟子歟〉。後深草院勅書云、源家音曲、自二敦実親王一至二信有一相続。所藝異レ他云々。
(催馬楽事) 孝道治国抄云、催馬楽と和琴とハ、自二敦実親王一世ニ伝云々、又見二絲管要抄一、後鳥羽院被レ下二信成卿勅書一云、自二雅信公一以来相続之由、雖レ被レ載レ之、自二敦実親王一始レ之条勿論也。
(神楽事) 神楽雖レ為二諸神製作一、伝二于世一以二多自然麿《舞人シ子ンマロ》一為二根元一。其後次第上下翫レ之、彼親王殊携二此道一、子孫雅信公、時中卿以下皆名誉堪能也。(『郢曲相承次第』▼注(25))

一方、「宇治」という場所も重要な共通点である。たとえば、池田亀鑑《きかん》『源氏物語事典』によれば、宇治川を「境にして右岸を宇治郡、左岸を久世郡と」し、「『和名抄』には「宇治郡宇治郷」…、「久世郡宇治郷」…とに分れ、両者を宇治橋がつなぎ…、『源氏物語』では両者を一括して宇治と称している」。▼注(26) 宇治八の宮は、その山荘を「宇治川の京都側、『花鳥余情』に「いまの橋寺のあたりなるべし。」(橋姫)と注する」あたりに建てる。▼注(27) 文字通り、宇治の人であった。彼は、宇治に住み、宇治に没し、宇治という時空に未練を残して、迷う(総角巻)。

敦実と宇治とのゆかりはどうだろうか。なによりまず想起されるのは、敦実とその兄醍醐天皇の母胤子は、旧宇治郡山科村、現在の勧修寺あたりの出身であったことである。▼注(28) そして敦実の墓が、宇治陵(木幡陵)にあった、と伝えられていることも重要だ。

(25) 引用は飯島一彦「解題『郢曲相承次第』付校本」(『梁塵 研究と資料』一九、二〇〇〇年)。なお「敦実親王の楽統は皇子源雅信(一条左大臣)、重信(六条左大臣)ほかに継承された」(『日本音楽大事典』)。また『続古事談』五―三二に描かれる「重代管絃の家」とは、「敦実親王にはじまる宇多源氏の流れをさす」。その敦実―雅信―時中―済政―資通―師賢・政長―有賢と系譜が引かれる「この流れの人々は、音楽の血脈にも登場する。『神楽血脈』(源家)『和琴血脈』には、右の系図の人物がすべてみえ、『催馬楽師伝相承』(源氏)『郢曲相承次第』には師賢を除いた人物がみえており、……また、右の系図の人物はすべて『続古事談』に登場する。」(『続古事談注解』同話余説・中原香苗稿、和泉書院、一九九四年)などと、音楽史上に著名な系譜である。
(26)「うぢ」の項。奥村恒哉執筆。
(27) 同「うぢのみや」の項。石田穣二執筆。
(28)『勧修寺縁起』、『今昔物語集』二二―七、『小世継物語』五二、『富家語』一三三他参照。

皇子敦実親王墓　京都府宇治郡宇治村大字木幡字中村宇治陵域内円墳（『陵墓要覧』五九宇多天皇、大日本史料）

ただし宇治木幡諸陵墓は、「明治になってから皇室関係者二十名の墓と定められた」ものの一つで、「これらの人々は藤原氏と何らかのつながりを持つ人ばかりであるが、どれがだれの墓であるのかということははっきり」しない。▼注(29) その多くは、藤原所生の女子であり、「其他皇子は敦実親王（宇多帝皇子）敦道親王（冷泉帝皇子）」（『大日本地名辞書』）の二人だけ。伝承の根拠には、定かではない部分が残っている。

敦実の音楽の弟子であった蝉丸（呼称は様々である）が「木幡」に所在した、という伝承もある。「此《こ》レハ敦実ト申《まうし》ケル式部卿《しきぶきやう》ノ宮ノ雑色《ざふしき》ニテナム有ケル。其ノ宮ハ宇多法皇ノ御子ニテ、管絃ノ道ニ極《きはま》リケル人也。年来《としごろ》琵琶ヲ弾給《ひきたまひ》ケルヲ常ニ聞《きき》テ、蝉丸《せみまろ》、琵琶ヲナム微妙ニ弾ク」（『今昔物語集』巻二四―二三）と所伝する蝉丸の所在地を、『小世継物語』だけは「木幡」と語る。▼注(30)『小世継物語』は、醍醐帝と敦実の母・胤子の誕生を伝える説話を▼注(31)『今昔物語集』と同文的同話の形で所収する説話集である。『今昔』と『小世継物語』の同文的な説話を繋ぐミッシング・リンクに、醍醐の曾孫・源隆国《たかくに》の散佚「宇治大納言物語」があることも示唆的である。こうして、宇治の地と敦実との間に、相応の繋がりを引き出すことはできるのである。

5　八の宮をめぐる出家と栄達

(29)『宇治市史1　古代の歴史と景観』宇治市役所、一九八八年第四刷。同四三四頁に被葬者の一覧がある。

(30) 日本古典集成『今昔物語集一』付録・「説話的世界のひろがり」参照。

(31) 前掲した『勧修寺縁起』以下に伝える物語。

こうして「八の宮」という呼称と本文を軸に、宇多八の宮と桐壺八の宮との関係を、准拠として捉える基盤が固まった。ならば差異にも意味がある。以下、その類似性と距離感とを、併せて測定していこう。

まずは道心と出家をめぐる状況である。宇治八の宮には、かつて即位の可能性もあった。だが、ある段階で潰《つい》えて失脚し、妻を亡くして、「世の中をおぼし離れつつ、心ばかりは聖になり果てたまひて」、宇治に隠居し、道心を深めて、限りなく出家を求める。彼には、冷泉帝をも羨望させる「俗聖」の風さえあった。

（冷泉）「いまだ容貌《かたち》はかへたまはずや。俗聖《ぞくひじり》とか、この若き人々の付けたなる、あはれなることとなり」などのたまはす。（橋姫巻）

ところが、結局は、出家を叶えることが出来なかったのである。

一方の敦実は、一品の位を極め、輦車《れんしゃ》までも許されて、対照的に、遂には出家を果たしている。

（一品）式部卿敦実親王事
宇多天皇々子、母皇大后宮胤子贈太政大臣（高藤公）女、寛平五年（＝八九三）癸丑誕生、同七年七月十五日庚午為二親王一、延喜七年十一月十三日元服、任二式部卿一、叙二一品一、天慶二年十一月七日聴二輦車一、天暦四年（＝九五〇）二月　日出家法名覚真、康保四年三月二日薨、年七十五、（『大鏡』裏書）

一見、正反対にも見える二人の経歴であるが、かたや一品、かたや皇位継承候補者と、俗世の地位には遜色がない。

さて、敦実親王の出家は、五十八歳の時だった。八の宮の年齢はどうだろう。光源氏一族が隆盛する世になって、政争に疲れ、妻亡き後の八の宮は、仏道への思いを募らせて、「またこの年ごろ、かかる聖《ひじり》になり果てて、今は限りと、よろづを思し捨てたり」という心境だった。追い打ちをかけるように家は焼け、宇治に移り住む。その道心は深かったが、冷泉の問いを受けた阿闍梨から、「出家の心ざしは、もとよりものしたまへるを、はかなきことに思ひとどこほり、今となりては、心苦しき女子《をんなご》どもの御上《うへ》を、え思ひ捨てぬとなむ、嘆きはべりたうぶ」と評されるように、八の宮は、娘が絆《ほだ》しになって、出家を遂げることが出来ないでいる。薫は、その話を聞いて、強く心を引かれた。八の宮は、薫を「心はづかしげなる法の友」と処遇してくれる。なまなかな高僧より「いとあてに心苦しきさまして、のたまひ出づる言の葉も、同じ仏の御教へをも、耳近きたとひにひきまぜ」て語らう様子に、薫はまた、深く傾倒していくことになった。それから「三年ばかりになりぬ」。その九月に薫は宇治を訪れ、姫君たちを垣間見た。さらにその翌年の春、椎本の巻に入って、匂宮も姫君と邂逅する。八の宮が亡くなるのは、八月のことであった。

その死の年は、八の宮にとって「重くつつしみたまふべき年」であった。宮は「御行《おこな》ひ常よりもたゆみなくしたまふ」。だが、娘達のことに心引かれて、やはり出家はできない。その時の年齢は「厄年《やくどし》だったという。この年の秋に亡くなる伏線である。六十一の厄年に当たると見るのがほぼ八の宮の年齢に見合う」（古典集成頭注）。逆算すれば、薫が八の宮の聖ぶりに感化され、逢わないと恋しく思うまで尊崇したのは、八の宮が五十七歳のころになる。敦実が出家するのは、五十八歳の二月である（『大鏡』裏書）。薫に出会った時の八の宮は、敦実が出家を思い、準備を進めたであろう年齢と同じだったのである。しかし宇治の八の宮は、その時も出家への思いを果たせなかった。敦実が出家した年端を、八の宮は、出家への思いを募らせつつ、「俗ながら聖になりたまふ」ように過ごす。高僧よりもむしろ聖らしい暮らしぶりである。

こうして両者の運命の対比性は、極めて接近して交差し、興味深い距離感を有つ。薫が姫君と出会うのは、八の宮が六十の歳である。『源氏』の形象には、「六十一」という「厄年」の意識▼注(32)とともに、六十年という、仏教的な定命《じょうみょう》・寿命《じゅみょう》▼注(33)観の問題も揺曳《ようえい》し、物語として深みを増している。

論じてここに至れば、重要な比較対象がもう一つ残されている、ということが明らかになる。それは、敦実の皇位継承の可能性である。従来の通説による限り、敦実には、皇位継承に関わったり巻き込まれたりした、という要素が見て取れない。一方の八の宮は、まさにその皇統の揺れのあおりを受けて翻弄され、蹉跌《さてつ》したのであった。宇多八の宮・敦実の中に、皇統への組み込まれる状況や意志のようなものがあったのかどうか。准拠説の最重要課題であると思う。

## 6　敦実親王と皇位継承への思い

『平安時代史事典』は「宇多源氏のうち最も繁栄した。親王は有職に詳しく、また音曲を好み、

（32）源為憲『口遊』人倫に見える。なお中村義雄『王朝の風俗と文学』塙選書、一九六二年、幼学の会編『口遊注解』和泉書院、一九九七年など参照。八の宮の厄年の認定については、神野藤昭夫「宇治八の宮論―原点としての過去を探る―」（前掲『人物で読む源氏物語 匂宮・八宮』所収）に詳論がある。八の宮の年齢分析については、望月郁子「宇治八宮考」（『二松學舍大学 人文論叢』第七八輯、二〇〇七年三月）に考証がある。

（33）佐竹昭広『閑居と乱世 中世文学点描』（平凡社選書、二〇〇五年、『佐竹昭広集』第四巻、岩波書店、二〇〇九年参照）。

笛・琵琶・和琴等をのちに伝えた」と敦実を評する。今日、一般には、彼に即位の意志や状況を見て取る理解は存在しない、といってよい。むしろ敦実には、蝉丸の師匠であったという伝承も相俟って、隠棲した御子が音楽に専念するイメージが漂う。宇治退去後の俗聖八の宮もまた同様であった。▼注(34)

しかし、遅くとも十一世紀後半には成立していた興味深い説話の読解次第では、全く異なった敦実像が出来する。それは、坂上の宝剣という宝物の伝来をめぐる物語である。

延喜の野行幸《ののみゆき》の時、腰輿《えうよ》に入れらるる御剣の石付《いしづき》落ち失ふ、と云々。「希有《けう》の事なり。古き物を」とて大きに驚かしめ給ひて、たかき岡の上にて御覧じければ、御犬の件《くだん》の石付をくはへてまゐりたりければ、殊に興《きよう》じて悦《よろこ》ばしめ給ひけり。件の剣は、敦実親王伝へ給ひて、身もはなたず持たしめ給ひたりけり。雷鳴の時は自《おのづか》ら脱《ぬ》く、と云々。京極大殿伝へ取りて持ち給ひたりけるを、白川院聞《きこ》し食《め》して召しければ、進《たてまつ》られ了《をは》んぬ。後には自ら脱《ぬ》くる事はなかりけり。大殿は恐れしめ給ひて、一度もぬかせ給はざりけるを、知足院殿わかく御坐《おはしま》す時、不審に堪《た》へず、或る者を以てぬかせて御覧じければ、頗《すこぶ》る峯の方によりて、金にて坂上《さかのうえの》宝剣といふ銘ありけり。（『古事談』一—九）

醍醐天皇が野行幸を行った際、剣の石突（鞘の先端）を紛失する。それを犬が銜《くわ》えて持ってきた。醍醐は喜悦する。その後、宝剣を伝領した敦実は、醍醐の失敗を踏まえてか、それを肌身放たず持っていた。剣は霊刀で、雷が鳴ると自然に抜ける。京極大殿藤原師実が伝領していたが、

（34）宇治八の宮と音楽をめぐる物語上の問題については、木下綾子「八宮家の琴と箏—皇統と楽統を紡ぐもの—」（前掲『人物で読む源氏物語 匂宮・八宮』所収）参照。

白河院に献上され、それ以降、自然に抜けることはなくなった。師実は、神異を畏れて、一度もその剣を抜かなかったが、孫にして猶子の知足院忠実《ただざね》が若い頃、好奇心のあまりに抜かせてみたところ、刀背に「坂上宝剣」と金の象嵌の銘があったと、説話は伝えている。

出典は、忠実自身の談話・回想譚『富家語《ふけご》』である。伝承が師実（一〇四二〜一一〇一）以前に存したことは確実だ。坂上の宝剣も実在の宝物で、少なくとも十四世紀初頭までの伝領が確認できる。[注35] その伝来は、敦実—雅信—倫子—道長と経由して摂関家に所伝し、道長孫の師実へ至った、とおぼしい。[注36] 宝剣の移譲とともに、この説話伝承が付随して語られていたと推定して間違わないだろう。

田島公《いさお》は、藤原道長の故実形成を論じて、「藤原道長が妻の源倫子の父雅信（宇多源氏）から「訓《おしえ》」を受けていたこと、それは道長の一流に対して大きな影響をもち、雅信の説に背くことができなかったこと」という、重要な継承系図を指摘している。[注37] 敦実—雅信—倫子—道長と示されるこの相伝の系譜は、坂上宝剣の伝来の系譜と、敦実の音楽伝承とに、そっくりそのまま合流する。先述したように、道長と倫子の娘が中宮彰子だから、ここにはさらに、『源氏物語』の含意された読者たちと重ね合わされる。坂上宝剣の伝承を『源氏』作者が知っていた蓋然性は、極めて高いと言えよう。

『古事談』の説話からは、敦実が兄の皇位をいずれ受け継ぐべく、醍醐から伝領した坂上宝剣の力を信じて、すがりつくかのように肌身離さず持っていた、というコノテーションも浮かび上がる。少なくとも、醍醐と同母の弟であった敦実の内なる即位願望を、当時の、そして後代の人々は、この説話の語りから、当然のようにうがち、のぞき込もうとしたはずである。宇

（35）『公衡公記（昭訓門院御産愚記）』乾元二年（一三〇三）五月九日条及び裏書。

（36）田島公「婆羅門僧正（菩提僊那）の剣—仁和寺円堂院旧蔵「杖剣」相伝の由来—」（薗田香融編『日本古代社会の史的展開』塙書房、一九九九年）、新日本古典文学大系『古事談』の同話脚注など参照。

（37）田島公「「公卿学系譜」の研究—平安・鎌倉期の公家社会における朝儀作法・秘事口伝・故実の成立と相承—」（『禁裏・公家文庫研究』第三輯、思文閣出版、二〇〇九年）参照。

多皇子で即位したのは醍醐だけであったが、古代的な皇位継承の一つのかたちは、兄弟間の継承であった。桓武後の平城・嵯峨・淳和《じゅんな》が仰がれるべき一つの典型である。敦実が先例に思いを馳せて、同母兄の醍醐の後に自分を、と思った可能性、というよりは、敦実の立場をそのように忖度《そんたく》しようとする人々の思惑や想像は自然である。事実、醍醐の息男達には、即位した者（朱雀・村上）、その出自によって政争に巻き込まれた者（高明・兼明）など、多くの有力皇子達が出現する。また醍醐親政の前提には、いつも宇多院の存在があった。宇多皇子と醍醐皇子と、そのそれぞれの思惑において、敦実は客観的に、醍醐の後継者として、最有力な皇位継承者であり得た。

しかし結局、宇多皇子はその後帝位に就かず、後嗣は醍醐皇子の朱雀が嗣ぐ。右に述べた状況は、敦実自らの意志とは別の、他者からの即位意志の邪推や思惑、もしくは詮索に過ぎない。そう換言すれば、敦実の立場は、周りからの思惑で政争に巻き込まれた宇治八の宮の状況と、存外、近接するものとなるのである。▼注(38)

さて説話の後半だが、単なる後日譚ではない。それは、敦実が身から放たず保持していた坂上宝剣が、三種の神器と同質の意味合いを持っていたことを証示すべく語られていることは明白である。『古事談』は、次の三種の神器をめぐる説話が敦実の説話の先蹤にあることを知っていて、敦実説話の形象に生かした形跡があるからだ。

> 陽成院、邪気に依《よ》りて普通ならず御坐《おはしま》す時、璽の筥《はこ》開けしめ給ひたりければ、筥の中より、白雲の起こりければ、天皇恐懼《きょうく》せしめ給ひて、打ち棄てしめ給ひて、木氏の内侍を召して、からげさせられけり。木氏《きし》の内侍は、筥からぐる者なり。近代は之《こ》れ無し。又《ま》た宝剣を脱《ぬ》

（38）以上の状況は、敦実説話の理解に参考になるが、『源氏』を離れた説話分析自体の問題として考えねばならないため、別稿「坂上の宝剣と壺切―談話録に見る皇統・儀礼の古代と中世―」（大阪大学古代中世文学研究会編『皇統迭立と文学形成』和泉書院研究叢書391、二〇〇九年）に論じた。

かしめ給ふ時、夜《よる》の御殿《おとど》の傍《かたはら》の塗籠《ぬりごめ》の中、ひらひらとひらめきひかりければ、恐れ御《おは》してはたと打ち棄てて御《おは》したりければ、はたとなりて、自《おのづか》らさされたりけり。其の後更《さら》に脱かれざるなり、と云々。（『古事談』一―四、四）

陽成院狂病にをかされまし〳〵て、霊剣を抜かせ給ひければ、夜るのおとゞひら〳〵として、電光にことならず。恐怖のあまりに、なげ捨てさせ給ひければ、みづからはたとなッてさやにさゝれにけり。（『平家物語』巻十一・剣）

詳しくは別稿[▼注(39)]において論じたので、ここでは『源氏物語』理解に必要な点のみを記す。『古事談』の坂上宝剣と敦実の説話、及び、陽成院《ようぜいいん》抜刀の説話は、ともに藤原忠実の言談『富家語』を出典とする。[▼注(40)]

仰せて云はく、「式部卿敦実《あつみ》親王の剣《つるぎ》という物を持ちたり。故白川院の召ししかば進《たてまつ》らしめ畢んぬ。その剣は定めてこれ鳥羽院にあらむか。

件の剣は、延喜の聖の行幸に、件の剣の石突《いしづき》を落とさしめ給ひたりければ、「希有《けう》の事なり。古き物を」とて、大きに歎きて、高き嶺の上にうち登りて御覧じければ、御犬の件の石突を食《く》はへて持て参りたると云々。これ、件の剣の高名《かうみやう》の事なり。

件の劔は、雷鳴《かみな》る時には自《おの》づから抜くと云々。しかれども、いまだしからず。また、故殿（＝藤原師実）の恐れしめ給ひて抜くべからざる由《よし》仰せらる。しかるに、不審なるに依りて、余（＝藤原忠実）、或る者をもつて抜きて見せしめしところ、「すこし峰の方に寄りて、金《こがね》を

（39）前掲「坂上の宝剣と壺切―談話録に見る皇統・儀礼の古代と中世―」。
（40）応保元年（一一六一）の談話。

もつて坂上の宝剣とあり」とぞ聞くなり」と。（『富家語』一五七）

…陽成院璽《じ》の筥《はこ》を開けしめ給ふに、その中より白雲起《た》つ。時に、天皇恐じ怖れてうち棄てしめ給ひ、木氏の内侍を召してからげさせらると云々。件の木氏の内侍は筥をからぐる者なり。近来《このごろ》はなし。また、剣《つるぎ》を抜かしめ給ふ時、夜御殿《よるのおとど》の傍の塗籠《ぬりごめ》の中、ひらひらとひらめきひかりければ、恐れて、はくとうち棄て給ひければ、はたと鳴りて自《おの》づからさされけりと云々。その後は聞かず。…（『富家語』一八三）

『富家語』一五七話だけを読む限り、敦実の皇統への意志は、あまり顕在的ではない。『古事談』に記述された「殊に興じて悦ばしめ給ひけり」という醍醐の悦びと、「敦実親王伝へ給ひて、身もはなたず持たしめ給ひたりけり」という、敦実の執着の描出を欠くからである。そもそも『富家語』一五七話では、談話の前置きとして、「式部卿敦実親王の剣」とあるものの、「件の剣は」以下の説話中には、敦実自身が現れない。忠実の談話の流れと説話構成も、「高名の」剣をめぐる、自家の伝領と関わりにある。関心が、敦実の人物には向かっていないのである。忠実はこのとき、齢すでに八十四歳。翌年に薨去《こうきょ》する。

この説話は、忠実が、宝剣を前にして、故殿師実から相承したものである。師実は、父師通と感情的軋轢のあった忠実にとって、もっとも尊敬する、祖父であり、義父であった。▼注(41) 彼は、坂上宝剣に接するたび、師実を思い、いくどもこの逸話に想到して、語ってきたはずだ。『富家語』の形は、忠実自身の談話ではあるものの、その内容は、偶然残った、乏しい一つの表現形でしかない。おそらくは、もっと豊かな含意が、この説話にはあった。

(41) 拙稿「口伝・聞書、言説の中の院政期―藤原忠実の「家」あるいは「父」をめぐって」（『院政期文化論集第二巻 言説とテキスト学』森話社、二〇〇二年）参照。

だから『古事談』が、ごくわずかな補足推敲の手を加えるだけで、それは鮮やかに蘇り、敦実の真意の輪郭を映し出す。『古事談』は、皇統の継承をめぐって展開する状況や群像に、強い関心を持つ説話集だ。敦実説話の配列は、その巻一・王道后宮の、一連の醍醐帝の説話群の中にある。『古事談』がこの説話に「王道」の様々な含意を見出すのは、むしろ当然であった。『源氏物語』最大の主題の一つも、皇統の存立と揺らぎであった。説話集と物語と。創作性という意味において、『古事談』と大きく相貌を違える『源氏物語』であるが、両者の営為は、背中合わせで接近する。敦実の形象をめぐって、『源氏物語』と『古事談』の相違は、畢竟、物語における隠喩性と換喩《かんゆ》性の問題▼注(42)に帰着するだろうか。

ただし、『源氏物語』における、敦実親王の内なる皇位への意志の発見は、そうした一般化にとどまらない重さを持つ。それは、『古事談』とは比較にならないほど、特殊で衝撃的なものであったと思う。『紫式部日記』の記主とおぼしき『源氏物語』作者は、敦実—雅信—倫子—道長という、坂上宝剣伝承の系譜の身近に所在し、その娘彰子に仕えて、二人きりの場で、ひめやかに「新楽府《しんがふ》」を教授しながら、『源氏物語』を捧げた人である。▼注(43)『源氏物語』の作者は、説話を巧みに取り込んで、▼注(44)主の家の根源的な伝承を骨肉化し、物語の第三部を書き起こす。その創作の原点として、もっとも重要な問題の一つが、ここには潜在しているのである。

## 7 『源氏物語』という創作へ

それ故に、敦実准拠説が提起する問題は、多様に展開して、物語の終盤を演出する。たとえば、

(42) 物語に於ける「隠喩」と「換喩」の問題設定については、美濃部重克『中世伝承文学の諸相』和泉書院、一九八八年に、ヤコブソンを「援用」した優れた考察があり、示唆される所が大きい。

(43) 本書第四章参照。

(44) 類似した『源氏物語』における説話の問題は、本書第二章、三章、八章などにおいて論じた。

宇多天皇の形象である。古注以来、『源氏物語』の桐壺の帝は、延喜の帝に准拠すると指摘され、それは物語本文のはしばしにもほのみえる。ところが帝は、重層的に宇多天皇にもなぞらえられる面があるとされる。▼注(45) 敦実准拠説は、そのことを直接的に徴証する。八の宮が敦実であれば、その父桐壺帝は、宇多天皇と否応なしに相対するからである。

敦実には、宇多源氏を継承する、雅信以下の男子がいた。その母（敦実の妻）は、「左大臣時平の大臣の御女」（『大鏡』道長（雑々物語））である。▼注(46)「昔の大臣の御女」だったという、宇治八の宮の妻と全く同じである。『大鏡』は、藤原道長の栄華を描き出す史書である。倫子方の祖父である敦実とその家系についても、十分の筆をふるって叙述している。次の記述は、敦実の二人の息男に焦点を当てた一節である。

この一条殿（＝雅信）・六条の左大臣殿（＝重信）たちは、六条の一品式部卿（＝敦実）の宮の御子どもにおはしまさふ。寛平（＝宇多）の御孫なりとばかりは申しながら、人の御有様、有識《いうそく》におはしまして、いづれをも村上の帝ときめかし申させたまひしに、いま少し六条殿をば愛し申させたまへりけり。兄殿（＝雅信）は、いとあまりうるはしく、公事よりほかのこと、他分《たぶん》には申させたまはで、ゆるぎたる所のおはしまさざりしなり。弟殿《おとどどの》（＝重信）は、みそかごとは無才《むざえ》にぞおはしましかど、若らかに愛敬《あいぎやう》づき、なつかしき方《かた》はまさらせたまひしかばなめりとぞ、人申しし。父宮《ちちみや》（＝敦実）は出家《すけ》せさせたまひて、仁和寺におはしまししかば…（道長（雑々物語））

（45）日向一雅『源氏物語の世界』岩波新書、二〇〇四年他参照。桐壺院は、退位後も「わが御世」と同様に院として治政した（賢木巻）。そうした点も宇多上皇の「国政への関与」（目崎徳衛「宇多上皇の院と国政」、同著『貴族社会と古典文化』吉川弘文館、一九九五年所収、初出一九六九年）とよく似ている。

（46）『尊卑分脈』、『本朝皇胤紹運録』参照。

ここでは、二人の性格描写に注意したい。兄は「あまりにうるはしく」、「ゆるぎたる所のおはしまさ」ぬ人である。弟のほうは、帝から「愛」される存在でありながら、「みそかごとは無才」で、「若らかに愛敬づき、なつかしき方はまさらせたま」うたという。系図類に、敦実の女子の存在は知られない。

対照的なことに、宇治八の宮の子供たちは、すべて女子であった。設定はきちんと反転している。だから彰子の祖父である雅信には、直接的に累が及ばない。相応の配慮も感じられる。『尊卑分脈《そんぴぶんみゃく》』によれば、敦実の俗人の子息は雅信・重信の二人だけである。▼注(47) 八の宮も子供は二人。大君と中君とが登場する。姉妹の様子は、どことなく、『大鏡』描くところの敦実息男二人の性格描写と通じている。いや、薫と匂宮の性格と、それぞれちょっとずつ似ているところもあるようだ。薫は、大君を強く思慕するが、大君は、薫には中君を、と身をかわす。ところが薫は、あろうことか匂宮を導いて、中君と結び付けてしまう。そして、大君は、匂宮と中君との似合わぬ婚姻に傷つく出来事があって、いつしか弱って病付き、「見るままにものの枯れゆくやうにて消え果てたまひぬる」と、薫に看取られ息を引き取る（総角巻）。薫は、対象を喪失し、あてどなく大君の面影をもとめ続けて…。

その対偶を打ち破って、八の宮の第三子が登場する。薫は、匂宮の子を宿した中君への執着を捨てきれず、彼女を困惑させ、一方では「山里のわたりに、わざと寺などはなくとも、昔おぼゆる人形《ひとがた》をもつくり、絵にも描《か》きとりて、行ひはべらむ」（宿木巻）と大君への慕情を打ち明ける。そして、情にほだされた中君から、長い間、その存在さえ知らなかったという、妹のことを知らされるのである。大君の形代だと、繰り返し叙述されるその人は、浮舟という女性で

(47) この他、寛信、寛朝二人の僧侶がいる。

あった。彼女は、どのような生を生きていこうとするのだろう。『源氏物語』の常套だ。もはや准拠は当てにならない。物語の文法は、新たなる独創へと羽ばたこうとする。私たちは、いつの間にか、フィクションの深淵に立ち尽くして、物語を手放すことができないのである。

†第八章

# 源信《げんしん》の母、姉、妹――〈横川のなにがし僧都〉をめぐって

## 1　なにがし僧都の登場と恵心僧都源信

匂宮と薫という、対照的な二人の男性に翻弄されて悩み抜いた末に、浮舟は入水《じゅすい》を決意する（浮舟巻）。続く蜻蛉巻の冒頭は、「かしこには、人々、おはせぬをもとめ騒げど、かひなし。物語の姫君の、人に盗まれたらむ朝《あした》のやうなれば、くはしくも言ひ続けず」と記述され、彼女の不在から始まっている。その後の混乱はいうまでもない。宇治の人々は、亡骸《なきがら》もない入水の死という不自然を秘匿するため、慌ただしい葬儀を画策した。しかし、匂宮と薫は、それぞれの

方法で、浮舟の死の真相を知る。四十九日の法要は、薫の差配で盛大に営まれ、浮舟はついに物語から退場した、…はずだった。ところが、その裏側で、浮舟は、もののけにとりつかれて失踪し、生死をさまよっていたらしい。最後の女主人公が再生し、物語を終焉へといざなうべく、浮舟失踪の時点にさかのぼって、手習は開巻する。語り手は、まるで何事もなかったかのように、「そのころ」という常套句から、静かに言葉を紡ぎ始める。一篇の説話物語の出だしと見紛う趣である。▼注(1)

そのころ、横川《よかは》に、なにがし僧都《そうづ》とかいひて、いと尊《たふと》き人住みけり。八十《やそぢ》あまりの母、五十ばかりの妹ありけり。古き願《ぐわん》ありて、初瀬《はつせ》に詣でたりけり。むつましうやむごとなく思ふ弟子《でし》の阿闍梨《あざり》を添へて、仏経供養《ほとけきやうくやう》ずること行《おこな》ひけり。事ども多くして帰へる道に、奈良坂《ならさか》といふ山越えけるほどより、この尼君、ここちあしくしければ、かくては、いかでか残りの道をもおはし着かむ、ともて騒ぎて、宇治のわたりに知りたりける人の家ありけるにとどめて、今日《けふ》ばかり休めたてまつるに、なほいたくわづらへば、横川に消息《せうそこ》したり。山籠《ごも》りの本意《ほい》深く、今年は出でじ、と思ひけれど、限りのさまなる親の道の空《そら》にて亡《な》くやならむとおどろきて、急ぎものしたまへり。

比叡山の横川に隠棲する「なにがし僧都」には、老母と妹がいた。二人は、さる宿願があって、初瀬詣での途中である。ところが、帰途、奈良坂を越えたあたりで、母尼君の具合が悪くなった。宇治近辺の知人の家に宿を取り、一日休めばと様子を見たが、恢復《かいふく》するきざしもない。そこで

(1) 上野辰義によれば、「そのころ」の巻頭言で始まる『源氏物語』の巻は、紅梅、橋姫、宿木、手習の四巻で「作品中同語起筆の例として最多である」。手習の場合は「作り物語をはじめ、説話や昔話等に広く見られる、時間・場所・人物の三要素を「あり」で提示する新人物紹介の基本形」をとっている（上野辰義「「そのころ」で書き起こされる源氏物語の巻頭について」『国語国文』五四巻一号、一九八五年）。

妹は、兄の僧都に書状を送り、母の危篤を伝えた。「山籠りの本意深く、今年は出でじ」と思う僧都も、さすがに母の大事ではと、急いで山を降る。僧都は「齢六十にあまり」、母の尼君は、すでに八十を超えた高齢で、「惜しむべくもあらぬ人のさまを」、僧都は懸命に加持《かじ》をして、快癒を祈る。もしものことがあったらと、家主の忌避をも慮って、僧都は、母を別の場所へといざなう。「やうやう率《ゐ》てたてまつるべきに、中神《なかがみ》ふたがりて、例《れい》住みたまふ所は忌《い》むべかりけるを」、旧知の「院守《ゐんもり》」がいるはずの「故朱雀院《すざくいん》の御領にて、宇治の院といひし所、このわたりならむ、と思ひ出でて」、ひとまずそこへ運びこむ。すると、「森かと見ゆる木《き》の下を、うとましげのわたりや、と見入れたるに、白きもののひろごりたるぞ見ゆる」。「鬼か神か狐か木霊《こたま》か」、彼らは、ただ泣くばかりの瀕死の浮舟を発見して、物語は、新たな展開を迎えることになるである。

怪しい存在だ、死の穢れや災いを招くことになるのでは、と危惧する人々の声を抑えて、僧都は、仏の救済を説き、浮舟を助け入れる。妹尼《いもうとあま》は、夢のお告げもあった、きっと自分の死んだ愛娘の身代わりだと、介護を買って出る。宇治の院では、加持の甲斐もあって、「尼君、よろしくなりたまひぬ」。老母は幸い平復し、人々の関心は、浮舟に移る。「なほいと弱げな」る彼女を伴い、一行は、「比叡坂本に、小野といふ所に」ある住まいに到着する。細かな位置については議論があるが、比叡山京都側の麓、西坂本の地である。僧都は、その後の様子を見届けて、横川へ帰って行く。物語は、緩急を付けて巧みに因果の糸を結び、読者は必然のように、物語の合流を認知する。

これから先も、因果の結び目で重要な役割を果たすことになる、この〈横川のなにがし僧都〉

（2）横川の僧都については、岩瀬法雲「横川の僧都の二面性—源をめぐって、研究史は多く、論点は多岐に亙る。[注(2)] しかし、問題を准拠に絞っていえば、横川の恵《え》心《しん》僧《そう》都《ず》源《げん》信《しん》の名前を逸するわけにはいかない。そして、源信の伝記を丹念に押さえながら、「横川僧都が源信に准拠しているといえる点と、源信に準拠しているとはいえない点を考察し」た山本利《り》達《たつ》の論考が、今日の研究の基盤である。[注(3)] 先学に導かれつつ、まずは原点ともいうべき『河《か》海《かい》抄《しょう》』の准拠説を見てみよう。

その比よ川になにかしのそうつとかいひて（中略）ふかき願ありてはつせにまうてたり

…なにかし僧都とは恵心僧都事歟。遁世之後、隠二居横川谷一。仍号二横川僧都一。母事妹〈安養尼〉事相似たり。

伝記曰、件僧都者大和国葛城郡人。父者占部正親、母清原氏也。母夢天人下授二一男三女一見畢。覚後四人共可レ成二聖人一歟思レ之。其後彼母令レ祈二請子息於観音一〈長谷寺云々〉之処、夢中僧来令レ与二一珠一見畢。不レ久懐姙生二男子一。即恵心僧都是也。成人之後、有二事縁一登山出家授戒。修学之業既成、論議決択聞レ世。被レ召二公請一預二種々禄一畢。為二最初得物一之間、為レ令レ悦令レ送二其物於母之許一。母返報云、吾所レ送之物敢不レ悦。所レ願者偏遁世修道之営也云々。即随二母命一止二諸縁一、隠二居于横川谷一、修二浄土之業一。（以下、寛弘元年の任権大僧都と同日辞表、そして彼の「一期所修善根」の列挙へと続く）

『河海抄』は、なにがし僧都とは、横川谷に隠棲して「横川僧都」と号した源信のことであろうか、その母と妹安養《あんよう》尼《に》のことが相似している、と指摘して「伝記」を引証する。「伝記」

氏物語における人物の造形について―」（『園田学園女子大学論文集』第二号、一九六七年、同著『源氏物語と仏教思想』笠間叢書、一九七二年所収）、丸山キヨ子「横川の僧都」（『講座　源氏物語の世界』第九集、有斐閣、一九八四年）、中哲裕の一連の論考とまとめ（「横川の僧都―その思想と行動をめぐって―」『文学・語学』第八四号、一九七八年十二月、「浮舟・横川の僧都と「出家授戒作法」」『長岡技術科学大学　言語・人文科学論集』第二号、一九八八年八月、「源氏物語と仏教」『国文学』一九九五年二月）、津本信博編『国文学解釈と鑑賞別冊　源氏物語の鑑賞と基礎知識　No. 40　手習』至文堂、二〇〇五年などを参照。

（3）山本利達『源氏物語攷』Ⅲ三「横川僧都」、塙書房、一九九五年二月。なお、本章とは、対象資料、論点、方法等を異にするが、中哲裕にも「仏教説話を利用して」「モデルにしているらしい」「横川の僧都と恵心僧都源信との関係を確かめ」ようとした論考がある（「横川の僧都について―説話と物語文学とのはざまに―」『鶴岡工業高等専門学校研究紀要』第一二号、一九七八年）。

によれば、源信は、大和葛城郡の出身で、父占部正親《うらべまさちか》と清原氏出自の母との間に生まれた。母は、天人が「一男三女」を授ける、という夢を見る。それは、四人の子供がともに聖人となるということかと思った母は、子息の誕生を観音――長谷寺の観音だという――に願う。すると僧が夢に現れ、彼女に一つの珠を与える、という霊夢《れいむ》を得て、まもなく男子を懐妊した。それが恵心僧都源信である。彼は、縁あって比叡山に登り、出家・授戒する。学問成就し、論義の評判も高まって、朝廷からの招きがあり、初めての褒賞を得た。喜ばそうと、その禄を母のもとに送ったところ、母からは、拒絶の返事が来る。私のもとに送られてきたものがあるが、一向に嬉しくない。私の願いは、ただ貴方の遁世修道の営みです、との内容である。彼は母の言葉を奉じ、雑事のもろもろを断って横川谷に隠居し、浄土業の修行に邁進した…。

この「伝記」は、いささかの異同は存するものの、源信の最も古く根本的な伝記▼注(4)である次の文章を、略述したものだと考えられる。

> 僧都本是大和国葛木下郡人也。父卜部正親、母清原氏。家有二一男四女一。父雖レ無二道心一、性甚質直也。母是善女、有二大道心一。出家入道修二西方業一。有時夢見、我五子中一男三女、天人来下迎接而去云々。覚後解レ夢云、此四子倶可レ成二聖人一云々。其三女同出家入道（以下三人の娘のこと。中略し後掲する）其一男者僧都是也。其母求レ子、祈二請郡内霊験伽藍高尾寺観音一。夢見、有二住持僧一、以二一珠一与レ之云々。不レ久懐妊、即生二男子一。（源信の少年時代の高尾寺での霊夢、横川登山への示唆などが描かれるが、中略）

（4）源信伝については、宮崎圓遵「源信和尚の別伝について」（『中世仏教と庶民生活』平楽寺書店、一九五一年、宮崎圓遵著作集編集委員会『宮崎圓遵著作集』第三巻、思文閣出版、一九八七年）をはじめとする研究史を総括的にふまえて位置づけた、速水侑「源信伝の諸問題」（速水著『平安仏教と末法思想』吉川弘文館、二〇〇六年所収、初出一九八七年）および速水著『人物叢書　源信』吉川弘文館、一九八八年参照。なお後述する。

于レ時不レ知二横川是何処一也。後有二事縁一、自来二於此一。出家受戒、住山修学。学業既成、為二道英雄一。論義決択、世称二絶倫一。時赴二公請一、有二所レ得物一。撰レ貴贈レ母、母泣報云、所レ送之物雖レ非レ不レ喜、遁レ世修レ道、我所レ願也。即随二母言一永絶二万縁一、隠二居山谷一、修二浄土業一。（『楞厳院二十五三昧過去帳』▼注(5) 源信伝、以下『過去帳』と称ぶ）

一読すれば、「伝記」が『過去帳』に由来することは明らかだが、省略や意改があり、『過去帳』の描写に依らないと誤解を生じる部分があることに注意したい。たとえば「伝記」では、母の返書は「吾、送るところの物、敢えて悦ばず」とあって全否定だが、『過去帳』では、「送るところの物、喜ばざるにはあらずといへども」と懇切な言い方がなされ、拒否の中にも、母らしい気遣いがみられたりする。決定的な違いは、源信の母が祈った観音の所在である。『過去帳』が、源信一家の出身地である葛木下郡《かつらぎのしものこほり》内の高尾寺と記述している寺院名を、「伝記」は長谷寺に比定していた。後述するように『過去帳』の記述は、以後出現する源信伝の原型である。母の祈った「高尾寺観音」は、以後の源信伝において動くことはない。『河海抄』の注記だけが異なっているのである。

その相違はおそらく、名高い長谷観音が、『源氏物語』宇治十帖で発揮する存在感を踏まえて、▼注(6) 物語本文と関連して動いた作為の反映であろう。▼注(7)『河海抄』の准拠説を物語の文脈に即して解きほぐし、モデルを示すように引き当てて注釈した『花鳥余情』の説明を読めば、そのことがよくわかる。

（5）続天台宗全書による。同書の意義と本文については後述する。

（6）柳井滋「源氏物語と霊験―浮舟物語の考察―」（阿部秋生編『源氏物語の研究』東京大学出版会、一九七四年）は、一連の浮舟物語に「長谷観音の霊験が重要な働きを示している」と見る。

（7）玉上琢彌が、辞書項目「河海抄」の中で、『河海抄』の「利用価値の一つに、その豊富な引用書・引用文がある。佚書も多く、現存本とあわない異文も見られ、本書の引用のことごとくを信ずるわけにはゆかない。また著者の善意悪意による引き間違いも多いと考えられるけれども、佚書のすべてが著者の偽作とすることもできない。慎重に検討を要する」（『日本古典文学大辞典』第一巻、岩波書店、一九八三年）と述べている。

その比よかはに……
…横川《河(松)》になにかし僧都とは恵心院の源信僧都に思なそらへていへり……いそちあまりの妹といふは安養の尼といひし人にたとへたり　世栄をいとひ往生せし人なり　此物語に小野の尼といひて手習の君をやしなひし人なり
ふるき願ありてはつせにまうてけり
僧都の尼《母(松・教)》君のはつせにまうてたる也　恵心（の、松）僧都をはその母のはつせの観音に祈請してまうけたる人也　さるによりてふるき願ありてまうてたりといへるにや

しかし、本当は、後世の読者が、「横川の僧都」と源信とを「モデル」関係にあるかの如く▼注(8)一体的に感じるためには、「伝記」に描かれた内容だけでは不十分である。なぜか古注は触れない▼注(9)けれども、それが自然に理解されるのは、『源氏』の状況により適合する、源信の母をめぐる説話資料があるからだ。

## 2　二つの准拠——源信の母と妹

極めて著名な説話であるが▼注(10)、行論の必要上、『今昔物語集』巻十五—三十九によって、以下に抜き書きしてみよう。冒頭は『過去帳』と文脈を重ねる逸話である。

今昔《いまはむかし》、横川《よかは》ノ源信僧都ハ大和国葛下《かづらきのしも》ノ郡《こほり》ノ人也。幼クシテ比叡ノ山ニ登テ学問シテ、

(8) 注(2)前掲中哲裕「横川の僧都」は「準拠」に「モデル」とルビを振る。
(9) 本書第三章で触れたように、若紫のわらはやみの場面の注釈に「宇治大納言物語」を引くなど、『源氏』古注は本来、後代の説話資料を注釈作成に用いることをいとわない。
(10) 以下引用される関連論文の他、この説話については、高橋貢『中古説話文学研究序説』桜楓社、一九七四年に詳細な分析がある。

止事無《やむごとな》キ学生《がくしやう》ニ成《なり》ニケレバ、三条ノ大后《おほきさき》ノ宮ノ御八講《みはつかう》ニ被召《めされ》ニケリ。八講畢《はて》テ後、給ハリタリケル捧物《ささげもの》ノ物共《ども》ヲ、少シ分《わかち》テ、大和国ニ有ル母ノ許《もと》ニ「此《か》クナム后《きさき》ノ宮ノ御八講ニ参《まゐり》テ給ハリタル。始《はじめ》タル物ナレバ先《ま》ヅ見セ奉ル也」トテ遣《やり》タレバ、母ノ返事《かへりごと》ニ云《いは》ク、「遣《おこ》セ給ヘル物共ハ、喜《よろこび》テ給ハリヌ。此《か》ク止事無キ学生ニ成リ給ヘルハ、無限《かぎりな》ク喜ビ申ス。但シ、此様《かやう》ノ御八講ニ参リナドシテ行《あり》キ給フハ、法師ニ成《な》シ聞《きこ》エシ本意ニハ非ズ。其《そこ》ニハ微妙《めでた》ク被思《おぼさる》ラメドモ、嫗《おうな》ノ心ニハ違《たが》ヒニタリ。嫗ノ思ヒシ事ハ、「女子《をむなご》ハ数《あまた》有レドモ男子《をのこご》ハ其《そこ》一人也。其《そ》レヲ、元服ヲモ不令為《せしめ》ズシテ、比叡ノ山ニ上《のぼせ》ケレバ、学問シテ身ノ才吉《ざいよ》ク有テ、多武《たむ》ノ峰ノ聖人《しやうにん》ノ様《やう》ニ貴クテ、嫗ノ後世《ごせ》ヲモ救ヒ給ヘ」ト思ヒシ也。其レニ、此ク名僧ニテ花ヤカニ行《あり》キ給ハムハ、本意ニ違フ事也。我レ、年老ヒヌ。「生《いき》タラム程ニ聖人ニシテ御《おは》セムヲ心安ク見置《みおき》テ死ナバヤ」トコソ思ヒシカ」ト書《かき》タリ。

物語の構成は、いきなり具体的に「三条ノ太后（＝朱雀第一皇女昌子内親王）ノ八講」の褒賞から始まり、源信からの送り状に対する、母の返書が紹介される。『過去帳』と同じく、母は「遣セ給ヘル物共ハ、喜テ給ハリヌ。此ク止事無キ学生ニ成リ給ヘルハ、無限ク喜ビ申ス」と述べ、息子へのねぎらいと、母としての喜びをのぞかせる。それでも彼女は厳格だった。娘は何人かいるけれど、息子は貴方一人。俗人として元服もさせず、僧侶として比叡山に登らせたのは、学問を積み、多武峰《とうのみね》の増賀《ぞうが》上人《しようにん》のように尊くなって、私の後世の菩提を弔うようになってほしいと思ったから…。説話は、母の口を借りて、[注(11)]家族構成と源信の位置づけを語る。源信の出家にも、母自身の道心が籠められており、源信の孝養を求めて叡山に送り出したという母の意

(11) ここでは孝養という語を、親の後世菩提を供養するという仏教的意味に力点をおいて用いる。

志と目的が、さりげなく語られていた。
名声を求めるような行動は、私の本意と違います。手紙に書かれた厳しい言葉で母の深い心を知った源信は、「泣々ク《なくな》」「返事《かへりごと》ヲ遣《やり》テ」、真っ先に「源信ハ、更ニ名僧セム心無ク」と答える。母が自分の出世をさぞかし喜ぶだろうと思ってしたまでのこと、「此《か》ク被仰《おほせられ》タレバ、極《きはめ》テ哀レニ悲クテ、喜《うれ》シク思ヒ奉ル。然レバ、仰セニ随テ山籠リヲ始《はじめ》テ、聖人ニ成ヌ、「今ハ値《あ》ハム」ト被仰《おほせら》レム時ニゾ可参《まゐるべ》キ。不然《しから》ザラム限リハ山ヲ不可出《いづべから》ズ」。聖人になって、母のほうから、逢いたいという懇望のないかぎり、決して下山もいたしませんと報答する。母もまた返事をよこし、それは「冥途《めいど》モ安ク思《おぼ》ユル」喜ばしい事、「努々《ゆめゆめ》メ愚《おろか》ニ不可御《おはすべから》ズ」とかさねて叱咤した。源信は「此《これ》ヲ見テ、此《こ》ノ二度ノ返事ヲ法文ノ中ニ巻キ置テ、時々取リ出シテ見ツ、ゾ泣」いていたという。その後…。

此《か》ク山ニ籠《こもり》テ六年ハ過《すぎ》ヌ。七年ト云フ年ノ春、母ノ許《もと》ニ云ヒ遣《やり》テ云ク、「六年ハ既ニ山籠《やまごもり》ニテ過ヌルヲ、久ク不見奉《みたてまつら》ネバ恋シクヤ思《おぼ》シ食《め》ス。然《さら》ハ白地《あからさま》ニ詣《まう》デム」ト。返事《かへりごと》ニ云ク、「現《あらは》ニ恋シクハ思ヒ聞《きこ》ユレドモ、見聞エムニヤハ罪ハ滅ビムズル。尚《なほ》、山籠ニテ御《おは》セムヲ聞カムノミゾ喜《うれし》カルベキ。此《こ》レヨリ不申《まうさ》ザラム限リハ不可出給《いでたまふべから》ズ」ト。僧都此レヲ見テ、「此ノ尼君ハ只人ニモ無キ人也ケリ。世ノ人ノ母ハ此《か》ク云ヒテムヤ」ト思テ過《すぐ》ス程ニ、九年ニ成《なり》ヌ。

七年目の春に書いた源信の手紙に、母は、恋しくは思うけれど、と前置きしつつも、結局は

「此レヨリ不申ザラム限リハ不可出給ズ」と、やはり面会を遮断して、源信の修行成就を願う。そしてとうとう九年が経った。母を思う気持ちに堪えず、不吉な予感にもさいなまれて、源信はついに下山を決行した。すると彼は、母からの消息を持った男に遭遇して、その危篤を知るのである。

「不告《つげ》ザラム限リハ不可来《きたるべから》ズ」ト云ヒ遣《おこ》セタリシカドモ、怪《あやし》ク心細ク思《おぼえ》テ、母ノ俄《にはか》ニ恋《こひし》ク思エケレバ、「若《もし》尼君ノ失《う》セ可給《たまふべ》キ剋《とき》ノ近ク成《なり》ニタルカ、亦《また》、我ガ可死《しぬべ》キニヤ有ラム」ト哀レニ思エテ、「然《さ》ハレ、「不可来《きたるべから》ズ」トハ宣《のたまひ》ヒシカドモ、詣《まう》デム」ト思《おもひ》テ出立《いでたち》テ行クニ、大和国ニ入《いり》テ、道ニ男、文《ふみ》ヲ持《もち》テ値《あ》ヘリ。僧都、「何《いどこ》ヘ行ク人ゾ」、ト問ヘバ、男ノ云ク、「然々《しかしか》ノ尼君ノ、横川ニ坐《いま》スル子ノ御房ノ許《もと》ヘ遣《つかは》ス文也」、ト云ヘバ、「然《し》カ云《いふ》ハ我レ也」ト云テ、文ヲ取《とり》テ馬ニ乗リ乍《なが》ラ行々《ゆくゆ》ク披《ひらき》テ見レバ、尼君ノ手ニハ非デ、賤《あやし》ノ様《やう》ニ被書《かかれ》タリ。胸塞《ふさが》リテ、「何《いか》ナル事ノ有《ある》ニカ」ト思エテ読メバ、「日来《ひごろ》何トモ無ク風ノ発《おこり》タルカト思《おもひ》ツルニ、年ノ高キ気《け》ニヤ有ラム、此ノ二三日弱クテ力無ク思ユル也。「不申《まうさ》ザラム限《かぎり》ハ不可出給《いでたまふべから》ズ」トハ心強ク聞エシカドモ、限《かぎり》ノ剋《とき》ニ成ヌレバ、「今一度《ひとたび》不見進《みたてまつ》ラデヤ止《やみ》ナムズラム」ト思フニ、無限《かぎりな》ク恋《こひし》ク思《おぼ》エ給ヘバ、申ス也。疾疾《とくと》ク御セ」ト書《かき》タルヲ見ルニ、「怪《あやし》ク心ニ此《か》ク思エツルニ、此《か》ク有《あり》ケレバニコソ有ケレ。祖子《おやこ》ノ契《ちぎり》ハ哀《あはれ》ナル事トハ云ヒ乍《なが》ラ、仏ノ道ニ強ク勧メ入レ給フ母ナレバ、此クハ思《おぼ》エケル也ケリ」ト思ヒ次《つづ》クルニ、涙、雨ノ如ク落《おち》テ、弟子ナル学生共《がくしやうども》二三人許《ばかり》具シタリケレバ、其レ等《ら》ニモ、「此《かか》ル事ノ有ケレバ也ケリ」ト云テ、馬ヲ早メテ行ケレバ日暮ニゾ行キ着《つき》タリケル。

慕る思いをこらえつつ、源信はようやく母のもとにたどり着き、奇跡の面会を果たす。そして『往生要集《おうじょうようしゅう》』の著者にふさわしく、母に念仏を勧めて、臨終行儀を執り行った。

急ギ寄テ見レバ、無下《むげ》ニ弱ク成テ、憑《たの》モシ気モ無シ。僧都「此《か》クナム詣来《まうでき》タル」ト高ヤカニ云ヘバ、尼君、「何《いか》デ疾ク御《おはし》ツルゾ。今朝暁《けさのあかつき》ニコソ人ハ出《いだ》シ立《たて》ツレ」ト。僧都ノ云ク、「此《か》ク御《おは》シケレバニヤ、近来《このごろ》恋《こひし》ク思エ給ヒツレバ、参《まゐり》ツル程ニ、道ニゾ使ハ値《あひ》タリツル」ト。尼君、此《これ》ヲ聞テ、「穴喜《あなうれ》シ。死剋《しぬるとき》ニハ値《あ》ヒ給フマジヤニヤト▼注(12)ヨ思ツルニ、此《か》ク御《おは》ハシ値《あ》ヒタル事、契リ深ク哀レニモ有ケルカナ」ト気《いき》ノ下ニ云ヘバ、僧都ノ云ク、「念仏ハ申シ給ヘヤ」ト。尼君、「心ニハ申サムト思ヘドモ、力無キニ合セテ、勧ムル人ノ無キ也」ト云ヘバ、僧都貴キ事共《ども》ヲ云ヒ聞カセツ、念仏ヲ勧ムレバ、尼君、懃《ねむごろ》ニ道心ヲ発《おこ》シテ念仏ヲ一二百返許《へんばかり》唱フル程ニ、暁方ニ成テ消入《きえい》ル様ニテ失《う》スレバ、僧都ノ云ク、我レ不来《きたら》ザラマシカバ、尼君ノ臨終ハ此《か》クハ無カラマシ。我レ、祖子《おやこ》ノ機縁深クシテ、来《きた》リ値《あひ》テ、念仏ヲ勧メテ、道心ヲ発《おこ》シテ念仏ヲ唱ヘテ失《う》セ給ヒヌレバ、往生ハ疑ヒ無シ。（以下源信による追善、略す）

見てきたように、この説話後半の源信下山のプロットを準拠とすることで、『源氏物語』の横川僧都が、家族の依頼を受けて下山する流れを説明できる。『河海抄』が「伝記に曰く」として略抄したのは、この説話の前半に相当する内容であった。

『今昔物語集』の説話は、『河海抄』所引の「伝記」に相当する前半部分も示唆的である。源

（12）このあたり、東北大学狩野文庫本傍記の本文（「古」）によれば、「値ヒ給フマジキニヤトコソ」となって、意は通りやすくなる。九州大学萩野文庫本は「…マジキニカトコソ」。新日本古典文学大系脚注参照。

信は「后ノ宮」からの招きに応じて下山して、母の叱責を受けた。実は『源氏物語』の僧都も、物語では少し先のことになるが、今上の「一品の宮」（母は明石の中宮）の物の怪加持に招かれて、再三のお召しを断れず、「后の宮（＝明石中宮）の御文など侍りければ」、「にはかに」下山している。▼注(13) この時、僧都は、小野に立ち寄ったが、初瀬へのお礼詣りで、妹尼は留守だった。その隙に、浮舟に強く懇願されて、僧都は彼女を出家させてしまうのだ。妹尼は後にそれを知って「僧都を恨みそしり」、帰山の途中で再び小野を訪れた僧都に、「なかなか、かかる御ありさまにて、罪も得ぬべきことを」、私に相談もしないで執り行うとは「いとあやしき」と、「いみじく恨みて」なじる。確かに少し早まった行為であった。僧都も、後にそのことを悔いることになる。夢浮橋巻で、薫に詰め寄られた僧都は、「法師といひながら、心もなく、たちまちに容貌《かたち》をやつしてけること、と胸つぶれ」る気弱さを見せている。そして、強く薫に促され、「かならず罪得はべりなむ」と述べつつも、浮舟に「一日の出家の功徳」を諭して、還俗《げんぞく》を勧める書状を送ることになるのである。

僧都は、その時の下山で、もう一つ大きな失錯《しっさく》を犯している。「ものよく言ふ僧都にて、語り続け申したまへば」、夜居《よい》の場で、中宮に、小野にかくまう浮舟の秘密をうっかり話してしまうのである（手習）。この軽率は、物語展開上、不可欠なプロットであった。この噂は、中宮の配慮で弟の薫に伝わる。薫は動揺して、仏事にかこつけて横川に登って僧都に会い、ことの真相を語らせて、浮舟還俗の勧めなどをはさみながら、『源氏物語』は最後のクライマックスへと突入する（手習・夢浮橋）。

こうした、いささか深みのない横川の僧都の造形については、「権門《けんもん》に仕える」世俗的な印

(13) ただし山本利達前掲論文は、僧都が「女一の宮の御修法へのお召しを、日に二度も受けながら応じなかった。しかし、夜中に、后の宮からの手紙を、夕霧の息子の四位の少将が持参したので、三度に及ぶ要請にようやく応じた」として、後掲する『権記』長保年三月十日条の「依二御願無レ止綸旨慇懃一、仍今日共参入」「という源信の態度と相通ずる応じ方」を指摘する。

象も感知され、その「二面性」も指摘されている▼注(14)。源信はどうだったか。先に見た『今昔』説話では、「后ノ宮」からの招きに応じた源信を「名僧ニテ花ヤカニ行キ給ハム」と母は批判していた。若き日の源信のそうした世俗性と、母の戒めで、厳重な山籠もりを決意し、専心の修養へと転じた源信後半の生涯とを、「二面」的に重ね合わせることもできようか。

少し結論を急ぎすぎたようだ。まだ確認すべきことが残っている。手習巻冒頭の僧都の最初の下山について『河海抄』は、『過去帳』とも『今昔』とも異なる、次のような准拠を、直接的な注釈として、提示していたからである。

横河にせうそこしたり山こもりのほいふかくことしはいてしと思けれとかきりのさまなるおやのみちのそらにてなくやならんとおとろきて

恵心僧都妹〈安養尼〉、終焉之時者必可二来会一之由、僧都契約云々。而僧都千日山籠之間、自二尼許一示遣云、老病少レ馮罷成了。今一度対面大切云々。雖レ然限二日数一之山籠難二出洛一。可レ然者、乗レ輿可レ来二会西坂本一之由、返答了。於二下松辺一相待之処、輿已到来。僧都近寄褰レ簾見之処、尼上既逝去。相共輿到二来清義〈修学院〉房一。清義先心経七巻読レ之。次以二火界呪一令二加持一。恵心又奉レ念二地蔵一、則蘇生云々〈古事談〉。

この説話には、同じく源信が登場するが、『源氏物語』が描くような、僧都の母の病に関する説話ではない。源信の妹の危篤と加持の説話である。『河海抄』は、なぜ「伝記」の前半部だけを抜き出して源信の母の下山説話には触れず、あえて後代の『古事談《こじだん》』を引いて、この逸

(14) 注（2）所掲岩瀬法雲「横川の僧都の二面性」参照。

話を持ち出したのだろうか。

## 3　安養尼説話と『源氏物語』

『河海抄』のいう「准拠」とは、その「料簡」に「作中人物の造形に史実が参与しているとはいっても、必ずしも両者の事蹟がすべて一致するわけではない」[注(15)]と説くように、本来、モデル論とは似て非なるものである。しかし、『河海抄』の准拠説に導かれて、虚心にテクストを読んでみると、『源氏』の叙述と『古事談』の安養尼説話との間には、意外に類似性があることに気がつく。そしてそれは、『今昔』の源信の母説話と『源氏』の記述との間に存する相違部分と相補的に対応するようなのである。

母や妹の性格付けの違いについてはいまは措く。[注(16)]『今昔』の源信母説話が『源氏物語』と外形的に大きく異なっているのは、以下の諸点である。

(1)『今昔』の源信母説話には、妹が登場しない。

(2)『今昔』で源信が訪ねる母の住まいは、故郷の「大和国」である。母からの使者と出会ったのも同国に入ってからである。『源氏』では、母尼は初瀬に参り、その帰途、奈良坂を越えたあたりで病になって、宇治のあたりで横川に手紙を出す。下山して合流した僧都の一行は、宇治で浮舟を発見し、「比叡、坂本に、小野といふ所に」移動する。

(3)(2)と関連して、『今昔』では、母の旅による外出という状況がない。

(15)加藤洋介「中世源氏学における准拠説の発生―中世の「准拠」概念をめぐって―」(『国語と国文学』一九九一年三月号)。『河海抄』の方法としての「准拠」については、同上論文に教えられるところが多かった。また清水好子『源氏物語論』他参照。

(16)安養尼に比定される妹尼について、「本巻の妹尼は、必ずしもこの高徳の尼僧の面影はない」(日本古典文学全集頭注)と指摘されることは、母についても同様である。

（4）『今昔』では、源信の「山籠リ」の決意は、母の意志と加護によって成就するが、『源氏』では自らの「本意《ほい》」である。

（5）『今昔』説話では、七年目に一度下山を決意して母に諭されて留まる源信と、九年目に、胸騒ぎを押さえつつ、母に会いに行くことを決意する源信とを描く。『源氏物語』では、横川の僧都が消息を受け取った後、「山籠りの本意深く、今年は出でじ、と思ひけれど、限りのさまなる親の道の空にて亡くやならむ、と驚きて」下山する。

（6）『源氏』では「消息《せうそこ》」が出され、僧都が呼び出される。『今昔』の源信は、下山の途次で、瀕死の母からの「文ヲ持」つ使者に出会う。

（7）『今昔』での源信の役割は、母の臨終正念を看取る善知識の立場である。対して『源氏』の僧都は、母の命を救うために加持を試みて蘇生させている。

これらの異なりが、転じて『河海抄』所引の『古事談』安養尼説話に近接する。

（1）『古事談』で兄の下山を求めた安養尼は、源信の「妹」である。

（2）『古事談』では、説話の舞台が比叡山の麓の「西坂本」である。

（3）『古事談』では、安養尼もまた西坂本へ旅をする。

（4）『古事談』の僧都は、自らの修行で「千日山籠」をしている。

（5）『古事談』でも、下山は、源信から発意して行ったことではない。かねての「契約」を踏まえて、妹から便りを出して求めている。

（6）『古事談』の邂逅は、源信の下山と妹の西坂本という場への「来会」として実現される。

（7）『古事談』では、仮死した妹を加持して蘇生させている。

そして『古事談』は病いの妹を、『源氏』は母を、ともに知己の許へ移送して加持をした。母と妹が違うだけで、断片的な類似はむしろ著しい、ともいえるのである。ただし『河海抄』の引用は、省略が多く不備がある。そこで『古事談』原典を、訓読のかたちで提示して、内容を確認しておこう。

恵心僧都の妹尼〈安養尼〉、終焉の時は必ず来たり会ふべき由、僧都契約す、と云々。而《しか》して、僧都、千日の山籠の間に、尼公の許《もと》より示し遣《つか》はして云はく、「老病憑《たの》み少く罷《まか》り成《な》り了《をは》んぬ。今一度の対面大切なり」と云々。然《しか》りと雖《いへど》も、日数を限る山籠にして出洛し難し。然るべくは輿に乗りて西坂下に来たり会ふべき由、返答し了《をは》んぬ。下《さが》り松《まつ》の辺において相《あ》ひ待つ処、輿已《すで》に到来す。僧都進み寄りて簾を褰《かか》げて見る処、尼公、既に逝去せり。長途の間に振られて死ぬるか。悲歎の至り為《せ》ん方《かた》を知らず。忽《たちま》ちに思慮を廻《めぐ》らすに、「清義僧都は修学院に住せり。此の近辺にこそ坐《おは》されめ」と思ひ出でて、輿を相ひ具して清義房の門前に到る。案内する処、清義驚き乍《なが》ら出で逢ふ。恵心云はく、「子細此《か》くの如し。御房許《ばか》りこそ祈り生かしめ給はめ。有限の命為《た》りと雖も、一旦蘇生させて、念仏をも申してきかせまほしく侍り」と云々。清義云はく、「堅き事にこそ候ふなれ。但し三宝に申し試むべし」とて、輿のきはに近寄り、先《ま》づ『心経』七巻許《ばか》り読みて、火界呪を以て加持せしむ。恵心、又《ま》た地蔵菩薩を念じ奉りて傍に居り。火界呪百反許《へんばか》りに及ぶ間、輿の中に声有り。恵心忽《たちま》ちに寄りて之を見るに、尼公、已に蘇生して云はく、「我れ炎魔王宮に参りたりつるを、不動尊おはして、火の前に推《お》し立ちておはしつれば、「地蔵菩薩、又た我が手を引きて帰り給ひつる」と思ひ給ふる間、蘇生せしむるなり」と云々。恵心喜悦の余り、泣《なくな》く相伝の布の三衣を以て清義に奉る。清義、又た自らの袈裟を以て恵心に奉る。恵心、悦び乍ら退帰する処、清義、恵心を喚び返して云はく、「先年の番論議《つがひ》には似候はずな」と云々。恵心咲《わら》ひ給ふ、と云々。此の事は、往日、恵心と清義と番論議の間、清義つまりて、禁裏より出でて修行し、大峯に入る。其の後、顕宗を棄てて難行苦行して、今効験を施す所なり。安養の尼、其の後六ヶ年を経て、臨終正念に往生する所なり、と云々。(『古事談』巻三―三二)

『河海抄』所引の形でなく『古事談』本文に就けば、横川僧都が母を移送した場所について「宇治の院といひし所、このわたりならむ、と思ひ出でて……一二日宿らむ、と言ひにやりたまへりければ」と記述された『源氏物語』の一節は、傍線を付した部分と言辞まで類似する。ただし『古事談』では、説話は安養尼の加持蘇生では終わらない。『今昔』の源信が、母の臨終行儀を助けたように、安養尼は、源信と清義の加持でもらった命を六年長らえて、臨終正念の往生を遂げたというのである。

かくして『河海抄』所掲の本文ではなく、『古事談』説話と直接に向き合えば、新たな意味が見えてくる。たとえば『源氏物語』で、その後に描かれる浮舟加持をめぐるやりとりが、『古事談』の説話叙述と似ていることにも気づく。物語では、瀕死の浮舟を発見した後、老尼の母は平癒して、妹尼の看病の対象も、母から浮舟へと移っていた。小野に戻って、浮舟の介抱が続く。「物の怪にとらわれていた浮舟」は「小野で妹尼の介抱を受けて」いるが、「三ヶ月も恢復しなかった」（山本利達前掲論文）。見かねて、妹は再び、横川にいる僧都に消息を献じ、下山と加持を促すことになった。

いとわびしくかひなきことを思ひわびて、僧都の御もとに、
なほ下《お》りたまへ。さすがに今日までもあるは、死ぬまじかりける人を、憑きしみ領じたるものの去らぬにこそあめれ。あが仏、京に出でたまはばこそあらめ、ここまではあへなむ。
など、いみじきことを書き続けて、たてまつれたまへれば、いとあやしきことかな、かくまでもありける人の命を、やがてうち捨ててましかば。さるべき契りありてこそは、我しも見つけけめ、こころみに助け果てむかし。それにとまらずは、業尽きにけりと思はむ、とて、下《お》りたまへり。

『古事談』では「日数を限る山籠にして出洛し難し。然るべくは輿に乗りて西坂下に来り会ふべき由、返答し了んぬ。下り松の辺において相ひ待つ処」とある。源信は、都までは出られないので、それならば「西坂本」までいらっしゃい、と返信し、妹は「下り松」で待っていた。『源氏』でも、都はダメでも、ここ「坂本」の「小野」までなら、いいでしょう、と妹尼は懇願す

る。▼注(17)『源氏物語』の場合、尼達の住居は…「(為義) 既に山より出で給へしかば子供も泣く泣く供しつつ西坂本下松《さがりまつ》を下りしかば東雲漸く明け行きて、」(保元物語二、為義降参の事)とあり、下松は一乗寺であるから、その付近を指すと考える。一乗寺と修学院は隣接しており、その中間からの登り道を雲母坂《きららざか》といい、著名である」(『源氏物語事典』「坂本」▼注(18))と比定されるように、「西坂本下り松」と重なり合う。『源氏』の表現は、『古事談』説話のような言説を前提に、予想される僧都の弁明を先回りした、妹尼の、思慮深き文面として書かれているのである。

> 朝廷《おほやけ》の召しにだに従はず、深く籠《こも》りたる山を出でたまひて、すずろにかかる人のためになむ行《おこな》ひ騒ぎたまふと、ものの聞こえあらむ、いと聞きにくかるべし、とおぼし、弟子どもも言ひて、人に聞かじと隠す。僧都、「いであなかま、大徳《だいとこ》たち。われ無慚《むざん》の法師にて、忌《い》むことのなかに、破る戒《かい》は多からめど、女の筋《すぢ》につけて、まだそしりとらず、あやまつことなし。齢《よはひ》六十にあまりて、いまさらに人のもどき負はむは、さるべきにこそあらめ」とのたまひへば…

傍線を引いたように、あたかも母に戒められた源信のごとく、僧都が自分の山籠もりの厳重さを強調する▼注(19)のは、この二回目の下山の時であった。同時に僧都は、いささか世間体を気にしすぎているようだ。「二面性」の似非《えせ》ぶりを想い起こさせて、印象的である。后の宮に請われ、今上の「一品の宮」の物の怪加持に「にはかに」下山したのは、このあとのことだ。そして彼は、そこで、浮舟の正体をばらしてしまうのである。

(17) 夢浮橋巻で、薫の質問に答えて僧都は、小野の地は「なにがしが母なる朽尼《くちあま》のはべるを、京にはかばしき住処もはべらぬうちに、かくて籠りはべるあひだは、夜中暁にも、あひとぶらはむ、と思ひたまへおきてはべる」とその距離感を語る。

(18) 奥村恒哉執筆。なお同書「をの」の項参照。日本古典集成は、それより北の「長谷出(はせだし)」あたりと比定する。夢浮橋で、僧都は、浮舟加持のために下山したときのことを、「かの坂本にみづから下《お》りはべりて」と薫に話している。

(19) 山本利達も傍線部に源信説話の影響が見られるという(前掲論文)。

このように『源氏物語』手習巻は、源信母説話と、安養尼蘇生説話とを織り交ぜるように綴られている。この一体性は、『源氏物語』享受において、説話叙述への『源氏物語』の影響としても現れてくる。『河海抄』に先行する、『撰集抄《せんじゅうしょう》』巻九―三を見てみよう。

恵心の僧都の妹に、安養の尼といふ人侍りけり。年比《ごろ》あさからず思ひけるあるじにおくれて、やがてさまかへ、小野と云《いふ》山里に籠居《こもりゐ》て、地蔵菩薩を本尊として、明暮《あけくれ》行ひ給へり。或《ある》時、夜ふくるまで心を澄《すまし》て勤めうちし、「必ず後生《ごしやう》たすけ給へ」と祈《いのり》申されて、うちいね給《たまひ》侍りける夢に、此《この》地蔵菩薩おはして、（地蔵による往生の保証の夢告、略す）夢さめ侍りけり。其《その》後は、いよ〳〵心を発《おこ》して、むらなく勤行《つとめおこなひ》給へりけるしるしありて、最後臨終のゆふべ、正《まさし》く紫雲空に聳《そび》き、天華《てんげ》交はり下《くだり》て、往生の素懐をとげ給へりける。返々《かへすがへす》もいみじく侍り。此《この》尼、「われ病付《つき》侍らば、必ず渡《わたり》て最後の智識と成《なり》給へ」と、恵心の僧都に契り申され侍りけるが、僧都住山の間、俄《にはか》に病出《いで》きて、此《この》世限りと見え侍りければ、日比《ひごろ》いひ約束のことに侍れば、僧都にかくと聞《きこえ》けるに、「住山の折ふしにて、山より外へ出《いづ》る事叶《かなふ》べからず。輿《こし》に助け乗《のせ》て西坂本へおはし侍れ……」（中略、以下『古事談』と同じ話。但し、僧の名は勝算）其《その》後六とせをへて、思ひのごとく僧都の教化《けうけ》に預《あづかり》て、本意のまゝに往生し給《たまひ》てけり。▼注(20)

『撰集抄』説話では「年比あさからず思ひけるあるじ」とあって、安養尼には夫がいる。しかし源信の妹の安養尼なら、「少年の時より志は仏道を求めて、遂に婚嫁《とつ》が」なかった（『続本朝往生伝』下四十）▼注(21)。未婚である。「安養尼が結婚していたという話は見当らない。『源氏物語』〈手

（20）引用は現代思潮社古典文庫。『撰集抄全注釈』（上下、笠間注釈叢刊）他を参照。

（21）日本思想大系『往生伝 法華験記』の訓読による。この資料等については後述する。

習〉〈夢の浮橋〉において、横川の僧都の妹の尼が出家し小野に住んだという点ではこの記事に似る」。▼注(22) この訛伝には、『源氏物語』享受史上、注目すべき要素がある。

　夫を亡くし、一人苦労して、中将を婿にとるまで育ておおせた一人娘を、若くして失ってしまった悲しみが、妹尼の出家の原因であったと『源氏物語』手習巻は語る。『撰集抄』は、説話集ではあるが、創作性の強い作品である。「…あるじにおくれて、やがてさまかへ、小野と云山里に籠居て」と、出家後の安養尼の住まいを小野の山里として描くのも、『源氏物語』の影響であろう。山本前掲論文は、『古事談』説話の記述などをふまえて、安養尼の住まいは「西坂本の地である」「「下松」から遠い地で」、「大和の国」だと認定する。そして『撰集抄』には、安養尼が「小野と云山里に籠居て」とあるが、『撰集抄』説話の安養尼は『古事談』説話と同じく、「「西坂本」まで源信に会いに来たことになっている。従って、この「小野」は西坂本の「小野」ではありえない」という三段論法で結論付ける。だが、『撰集抄』が『源氏物語』を踏まえていると考えれば、問題は全く様相を変えてくる。『撰集抄』の「小野」は、手習巻と同じく「よかはのふもと」の「小野」（『花鳥余情』夕霧）に比定される。むしろ『撰集抄』は、『古事談』説話と『源氏』との関係に依拠してこの叙述を創ったことを、「小野」をめぐる矛盾によって露呈していることになるだろう。▼注(23)

　『源氏物語』の古系図の中には、この妹尼の名前を「安養尼」と明記する、「安養尼本」と呼ばれる伝本がある。▼注(24)『河海抄』や『花鳥余情』の「なぞらえ」が、系図の名称比定へと短絡して直結したかたちである。『源氏物語』と安養尼説話とは、このように、享受史においても、抜き差しがたく一体化しようとしていた。

（22）現代思潮社古典文庫頭注。

（23）『撰集抄』は巻七―五話で『源氏』の宇治の巻に、行《ゆく》はかへるはしなりと申たるは是也とぞ、行信は申されしか」と『源氏物語』に言及している。ただし、「宇治の巻」とは『源氏物語』宇治十帖を指すと思われるが、該当する文は見当ら」ず、「行信」なる人物も確定しにくい（現代思潮社古典文庫頭注）。作り物語『源氏物語』が次第に、中世説話集にとって、引証の対象と成りつつあったことにも注意しておきたい。拙稿「説話集と法語」（小峯和明編『日本文学史　古代・中世編』第Ⅱ部　中世の文学・第九章、ミネルヴァ書房、二〇一三年）など参照。

（24）常磐井和子「安養尼本源氏物語古系図」（『古代文学論叢3　源氏物語と枕草子・研究と資料』紫式部学会編、武蔵野書院、一九七三年）、早稲田大学九曜文庫蔵『源氏物語古系図（安養尼本系）』伝烏丸光広写一巻（文庫30 a0061）など。

## 4　源信の姉と妹——安養尼蘇生説話の起源

さて『源氏物語』の記述であるが、「紫式部が、『源氏物語』の作者として、その才能によって宮仕えしたと考えられる寛弘二年（一〇〇五）においては、源信は六十四歳、安養尼は五十三歳であった。母の年齢のわかる資料はないが」、少なくとも『源氏物語』の年齢比定は「源信と安養尼の年齢に準拠しているといえ」る（山本利達前掲論文）。八十という母の年齢の設定も、それに合わせて違和感はない。源信母の没年は『過去帳』には記されず、不明であるが、では『源氏物語』成立の時代に、八十くらいで存命だったかといえば、源信伝の記述からみて、それはあり得ない。『今昔』の説話では、源信が母の教えに従って「山ニ籠」った九年目に、母の死が訪れるからである。

それはいつのことだろうか。源信の伝記史料においては、「三十九歳の」「根本中堂供養法会を最後に」、「なぜか源信の名」が、「華やかな法会や論議の場から消えてしま」う（速水侑《たすく》『人物叢書　源信』）。その理由の説明として、もっとも説得的なのが、母の叱責の逸話である。残念ながら、「これら伝記や説話の事実を否定するものではないが、年次を特定するのは無理」（速水前掲書）である。だが後世の『恵《え》心僧《しんそう》都《ず》物語』が、「四十ニ余」る「老僧」となった源信が下山して看取る母の死を寛和元年▼注(25)（九八五年、源信四十四歳）に描き、『三国伝記』が下山を「四十二歳ノ時」（中世の文学）と当てるように、その時の源信は四十代だったと想定する理解の伝統がある。それと関連して、『往生要集』の制作は、母の死を契機とする、という「俗説」（速水前掲書）

(25)『恵心僧都物語』も多くの伝本が源信年齢を四十二とするが、宮崎圓遵の翻刻では「四十」とし、「寛和二年」の異文も伝える。ただしいずれにしても源信の実年齢とは合わない。なお、この二つの資料については後述する。

が流布する（『望月仏教大辞典』他）。『往生要集』は、源信四十三歳の永観三年（九八五）に起筆された。『権記《ごんき》』によれば、源信は、『源氏物語』の成立に近い長保三年（一〇〇一）にも、「内供奉源信覚運可（叙脱カ）法橋上人位。件等人年来有㆓宿願㆒。都不㆓出仕㆒。依㆓御願無㆑止綸旨慇懃㆒、仍今日共参入。為㆑励㆓其情㆒、並有㆓此恩㆒也」と覚運らと共に「宿願」による不出仕があったことが記録されている。▼注(26) 山本利達は、この宿願を母の戒めによる修行専念と捉え、この時は出仕したものの、「以後再び出仕することはなかったようである」という（前掲論文）。▼注(27) 時に源信は六十歳である。手習巻では、僧都の年齢を、自身の口で「六十にあまる年」、「齢《よはひ》六十にあまりて」と二度言わせている。史実として源信の母はすでに没していようとも、この記録に准拠して、物語における母の年齢を八十ほどに設定し、手習巻の叙述を設定することは十分に可能である。

しかし、『源氏物語』と一体化した、と述べたもう一つの下山説話の安養尼加持譚だが、『源氏』の准拠と考えるためには、明白な矛盾を解決しなければならない。『河海抄』は故意に略しているので顕在化しないが、アポリアは、『古事談』説話の末尾に「安養の尼、其の後六ヶ年を経て、臨終正念に往生する所なり」と、六年後の往生が書かれていることに由来する。山本が指摘するように、「安養尼は源信より十一歳下である。しかも、源信は七十六歳、安養尼は八十二歳で亡くなっている。「其後経六ヶ年」を、源信よりも六年長生きしてというようには読めない」。『古事談』説話の「記事に」には、強く「疑がもたれ」るのである（前掲論文）。

本文上、少し補訂すべき事柄がある。『古事談』の通行本では、加持する僧侶の名前が伝未詳の「清義」とあるが、『古事談抜書』によって「斉祇」と改めれば、藤原道綱男の斉祇（九八三

(26)『権記』同年三月十日条（史料纂集）。

(27) 源信は寛弘元年（一〇〇四）五月二十四日に権少僧都に任ぜられ、翌二年十二月六日に辞している（『僧綱補任』）。『御堂関白記』は同三年十二月十六日条に「権少僧源信停任」を記す（大日本古記録）。山本論文は、権少僧都に任ぜられた源信に、道長が関心を示し（『御堂関白記』五月〜七月条）、自らの病悩について使者を「二回も遣したのに、源信の対応乃至返答が（『御堂関白記』には）書かれていない」ことを指摘した上で、渕江文也がこのことを「公の召しにだに従はず、深く籠りたる山を出でたまひて」という手習巻の記述に「引きつけて、「六十二歳の五月任権少僧都のその六月、藤原道長に招請され数日居て、『有悩所』に依って帰山（関白記）して後公請に類する所にその名を見ない」と述べてい」ることを示している。

一〇四七）が比定されて矛盾がない。[注(28)] 道命の弟で、園城寺の勝算の弟子である。だが『撰集抄』説話では、斉祇ではなく、その師の「勝算」が登場していた。勝算では矛盾が大きい。源信は「寛仁元年（一〇一七）、勝算は寛弘八年（一〇一一）入寂。この出来事を勝算の最晩年のことと仮定しても、安養の尼は長元七年（一〇三四）まで生きているので六年後の往生は疑問が残る」（現代思潮社古典文庫頭注）からである。一方で『撰集抄』の安養尼は、思いの如く源信の教化に預かり往生した、と書いてあるから、源信に看取られて亡くなったと解釈される。しかし源信は、安養尼よりはるか以前に亡くなっている。その加持も看病もありえない。ところが『撰集抄』でも『古事談』でも、安養尼は、源信に先んじて往生したとする理解を前提に語られている。

ここには、明確な混乱がある。謎を解く鍵は、源信には「三女」の姉妹がおり、そのうちの一人は、相応に有名な「姉」であった、という史実にある。

ひとまず、安養尼という固有名詞を離れてながめてみよう。『古事談』では、主人公を源信の妹としていたが、源信より若い妹からの書状としては、いささか気になる叙述がある。

尼公の許より示し遣はして云はく、「老病憑み少く罷り成り了んぬ。今一度の対面大切なり」と云々。

年長の自分の兄に対して、「老病」を強調するこうした言い方はいかがなものか。それならば、次の異伝のように、いっそ話を母の話に置き換えて読んだ方が、納まりがよい。

（28）たとえば称名寺所蔵・神奈川県立金沢文庫保管の鎌倉時代書写『斉祇僧都祈安養尼死事』（神奈川県立金沢文庫テーマ展図録『仏教説話』一九九七年）など参照。

安養尼は、横河源信僧都の母なり。忽ち傾病狂乱を受く。僧都大《おほい》に周章し、自《みづか》ら勝算の房に馳《は》せ、その祈験を求む。禅尼輿内に於て気息通ぜず、身躰已に冷ゆ。試《こころみ》に加持護身すれば、禅尼立《たちどころ》に蘇生し、則ち本身に復す。源信座を起て三礼を致し、涙を流し、尊崇を成す。(『園城寺伝記』▼注(29)七)

園城寺に伝わったこの伝承(『寺門伝記補録』にもある)が、妹の説話を母と混同して提示するのは、興味深い変異である。『源氏物語』には僧都の母と妹が登場し、『河海抄』は、源信の母と妹と、双方の説話を准拠に挙げていたからである。また、源信がともに祈る僧の名前は、ここでも一世代上の勝算である。母であれば、世代をさかのぼる勝算はむしろ適切であるが、実は『沙石集』巻二―五以下に見るように、主人公を安養尼とする伝承でも、僧の名を勝算とする説話が通常なのである。▼注(30)

説話はどうやら、色々な意味で、世代を一つ間違えて伝えられている。もしかするとこの説話は、そもそも、源信より年上のひとの臨終をめぐる物語であったのではないか。母には、全く異なった下山説話がある。この説話の主人公とするのは無理である。ならば説話は、妹ではなく、「姉」の往生をめぐる伝承だったのではないだろうか。

源信の姉と妹、そして安養尼という名前には、平安時代において、すでに大きな混乱が潜在していた。次の説話に着目しよう。

(1)今昔《いまはむかし》、一人ノ尼有ケリ、名ヲバ願西《ぐわんさい》ト云フ。横川ノ源信僧都ノ姉也。此ノ尼、本《もと》ヨリ

(29)大日本仏教全書を参照し、『三井寺法燈記』(日本地域社会研究所)の訓読を一部改めて引用した。

(30)『古事談』巻三―三二に対する、新日本古典文学大系脚注参照。

心柔軟《にうなん》ニシテ嗔恚《しんい》ヲ不発《おこさ》ズ。女ノ身也ト云ヘドモ、心ニ智《さとり》有テ因果ヲ知レリ。出家ノ後ハ、戒律ヲ不犯《をかさ》ズシテ専《もはら》ニ善心有リ。亦、法花経ヲ読誦《どくじゅ》シテ其ノ義理ヲ悟ル事深シ。凡《おほよ》ソ生《いき》タル間、法花経ヲ読《よみ》奉レル事数万部也、念仏ノ功《く》ヲ積《つめ》ル事員《かず》ヲ不知《しら》ズ。

（2）此ノ尼ノ貴キ事ヲ夢ニ見テ、来《きたり》テ告《つぐ》ル人、世《よ》ニ多カリ。此ノ尼ノ着タル衣ハ僅《わづか》ニ身ヲ隠ス許《ばかり》也、食《く》フ物ハ只命ヲ継《つ》グ許《ばかり》也。世ノ人此《こ》レヲ安養ノ尼君ト云《いひ》テ、世挙《こぞり》テ貴《たふと》メル事無限《かぎりな》シ。其《そ》ノ持《たも》チ奉ル所ノ法花経ハ霊験新《あら》タニシテ、病《やまひ》ニ煩フ人、此レヲ迎ヘ奉《たてまつり》テ護《まぼり》ト為《す》ルニ、必ズ其ノ験《しるし》無シト云フ事無シ。而《しか》ル間、山階寺《やましなでら》ニ寿蓮威儀師《じゅれんゐぎし》ト云フ者《も》ノ有ケリ。其ノ妻《め》、邪気《じゃけ》ニ重ク煩テ月来《つきごろ》辛苦悩乱《しんぐなうらん》スル事無限《かぎりな》シ。此レニ依《より》テ、様々《さまざま》ニ祈禱ストト云ヘドモ、其ノ験無シ。而ルニ、「安養ノ尼君ノ年来《としごろ》読《よみ》奉リ給フ所ノ法花経コソ霊験新タニ在《まし》マスナレ」ト聞テ、其ノ経ヲ迎ヘ奉テ、手箱ニ入レテ、其ノ病者ノ枕上《まくらがみ》ニ置キ奉レリ。其ノ□不発《おこら》ズシテ病癒《いえ》ヌ。然レバ、此レヲ貴ブ事無限《かぎりな》クシテ、尚暫《なほしばら》ク枕上ニ置キ奉レリ。而ル間、夜半許《ばかり》ニ其ノ家ニ火出来《いでき》ヌ。人皆澆《あわて》テ、先ヅ他《ほか》ノ財《たから》ヲ取出《とりいだ》サムト為《す》ル間《あひ》ダニ、此ノ経ヲ忘レ奉リニケリ。其ノ後、屋皆焼畢《やけをはり》ヌ。既ニ昼ニ成《なり》ヌ。此ノ経ヲ不取出奉《とりいだしたてまつら》ザル事ヲ歎キ合ヘリト云ヘドモ、甲斐無《かひな》クテ止《やみ》ヌ。明ル日、釘共幷《くぎどもならび》ニ金物《かなもの》拾ヒ集メムガ為《ため》ニ、人集《あつまり》テ焼タル跡ヲ見ルニ、寝所ニ当テ穹隆《うづたか》キ物見ユ。恠《あやし》ムデ、灰ヲ掻去《かきのけ》テ見レバ、此ノ経ヲ入レ奉レリシ手箱ハ焼テ、経八巻在《まし》マス、露《つ》ユ燋《こが》レタル所ダニ無クテ、灰ノ中ヨリ被掻出《かきいだされ》給ヘリ。此レヲ見ル人、奇異也ト思テ、貴ビ合ヘル事無限《かぎりな》シ。里ノ人、此レヲ聞テ、競《きほ》ヒ来《きたり》テ此レヲ礼《をが》ム。山階寺ノ内ニ此ノ事ヲ聞キ伝ヘテ、多《おほく》ノ僧来《きた》リ集テ礼《をが》ミ貴ビケリ。其ノ後、恐レヲ成シテ、経ヲバ尼君《あまぎ》ミノ許ニ急《いそぎ》テ返《かへ》シ送リ奉テケリ。実《まこと》ニ此レ、奇異ニ貴キ事也。此レヲ思フニ、此ノ尼君ハ只人ニハ非ザリケリト皆人云ヒケリ。極《きはめ》テ貴キ聖《ひじり》リニテナム有《あり》ケルトゾ語リ伝ヘタルトヤ。(『今昔』巻十二「尼願西所持法花経、不焼給語」第三十)

この説話は、尼願西《がんさい》という『法華経』持経者の霊験譚として、違和感なく続いているように見えるが、番号で示したように、出典論上は、二つの部分からなっている。前半は、「比丘尼願西。楞厳院源信僧都姉也」と始まる『法華験記《ほっけげんき》』▼注(31)下百を出典とする、源信の「姉」の説話である。後半は出典を異にし、直接の典拠は未詳である。「安養ノ尼君」という名前が見えているが、『法華験記』には「安養尼」という呼称はない。『今昔』独自の引き当てである。話柄は、前引『過去帳』源信伝の記述の前半に「(以下三人の娘のこと。略、後掲)」として省略した部分に同話▼注(32)がある。傍線を引いて当該箇所を示す。

…其三女同出家入道、欣二求浄土一。第一女臨終正念、念仏命終。第二女命終之時、異香満レ室。第三女現在。是極善人也。書二写法華経一、恭敬頂戴矣。河内国有二一尼一。往年借レ之、時時拝見。所住草庵、遭レ火焼亡。随身資具、皆成二灰燼一。唯此経一部、在二灰中一独存。彼一男者、僧都是也。…

『今昔』の「安養ノ尼」は、この第三女に同定される。第三女にだけ、「現在」している、という情報が付加されているからである。

(31) 引用は『日本思想大系 往生伝 法華験記』による。

(32) 繁簡などの差はあるが、同話と見なしてよいと思われる。

過去帳のこの部分の書かれたとき（源信の死んだ寛仁元年（一〇一七）以後）、第一女・第二女は既になくなっていたことがわかるから、本伝の主人公の願西は第一又は第二女であり、願証は第三女であろう。しかも、安養尼所持の法華経が火災にも焼けなかったという記述が第三女について語られているので、この推測は一層たしかなものとなろう。▼注(33)

「五子」いたという源信の母の子供のうち、早死にしたらしく伝記が不明なもう一人の女子▼注(34)を加えても、この第三女こそが、源信没後も生存して、八十余りの長寿を全うした源信の妹であることは確実である。

ところが『今昔』は、その女性の逸話を、（1）の「姉」の伝記に直続し、「名ヲバ願西ト云フ。横川ノ源信僧都ノ姉」と「世ノ人此レヲ安養ノ尼君ト云テ、世挙《こぞり》テ貴《たふと》メル事無限《かぎりな》」い別人物とを、同一視してしまったのである。▼注(35)『今昔』の叙述が、別伝の接合であることははっきりしている。安養尼という呼称が『法華験記』出典部分から離れて、第二のプロットにあることは、その傍証である。

安養尼という妹は、源信の死後、長期に亙って生存して、その名声を高めていく。この錯誤と混乱は、マクロな意味では、安養尼没後まもなくの長久年間（一〇四〇―四四）に書かれた『法華験記』から、十二世紀の『今昔物語集』成立までの百年余りの間に向上した、「世挙テ貴メル」「安養ノ尼」の名前に由来する。『今昔』は『法華験記』にしたがって「姉」の事蹟を記したものの、後半の説話が源信の「妹」のものであることになぜか気付かず、もしくは無視して、

（33）日本思想大系『法華験記』下百補注。

（34）速水侑『人物叢書　源信』参照。

（35）日本思想大系の補注は「妹の願証の話のまぎれこんだもの」という表現で記述している。

安養尼の話題だと付会してしまったようなのだ。『法華験記』は、願西が「寛弘年中」（一〇〇四―一〇一二）に入滅したと明記している。姉は、源信よりずいぶん先に亡くなっていたのである。ところが、願西入滅の年時に関する部分を『今昔』は引用しない。姉の事跡を、安養尼の名の下に語るに際して、不都合な矛盾部分を削除しているのである。

こうした短絡を『今昔』が犯した背景には、相応の個別的理由もある。

（1）『今昔』は、願西・安養尼説話の次々話に「横川源信僧都語第三十二」という源信の伝記を載せている。また巻十五の源信の母の説話にも源信が描かれる。巻十二―三十二話は、『法華験記』下八三の源信伝をもとに綴られたものだが、その冒頭部で『今昔』は、「母…女子《をむなご》ハ多《おほく》有リト云ヘドモ男子《をのこご》ハ無カリケレバ…男子ヲ可生《しやうずべ》キ事ヲ祈リ申ケルニ」と語る。『法華験記』にはない記述である。▼注(36)まるで源信は、末子であるかのような記述となっているのである。

（2）『法華験記』は『今昔』本朝仏法部の根幹的な出典である。『今昔』は『法華験記』全巻に渉って説話を検索したとおぼしいが、『法華験記』には、源信の姉の説話のみが掲載され、妹安養尼の説話は収録されていない。

（3）『今昔』の源信母の説話では、「捧物《ほうもつ》」を送ってきた息子に対して、母は「女子ハ数有レドモ男子其一人也」と語っていた、などである。

こうした文脈がバイアスとなって、『今昔』は、源信の姉と妹とを混同し▼注(37)、安養尼の所在を「姉」に付会する。『古事談』『撰集抄』『園城寺伝記』などに見られた世代のずれも、安養尼という「姉」の物語に収斂すれば、整合的に説明できる。ただしその背景には、源信伝の生成と定着の過程で、関連する記述の歴史的推移が存在する。問題は単純ではないので、少し遠回りをするが、以下、

（36）この説話と記述についても後述する。

（37）この名称をめぐる、姉と妹の混同について、史料に即した説明としては、槙野廣造『平安人名辞典　長保二年』（高科書店、一九九三年）の「安養尼願證」と「安養尼願西」の項参照。

源信伝の問題として、分析を進めてみる。

## 5 源信伝の仕組みと安養尼という収斂

『今昔』説話の成立を考える上で、重要な「初期の源信伝」は、速水侑によれば「次の四種に限られる」。▼注(38)

一、『楞厳院二十五三昧結縁過去帳』（〈略本〉〈広本〉。成立は「長元七年（一〇三四）八月以前」）
二、『法華験記』源信伝（「長久四年（一〇四三）ころ」成立）
三、『延暦寺首楞厳院源信僧都伝』（大江佐国撰、成立は「康平四年（一〇六一）五月以前」）
四、『続本朝往生伝』源信伝（康和四年（一一〇二）ないし同五年ころ）

二の『法華験記』（下八三）、三の『延暦寺首楞厳院源信僧都伝』は、一の『過去帳』の影響下にあり、四の『続本朝往生伝』（九）は、三の『源信僧都伝』の影響下に成立したという。『今昔物語集』の源信伝（巻十二―三十二）は、二の『法華験記』源信伝を基本的な出典としていた。やはり根本の『過去帳』の記述の理解が重要である。

すでに引用したように、源信の出生をめぐって、『過去帳』では「夢」が二回描かれる。ここでは訓読文で示そう。

最初の夢は、「父は卜部正親。母は清原氏。家に一男四女有り。父は道心なしといへども、

(38) 前掲「源信伝の諸問題」。成立年代の推定も速水による。速水は1の『過去帳』の本文について、〈略本〉と〈広本〉との差異について言及し、源信伝としての本文は、〈略本〉の優れていることをいう。本章では、両者を校合した、「続天台宗全書」に対校された〈略本〉本文によっている。書名はひとまず同書の採用に従った。伝本については、速水論文参照。以下二、四は思想大系、三は、今津洪嶽『正元古写源信僧都伝』に拠るが、適宜関連箇所で、『源信僧都全集』第一巻、『大日本史料』寛仁元年六月十日条の翻刻を参照した。説話資料も含めて、源信伝の基本史料は『大日本史料』同日条に集成されている。

性はなはだ質直なり。母これ善女にして、大道心有り。出家入道して西方業を修せり。ある時夢に見らく、我が五子中の一男三女、天人来下して迎接して去る、と云々。覚めて後夢を解きて云はく、この四子、ともに聖人と成るべし、と云々。その三女同じく出家入道す」とある。明記はされないが、『河海抄』の「伝記」が「父者占部正親、母清原氏也。母夢天人下授㆓一男三女㆒見畢…」と略抄するように、夢を見たのは「母」であると感知される。その夢は、三人の女子の出家として実現され、残る一人が源信だと『過去帳』は叙述する。

二度目の夢は、「その母、子を求めて、郡内の霊験伽藍高尾寺観音に祈請す。夢に見らく、住持の僧有りて、一珠を以てこれに与ふ、と云々。久しからずして懐妊す。即ち男子を生めり」と記述されている。

『過去帳』では、すでに出家入道して修行している母が見た「天人」の夢は、「我五子中、一男三女」の「此四子」に対するもので、目の前にいる四人の子供たちの将来を告げる夢だと、自ら夢解きをしている。ところが『過去帳』は、その夢の実現として、「其一男」源信の出生にさかのぼって記述を進めるために、時系列は混乱しがちである。出家した母が、申し子をするはずがない。第二の夢は、母の俗人時代にさかのぼった、回想的叙述である。その文脈を読み誤ると、記述の最後に申し子の対象として登場する源信が、末子であるかのように誤読しがちだ。

この点、『河海抄』所引の「伝記」本文には、合理的で、巧妙な意改が施されている。まず第一の夢は、「…父は占部正親、母は清原氏なり。母、夢に天人の下りて一男三女を授くと見畢んぬ」とあって、清原氏の母が尼になったことは記されていない。そして夢の内容も、「一男三女を授く」というもので、母がこれから産むであろう四人の子供、という文脈になっている。続いて「覚めて後、四人ともに聖人と成るべきかとこれを思ふ」と母は解釈し、第二の夢を見る。「その後、かの母、子息を観音〈長谷寺と云々〉に祈請せしむる処、夢中に僧来りて一珠を与ふると見畢んぬ。久しからずして懐妊して男子を生めり」。叙述順のままに、時は流れる。俗人の母は、夢告を実現するために、長谷寺観音に祈ったことになる。

そして『河海抄』「伝記」の母は、あきらかに「子息」▼注(39)を授かろうと、長谷観音に祈っている。だが『過去帳』の本文はそうではない。「彼の母が子供を授かるようにと…祈請した。…それから間もなく懐妊して男子を生んだ」と現代語訳されるように▼注(40)、祈りの段階では、男女いずれを祈ったかを明示してはいない。それが男子のことだと理解されるのは、直前に「その一男は僧都これなり」という文脈が存し、懐妊して男子を生んだ、という結果が将来するからである。『河海抄』の「伝記」引用本文はここでも、読みにくい部分を含む『過去帳』本文を合理化して、改変・短絡された解釈本文となっている。

さて『過去帳』に続く『法華験記』下八三の源信伝の冒頭箇所は、次のようである。

源信僧都、本是大和国葛木下郡人也。父卜部正親、誠雖㆑無㆓道心㆒、性甚質直也。母清原氏、有㆓極道心㆒。生㆓一男*四女㆒。母為㆑求㆑子、参㆓詣郡内霊験高尾寺㆒。夢有㆓住僧㆒、以㆓一玉㆒与㆑之云々。即有㆓懐妊㆒、生㆓男**子㆒。

*「四」は真福寺本による補。**「子」は板本では「端正」とする。

(39) ただし、今日の語義とは異なり、「子息」には女子が含まれる場合もある。たとえば『古事談』五―一一は「八幡故検校僧都成清は…小大進〈三宮女房〉の腹なり。小大進所生の子息八人、皆な女子なり。仍りて男子一人を慕ふ間、夢告有り。「熊野権現に祈り申すべし」と云々。之に依りて即ち参詣を企つ。還向の後、幾程を経ずして懐妊し、産生する所の子なり」という申し子譚がある。その意味では『河海抄』の言い換えは巧みである。

(40) 川崎庸之『日本の名著4 源信』(中央公論社、一九七二年、中公バックス版による) の翻訳。

『法華験記』は『過去帳』に沿いながらも、重大な欠落を有する。一つは、母には道心があって、とまでは書きながら、母が見た一男三女についての第一夢と、夢解きのエピソードを載せないことである。そのことで、夢告を実現する女子の紹介が無くなってしまった。『法華験記』源信伝の本文は、母が「子を求めんがために」高尾寺に参詣して、夢告を得る、とだけ示している。夢は、一度だけ記される。源信の母には、それまで子どもがあったのか、なかったのか。なにか特別な事情があって、ことさらに、申し子をしなければならなかったのか。『法華験記』では不明である。『過去帳』と較べると、いかにも曖昧なかたちで本文が提示される。

ところで思想大系では、真福寺本本文を採用して、母は「一男四女を生めり」と訓読するが、享保二年板本には、「一男女」（思想大系校異）とある。それならば「男女一人ずつの子があった」▼注(41)という認識になってしまう。さらに彰考館本では「女」の文字も逸して、「生一男日」とだけある。▼注(42)夢告を実現する女子の紹介を欠いたために、説話の内容と関わる、重要な本文の揺れが発生しているのである。

この「揺れ」は、『法華験記』の本意でない。『法華験記』著者の鎮源《ちんげん》は、「若き日に源信をとりまく人々の一人であったと推測され」（思想大系解説）、多くの情報を持っていた。下八三の源信伝では省略した女子の兄弟についても、下百話で姉の願西伝を立て、独自の逸話を採録していた。だが鎮源は、願西伝においても、『過去帳』の第一夢が伝える霊験については触れていない。『法華験記』にとって重要なのは、尊崇する源信を中心とする出生伝説のみであった。その焦点化が、本文の歪みを引き寄せやすかっただけである。

源信伝と願西伝とを別掲する『法華験記』を参照して「姉」の説話を読み取り、『過去帳』

(41) 前掲『日本の名著4　源信』の現代語訳。

(42)「日」は、四を消して上書きしてある（千本英史「翻刻・真福寺文庫蔵『日本法花験記』（下）」『大阪教育大学　学大国文』三一、一九八八年三月参照）。なお『法華験記』の本文は、真福寺本は国文学研究資料館編、阿部泰郎・山崎誠編集責任『伝記験記集』（〈真福寺善本叢刊第二期6〉、臨川書店）所収『日本法花験記』を、享保板本、彰考館本については、国文学研究資料館のマイクロ資料をそれぞれ参照した。

の第三女の逸話相当の内容と接合したのが『今昔』の安養尼願西伝である。『今昔』にとっては、根幹的出典の『法華験記』が存する以上、源信に姉がいるのは大前提である。だから『今昔』は、自らの編纂の原則である世代順配列▼注(43)を貫いて、「姉」「願西」の伝記を、源信伝に先行して掲載した。『法華験記』に「求子」とだけある本文も、「子」を「男子」と置き換えなければならない。『今昔』のテクスト構成では、そう考えるのが自然である。

母ハ清原ノ氏《うぢ》也。極《きはめ》テ道心深カリケリ。女子《をむなご》ハ多《おほく》有リト云ヘドモ、男子《をのこご》ハ無カリケレバ、其ノ郡ニ高尾寺《たかをでら》ト云フ寺有リ、其ノ寺ニ詣《まう》デ、男子ヲ可生《しやうずべ》キ事ヲ祈リ申ケルニ……懐妊シテ男子ヲ生《しやう》ゼリ。其ノ男子ト云《いふ》ハ、源信僧都、此レ也。（巻十二―三十二）

こうして「男子」という語が繰り返されるのは、『今昔』自らがほどこした解釈についての確認と明確化であろう。

姉か妹か。そのことの認識は、源信伝の独立と、どうやら深く関わっているようだ。そこで、はじめて源信伝を単行させ、『過去帳』の記述を踏まえて書き下ろした「文学的色彩の強い」▼注(44)伝記である、大江佐国《おおえのすけくに》撰の『延暦寺首楞厳院源信僧都伝』に着目しよう。この伝記では、さらに独自の省略と改刪《かいさん》が進み、事実関係の理解に変容を及ぼしかねない解釈と整理とがほどこされている。

父正親、操行質直、無㆓心仏道㆒。母清原氏、柔和受㆑性、修㆓西方業㆒。特憂㆑無㆑子、祈㆓

(43) 森正人『今昔物語集の生成』（和泉書院、一九八六年）、拙著『説話集の構想と意匠　今昔物語集の成立と前後』勉誠出版、二〇一二年など参照。

(44) 速水前掲「源信伝の諸問題」。

請郡中高尾寺観世音像一。其夜夢、禅僧与二一顆珠一矣。不レ経二幾日一、身已有レ娠。遂誕二僧都一。……（『延暦寺首楞厳院源信僧都伝』以下『源信僧都伝』と呼ぶ）

ここでは、母の「修西方業」が復活してはいるものの、「出家入道」を言わない。そしてそのまま、子を願う祈請と夢告へと繋がっていく。第一の霊夢も、それに伴う三人の娘の行状も、それどころか、そもそも女子の存在自体への言及までもが、消し去られてしまった。記述は、伝記の主人公源信一人に絞って、母の懐妊を語る。特筆すべきは、祈請の理由が「特に子無きを憂へて」▼注(45)だということである。ここに至って、母の祈りは、申し子譚によくある、子供のない両親が神仏を祈り、待望の初子を授かる、という文脈▼注(46)へと変えられているのである。源信は、ついに長子になってしまった。そして『過去帳』以来、源信母によってなされたと明記されていた祈請も、また夢告の受け手にも、『源信僧都伝』では、主語を示さず叙述する。▼注(47)夢告は、結局、懐妊する主体の母に授けられるのだろうが、父と母とがともに申し子を祈ったとする後世の伝承▼注(48)を許容する記述になっていることに注意される。

源信伝がこのように変貌を遂げる一方で、長元七年（一〇三四）年に没した妹の安養尼は、徐々にその名望を挙げていった。死後間もない『左経記《さけいき》』同年九月十日条には、次のように記されている。

去月二十五日、住二大和国吉野郡一安養尼願証入滅。是故源信僧都妹。多年念仏。今及二老後一病痾不レ離、死日前七ヶ日病痾。此日、徐向レ西念仏、乍レ居帰レ空云々。▼注(49)

（45）前掲『日本の名著』は、傍線部「とくに、子供ができないのを悲しんで」と訳す。

（46）同時代でいえば、『日本往生極楽記』十八の千観伝は、「其母無レ子。竊祈二観音一。夢得二蓮華一茎一。後終有レ娠。誕二于闍梨一」とある。千観伝は『寺門高僧記』巻一（続群書類従）では「父母祈二千手観音一求レ子…」と父母二人の祈りが描かれている点でも注目に値する。

（47）この短絡の一因として、『過去帳』の第一夢が、父母の紹介から母の出家を描く文脈で「有時夢見我五子中一男三女…」と主語を描かず提示されることと、第二夢で「其一男者僧都是也。其母求レ子」と語られることの圧縮・直結を行った合理の筆によって、第二夢相当の「母」が消された可能性もある。

（48）『恵心僧都物語』ほか。後述する。

（49）増補史料大成による。

念仏往生が予想される書きぶりだ。じじつ七十年ほど経って、安養尼は『続本朝往生伝』に、往生人として記載された。

比丘尼願西者、源信僧都之妹也。自二少年時一求二志仏道一、遂不二婚嫁一。雖レ受二五障之身一、猶明二二諦之観一。才学道心、共越二其兄一。世謂二安養尼公一。念仏日積、道心年深。臨終異相、不レ遑二甄録《けんろく》一。誠是住二処青連花之中一者也。（第四十話全文）

「才学道心ともに兄源信以上とは過褒《かほう》の感もするが」（速水『人物叢書　源信』）、安養尼の評価が高まり、源信伝を超えて抜け出でて、自ら独自の立志伝を確立させたことを、それは示している。古代末期から中世にかけて、彼女の評判は、源信伝中の「源信の妹」の位置にとどまるものではなくなっていた。

ここで整理しておかなければならないことがある。「願西《がんさい》」と「願証《がんしょう》」という安養尼の名の混同である。右に示した『続本朝往生伝』本文は、思想大系の「原文」である。それは、思想大系が底本とする慶政写本系本文（真福寺本）によっており、安養尼の名前は「願西」となっている。真福寺本の影印によって確認しても、目録・本文ともに明確に「願西」とある。▼注(50) ところが『法華験記』下百や『今昔』十二―三十によって見たように、「願西」とは、源信の姉の法名である。『今昔』は「願西」という姉を「安養尼」と呼んでいたが、それは前述したように『今昔』のやや強引な説話接合によって生じた錯誤である。

（50）国文学研究資料館編、阿部泰郎・山崎誠編集責任『往生伝集影印篇』（〈真福寺善本叢刊第二期7〉、臨川書店）で確認した。同系統の重要古写本である宮内庁書陵部本（『平安朝往生伝集』宮内庁書陵部）にも「願西」とある。

一方「願証」とは、『左経記』によって、妹の安養尼の法名であることが確定している。それで思想大系は、『左経記』をもとに、ここを「願証」と改訂するが、[51]意改本文である。当該部を「願証」とする本文は、思想大系の校異を見る限り存在しない。[52]『続往生伝』慶政系本文は、安養尼の通称で源信妹の往生譚を語りながら、肝心の法名を姉のものと取り違えているのである。

姉「願西」の伝を有する『法華験記』を参照した『今昔』は、第三女の妹の逸話を、安養尼の名前のもとに、姉へと帰着した。ところが『続往生伝』は、安養尼の往生者としての名声を受け、源信の「妹」安養尼伝を単独の伝記として確立しながら、法名においては姉の影を引きずって「願西」と記述する。

こうして奇妙な姉と妹との混同が始まる。『古事談』所収説話は、姉と妹との混同の痕跡を伝えながら、源信の妹・安養尼の名のもとに、姉の事跡らしき蘇生・往生譚を吸収した説話を伝える。加持をした僧侶が、師の「勝算」から弟子の「斉祇」に変わっているのも、姉型から妹型への転変を反映している。[53]

姉「願西」の名の下に安養尼譚を合流する『今昔』と、源信の妹の名前を「願西」と誤伝する『続本朝往生伝』と、そして姉を妹へと収斂する『古事談』と。この三通りの混乱と推移は、安養尼の名声の高まりと対応する。と同時に、源信伝の語り方が、次第に姉たちの影を薄め、あるいは払拭したことと深く関連する。源信は申し子の長子である。母にたとえ女子がいたとしても、それは、源信より後の妹の安養尼であろう。そういう誤解や認識を育むように、源信伝の語り方が変わってきたのである。

(51) 思想大系の訓読、補注、校異参照。『往生伝集　訓読・解題・索引篇』(〈真福寺善本叢刊第二期7〉、臨川書店)では、目録・本文とも「願証【西】」と翻刻し、索引は「願証」のみ立項する。

(52) 板本は「某」。慶政本とは別系統とされる大東急記念文庫蔵は名を欠く(思想大系解説)。思想大系は「目録」も「願西」とあるものを「意改」(校異)して「願証」とする。ここでも大東急本は「源信妹尼」、板本は「安養尼」とする。板本や大東急本など、ことさらに法名を記すことを避けるような本文が存することは、この錯誤の古さを物語る。

(53) 『古事談』は、安養尼の説話を三話(巻三—二八、三二、三三)採用するが、その前後の二五〜二七、二九、三〇、三一話は源信説話である。最後の安養尼譚には、「小尼公〈安養尼婦尼也〉」という人物注記がある。本話を出典とする『十訓抄』六—三六は、対応箇所を「姉尼のもとに小尼上とて」とする(『古今著聞集』巻十二・四四六の同話も同じ)。『類聚名義抄』観智院本には「婦」に通説では、源信の生前、すなわち『過去帳』源信伝成立以前に成ったとされる『源氏物語』が、『古事談』の原話で、源信の「姉」を主人公とする説話を知っていたとしたら、どのようにそれを配置しただろうか。『源氏物語』の人物設定と年齢比定は、執筆時点の「源信と安養尼の年齢に準拠し」ていた。長女と次女はすでに亡い。五十代で存命していた安養尼の名声も、すでに高まりつつあった。『源氏物語』の成立後のことであるが、『左経記』万寿二年（一〇二五）十一月五日〜八日条によれば、内蔵寮の頭《かみ》だった記主源経頼は「為㆓寮使㆒」春日社に参り、六日に奉幣《ほうへい》、七日には薬師寺に向かう。そのついでに、八日「早旦向㆓安養㆒、〈故横川源信僧都妹尼。偏念㆓弥陀㆒、久住㆓此山㆒。為㆓結縁㆒故行向也〉、及㆓申刻㆒着㆓尼房㆒一宿」と、結縁のために安養尼のもとを尋ねている。

同時代人として、『源氏物語』作者が、源信の女兄弟のことを耳にしていたことは確実である。三女それぞれの貴い事蹟は、二人の姉の往生から時日を経て、いつしかすべて安養尼へと収斂していくが、『源氏物語』の成立は、源信も安養尼も存命の時代で、それぞれの伝記は、まだかたちをなす以前の段階である。さまざまなアンテナやソースから得た、断片的な噂や伝承が、物語の骨格に組み込まれ、いくつかの場面に展開される。それは、説話文学としても遜色ない記録性と物語造形を基盤として形成され、優れた作り物語の一部として再現される。驚くべき洞察と創作力を秘めた人、と言うほかはない。▼注(54)

「シタカフ」の訓があり、『古事談』としては、「安養尼に婦ふ尼なり」と読むべきか。ただし『古事談』の益田本は「婦」に「姉イ」、金沢大学本は「姉イ」と注記し、東大国文本には「安養公姉尼」とある。安養尼を源信のアネとする『恵心僧都物語』の伝本の中に「姉」を「婦」と表記する妙法院本がある（後述する）。妹と姉の混同を考える際に、注意すべき異同かも知れない。

(54) 前章でも関連する物語の作法を述べた。

## 6　初期源信伝の推移と母の役割

とはいえ、『源氏物語』の「准拠」とは、所詮「大かたはつくり事なる中に」、「作りぬしの心のうちにある事にて、必しも後にそれを、ことぐ〳〵く考へあつべきにしもあらず」（本居宣長『源氏物語玉の小櫛』）。作者の「心のうちにある」結構を忖度するのは、物語を享受して悦楽する、読者の領域に属することで、限界がある。ここでは、如上の追跡で得た知見から、逆に「初期源信伝」の推移とその後の意味を考えておきたい。

大隅和雄《おおすみかずお》は、源信母の説話を例に、その特徴を指摘して、以下の如く、日中高僧伝の構想を対比したことがある。

一般に、日本の僧伝や僧伝的な説話を見ると、その中に僧の母が登場することが極めて多いことに気付く。まず当該僧の出生に関して、母が夢の中で、日輪や月、星などを飲んだり、仏・菩薩・諸天の示現にあずかったり、子を求めて祈願した神社の神の声を聞いたり、瑞祥にかかわる動植物を見たりして、懐妊したといった記述がさかんにあらわれる。（引用者注、『法華験記』の源信伝を引例、略す）ところで、こうした記述について、中国の高僧伝やその他の僧伝を見ると、そこに類似の記事を見出せないわけではないが、奇夢・瑞夢の後に母の胎内に宿ったというような文はむしろ例外的なものである。出生に関しては父系の氏の名と出身地とが記されるのみという場合がほとんどで、母について何かの記述が見られる例は稀である。ところが日本の僧伝では、氏の記載につれて父の名を記すことは稀であり、さきの『法華験記』の源信伝の例からもわかるように、父に関する説明があったとしても、それが子供の出家・求道にかかわりを持つものとして書かれることは極めて稀にしかない。それに反して、母はその僧侶が出生以前から常の人とは異なっていたということを説明する役割を負うだけでなく、夢にあらわれた奇瑞など生まれた子供の運命に関する予兆を現実のものとし、実現して行く力を持つ人として語られる。夢にあらわれた仏・菩薩や清僧と約束を交し、やがて生まれる子を出家にしようと誓った母が、それを実現するために心を砕く話や、寺に入れた我が子の修行が完成に近づくように、遠く離れた村里で祈り続けるといった説話も少なくないのである。（中略）実際に僧侶の伝記にかかわる説話の変化を調べてみると、平安末から鎌倉時代にかけての時期に、母の話をとり込むようになる例は少なくないのである。▼注(55)

該論は、僧伝を素材に、「仏教の日本化」と「女性」の問題を視野に入れた、射程の広い文化論である。▼注(56) ところが、これまで見てきた源信の伝記類では、その整序の過程で、むしろ確実に、母の存在感――母が霊夢に見た女兄弟達の存在感をも併せて――を排除していこうとしていた。たとえば『法華験記』では、辛うじて「母為求子」と母を主語にしていた祈りの主体が、『源信僧都伝』では、父母が一緒に、と理解されるような両義性を帯びており、安養尼伝を単行する『続本朝往生伝』では、ついに、母の存在さえも消し去られていた。

権少僧都源信者。大和国葛上郡当麻郷人也。童児之時登二延暦寺一……▼注(57)

(55) 大隅和雄「女性と仏教―高僧とその母―」（『史論』三六集、一九八三年）。

(56) 勝浦令子「古代における母性と仏教」（『女の信心―妻が出家した時代』平凡社選書、一九九五年所収、初出一九八七年）に関連する研究がある。なお、たとえば『宋高僧伝』につけば、「印度僧（非漢族僧）の記述についてはあるいはそういうことができるとしても、巻四あたりからの中国僧についての記述では、窺基、僧瑗、印宗、道氤、法詵、端甫、知玄（巻七まで）には母の受胎などに関する奇瑞が記されて」おり、「大隅の説はそのままでは成り立たない」のではないか、という私信による教示を、佐野公治より得た。別に検証を試みたい。

(57) 慶政の注記等が本文化したものかと疑われる「ム云…」などは、省略した。

しかし、源信伝において、母の存在感を薄めていくことは、『過去帳』に内包されていた原初的な源信伝の構想を、根本から変えていくことになった。『過去帳』の源信は、母の霊夢を具現する子の一人として登場した。それは源信伝の起源であると同時に、その母の往生伝の一コマでもあった。

夫占部氏正親、妻女即清原氏、有㆓五人子㆒、一男四女。其中四人皆求㆑道修㆑行。此義先立得㆓天告㆒。母夢天人来、五人内恭㆓敬四人㆒〈一男三女〉。倶是応㆓聖人㆒云々。……其第一女、臨終正念命終。其時異香満㆑室。（＝第二女の事跡を第一女の事跡に混一している）第三女者、大乗極善人也。手ヅカラ書㆓写法華㆒、恭敬頂戴。後時河内国有㆓一尼㆒（中略、『過去帳』と同一話）…灰中独存。弥知㆓本願禅尼之信心甚深㆒。其一男者、即恵心僧都源信ナリ。……慈母清原氏、年来意念願スラク、我得㆓一人男子㆒、為㆓後生方人㆒。而郡内霊験伽藍高尾寺観音祈請生処也。……（『私聚百因縁集』）▼注(58)

母は、「後生の方人とせん」と念願って男子を求め、源信を授かった。『私聚百因縁集《しじゅひゃくいんねんしゅう》』は、続けて、源信からの送り物を拒絶する母の逸話を記していく。▼注(59)「出家入道して西方の業を修」する母と、男子を祈った母、そして源信の世俗性を拒絶する母の論理とが、すべて照応している。『今昔』巻十五―三十九の表題も、まさしく「源信僧都母尼、往生語」であった。

(58) 巻八「恵心事」。すみや書房古典資料の影印による。

(59)『私聚百因縁集』の説話は、所引した『過去帳』の記述を「委保胤記㆑之、更換」と閉じ、（ここに保胤の名を出すのは『過去帳』と類似書名を持ち、「慶保胤草云々」の注記を有する、『横川首楞厳院二十五三昧起請』との関但シ、此様《かやう》ノ御八講ニ参リナドシテ行《あり》キ給フハ、法師ニ成《な》シ聞《きこ》エシ本意ニハ非ズ。其《そこ》ニハ微妙《めでた》ク被思《おぼさる》ラメドモ、嫗《おうな》ノ心ニハ違ヒニタリ。嫗ノ思ヒシ事ハ、「女子《をむなご》ハ数有《あまた》レドモ男子ハ其一人也。其レヲ、元服ヲモ不令為《せしめ》ズシテ、比叡ノ山ニ上《のぼせ》ケレバ、学問シテ身ノ才吉《ざいよ》クテ、多武《たむ》ノ峰ノ聖人ノ様《やう》ニ貴クテ、嫗ノ後世《ごせ》ヲモ救ヒ給ヘ」ト思ヒシ也。▼注(60)

この論理は、その後の母の往生を、源信自らが看取るという完結を予想させる。『今昔』は、母の臨終行儀を執り行った源信に、「僧都ノ云ク、「我レ不来《きたら》ザラマシカバ、尼君ノ臨終ハ、此《か》クハ無カラマシ。我レ、祖子《おやこ》ノ機縁深クシテ、来《きた》リ値《あひ》テ、念仏ヲ勧メテ道心ヲ発《おこ》シテ、念仏ヲ唱ヘテ失《う》セ給ヒヌレバ、往生ハ疑ヒ無シ」と語らせていた。

『過去帳』源信伝では、「少年」となった源信が「三斎戒」を受け、ゆかりの高尾寺で修行中、鏡をめぐる霊夢を授かり、「横川」での修行を指示される。「不レ知二横川是何処也一」と、横川がどこにあるのかさえ知らなかった彼も、「後有二事縁一。自来二於此一出家受戒」し、その後、修行を積んで、名声を得ることになった。そして「公請」をめぐる母の叱責が描かれて、覚醒した源信は、より深化した山籠もりを成就したのである。それは、源信伝にとっては不可欠な、善知識としての母の働きであった。対して『法華験記』は、このプロットについて途中まで『過去帳』と同様の叙述を用いながら、肝心の所で母を描かない。代わりに「夢覚不レ知二横河何処一。後有二事縁一攀二登叡山一。大僧正慈恵大師待レ請為二弟子一矣」と続け、源信の修行の起点として、師の良源との出会いを記述する。そしてその後の源信の事跡を、独自の資料を並べて叙し、修行と山籠もりについては、次のように記述するのみである。

わりからの誤りか)、改めて「抑此僧都」として、『今昔』の源信の母説話の前半部によく似た構成の説話を、別資料に拠って記している。後述する草子と『今昔』とを結ぶ、重要な説話資料である。説話末尾には「委保胤弁長明記処如二別伝一換レ之云々」と示す。

(60)『今昔』本文は、源信母が主体的に源信を「元服ヲモ不令為スシテ比叡ノ山ニ上」らせた、といおうとしながら、「ケリ」(ケレ)で受け、やや曖昧に乱れている。「上《アケ》テハ」(萩野本)という本文を採用し、「テ」を「シ」の誤写とみれば、「あげ」(萩野本振りがな)「しは」、「のぼせしは」などと訓め、「き」(し)という助動詞使用の流れも自然である。一案として示しておく。

自宗他宗極二其玄底一、顕教密教深得二其意一。是即仏法棟梁、善根屋宅矣。迨《および》二壮年時一、背二出仮名聞一、山門深閉レ跡。

かくして、肝心の母の後押しは、すっかり払拭されてしまった。

『法華験記』を承けた『今昔』源信伝は、源信が霊夢を見る前の「三斎戒」の部分を、

漸《やうや》ク勢長ズル間ニ、出家ノ心有テ、父母ニ請《こひ》テ出家シツ。

と意訳して、『法華験記』には記されなかった「出家」を、独自の判断で付加している。しかもそれは、源信から自主的に「出家」を父母に願い出る形となっているのである。

続く部分も注目に値する。

自宗・他宗ノ顕教《けんげう》ヲ習ヒ、真言ノ蜜教《みつけう》ヲ受《うく》ルニ、深ク其ノ心ヲ得テ、皆玄底《ぐゑんてい》ヲ極《きはめ》タリ。亦、道心深クシテ常ニ法花経ヲ読誦《どくじゅ》ス。如此《かくのごと》クシテ、年来《としごろ》山ニ有ル間ニ、学生《がくしやう》ノ思《おぼ》エ高ク聞エヌレバ、前《さき》ノ一条ノ天皇、「源信止事無《やむごとな》キ者也」ト聞食《きこしめし》テ、召出《めしい》デ、、公家《くげ》ニ仕フル間、僧都ニ被成《なされ》ヌ。然レドモ、道心深キガ故ニ、偏《ひとへ》ニ名聞《みやうもん》ヲ離レテ、官職ヲ辞シテ遂《つひ》ニ横川ニ籠居ヌ。（『今昔』巻十二―三十二）

『今昔』源信伝は、説話叙述を『法華験記』に倣いつつも、『験記』が略してしまった「公家ニ仕フル」源信を補足して描く。しかし、その後に続くべき母の説話、たとえば、

> 此僧都……修学名聞二天下一、秀逸誉振二山門一。仍登二僧位一為二権少僧都一。若三条妃宮御八講被レ召……趣二公請一所レ預奉物中、選レ珍送二母所一。母尼泣々報云…（『私聚百因縁集』）

などと連続して記述されるはずの、重要な母の叱責のエピソードは省くのである。『今昔』では、源信自身が「道心深キガ故ニ」と、別の理由付けをして、その籠居を説明する。『今昔』巻十二の源信伝は、巻十五に採録し配置する源信の母の説話を意識しつつも、あくまでここは、別の論理が支配する、高僧源信伝の説話構成に従属する。

『源信僧都伝』に至っては、母はなんと、行方知らずの源信の家出を嘆き悲しんでいる。彼の名望が広まって所在が分かり、「初めて我が子たるを知」って喜んだ、という倒錯を描写するのだ。

> 児童夢覚、横川者不レ知二何処一而已。其後偸辞二父母家一、攀二登天梯山一。父母号泣、不レ知二何去一。遂以剃髪出家、受二具足戒一。……名称普聞之後、父母初知レ為二我子一。歓喜之心未曾有也。

『源信僧都伝』は、「霊夢に従った幼い源信の積極的意志として横川入りをとらえたため」、『過

去帳』の母の造形とは相容れない、正反対の描出となってしまった。それは「伝記史料として用いる場合」に「十分注意する必要がある」、『源信僧都伝』という史料の「文学的色彩の強い添削部分」である。▼注(61) だが見方を変えれば、こうした改訂は、源信伝の一つの方向性を確かに示している。すなわちそれは、『法華験記』を経て『今昔』で顕在する、源信の自主的な出家と修行という、いかにも高僧の生き方らしい人物造形である。日本的ではなく、むしろ中国化されている。「中国の高僧伝などに記される僧侶が、仏教の教学を学び、厳しい修行に耐えぬいてすぐれた素質を活かし、それぞれに自己の境地を確立して行く人間として書かれる傾向」（大隅前掲論文）への移行を、それは確実に告げていた。もはや伝記の構造は、源信伝らしさの特徴をほとんど脱ぎ捨てている、ともいえるのである。

ただし『源信僧都伝』は、如上の造形追求にも拘わらず、母叱責の著名なエピソード自体は排除し得なかった。『往生要集』の成立ほか、多くの源信の事跡を記述しただいぶん後に、「遂以二智行具足一、天子勅有二内供奉十禅師一。尋授二法橋上人位一、為二六月会竪義探題博士一。先レ是、邂逅預二公私之請用一。若有二達嚫物一、先贈二堂上一。其母泣報曰、水萍寒温之訪、非下不二嘆美一者上、尼之所レ願者、唯欲レ令三汝竟二究頓証菩提之道一也。受二其箴誨一之後、永以書レ紳、不レ出二山門一」として、それはようやく引用される。前引『権記』長保三年三月十日条の史実に合わせて、この逸話を何とか織り込んでいる。だが、述べてきたように、長保のころには、母はもう没していたはずで、源信のステータスも大きく異なる。これはもはや、前半に筆を走らせ過ぎたつけによる、伝記構成上の破綻であろう。

(61) 引用は、速水侑前掲「源信伝の諸問題」。

## 7 僧伝と母――『源氏物語』の結構

こうして源信伝は、大隅の図式とは逆行して、母とその女子の要素を排除することで、漢文伝としての装いを整えていく。しかし問題は単純ではない。『今昔』が、源信の母の説話と源信伝とを巻十五と巻十二とに併載し、『源信僧都伝』が母の説話を捨てきれずに、後置して残したように、また『過去帳』に独自の解釈を施し、母の往生伝として再構成した『私聚百因縁集』のように、源信の母のイメージは、源信伝の根幹に、必然として潜在し続ける。

『恵心僧都物語』という中世小説がある。同書は「草子」や「説草」また『三国伝記』という「説話集」など、多様なメディアで広く流布し、唱導の場ではぐくまれた作品だと推定されている。▼注(62) この物語は、『今昔物語集』に描かれたような源信の母の説話を骨格として、源信伝を描く。だが主題は、大きく異なっている。本話の骨子は、「父母ノ遺言ヲ不レ違、孝養深ク存ジ、母ノ慈念深シテ、終ニ仏道之本意遂給先蹤、此事ニ極レリ。僧都所生ヨリ一期御有様略シテ可二申述一侍」▼注(63) という序に示されるが、源信の生涯の全てを決定するのは、日本の高僧伝で「子供の出家・求道にかかわりを持つものとして書かれることはなかった」(大隅前掲論文)はずの「父」なのである。母は、説話の論理の上で、あくまで父の遺言を補佐する形で、源信の修行を導く。

其父母一人之男子無ク、同郡之内、高尾寺ト云観音ノ霊験所御坐ニ、三ケ年ノ間企テ二参詣一祈請ス。夢ノ告 新《あらた》也……ト見テ懐妊セリ。(中略)小児已ニ七歳成給ケル春暮ニ、父病床臥シ今ヲ限ト見ヘシカバ、彼小児ヲ呼寄《ヨビヨセ》テ、枕辺《マクラノホトリ》ニ居ヘツ……

(62) 黒田彰「三国伝記と恵心僧都物語―説草から説話集へ―」(『中世説話の文学史的環境 続』和泉書院研究叢書、一九九五年、初出一九八七年)参照。

(63) 引用は、宮崎圓遵「源信和尚に関する中世の談義本」(『宗学院論集』第四九号初出、『仏教文化史の研究』〔『宮崎円圓遵著作集』第七巻、思文閣出版、一九九〇年〕所収)に拠る。同資料の影印、翻刻等の詳細は、黒田彰の前掲論文「三国伝記と恵心僧都物語―説草から説話集へ―」、および続天台宗全書、室町時代物語大成、大日本史料など参照。

右の叙述では、『元亨釈書《げんこうしゃくしょ》』が「父母詣㆓郡之高尾寺㆒求㆑子。母夢…」[注64]と誌すように、観音への祈請も「父母」二人で行なったように読める。「夢ノ告」を授けられ、「ト見テ懐妊」したのも、『法華験記』と同じく夢を見た母である、と読むのが自然だが、主語をことさら明示しない。父も夢は共有している、との含意であろうか。いずれ父は、「最後遺言」として、高尾寺の因縁を告げ、「相構テ、高尾寺ノ観音ニ参テ、我後ノ世ヲ、訪ヘヨ、何カ成ム僧坊ニモ近付テ、学問シテ僧ニ成、必ズ我菩提ヲ訪ヘヨ」と言い置いて、この世を去ることになる。以下、源信の人生も母の助力も、すべては「父ノ遺言ヲ不㆑忘」、その実現のために費やされる。

時代は『今昔』説話より遥かに下る。父母一体の叙述は『源信僧都伝』などの漢文伝にも通じており、唱導という場をくぐり抜けてきた故か、孝行観の強調など、『今昔』説話とはコンテクストの変容もいちじるしい。[注65]それでも「全体の構成からすると、源信の母恋物語といった趣」[注66]は依然貫かれており、創作の背景に『今昔』のような説話が存することは疑いない。この物語の本質解明に力を注いだ、黒田彰の分析を引用しておこう。

> 草子の原拠については、なお今後の課題としたいが、気に掛る点を一つ上げるとすれば、今昔物語集との関連である。草子と今昔物語集……との関連……類似については、既に指摘がある。巻十五第三十九は、母子物語である点、草子に類似し、しかも出典未詳話なのである。…加えて、単に筋書きが似るのみならず、今昔と草子との間には……やや細部に亙る一致の見出だされる事も無視出来ない。母が多武峰の上人即ち、増賀を例に引いたり、

(64) 巻四の源信伝。新訂増補国史大系による。

(65) 唱導の場において孝子譚は、最も重要なテーマの一つであった。徳田進『孝子説話集の研究 中世編―二十四孝を中心に―』井上書房、一九六三年、黒田彰「孝行集について」（前掲書Ⅰ―三、初出一九九一年）他参照。

(66) 篠原昭二「伝承者の思想と説話の形態―源信の母の往生譚をめぐって―」（『論纂説話と説話文学　西尾光一教授定年記念論集』笠間書院、一九七九年）。

源信が大和への途次、下男と会ったりなどすることは、全て平安時代以前に語り出されたことなのであった。草子の成立は或いは、南北朝以前へと遡ろうが、草子は何処かで今昔と繋がっている。草子と今昔との間に何が介在するのか、おそらく両者は原拠を共有する筈であって、さらに中世以前における源信外伝の発掘を俟ちたい。▼注(67)

ところで、この物語には、留意すべき重要なプロットがある。一つには、母の身を案じて下山する源信が、「西坂本ヲ下リ」、都を過ぎて、木和田（木幡）、宇治平等院、奈良の都、七大寺と参詣するルートである。源信は故郷の葛木へ向かい、『源氏物語』手習がたどった道を逆行する形で、西坂本から宇治へ抜けて、奈良に向かう。そしてもう一つは、「葛木ノ郡ノ御里近」くなって、源信が、里の母方からの使いに遭遇する、次のような場面である。

…此文開キ御覧ゼヨ、母御前ハ、此程御風心地トテ、悩給ツルガ、已ニ八十ニ及ビ《(余らせ)》給ヘバ、老ノ御病トコク《(極)》シテ、万事一生ニ成リ給ヘリ。今朝ノ暁ヨリハ御口モ止、物ヲモ仰ラレザリツレバ、僧都御房ノ御アネ安養尼御前ノ余所ヨリ御文ヲアソバシツル也。▼注(68)

ここでは、八十に及び、病のために危篤となった母に代わって、源信に「御文ヲアソバシツル」、「御アネ安養尼御前」が描かれていた。▼注(69) かつての混同現象が、ここでは逆転して描かれている。そしてこれが「妹」なら、状況は、『源氏物語』とほとんど同じである。

一方で、『今昔物語集』と『恵心僧都物語』との間には、きわめて類似した、本質的プロッ

(67) 黒田彰前掲「三国伝記と恵心僧都物語―説草から説話集へ―」。

(68) 物語は、源信下山の道行に於いて、「西坂本」と「宇治平等院」を強調していた。それは、前者は『古事談』のような説話、もしくはそれを母の事とする『園城寺伝記』のような説話を意識し、後者の宇治平等院については、時代錯誤ながら、「うちの院…平等院か。朱雀院の御りやうとあれば別の所か。…」（『細流抄』『源氏物語古注集成7』）という理解が『源氏』に対してなされていたことと、何処かでつながっていないか。また八十にあまる年齢設定も『源氏』に通じる。

(69)「アネ」を「婦」とする妙法院本、「御姉」とのみあって「安養尼」という固有名を欠く国会図書館本（続天台宗全書『恵心僧都御房形状記』などとの校異）などもある。なお「説話集」である『三国伝記』の源信物語（巻十二―三）はこの部分を欠き、結果的に『今昔』説話の展開に接近している。

トの中で、無視しがたい決定的な懸隔が感知される。そのことを分析した篠原昭二のうがった言及には、きわめて重要な問題が内包されている、と思う。

『今昔』において源信は、「此様ノ御八講ニ参リナドシテ行キ給フハ、法師ニ成シ聞エシ本意ニハ非ズ」という厳母の教誨に接したとき、「極テ哀レニ悲クテ、喜シク思ヒ奉ル」と答える。自分自身はもともと山籠りをして聖人になる道を望んでいたのであって、その希望に一致する母の気持はとてもありがたくうれしいというのである。あたかも彼の内心では母の存在が山籠りを妨げていたかに聞える。七年目の春にも、「六年ハ既ニ山籠ニテ過ヌルヲ、久ク不見奉ネバ、恋シクヤ思シ食ス。然バ白地ニ詣デム」と言送っている。自分は何とも思わないが、母の方で自分に会いたいであろう、それならばちょっとの間出向いてもよいといった口振りで、母恋の涙にくれる『物語』の源信とは対蹠的である。九年目に母訪問を決意するところで、「怪ク心細く思テ、母ノ俄ニ恋ク思エケレバ」とあるから、本心を裏返した言い方にすぎないとする解釈もあるうるかもしれない。また、先の母への消息文にしても、しかしそのような解釈は懐疑主義に毒された近代人のものであるはずで、語り手は、源信の聖人の道にすべてを賭けた求道の生き方に信頼し、それを前提として説を進めていると考えるべきであろう。▼注(70)

いささかの深読みを含みつつ、しかし『今昔』の説話を、そして源信の内面を、もしこのよ

(70) 前掲篠原昭二「伝承者の思想と説話の形態―源信の母の往生譚をめぐって―」。

うに読み得るとすれば、『源氏物語』の横川の僧都の一回目の下山を描く基本的な構想と論理――「山籠りの本意深く、今年は出でじ、と思ひけれど、限りのさまなる親の道の空にて亡くやならむ、と驚きて、急ぎものしたまへり」――は、ほとんど説明されたも同じである。そうして発見された源信の内面は、二度目の下山説話と関わる『古事談』説話の源信の言動のたゆたい――「僧都、千日の山籠の間に、尼公の許より示し遣はして云はく、「老病憑み少く罷り成り了んぬ。今一度の対面大切なり」と云々。然りと雖も、日数を限る山籠にして出洛し難し。然るべくは輿に乗りて西坂下に来たり会ふべき由、返答し了んぬ」――とも接近する。

先にも述べたように、『源氏物語』が書かれた当時、源信と安養尼は、物語の僧都と妹尼と同じくらいの年齢で存命中であった。源信の母の説話などが、「手習」の巻執筆の頃には語られていて、それをふまえた創造だった」（山本利達前掲論文）としても、それは単線的に、一つの説話を踏まえて成し得るものではない。『河海抄』が、源信の母の説話を敢えて引かずに、妹の加持譚のみを挙げたように、『源氏物語』は、源信の母、姉、妹をめぐって、書かれざる源信伝とその周辺の様相を、同時進行で紡ぎながら、その内実を深く読み込んで、複合的に、みずからの作り物語に転換しつつ書かれている。

漢籍や史書など、伝統的な文字資料とその解釈に立脚した准拠群とは異なって、現代の風聞や世相をいち早く取り込んで、鮮やかに描き出してフィクショナルな物語世界を紡《つむ》ぐこと…。それは、すぐれた同時代作家としては当然のことながら、「わづかに『うつほ』『竹取』『住吉』などばかりを、物語とて見けむ心地に、さばかりに作り出でけむ」（『無名草子』）『源氏物語』の出現は、やはり驚嘆すべき新しい創造の試みであった。

†

かつて、全くの仮定として、『源氏物語』終末部の成立を、源信や安養尼が入滅した後の時代に設定できないものだろうかと考えてみたことがある。「初期源信伝」も確立されているはずだ。作者にとっても、私にとっても、准拠比定の試みは、ずいぶんと楽になるだろう…。しかし今回、『源氏物語』総体を再読し、浮舟、蜻蛉、手習と進んで、夢浮橋を読み終えた時、どうやらそんな理屈と、この作品の創作性や価値とは、全くの対極にあるような気がしてきた。うまく言えないが、近代的研究という、後追いの視点で見ると、作家の能力は、あるいは作者という実現は、時にはいたずらに誇大な姿であらわれたり、あるいは逆に、とかく矮小化して想定されがちなものであるらしい。

## †あとがき——「圏外の源氏物語論」始末記

ずいぶん前のことだ。必要があって調べてみたら、『源氏物語』に関する論文は、年間平均で二〇〇本を超えていた（拙稿「幸福なる邂逅」『月刊百科』第四〇二号、一九九六年）。いまなら数える気もしない。千年紀の喧噪と、国際化・学際的研究の華やぎを経て、ぞっとするような総量だろう。

汪溢する情報の渦の中で、『源氏物語』の「専門家」でもない私が、その名を冠した研究書をまとめることに、どれくらいの意味があるのか。しばし深刻な逡巡を体感した。不勉強を棚に上げていえば、〈国文学〉の枠組みの中で、時代と作品の縦割りは、依然として牢固である。その外側に所在する言述など、誰も本気で聞いてはくれない。

もしや、届いてさえいないのだろうか。ぽつねんと作品の声に耳を傾け、あてどない交信を繰り返すうちに、ふと本書のタイトル案に想い至った。つまりは「圏外」ということか…。私のスタンスも、この語のもとに、すっきりと収斂するような気がする。ようやく腹も据わってきた。『源氏物語』をめぐって、多様に飽和する研究社会の埒外にいることで、かえって新鮮なパンセ・ソバージュを展開することができる。これまで書きためた論文を読み返しながら、ひそかにそう確信した。

†

「圏外の」という形容は、和歌用語に喩えれば、禁制の主《ぬし》ある詞《ことば》である。亀井孝に「圏外の精神　フーゴ・シュハート」（『日本語学のために　亀井孝論文集1』所収）という著名な論文がある。その意義については、『言語文化くさぐさ　亀井孝論文集5』に捧げられた佐竹昭広先生の序文が示唆に満ちている。さらに、小島幸枝氏の『圏外の精神―ユマニスト亀井孝の物語―』を併せ読めば、この言葉について、付け加えることは何もない。もっとも、名乗りを真似てはみたものの、その「精神」については、残念ながら及びも付かない。

†

本書が生まれる最初のきっかけは、『古事談』『続古事談』という説話集の注釈である。川端善明先生との共著で『新日本古典文学大系41 古事談 続古事談』（二〇〇五年）として結実したその本のために、何冊かのノートとメモ書きを作った。それらが起点となって、第一章と第二章のもとになる論文が生まれた。

次なる契機は、『日本文学 二重の顔〈成る〉ことの詩学へ』（二〇〇七年）という、小さな本の執筆である。一つの章を「『源氏物語』の秘匿の顔」と名付け、先述の論文を織り込んで、『源氏物語』論を書き下ろした。同書のあとがきには、「独立した内容と形式を有している論文のいくつかを、いつかしかるべき場所へ、全き形で戻してあげたい」と書いてある。そのころから、『源氏物語』を主題とする論文だけで構成された、一冊の本をまとめてみたいと思うようになった。前著『説話集の構想と意匠　今昔物語集の成立と前後』（二〇一二年）を整理する作業と平行して、「圏外の源氏物語」というフォルダを作ってみた。それまでに書いた関連論文を放り込み、目次案などのシュミレーションが始まったのである。

どこまでを仕上げたら、『源氏物語』の研究書として成り立って、完結するのか。それがよくわからなかった。区切りとなったのは、第六章の初出稿である。アイディアは、二〇〇七年に、二ヶ月半ほど滞在したインドで着想した。講義や、海外の学会発表などで関連の話題を取り上げるうちに、論文の核が、少しずつ増幅して固まっていった。いつもは締め切りに追われるばかりなのに、この論だけは、投稿誌の当てもない。誘う水あらばと夢想するのみ。手を入れては筆を止め、いつでも書けると、構想だけが先行して、奇妙な停滞に陥った。

ちょうどそのころ、二〇一一年の春に、田渕句美子氏より、研究室に電話があった。ある論集の企画に関して、懇切な趣旨の説明がなされ、論文執筆の依頼を受けた。平安文学について、和歌や中世文学の視点から、分野超越的に、挑発的な読み直しを提出したい。そう企画意図を聞いた。望みうべくもない、理想的な掲載の場だ。その僥倖に驚いて、一も二もなく承諾した。ところが、いざ書き出すと、テーマが二つないしは三つあることに気付いた。私の悪癖で、文章の整理にも手間取って、結果的には、意外な呻吟を体験した。「〈非在〉する仏伝―光源氏物語の構造」という論文がそれである。しかし、ようやく書き終えてみると、物語の主人公の輪郭が、自分なりに見えた気がした。そろそろ潮時だろうか…。

『平安文学をいかに読み直すか』というタイトルが付けられたその論集について、二〇一二年の十月に、笠間書院の岡田圭介氏から、刊行にまつわる連絡メールがあった。その中に、なにか本質的な問いかけが含まれているように感じた私は、余計なことだが、自分の論文に対して、反省めいた言葉を付して返信した。すると、折り返し岡田氏から、単行本執筆の慫慂があった。書き足りないということなら、関連するテーマで、単行本を書いてみませんか、という提案である。

面白そうだ。やってみようかと思ったが、そのためには、『源氏物語』総体を頭に入れ、咀嚼しておくプロセスが必要だ。とたんに気が重くなった。膨大な時間と負荷がかかるだろう。途方に暮れて、自信が萎えた。一方で、『源氏物語』の論文集という宿年の所願が、むくむくと頭をもたげてくる。少し気持を整理したい。折から、コロンビア大学への出張を控えていた私は、機中で考えてきますと返事をして、猶予をもらったのである。

言葉どおりの長いフライトを過ごして、アメリカに着いた。時差の影響と気持ちの高揚が重なって、いつも海外では深夜に起き出す。その時は、マンハッタンのホテルで、「圏外の源氏物語」フォルダとのにらめっこが続いた。かなり迷ったが、初志貫徹。思い切って、リクエストとは違う論文集の企画を投げ返してみたところ、岡田氏の快諾を得た。そこで早速、ベッドの上に寝転んで、旧稿をいじりだしたのが、本書直接のスタートである。

十年ぶりのニューヨークは、いちめんに時間の影が堆積して、どこを観ても、既視感めいた不思議な感覚が襲ってくる。風景はいつも、一瞬ぼんやり霞んでから、しずかに現在と重なって定着した。そんな幻惑に酔って、ジェットラグが解消する気配もないままに、十月二十八日午前、帰国便はケネディ空港を離陸した。ちょうど安定飛行に入ったころ、アメリカ東海岸をハリケーン・サンディが直撃し、マンハッタンにも甚大な被害をもたらした。間一髪のタイミングだった。

†

二〇一〇年四月、十八年間勤務した大阪大学を離れて、京都の国際日本文化研究センターに赴任した。本書には、阪大在職時代に書いた文章や、まとまりの悪いモノローグとして、講義の中で述べた内容も含まれている。日文研で出会い、また再会した、内外の研究者との対話や、数多くの研究会・シンポジウムの参加を通じて、刺激を受け、触発された所も多い。この本に、いささかかの稔りがあるとすれば、そうした邂逅に由来する部分が大きい。この場を借りて謝辞を述べたい。

†

本書が論じるテーマやことがらは、これまでの『源氏物語』研究や作品観とは大きく違う。ささやかな矜恃として、そう思いながら書いてきた。しかし、書き終えて振り返ってみれば、存外陳腐で、誰でも気付く、当たり前のことが述べられているに過ぎないのではないか。何だか不安になってくる。そこで、『源氏物語』を久しぶりにじっくりと読んでみた。いったい、どのくらいのことが明らかになったというのだろうか。

物語の始めから終わりまで、鉛筆で線を引きながら、いくども立ち止まっては、作品世界を堪能した。何ヶ月もかかったが、それは、忘れ得ぬ悦楽の時間だった。新鮮な発見がいくつもあり、各章の論述も大きく変動した。物語の流れを反映して章越えの連続を仕組んだり、モノグラフとしてのまとまりも、ささやかながら見えてきた。同時に、『源氏物語』を読み馴れている人なら、決しておかすことのない恥ずかしい誤記にも気付いた。出来るだけ訂して改稿したが、限界もある。批正と判断は、読者にゆだねるほかはない。

だがもしも、この本の内容が、自明のことで満ちている、と思ってもらえたとすれば、それはむしろ、本望というべきだろう。「圏外」にとどまらず、常識として受容され、凡庸の名の下に忘れ去られることこそ、研究書として、一つの大きな幸福である。

†

それにしても、こんなによくできた物語だったのか。もちろん、いつも心地よく読み進められたわけではない。文脈に難渋して、さっぱり前へ進まない時もある。二度も三度も繰り返してなぞったり、頭注に導かれ、引き歌を重ねてつぶやいてみたり。嫌なことや、許されないこともいっぱい書いてあった。食傷して、もういいよと、何度も思った。しかし、作者の見事な「操作」(渡辺実『平安朝文章史』)の前に、所詮、最後までは憎みきれない。「さても、この『源氏』作り出でたることこそ、思へど思へど、この世一つならずめづらかに思ほゆれ」(『無名草子』)。私も、いつしかうつけたように魅了され、夢浮橋を閉じていた。

いつの日か、きちんとこの作品に対峙して、内部世界を一つ一つ綿密に「解釈」したい。読みながら、思いは千々に去来した。だが、そんな時など来るはずもない。気が付けば、主人公の生涯を追い越すほどの年齢になっていた。あきれた鈍い読者である。

二〇一四年正月

荒木　浩

## †初出一覧

本書は、以下の初出稿をもとに構成されている。ただし、あとがきにも記したように、誤記の訂正等にとどまらず、一書としての統一性に鑑み、今日の眼で、各章すべてにおいて、全面的な見直しと改稿を施した。

†

はじめに「源氏物語論へのいざない」（書き下ろし）。

Ⅰ

第一章「玄宗・楊貴妃・安禄山と桐壺帝・藤壺・光源氏の寓意―続古事談から見る源氏物語―」（『詞林』第三十六号、大阪大学古代中世文学研究会、二〇〇四年十月）。

第二章「武恵妃と桐壺更衣、楊貴妃と藤壺―『源氏物語』桐壺巻の准拠の仕組みをめぐって―」（『語文』第八十四・八十五輯、大阪大学国語国文学会、二〇〇六年三月）。

第三章「〈北山のなにがし寺〉再読―『源氏物語』若紫巻の旅―」（説話と説話文学の会編『説話論集』第十七集・説話と旅、清文堂、二〇〇八年五月）。関連して、「安禅寺本小記―ハーバード大学国際研究集会報告より」（荒木浩責任編集『小野随心院所蔵文献・図像調査を基盤とする相関的・総合的研究とその展開―Vol.Ⅲ―随心院調査報告・国際研究集会報告・笠置寺調査報告』二〇〇八年三月）という資料報告を書いた。

第四章　「「胡旋女」の寓意──『源氏物語』の青海波をめぐって──」（『白居易研究年報』第九号、勉誠出版、二〇〇八年九月）。

第五章　「胡旋舞の寓意と表象──光源氏と清盛との──」（堀淳一編『平安文学と隣接諸学8　王朝文学と音楽』竹林舎、二〇〇九年十二月）。

II

第六章　「〈非在〉する仏伝──光源氏物語の構造」（谷知子・田渕句美子編著『平安文学をいかに読み直すか』笠間書院、二〇一二年十月）。

III

第七章　「『源氏物語』宇治八の宮再読──敦実親王准拠説とその意義──」（『国語国文』第七十八巻三号、京都大学文学部国語学国文学研究室、二〇〇九年三月）。関連する論文として、「世を倦じ山と人はいふ──喜撰歌と八の宮をめぐって──」（『詞林』第四十五号、二〇〇九年四月）がある。

第八章　「源信の母、姉、妹──源氏物語「横川の僧都」と源信外伝成立をめぐって──」（『国語国文』第六十五巻四号「安田章教授退官記念　中世文学・語学特輯　第一」、一九九六年四月）。

## † 凡例にかえて

論旨の簡明な伝達のために、本文に引用した文献の指示に伴う派生的な注記や、付加的な説明などは、基本的に脚注に回した。

古典本文等、原文の引用についても、出典に関する情報の注記などは、随時、脚注に記している。引用表示の区切りは、便宜上、章ごとの単位とする。各章を通じて横断的に使用したり、一般的な叢書類などに依拠したものについては、煩瑣になるため、ここに一括して挙げておく。

○『源氏物語』…日本古典集成。本書が『源氏物語』を読解する上で、石田穣二・清水好子両氏の校注に導かれた部分が大きい。なお『源氏物語大成』他の本文資料を確認し、新編日本古典文学全集他、これまで蓄積された多くの注釈書等を参看した。論述上必要な場合は、本文中で言及する。

○『紫式部日記』、『無名草子』…日本古典集成。

○『紫明抄』、『河海抄』…玉上琢彌編、山本利達・石田穣二校訂『紫明抄　河海抄』（角川書店）。

○『花鳥余情』…源氏物語古註釈叢刊。

○本居宣長『源氏物語玉の小櫛』…『本居宣長全集』（筑摩書房）

○和歌・歌集類、『和漢朗詠集』・『新撰朗詠集』など…新編国歌大観。

○漢訳仏典…大正新修大蔵経。SATやCBETAなどのデータベースを参看。

○『旧唐書』、『新唐書』…中華書局版、点校本。台湾中央研究院漢籍電子文献、『新旧唐書合鈔　新増附編二種』（全九冊、楊家駱主編、国学名著珍本彙刊　正史新編之一、鼎文書局）所収資料他を参看。

○『白氏文集』…那波本（下定雅弘・神鷹徳治編『宮内庁所蔵 那波本 白氏文集』勉誠出版、東京大学東洋文化研究所所蔵漢籍善本全文影像資料庫など）。平岡武夫・今井清編『白氏文集歌詩索引』（同朋舎）、平岡武夫・今井清校定『白氏文集』（京都大学人文科学研究所）、『白氏文集　金澤文庫本』（大東急記念文庫、勉誠社）他を参照した。
○信救（覚明）『新楽府略意』…太田次男『旧鈔本を中心とする白氏文集本文の研究』下（勉誠社）。
○『安禄山事迹』…曾貽芬校点『安禄山事迹』（上海古籍出版社）。
○『続日本紀』、『江談抄』、『今昔物語集』、『富家語』、『高倉院厳島御幸記』、『新古今和歌集』、『古事談』、『続古事談』、『平家物語』、『平治物語』、『宇治拾遺物語』…新日本古典文学大系。
○『懐風藻』、『文華秀麗集』、『性霊集』、『菅家文草』、『大鏡』裏書、『愚管抄』、『古今著聞集』、『沙石集』…日本古典文学大系。
○『うつほ物語』、『栄花物語』、『大鏡』、『十訓抄』…新編日本古典文学全集。
○『日本三代実録』、『本朝続文粋』、『扶桑略記』、『元亨釈書』…新訂増補国史大系。
○『類聚名義抄』観智院本…天理図書館善本叢書、正宗敦夫編纂校訂風間書房版を参照。

注釈書類は、増刷や改版等の変動もあり、書誌事項が複雑になるので、必要のない限り、叢書名のみを記している。ここに挙げた底本以外の本文を用いる場合は、その都度当該箇所に注する。なお研究書や論文の書誌情報などは、簡潔をむねとし、章を超えて繰り返し用いるものについては、適宜、省略して表記する場合がある。

引用に際しては、旧字・繁体字・簡体字等を通行の字体に改め、返り点や句読点の補いや削除などを施した部分がある。漢文体のものについては、訓読文を示す場合がある。また、読みやすさを考え、筆者の地の文はもとより、引用文献についても、時に多くの振り仮名を振ってある。強調すべき記述には必要に応じて傍線等を付し、読解の補いとして、カッコ付きで注記を施した部分もある。

かくして『源氏物語』が誕生する

†

物語が流動する現場にどう立ち会うか

著者

荒木　浩

（あらき・ひろし）

1959年生まれ。京都大学文学部卒、同大学院文学研究科博士後期課程中退。博士（文学）。大阪大学教授などを経て、現在、国際日本文化研究センター教授・総合研究大学院大学教授。
専門分野：日本古典文学。
主要著書：『説話集の構想と意匠 今昔物語集の成立と前後』（勉誠出版、2012年）、『日本文学 二重の顔〈成る〉ことの詩学へ』（大阪大学出版会、2007年）、新日本古典文学大系41『古事談 続古事談』（岩波書店、川端善明と共著、2005年）など。

平成26（2014）年3月15日　初版第1刷発行

ISBN978-4-305-70727-7 C0095

発行者

池田つや子

発行所

〒101-0064

東京都千代田区猿楽町2-2-3

笠間書院

電話 03-3295-1331 Fax 03-3294-0996

web :http://kasamashoin.jp/

mail:info@kasamashoin.co.jp

装丁 笠間書院装幀室

印刷・製本 モリモト印刷